C. K. McDONNELL

Bunny McGarry und der Mann mit dem Allerweltsgesicht

Weitere Titel des Autors:

The Stranger Times
This Charming Man

C. K. McDONNELL

# BUNNY McGARRY UND DER MANN MIT DEM ALLERWELTSGESICHT

EIN DUBLIN-KRIMI

Übersetzung aus dem Englischen von
André Mumot

eichborn

Die Bastei Lübbe AG verfolgt eine nachhaltige Buchproduktion. Wir verwenden Papiere aus nachhaltiger Forstwirtschaft und verzichten darauf, Bücher einzeln in Folie zu verpacken. Wir stellen unsere Bücher in Deutschland und Europa (EU) her und arbeiten mit den Druckereien kontinuierlich an einer positiven Ökobilanz.

Eichborn Verlag

Titel der englischen Originalausgabe:
»A Man With One Those Faces«



Bei Fragen zur Produktsicherheit wenden Sie sich bitte an:
Produktsicherheit@bastei-luebbe.de



Textredaktion: Sabine Biskup, Mainz
Umschlaggestaltung: Massimo Peter-Bille
Umschlagmotiv: © Berkah Visual/shutterstock,
Designer things/shutterstock, kensketch/shutterstock,
Save nature and wildlife/ shutterstock, Victor Metelskiy/shutterstock,
Viktorija Reuta/shutterstock, Sanches11/shutterstock
Satz: hanseatenSatz-bremen, Bremen
Gesetzt aus der Adobe Garamond Pro
Druck und Verarbeitung: GGP Media GmbH, Pößneck

Printed in Germany
ISBN 978-3-8479-0142-6

5 4 3

Sie finden uns im Internet unter eichborn.de

# VORWORT DES AUTORS

Liebe Leserinnen und Leser,

ich sollte zunächst einmal sagen, dass das Buch, das Sie gleich lesen werden, eigentlich gar nicht existieren dürfte. Auf Englisch nicht und schon gar nicht auf Deutsch. Denn als ich begonnen habe, es zu schreiben, wollte ich eigentlich nur eine Kurzgeschichte verfassen. Ehrlich gesagt lief dann alles völlig aus dem Ruder, und es wurde schließlich mein Debütroman, den ich 2016 kurzerhand im Eigenverlag herausgebracht habe.

Doch was noch wichtiger ist: Dieser Roman markiert das erste Auftauchen von Bunny McGarry, einer Figur, mit der ich wohl für den Rest meines Lebens verbunden sein werde. Eigentlich sollte er nur eine Nebenfigur in der Geschichte eines anderen Helden werden, aber nachdem er einmal aufgetaucht war, weigerte er sich, wieder zu verschwinden. Nicht bloß aus dem Roman, sondern auch aus meinem Kopf. Manchmal stelle ich fest, dass ich so denke wie er, und das kann, wie Sie bald herausfinden werden, einigermaßen verstörend sein.

Die Geschichte spielt in meiner Heimatstadt Dublin. Zwar lebe ich inzwischen in Manchester, kehre aber regelmäßig dorthin zurück, und die Bunny-McGarry-Reihe ist mein Weg, meiner Heimat zu gedenken und sie zu feiern.

Dieser erste Band enthält daher einige überaus irische Eigenheiten. Da wäre etwa die irische Polizei, die Garda Síochána, deren Beamte bei uns Gardaí oder Guards genannt werden. Die Bezeichnungen mögen andere sein, aber die Gardaí dürften sich nicht allzu sehr von den Polizisten unterscheiden, die Sie kennen. Vielleicht gehen sie bei ihrer Arbeit ein bisschen weniger formell vor, als Sie es von der deutschen Polizei gewohnt sind, aber, hey, sie haben damit durchaus Erfolg. Meistens.

Darüber hinaus wird immer wieder Hurling erwähnt, ein Spiel, das ganz sicher mit keinem vergleichbar ist, das Sie kennen. Es beinhaltet hölzerne Schläger, einen Lederball und gelegentliche kleinere Gewaltausbrüche. Es ist der schnellste Mannschaftssport der Welt, und kein Beschreibungsversuch könnte ihm jemals gerecht werden. Die Tatsache, dass man die Spieler in meiner Jugend dazu zwingen musste, Helme zu tragen, sagt alles über diesen Sport. *Sie zwingen!* Der Ball fliegt mit einer Geschwindigkeit von bis zu 145 Stundenkilometern. Die Robustheit der irischen Männlichkeit lässt sich nicht anzweifeln, ihr Irrsinn schon.

Ich hoffe, dass sich Ihnen all das vermittelt, nicht zuletzt, weil ich das Glück habe, dass der wunderbare André Mumot diesen Roman übersetzt hat. Allein für seine herausragende Übertragung von Bunnys überaus kreativem Fluchen verdient er alle zur Verfügung stehenden Preise. Und vermutlich sollten noch einige andere eigens für ihn ins Leben gerufen werden. Der arme Mann musste intensive Recherche und gewissenhafte Selbstbefragung auf sich nehmen, um die bestmögliche deutsche Annäherung an das häufig zum Einsatz kommende irische Schimpfwort *gobshite* zu finden: Arschgeige. Er ist mein Bunny-Botschafter, und ich hoffe, dies ist der Beginn einer langen Freundschaft zwischen dem schwergewichtigen Kraftpaket Bunny und Ihnen, den reizenden deutschsprachigen Leserinnen und Lesern.

Sláinte
C. K. McDonnell
*Manchester, im März 2023*

# KAPITEL EINS

»Du erinnerst dich doch an Alan aus Clare, den Cousin von deinem Vater?«

»Ähm …?«

»Na sicher! Zwei Hunde, nur ein Auge, hat nie geheiratet – als du klein warst, kam er immer mal wieder bei uns vorbei.«

»Ach ja.«

»Tot! Ist an einem Herzinfarkt gestorben – möge er in Frieden ruhen. Hab ich letzte Woche in der Zeitung gelesen.«

Paul war nie aufgefallen, wie kalt sich die Hände alter Menschen bisweilen anfühlten. Als die gebrechlichen Finger der Frau nun seine Hand tätschelten, als wolle sie sich vergewissern, dass er wirklich da war, wurde ihm diese Tatsache sehr bewusst. Offen gestanden konnte er kaum noch an etwas anderes denken.

»Herzinfarkt in der Badewanne«, fuhr sie fort. »Ich glaube ja, das liegt an diesen ganzen neumodischen Badesalzen. Wie soll man heutzutage noch wissen, was die da alles reintun?«

Mit einem Nicken gab Paul ihr das Mindestmaß an Zustimmung, damit sie auf dem Pfad ihrer Gedanken ungebremst voranholpern konnte.

Hieß es nicht, dass Tote eiskalt waren? Als sie noch Kinder gewesen waren, hatte Barry Dodds ihm mal erzählt, wie er während der Totenwache für seinen Großvater dessen aufgebahrten Leichnam umgestoßen habe und dieser auf ihn gefallen sei. Laut Barry habe es sich angefühlt, als wäre er unter einem Dutzend tiefgefrorener Truthähne begraben worden. Allerdings hatte Barry auch behauptet, dass sich die Brüste einer Frau anfühlten, als würde man in ein Brathähnchen greifen. Jetzt, wo Paul darüber nachdachte: Der Junge musste von Geflügel ja vollkommen besessen gewesen sein.

»Dabei war er noch so jung. Er kann ja gerade mal …«

Margaret verstummte und starrte zur Decke, als versuchte sie, eine Rechnung anzustellen, für die ihr die nötigen Zahlen fehlten.

Waren Babys tatsächlich immer warm? Begann man sein Leben als winziges, heiß brodelndes Energie-Inferno und wurde dann immer kälter und kälter, bis man schließlich frostige Leichen-Temperatur erreichte? Wenn es um Babys ging, konnte Paul nur mutmaßen. Er war achtundzwanzig Jahre alt, aber im Arm gehalten hatte er bislang kein einziges.

Nicht zum ersten Mal machte die Platte in Margarets Kopf einen Sprung. »Ich habe mich auf der Nachbarstation mit einer Frau aus Dunboyne unterhalten. Sie behauptet, die Triaden hätten Dublin endgültig unter ihre Kontrolle gebracht.«

»Ach ja?«

»Es stand auch im *Herald*«, erklärte sie. »Scheinbar kann man vor lauter Chinesen keinen Fuß mehr vor den anderen setzen. Ich weiß überhaupt nicht, was da los ist heutzutage. Man hat ja Angst, nachts noch vor die Tür zu gehen.«

»Ich habe gehört, dass die Chinesen auch immer Schwerter bei sich haben.«

»Wirklich?«

»Oh ja«, sagte er. »Die stehen wahnsinnig aufs Köpfeabschlagen und solche Sachen …«

Er war gerade dabei, die »Sachen« pantomimisch darzustellen, als er von einem strengen Räuspern unterbrochen wurde. Das war mal wieder typisch – fünfundvierzig Minuten lang nichts als Nicken und *Hm*-Sagen von seiner Seite, aber pünktlich zum Köpfeabschlagen kam Schwester Brigit, die Krankenpflegerin, zurück. Da stand sie nun, lehnte mit verschränkten Armen im Türrahmen und strafte ihn mit einem abschätzigen Blick.

»Na, wie kommt ihr beiden klar?«, fragte sie und betrat das Zimmer.

»Fantastisch«, sagte er. »Wir unterhalten uns blendend.«

»Das ist mein Gareth«, sagte Margaret und deutete auf Paul.

»Oh, ich weiß, Margaret. Natürlich. War er nicht auch dabei, als Sie zu uns gekommen sind?«

Ihr runzliges kleines Gesicht hellte sich auf vor Stolz. »Er ist Rechtsanwalt«, sagte sie strahlend. »Fliegt durch ganz Europa. Letzte Woche war er in Brüssel.«

»Ist das zu fassen.«

Margaret lehnte sich automatisch vor, damit Brigit ihre Kissen aufschütteln konnte.

»Ist es nicht schön, dass er sich die Zeit nimmt, seine alte Granny zu besuchen?«, sagte Brigit.

»Mutter«, korrigierte Paul.

»Ja, er ist mein …«

Durch den Nebel der sich auflösenden Erinnerung starrte die alte Frau Paul einen Augenblick fragend an. Beinahe glaubte er, ein unheilvolles Knacken zu hören, als würde das Eis, auf dem er stand, jeden Moment einbrechen.

Brigit war mit den Kissen fertig und klatschte in die Hände. Das Geräusch zog Margarets Aufmerksamkeit auf sich, und das Lächeln kehrte auf ihre Lippen zurück. Paul entspannte sich.

»Nächstes Mal«, sagte Brigit, »sollte er Sie tagsüber besuchen, dann können Sie draußen einen Spaziergang machen – jedenfalls, wenn Ihre Physio weiter so gut anschlägt.«

Sie schaute Paul erwartungsvoll an. Der Wink mit dem Zaunpfahl war derartig aufdringlich, dass er mit dem Gedanken spielte, ihn einfach verstreichen zu lassen.

»Ja, das wäre doch schön«, sagte er.

Er lächelte von seinem Stuhl neben dem Bett zu Brigit hinauf. Ihr üppiges Dekolleté rahmte ihren genervten Gesichtsausdruck wunderbar ein. Sie war eigentlich keine schlecht aussehende Frau; ein paar Jahre älter als er, braune, zu einem Bob geschnittene Haare, ansehnliche Figur. Reihenweise Männerherzen brachen ihretwegen wohl nicht, aber dass sie in der Schlange vor einem Fish-and-Chips-Laden ein gewisses Interesse wecken würde, stand außer Frage.

Sie sprach einen dieser Dialekte, die irgendwo auf dem Land gesprochen wurden. Wie die meisten Dubliner hatte sich Paul nie die Mühe gemacht, sie alle auseinanderzuhalten. Auch ihr Körperbau sagte laut und deutlich: Bauernhof. Sie war nicht dick oder muskulös, bloß kräftig genug, um klarzumachen, dass sie im Notfall auch den Zweikampf mit einer Kuh aufnehmen konnte.

»Allerdings ist es im Moment schrecklich verregnet«, sagte Margaret.

Er warf der alten Frau einen Blick zu und stellte fest, dass sie ihn erneut anstrahlte.

»Stimmt, Ma.« Er hob seine Stimme, um sicherzustellen, dass sie ihm zuhörte. »Es ist ganz wichtig, dass du mit deiner Physio weitermachst, damit wir dich wieder auf die Beine bekommen. Dann können wir auch wieder zusammen durch die Clubs ziehen.«

»Oh, Gareth, du bist unmöglich.« Sie grinste. »Den hier müssen Sie gut im Auge behalten, Schwester.«

»Ja, das Gefühl habe ich auch.«

Paul verabschiedete sich und gab Margaret einen flüchtigen Kuss auf die Stirn. Wieder: kalt, klamm. Eine weitere ungebetene Assoziation stellte sich ein. Als würde man an einem Schinken riechen, um festzustellen, ob er noch gut war. Die nächsten Tage würde er es wohl bei Käsetoast belassen.

Draußen im Korridor griff er gerade nach seinem Handy, als ihm mit einer zusammengerollten Ausgabe der *Woman's Weekly* auf den Hinterkopf geschlagen wurde. Nicht so fest, dass es wirklich wehgetan hätte, aber immer noch entschlossen genug für einen kurzen Schmerz.

»Wofür war das denn?«, fragte er.

»Dreimal darfst du raten.«

»Entspann dich mal. Die alten Damen lieben ein bisschen Klatsch und Tratsch.«

»Das sagst du so! Du musst sie ja auch anschließend nicht wieder beruhigen, wenn sie fest davon überzeugt sind, dass unsere chinesische Mitarbeiterin, die den medizinischen Abfall einsammelt, mit Drogen dealt.«

»Bist du denn sicher, dass sie das nicht tut?«

»Oh, glaub mir, ich habe das überprüft.«

»Tja.« Paul warf einen Blick auf die Uhr auf seinem Handy. »Ich würde sagen, das waren drei Stunden und sieben Minuten, wenn du mir also meinen Bescheid unterschreiben könntest ...«

Brigit trat nervös von einem Fuß auf den anderen. »Du müsstest noch einen weiteren Fall übernehmen.«

»Drei Stunden und sieben Minuten«, wiederholte Paul und schaute Brigit an, als sei sie schwerhörig. »Plus die zwei Stunden und achtundfünfzig Minuten Besuchszeit, die ich am Montag absolviert habe – das macht sechs Stunden und fünf Minuten. Das heißt, fünf Minuten habt ihr eh schon gratis bekommen.«

Brigit schaute ihn verwirrt an. Paul sah, wie die Fragen, die sie stellen wollte, und der Gefallen, um den sie ihn bitten musste, um die Vorherrschaft kämpften. Der Gefallen gewann. Also ließ sie ihre Stimme etwas weicher werden. Offensichtlich war sie es nicht gewohnt, freundlich um etwas zu bitten.

»Es wird auch nicht lange dauern. Es geht um einen alten Mann, oben, in einem der Privatzimmer.«

»Ich würde ja sehr gerne behilflich sein«, log er, »aber ich muss meinen Bus kriegen.«

Was stimmte. Der Ford Cortina von Großtante Fidelma hatte zwar die Berliner Mauer, die Concorde und Nelson Mandela überlebt, vor vier Wochen auf der Überholspur der M50 aber schließlich doch noch seinen letzten Atemzug getan. Bislang hatte er nicht genug Geld beisammen, um ihn wieder fahrtüchtig zu machen. Tatsächlich hatte Paul sein gesamtes restliches Einkommen vom letzten Monat und die Hälfte seiner Notfallrücklagen aufgebraucht, nur um den Wagen überhaupt von dem Seitenstreifen herunterzubekommen, auf dem er den Geist aufgegeben hatte.

»Wohnst du immer noch da oben an der North Circular?«, fragte Brigit.

»Ja.«

Sie dachte kurz nach – offenbar wog sie Verschiedenes ab.

»Tu mir den Gefallen, dann setze ich dich anschließend zu Hause ab. Meine Schicht ist in einer Stunde zu Ende. Abgemacht?«

Tatsächlich klang das besser, als sich an der Bushaltestelle die Weichteile abzufrieren – außerdem kamen so noch 3 Euro 30 zur Wiederaufstockung seines Notgroschens hinzu.

»Na schön«, sagte er, »aber bitte nicht zudringlich werden. Ich weiß, wie ihr Krankenschwestern drauf seid.«

Sie verdrehte die Augen. »Ich versuche, mich zu beherrschen.«

Er deutete vielsagend auf seine Zigaretten – und sie holte aus ihrem scheinbar endlosen Vorrat missbilligender Gesichtsausdrücke einen weiteren hervor. Dann gab sie ihm mit einem Kopfnicken zu verstehen, dass er ihr folgen sollte.

Brigit öffnete schwungvoll die Notausgangstür, und Paul trat in die schneidende Novemberluft. Es war kalt genug, um

Sehnsucht nach dem Mantel zu entwickeln, den er im Mitarbeiterraum zurückgelassen hatte, aber nicht kalt genug, um tatsächlich zurückzugehen und ihn zu holen. Überrascht bemerkte er, dass Brigit ihm folgte und sich neben ihn stellte, die Arme um ihren Oberkörper schlang und mit den Füßen scharrte, um sich warm zu halten.

»Heilige Scheiße«, sagte sie.

»Ist es nicht verrückt, dass man vor gar nicht so langer Zeit in Krankenhäusern noch rauchen durfte?«

»Ja«, seufzte sie. »Die gute alte Zeit – als die Leute einfach dran gestorben sind.«

Als er seine vorletzte Zigarette herauszog, fiel ihm auf, wie ihr Blick auf der Schachtel ruhte. Er hielt sie ihr hin.

»Das ist doch deine letzte.«

»Mach dir keine Gedanken, ich habe noch jede Menge.« Rein faktisch stimmte das. Er hatte vor sechs Monaten fünfundzwanzig Päckchen mit zwanzig Prozent Rabatt für achtzig Euro ergattert und sich so weit diszipliniert, jeden Tag nur eine von den billigen Imitats-Zigaretten zu rauchen. Er hatte auch überlegt, es ganz aufzugeben, aber dann hätte *sie* gewonnen. Er war noch nicht so weit, dies zuzulassen. Aber wenn er von den 3 Euro 30, die er für die Busfahrt sparte, die sechzehn Cent für Schwester Conroys Zigarette abzog, blieben ihm bei diesem Geschäft immer noch 3 Euro 14 übrig.

»Merci«, sagte Brigit, während sie die Hände um sein Feuerzeug legte und die Zigarette paffend zum Leben erweckte.

Sie nahmen beide einen Zug und betrachteten ihre Schatten, die sich über die gepflegten, von den antiseptischen Hospizlichtern halb beleuchteten Rasenflächen zogen.

»Darf ich dir eine Frage stellen?«

Er spürte, wie er innerlich zusammensank. Er wusste genau, was jetzt kam.

»Warum fragen die Leute das immer?«, entgegnete er. »Erstens – du hast damit bereits eine Frage gestellt, und zweitens: Noch nie hat jemand darauf ein Nein als Antwort akzeptiert.«

»Schon gut. Kein Grund, pampig zu werden. Ich wollte mich bloß ein bisschen unterhalten.«

Sie schnippte die Asche Richtung Gully und umarmte sich etwas fester. Sie nahmen beide noch einen Zug, im stummen Einverständnis, dass er ein Arschloch war.

Paul war es, der schließlich das Schweigen brach. »Ich habe halt ein Allerweltsgesicht.«

»Wie bitte?«, sagte sie.

»Das wolltest du mich doch fragen – wie ich mache, was ich mache.«

»Na ja, schon, aber …«

»Und jetzt«, unterbrach er sie, »wirst du sagen: Aber es muss doch noch mehr dabei sein als bloß …«

»Gedankenleser bist du auch?«

Er schaute sie an. »Okay, was wolltest du sagen?«

»Oh nein, Sherlock, du hast absolut recht. Ich wollte genau das sagen. Es kann nicht bloß daran liegen, dass du eine bestimmte Art von Gesicht hast – jeder Mensch hat ein Gesicht. An deinem ist nichts Besonderes. Nichts für ungut.«

»Bloß, weil du anschließend *Nichts für ungut* sagst, kommst du nicht mit jeder Beleidigung durch – das ist dir schon klar, oder?«

Obwohl sie natürlich recht hatte. Es war nichts Besonderes an seinem Gesicht – ganz im Gegenteil –, es war durch und durch gewöhnlich, genau wie alles andere an ihm. Ein Meter neunundsiebzig, blaue Augen, braunes Haar. Aber genau darum ging es ja: um seine absolute Gewöhnlichkeit. Er war in jeder Hinsicht unauffälliges Mittelmaß. Seine Gesichtszüge waren ein Meisterwerk himmelschreiender Nicht-Originalität, ein ästhetischer Tribut an den austauschbaren Durchschnitt. Gemeinsam aber bildeten sie ein Orchester, das alle Stimmungen und Ausdrücke perfekt nachspielen konnte.

»Aber«, sagte sie, »Margaret hat dich wirklich für ihren Enkel gehalten …«

»Sohn«, verbesserte sie Paul.

»Stimmt«, fuhr Brigit fort. »Während der alte Donal am anderen Ende des Flurs glaubt, du wärst der Sohn seines Nachbarn. Und Mrs. Jameson hält dich für …«

»In dem Fall bin ich mir selbst nicht ganz sicher«, warf Paul ein. »Ich würde vermuten, für ihren Butler.«

»Sie spricht mit uns allen, als wären wir ihre Dienstboten. Letzte Woche hat sie mich allen Ernstes gefragt, ob der Inhalt ihrer Bettpfanne mit dem von den anderen Patienten zusammengeschüttet wird. Die Frau glaubt wirklich, dass ihre Scheiße nicht stinkt.«

Paul musste lächeln, diese Beschreibung traf es tatsächlich ganz gut.

»Was ich eigentlich fragen wollte«, fuhr Brigit fort. »Warum tust du so, als wärst du all diese Menschen, die du nicht bist?«

Paul zuckte mit den Schultern. »Das macht es eben leichter.« Was stimmte. Es war nicht die ganze Wahrheit, nicht mal ansatzweise, aber die Wahrheit war es trotzdem. »Die Patienten, die ich im Auftrag vom Hospiz besuche, sind alt und verwirrt. Du siehst es doch selbst: Wenn die Angehörigen hierherkommen und ihre dementen Verwandten besuchen – wie ist das?«

»Nicht leicht«, gab Brigit zu. »Oft stehen sie einem geliebten Menschen gegenüber, der nicht weiß, wer sie sind. Das kann einem das Herz brechen. Mit der Zeit bekommen sie dann immer weniger Besuch, weil es für alle Beteiligten zu belastend ist.«

»Ganz genau. Aber die Patienten sind sich immer noch im

Klaren darüber, dass sie eigentlich wissen sollten, wer der Besucher ist. Wenn ich also reinkomme und Hallo sage …«

»Dann tust du einfach so, als wärst du irgendwer?«

»Nein. Ich tue so, als wäre ich derjenige, für den sie mich halten.«

»Aber du bist doch gar nicht diese Person.«

»Ich weiß, aber es ist wirklich nicht besonders schwer. Wie geht es dem und dem? Gut. Hat sich bei Soundso der Hexenschuss verbessert? Hat er. Hauptsächlich sind die Leute einfach glücklich, irgendwas vor sich hin zu schwatzen. Eigentlich ist es genauso wie immer: Die meisten Menschen wollen viel erzählen, aber nicht unbedingt zuhören.«

Die Hospizleitung war mit dieser Vorgehensweise offiziell natürlich nicht einverstanden, drückte aber ein Auge zu. Die traurige Wahrheit lautete, dass es die Patienten glücklicher machte, wenn sie glaubten, noch einen Fuß in ihrem vergangenen Leben zu haben, und in seinen zynischeren Momenten dachte Paul, dass sie so auch für die Pflegekräfte leichter zu handhaben waren. Sein Dienst war darüber hinaus ehrenamtlich, und das machte ihn sehr viel preisgünstiger als die meisten Medikamente.

Paul nahm einen weiteren Zug von seiner Zigarette und genoss den nachgemachten Geschmack. Als er ausatmete und den Blick über den Rasen schweifen ließ, sah er, wie ein Fuchs sie beide beobachtete, während er ein halb aufgegessenes Sandwich aus dem Mülleimer vor dem Zeitungsstand zog. Er sah nicht aus wie ein ängstliches Tier, das sich bereit machte, jeden Augenblick davonzuhechten. Es war ein Dublin-Fuchs. Er schien zu sagen: *Ich nehme mir das jetzt. Habt ihr irgendein Problem damit?*

»Und«, sagte Brigit, »wie bist du zum Oma-Flüsterer geworden?«

Im Laufe der letzten Jahre hatte er verschiedene Bezeichnungen gehört für das, was er tat. Dies war ohne Zweifel die freundlichste.

»Vor ein paar Jahren war eine Frau, die ... die früher auf mich aufgepasst hat ...«, genauer musste er das Brigit nicht erläutern, fand er, »... krank und lag im St. Katherine's Hospital. Sie war auf einer dieser Stationen, die ... na ja, die man nur noch mit den Füßen voran verlässt.«

Brigit nickte.

»Ich hab sie ziemlich oft besucht. Und auf dieser Station gab es noch eine andere Frau – Alzheimer im letzten Stadium, unter anderem –, und die hat mich für ihren Bruder gehalten. Man wusste, dass er nicht aus Amerika zu Besuch kommen würde, und sie hatte ihm noch einiges zu sagen, also ...«

»... hast du deine Show abgezogen.«

»Das ist keine Show!«

Sie zuckte zusammen, als sie in seiner Stimme so etwas wie echte Empörung wahrnahm, und streckte in einer versöhnlichen Geste die Hände aus. »Tut mir leid.«

»Man bat mich zu helfen. Also habe ich das getan.«

»Und dann ist dir dein Ruf durchs ganze Land vorausgeeilt ...«

»So in etwa.«

Genau genommen war es ganz und gar nicht so gewesen, aber auf die genauen Einzelheiten wollte er jetzt nicht eingehen. Er musste seine sechs Stunden gemeinnütziger Arbeit pro Woche ableisten, und die Oberschwester von der Station im St. Katherine's hatte aus Dankbarkeit einige Anrufe für ihn getätigt. Patientenbesuche hatten den großen Vorteil, dass sie nicht unter freiem Himmel stattfanden, und schwer heben musste man dabei auch nicht.

Paul warf einen kurzen Blick auf Brigit. Sie blickte in den

bewölkten Himmel und schien im Stillen eine ganze Liste von Fragen durchzugehen. Sie gehörte eindeutig zu den Frauen, die immer noch eine Nachfrage hatten.

»Was soll dann diese Sache mit den Bescheinigungen?«, fragte sie schließlich. »Bist du auf Bewährung draußen und musst Wohltätigkeitsarbeit leisten, oder was?«

»Nein!« Paul war selbst erschrocken, wie feindselig er sich anhörte. »Ich bin niemals mit dem Gesetz in Konflikt geraten.« Okay, das war eine Lüge. »Ich habe einfach eine soziale Ader.«

»Aber seit wann müssen sich Leute mit sozialer Ader eine Bescheinigung unterschreiben lassen, dass sie sechs Stunden pro Woche gearbeitet haben?«

In Ermangelung einer Antwort schnippte Paul den Stummel seiner Zigarette in den Gully und zog sein Handy aus der Gesäßtasche.

»Wir legen jetzt besser mal einen Zahn zu, wenn ich noch einen Besuch für dich machen soll.«

»Ja, okay«, sagte Brigit. Sie ließ ihre Zigarette ebenfalls fallen und zerdrückte sie unter ihrem Schuh. Offenbar war es ihr unangenehm, ihm zu nahegetreten zu sein, und sie strich sich verlegen die Haare hinters Ohr.

Paul warf einen Blick auf die andere Straßenseite. Der Fuchs schnüffelte an dem Sandwich, das er ausgegraben hatte. Statt es zu fressen, entschied er sich, darauf zu urinieren. Eine ziemlich vernichtende kulinarische Kritik.

# KAPITEL ZWEI

»Hast du mir zugehört?«

»Natürlich habe ich dir zugehört.«

Er hatte ihr nicht zugehört.

Gut, anfangs, als sie ihm erklärt hatte, wie genau der Gefallen aussehen sollte, um den sie ihn bat, hatte Paul ihr noch zugehört, aber dann hatte er angefangen, über Desinfektionsmittel nachzudenken. Warum roch es in Krankenhäusern so stark danach? Genau genommen stank es regelrecht nach dem Zeug. Auf den Fluren kam er an so vielen Leuten vorbei, die Tränen in den Augen hatten, und nie konnte man sagen, ob Grandpa gerade das Zeitliche gesegnet hatte oder die Ausdünstungen ihnen schlicht die Augäpfel verätzten.

Brigit blieb derartig unvermittelt vor einem der Privatzimmer stehen, dass ihre Plastiksohlen auf dem Fliesenboden ein leises Quietschen erzeugten.

»Also.« Paul deutete lässig auf die Tür. »Hier liegt sie?«

»Er!«, entgegnete sie. »Hier liegt *er*.«

»Klar. Wollte nur mal überprüfen, ob du auch aufpasst.«

»Ach, halt die Klappe«, sagte sie. »Also, noch mal zusammengefasst für alle, die gerade überhaupt nicht zugehört haben: Dieser Gentleman ist vor drei Wochen bei uns eingeliefert worden und hat seitdem keinen einzigen Besuch erhalten.«

»Wen erwartet er denn? Familie? Freunde?«

»Keine Ahnung, aber er fragt drei- bis viermal pro Tag, ob schon jemand da war.«

»Okay«, sagte er. »Und frisch doch bitte noch mal mein Gedächtnis auf. Sein Name lautet wie?«

Sie verdrehte die Augen. »Martin Brown. Er steht die meiste Zeit unter Medikamenten, aber auch in seinen lichteren Momenten ist er nicht grad der goldigste Sonnenschein. Erst gestern hat er eine der Pflegeschülerinnen zum Weinen gebracht.«

»Na, fantastisch«, sagte Paul. »Das wird ja ein Fest.«

Brigit legte eine Hand auf seinen Arm und senkte die Stimme. »Okay, er ist ohne Zweifel eine fürchterliche Kratzbürste, aber er wird nicht mehr lange bei uns sein. Der Krebs hat ihn voll erwischt. Soviel ich weiß, hat er drei Jahre lang jeden ärztlichen Rat und jede Behandlung ausgeschlagen, und nun ist er aus Amerika nach Hause zurückgekommen, um hier zu sterben. Er ist ganz allein und versucht, sich mit dem Unabwendbaren abzufinden. Also, na ja, Sie wissen schon ...«

Paul holte tief Luft, schmeckte das Desinfektionsmittel hinten in der Kehle und atmete es seufzend wieder aus. »Okay. Dann wollen wir mal.«

Sie klopfte an die Tür und öffnete sie rasch. Schon von draußen konnte Paul hören, wie über ein Sauerstoffgerät eingeatmet wurde, gefolgt von einer tiefen, heiseren Stimme.

»Verdammte Scheiße, nennen Sie das ...«, ein Nach-Luft-Schnappen, »... anklopfen? Was, wenn ich hier gerade an mir ...«

»Dann hätte ich Ihnen eins übergebraten. Das bringen sie uns in der Ausbildung bei.«

»Gottverdammte ... F...« Paul hörte einige weitere aufgebrachte Atemzüge.

»Na, na, Mr. Brown«, sagte Brigit. »Sie wollen doch Ihren Atem nicht verschwenden, nur um zu beweisen, dass die Epoche des guten Benehmens endgültig vorbei ist. Sie haben Besuch.«

Langsam trat Paul ein. Der Raum war genau so, wie er es mittlerweile von einem modernen Krankenhauszimmer erwartete – sauber, ordentlich, seelenlos. Es gab einen Fernseher, der gegenüber vom Bett oben an der Wand angebracht war und ohne Ton die Wiederholung einer Sitcom zeigte, die schon bei der Erstausstrahlung niemand gemocht hatte. Den einzigen Versuch einer Dekoration stellte ein Bild der Jungfrau Maria dar. Die Lippen hatte sie gespitzt und den Kopf zur Seite geneigt, als höre sie gerade mit aufrichtigster Sorge zu. Jesus mochte für die Sünden der Menschen gestorben sein, doch am Ende war es immer seine Ma, die bereit war, sich ihre Ausreden anzuhören.

Die Beleuchtung war spärlich, aber Paul musste kein Arzt sein, um zu erkennen, dass die schwächliche Gestalt, die halb aufgerichtet im Bett saß, nicht mehr lange auf dieser Welt sein würde. Martin Brown sah aus wie ein bulliger Mann, aus dem man die Luft herausgelassen hatte. Sein Fleisch hing bleich und lose an ihm herab, als trüge sein Skelett einen Anzug aus Haut, der ihm einige Nummern zu groß war. Verschiedene Kabel und Schläuche führten zu den Maschinen, die ihn umgaben, um seine Schmerzen zu erleichtern beziehungsweise sein Leiden zu verlängern. Es war schwer zu sagen, wie alt Brown war. Er hatte den Punkt erreicht, an dem die Zeit nicht mehr in Geburtstagen gemessen wird, sondern in Tagen, vielleicht nur noch Stunden. Seine ausgemergelte Hand presste eine Sauerstoffmaske auf sein Gesicht. Er funkelte Paul böse an, während er mühsam Atemluft inhalierte. Auf der ganzen Welt gab es nicht genügend Desinfektionsmittel, um den Gestank des Todes aus diesem Raum zu vertreiben.

Brigit räumte das Tablett mit dem nicht angerührten Essen ab, das auf dem Tisch vor ihm stand.

»Raus mit Ihnen.« Brown sprach in einem heiseren Flüstern.

Paul wollte sich schon auf dem Absatz umdrehen, als ihm bewusst wurde, dass diese Aufforderung nicht ihm gegolten hatte.

Brigit schaute zwischen den beiden hin und her. »Na schön – dann lasse ich euch Jungs mal allein. Ich bin mir sicher, ihr habt euch viel zu erzählen.« Sie klappte das Tischchen zusammen und verstaute es neben dem Bett, bevor sie das Tablett zur Tür trug. Bevor sie hinausging, warf sie Paul noch einen Blick zu, der nach einem sarkastischen »Viel Spaß« aussah.

Paul beobachtete, wie sich die Tür schloss. Eine verregnete Bushaltestelle kam ihm nun gar nicht mehr so schlimm vor. Dieser Mann sorgte dafür, dass es ihm eiskalt den Rücken runterlief. Paul hatte schon viele Menschen getroffen, die kurz vor ihrem Ende standen, aber so hatte es sich noch nie angefühlt. Er wusste nicht, wieso, aber dies war anders.

Einen langen Augenblick starrten sie einander an. Er versuchte, Brown die Zeit zu geben, für sie beide zu entscheiden, wer Paul sein würde. Er fragte sich schon, ob der Mann überhaupt noch etwas sagen würde. Vielleicht war er bereits tot? War es möglich, dass jemand starb, ohne sich zu bewegen – während seine Augen immer noch offen standen und ihn weiter böse anstarrten? War das Leben derart binär? Konnte der Schalter einfach still und heimlich auf Aus gestellt werden?

Brown sog einen abgehackten Atemstoß ein und hielt sich wieder die Maske vors Gesicht. Er war noch nicht tot.

Paul preschte zuerst vor. »Also, wie geht's …«

»Ich wusste, dass du kommen würdest«, unterbrach ihn Brown. Er sagte es mit einer Endgültigkeit, als wäre Paul die unvermeidliche Steuerrechnung in der Post.

»Ich wollte nur mal sehen, wie es so läuft.«

»Ach, ganz fabelhaft. Scheiße, verdammte.« Er gestikulierte mit der freien Hand in Richtung des Stuhls, der neben dem Bett stand. Es war schwer, zwischen dem Röcheln und Knurren Browns Akzent zuzuordnen, aber irgendwo fand sich da zweifelsohne eine Spur Dubliner Innenstadt, vermischt mit dem näselnden Tonfall von jemandem, der einige Zeit auf der anderen Seite des Atlantiks verbracht hatte.

Paul ging zu ihm und setzte sich. Er machte keine Anstalten, Brown zu berühren. Dieser Mann war eindeutig nicht der Typ fürs Händchenhalten.

»Und, wie ist denn das Essen hier?«, versuchte es Paul.

»Glaubst du an den Himmel?«

Ah, okay – es würde also eine *dieser* Unterhaltungen werden. Nicht eine von Pauls Favoriten, aber zumindest hatte er damit wieder das Gefühl, zu wissen, wo er stand. Er warf einen Blick hinauf zur Maria an der Wand, deren ruhig zur Seite geneigter Kopf zu fragen schien: »Ich bin auch gespannt: Glaubst du daran?«

Er griff auf seine Standardantwort zurück, die für alle gleichermaßen funktionierte: für jene, die einem sofort mit Gott kamen, genauso wie für die Atheisten. »Ich persönlich glaube, dass es ein Leben nach dem Tod gibt, in dem wir unsere alten Freunde wiedersehen und …«

Browns Blick bohrte sich in seinen. »Soll das eine Drohung sein?«

»Nein, ich …« Der kurze Moment, in dem Paul geglaubt hatte, er habe das Gespräch im Griff, entglitt ihm wieder.

»Wenn es den Himmel gibt, gibt es auch eine Hölle und …« Ein schnappender Atemzug. »Ich weiß, wo es dann für mich hingeht. Ein paar Meter tief runter, unter dem Felsen …«

Ein Zitteranfall fuhr durch Browns Körper. Er krümmte sich zusammen und keuchte in seine Maske. Paul überlegte, ob er eine Schwester rufen sollte, aber eine leichte Veränderung in Browns Gesichtsausdruck sorgte dafür, dass ihm die Worte in der Kehle stecken blieben. Der verrückte alte Bastard *lachte*, auch wenn sein Gelächter rasch in einen Hustenanfall überging. Mit seiner rechten Hand zog Brown die Sauerstoffmaske ein Stück von seinen Lippen fort, während er sich mit dem Taschentuch in seiner linken den Mund abtupfte. Als er es wieder wegnahm, bemerkte Paul einen Blutfleck darauf. Rasch wich er dem Anblick aus und starrte lieber wieder in die großen braunen Augen der Jungfrau Maria. Woher wussten die Leute eigentlich, dass sie braun gewesen waren? In jedem Krankenhauszimmer, in dem er bislang gesessen hatte, hing ein Bild von ihr an der Wand, und auf jedem einzelnen hatte sie diese großen braunen Rehaugen. Wurden sie in der Bibel erwähnt? Vielleicht gleich nach der Stelle, an der erklärt wurde, dass Jesus weiß gewesen war – überraschenderweise für einen Mann aus dem Mittleren Osten.

Paul hielt deshalb so eifrig Augenkontakt mit der heiligen Lady voller Gnaden, weil er kein Blut sehen konnte, nicht das von anderen Leuten und schon gar nicht sein eigenes. Normalerweise war das kein Problem. Es erstaunte ihn, wie lange man sich in einer modernen medizinischen Einrichtung aufhalten konnte, ohne tatsächlich Blut zu Gesicht zu bekommen. Es war wie Öl in einem hochmodernen Auto: Man sah es erst, wenn irgendwas richtig schlecht lief.

Brown tupfte seine Lippen erneut ab und wedelte dann mit dem Tuch vor seinem Gesicht herum, als wollte er eine Fliege verscheuchen. Dann warf er Paul einen ungehaltenen Blick zu. Er fuchtelte noch mal mit dem Taschentuch herum, diesmal noch dringlicher. Verlegen zuckte Paul zusammen, als ihm klar wurde, dass er damit das Glas Wasser auf dem Nachttisch meinte. Er streckte die Hand aus und reichte es ihm.

Als der Sturm vorbei war, löste Brown seine Lippen von dem Strohhalm im Glas, und Paul stellte das Wasser vorsichtig auf den Nachttisch zurück. Als er sich umdrehte, hatte Brown seinen Kopf leicht schief gelegt und schenkte ihm einen anerkennenden Blick.

»Du bist ihm wirklich wie aus dem Gesicht geschnitten. Und von deinem Onkel hast du auch was abbekommen …«

Paul wusste nicht, was er erwidern sollte, nicht zuletzt wegen der Art, wie Brown dies sagte. Es klang wie ein Kompliment.

Brown schaute zur Decke hinauf, als starre er in die weiteste Ferne, während sich ein langes Schweigen zwischen ihnen ausbreitete. Erschüttert stellte Paul fest, dass sich eine einzelne Träne ihren Weg über die Falten des abgehärmten Gesichtes bahnte. »Ich schwöre bei Gott, ich habe nicht gewusst … was er … ich habe das nicht gewusst.«

Zwei Sekunden später klang Brown beinahe schwatzhaft. »Als ich dich das letzte Mal gesehen habe, warst du noch ein kleiner Hosenscheißer.« Er schaute zu Boden, wobei seine sowieso schon schwache Stimme weiter absackte. »Ich habe mein kleines Mädchen dreißig Jahre lang nicht gesehen …«

Brown starrte zu dem Fernseher in der Ecke hinüber, aber offenbar nicht, weil er sich das Programm anschauen wollte.

»Würdest du das denn gern?«, wagte sich Paul vor.

Der Blick, den Brown ihm zuschoss, ließ keinen Zweifel: Das hätte er lieber nicht sagen sollen.

»Sie will nichts mit mir zu tun haben … Ich meine … Sie weiß nichts …« Er nahm einen weiteren Atemzug aus der Maske. »Lass sie in Ruhe.«

Während er mehr von der kostbaren Luft einsog, schaute er Paul auf eine Weise an, auf die sich kein Reim machen ließ. Traurigkeit, Trotz, Wut – es ging da zu vieles vor sich, was Paul nicht auseinanderdividieren konnte.

»Weißt du, wenn du dich deinem Ende näherst, ist es nicht die …«, Brown hielt inne, »… Überraschung, die dich fertigmacht, sondern die Scheißvorhersehbarkeit. Du bist Gerrys Sohn. Du wirst tun, was du kannst, um wie er zu werden, ob dir das bewusst ist oder nicht. Deshalb wirst du mir auch nicht glauben, wenn ich dir sage, dass ich nichts verraten habe. Du wirst sie benutzen … so sind wir eben.« Wieder schaute er Paul an, und seine Stimme senkte sich zu einem Flüstern. »Du … siehst wirklich genauso aus wie dein Onkel.«

Das hier war weit genug gegangen. Für wen auch immer dieser Typ Paul hielt, es handelte sich offenbar nicht um jemanden, den er sehen wollte.

»Also, ich glaube, hier liegt doch ein Missverständnis vor, ich denke, ich werde mal lieber …«

Als Paul aufstand, um zu gehen, schoss Browns Hand mit überraschender Geschwindigkeit vor und packte ihn am Handgelenk.

»Nein, nicht … bitte.« Jetzt lag ein Jammern in seiner Stimme. »Für einen alten Freund deines Vaters.«

Paul schaute zur Tür hinüber und zögerte. Vielleicht wäre ein Beruhigungsmittel angebracht – damit die gequälte Seele dieses Mannes Ruhe bekam vor dem, was ihm derartig zusetzte. Irgendwann musste er ein ziemlich einschüchternder Zeitgenosse gewesen sein, aber das war lange her. Nun war er nur noch eine traurige, leere Hülle, die von der Last seines Gewissens erdrückt wurde.

Brown begann wieder zu husten. Er führte die linke Hand mit dem Taschentuch zurück an seine Lippen, und sein Blick wanderte flehentlich zu dem Wasserglas hinüber. Paul griff danach und setzte sich auf die Bettkante.

Als Paul ihm das Wasser reichte, senkte Brown seine linke Hand und schob sie unter die Bettdecke.

»Danke.«

Er nahm den Strohhalm zwischen die Lippen und begann, langsam zu trinken. Paul sah aus dem Augenwinkel, dass er unter der Decke herumfummelte, wollte aber einen weiteren Blick auf das blutige Taschentuch vermeiden. Also bemühte er sich, Brown direkt in die Augen zu schauen. Trotzdem bemerkte er, dass irgendetwas ganz und gar nicht stimmte.

Plötzlich schoss Browns Hand vor und krallte sich in Pauls Kehle. Er ließ das Wasserglas fallen, das vom Bettrand abprallte, bevor es auf dem Boden zerbarst. Paul griff instinktiv nach Browns Arm und versuchte, ihn fortzureißen. Die Augen des alten Mannes funkelten wild, und plötzlich schien er über eine völlig wahnsinnige, verzweifelte Kraft zu verfügen. Kaum bemerkte Paul, dass sich Browns linke Hand am Rande seines Gesichtsfeldes in die Höhe schwang. Es musste ein atavistischer Überlebensinstinkt sein, der ihn dazu brachte, sich im letzten Augenblick abzuwenden, sodass die herabfahrende Hand seinen Kopf knapp verfehlte und stattdessen auf seine rechte Schulter niederging. Er spürte einen stechenden Schmerz, gefolgt von einer unerklärlichen Feuchte, die sich über seinen Arm ausdehnte.

In seiner Verwirrung und Wut begriff Paul nicht wirklich, was geschehen war. Er versuchte, aufzustehen und von seinem Angreifer loszukommen, aber mit dem linken Fuß rutschte er auf dem nassen Boden aus. Brown glitt an Pauls Kehle herab, krallte sich dafür an seinem Shirt fest. Pauls Schwung zog Brown aus dem Bett, sodass er direkt auf ihm landete. Dabei riss er verschiedene Maschinen mit sich, denen der Zusammenstoß mit der Schwerkraft und der Raserei eines Wahnsinnigen schlecht bekam.

Die gnädige Lockerung von Browns schraubstockartigem Griff an Pauls Kehle war nur von kurzer Dauer. Zwar bestand der alte Mann nur noch aus Haut und Knochen, war aber noch schwer genug, um schmerzhaft die Luft aus Pauls Lungen zu pressen, als er auf ihm landete.

Es entstand ein Moment seltsamer Ruhe, als beide Männer kurz um Atem rangen. Sie keuchten wie zwei Fische, die an

Deck eines Bootes ihrem Schicksal überlassen wurden. Paul hörte ein unangenehmes Rasseln in seinem Hals und ein Klicken bei jedem angestrengten Atemzug.

Brown erholte sich als Erster. Er wuchtete seinen Körper herum, als würde er eine völlig wahnsinnige Version von *Twister* spielen, und führte sein Gesicht millimeternah an Pauls heran. Browns blutbefleckter Mund schäumte unter wild stierenden Augen. Sein Atem stank faulig, als würde das, was in seinen Innereien verrottete, in ihm hochkochen. Paul lag wie hypnotisiert da – wohl, weil sein Geist beschlossen hatte, dass das alles zu viel war, und nur noch darauf wartete, dass die Realität wieder zur Vernunft kam.

»Du ... hast ... mir ... alles ... genommen!« Der Atem des alten Mannes fuhr wie ein fauler Wind über Pauls Gesicht.

Dann bäumte Brown sich über ihm auf.

Pauls Arme waren wie festgenagelt. Er versuchte, sie freizubekommen, als Brown die linke Hand über seinem Kopf in die Höhe riss. Paul registrierte ein Aufblitzen, und er zuckte zurück, als die Hand des Alten wieder herabfuhr.

Auf halbem Weg nach unten krampfte Browns Arm zusammen, und was auch immer er in der Hand hielt, löste sich aus der Umklammerung und schlitterte über den Boden. Wutentbrannt wandte sich Brown um und bemerkte, was ihn zurückhielt. In animalischer Frustration zog er an seinem Venenkatheter und heulte laut auf. Das Ergebnis war, dass er mit dem Kopf voran erneut auf Paul hinabstürzte, sodass sie wieder Gesicht an Gesicht aufeinanderlagen.

Brown stieß ein krächzendes Wahnsinnsgelächter aus, das sich rasch in würgendes Husten verwandelte. Etwas Heißes und Feuchtes landete auf Pauls Gesicht. Nun konnte er nur noch den verzerrten Mund über sich sehen und das Blut, das zwischen unebenen, gelben Grabsteinzähnen herabtropfte.

Dann ertönte das Geräusch der aufgerissenen Tür, ein Schrei und weiterer Tumult.

Die Hände unsichtbarer Engel griffen nach Brown und zogen ihn fort. Paul sah nur noch, wie das Totenmaskengesicht des Mannes ihn irre geifernd angrinste. Paul wandte den Kopf ab. Erst jetzt bemerkte er, dass Blut sein Hemd um die Schulter herum rot färbte und …

Dann verlor er das Bewusstsein.

Er konnte eben kein Blut sehen. Nicht das von anderen Leuten und schon gar nicht sein eigenes.

# KAPITEL DREI

»Eigentlich sind Sie ein echter Glückspilz!«

Er strahlte Paul mit einem warmen, entwaffnenden Lächeln an, das in den meisten Situationen überaus liebenswert gewirkt hätte. In diesem Augenblick aber fiel es Paul sehr schwer, ihm nicht mit voller Wucht eine reinzuhauen.

»Ach ja?«, fragte er. »Ich dachte nämlich, man hätte mir ein Messer in die Schulter gerammt. Hat man mir kein Messer in die Schulter gerammt?« Er beschloss, sich mit Sarkasmus zu begnügen. Schließlich hatte er heute bereits eine gewalttätige Auseinandersetzung hinter sich, und eine weitere traute er sich einfach nicht zu. Außerdem schien der Arzt aufrichtig zu sein, wenn auch ein wenig irre. Paul hatte durchaus erwartet, dass ihm in den frühen Morgenstunden in der Notaufnahme Unerwartetes begegnen würde, aber so viel Euphorie von einem professionellen Mediziner irritierte ihn dann doch. Vor allem da sie von jemandem kam, der ihm soeben erklärt hatte, dass seine rechte Schulter sieben frische Stiche aufwies. Sie war dick bandagiert, und der ganze Arm lag zur Entlastung in einer Schlinge.

Soweit Paul sich das Ganze zusammenreimen konnte, war er mit einem Krankenwagen vom St.-Kilda's-Hospiz zur Notaufnahme des St.-Katherine's-Hospital gefahren worden. Er nahm auch an, dass man ihm irgendwann im Laufe der Ereignisse etwas gegen die Schmerzen verabreicht hatte, denn er war ziemlich weggetreten gewesen.

Dr. Sinha war siebenundzwanzig und stammte aus Indien. Er verfügte über eine Urkunde, die ihm den Abschluss des dortigen Medizinstudiums bescheinigte sowie die Tatsache, dass er Drittbester seines Jahrgangs gewesen war. Danach hatte er die klinischen Prüfungen in Irland gleich beim ersten Mal bestanden, und zwar mit Auszeichnung. Er war hierhergekommen, weil er gehört hatte, dass die Iren so freundlich wären. Außerdem war er an einer internationalen Schule unterrichtet worden, was erklärte, warum er ein deutlich besseres Englisch sprach als jeder andere in diesem Gebäude.

Dass Paul über diese Dinge so gut Bescheid wusste, lag daran, dass er mitangehört hatte, wie Dr. Sinha all das drei Mal dem betrunkenen Ehemann der Frau erklärt hatte, die mit gebrochenem Bein am anderen Ende des Krankenzimmers lag.

Der treusorgende Gatte war Anwalt und hatte eine beträchtliche Zeitspanne mit dem Versuch verbracht, die zerschmetterte Gliedmaße seiner Frau wegzuargumentieren. Anscheinend hatten sie einen Skiurlaub gebucht, und das »passte nun gar nicht« zu der Diagnose, sie habe ein gebrochenes Bein. Mit der ganzen Geduld, die den Hindus in Ermangelung von katholischen Heiligen eigen ist, hatte Dr. Sinha vollstes Verständnis dafür gezeigt, dass der treusorgende Gatte auf eine zweite Meinung bestand. Er saß nun neben dem Bett seiner Frau und wartete darauf, dass der »richtige Arzt« auftauchte. Hoffentlich würde es jemand sein, mit dem er zusammen zur Schule gegangen war, damit sie irgendeinen geheimen Handschlag ausführen und aus dem Bruch in null Komma nichts eine leichte Schürfwunde machen konnten.

Nachdem er beobachtet hatte, mit wie viel Würde Dr. Sinha dem Ehemann aus der Hölle entgegengetreten war, hätte Paul ihn eigentlich mögen müssen. Die positive Einschätzung seiner Lage durch den braven Doktor machte es ihm allerdings ziemlich schwer.

»Ja, ein Glückspilz«, wiederholte Dr. Sinha. »Das obere Schulterblatt bietet nämlich optimale Voraussetzungen für

Stichverletzungen. Wenn die Klinge die Rotationssehne verfehlt, was sie, wie ich Ihnen gerne mitteile, in Ihrem Fall getan hat, besteht nur eine sehr geringe Wahrscheinlichkeit eines dauerhaften Schadens.«

»Oh … gut.«

»Sehr gut sogar. Sie sollten sich an dieser Stelle allerdings keine Schussverletzung zuziehen. Das wäre wiederum äußerst unglücklich. In diesem Bereich verlaufen nämlich eine große Arterie und wichtige Nerven, die den Arm kontrollieren, ganz zu schweigen von einem Gelenk, das kein Chirurg der Welt neu aufbauen kann. Das wären dann wirklich schlechte Nachrichten.«

»Danke für den Tipp«, sagte Paul. »Nur damit ich Bescheid weiß: Wo wäre denn eine gute Stelle für eine Schussverletzung?« Er hatte immer noch nicht verinnerlicht, dass Dr. Sinha sich im Sarkasmus nicht zuhause fühlte.

»Gluteus maximus – gar keine Frage. Ob Schusswunde oder Stichwunde – wenn Sie die Wahl haben, entscheiden Sie sich immer für den Hintern.«

Offenbar war der Doktor nur mit Schusswechseln vertraut, die in höflicher gegenseitiger Abstimmung stattfanden.

»Also, wenn ich Hintern sage, meine ich natürlich die Backen und nicht den …«

»Super«, unterbrach ihn Paul. »Ich glaube, das habe ich so weit verstanden.«

Sinhas gute Laune schien einen Dämpfer zu erfahren, und Paul plagte augenblicklich ein schlechtes Gewissen – als hätte er einen fröhlich hechelnden Hundewelpen aus dem Weg getreten.

»Entschuldigung«, sagte Dr. Sinha. »Manchmal geht es bei medizinischen Fachfragen mit mir durch. Und das führt zu einer unangebrachten Art, mit den Patienten zu kommunizieren.«

»Das würde ich so nicht sagen.«

»Nun, es *wurde* schon so gesagt«, erwiderte Dr. Sinha. »Ich zitiere aus der Beurteilung, die ich am Ende meiner Probezeit bekommen habe.« Dann fügte er mit verletztem Stolz hinzu: »Offenbar habe ich zu viel Freude an meiner Arbeit.«

Paul warf erneut einen Blick zum treusorgenden Gatten hinüber. »Geben Sie sich ein bisschen Zeit. Ich bin sicher, das vergeht.«

»Eigentlich wollte ich Sie nach etwas anderem fragen.« Dr. Sinha löste das Klemmbrett vom Fußende des Bettes. »Ich bin ein wenig verwirrt. Hier steht, dass Ihr Angreifer …«, er hielt inne, um aus dem Krankenblatt vorzulesen, »… Ihnen Blut ins Gesicht gehustet hat?«

»Ja … ähm.« Bei der Erinnerung daran, wie Browns geistesgestörte Totenmaske ihn angegeifert hatte, drehte sich Paul der Magen um.

»War der Mann verwundet?«

»Nein!« Paul fühlte sich von der Frage angegriffen. »Ich habe nichts …«, stammelte er. »Ich habe mich lediglich verteidigt.«

»Okay, ich verstehe.« Dr. Sinhas Gesichtsausdruck ließ deutlich erkennen, dass er es keineswegs verstand.

»Soweit ich weiß, befindet er sich im letzten Lungenkrebs-Stadium«, fügte Paul erklärend hinzu.

»Und er hat Ihnen ein Messer in die Schulter gerammt?«

»Ja.«

»Warum hat er …«

So langsam fiel Dr. Sinha ihm wirklich auf die Nerven. »Das müssen Sie schon ihn fragen.«

»Oh … okay«, sagte der Arzt. »Es ist bloß … hier steht nämlich, dass er … verstorben ist.«

»Oh …«

»Akuter Herzinfarkt, heißt es hier.«

Paul wusste nicht, was er davon halten sollte. In diesem Augenblick wollte er einfach überhaupt nichts davon halten. Er hatte noch nicht einmal annähernd genug Zeit gehabt, sich selbst zu bedauern, und nun erwartete man schon, dass er auf solch eine Information reagierte.

Dr. Sinha warf ihm einen merkwürdigen, leutseligen Blick zu. Paul merkte, dass der junge Mediziner eine Gelegenheit witterte, seine Patientenkommunikation zu trainieren. Dr. Sinha legte den Kopf schief und ging so unbewusst in den vollen Jungfrau-Maria-Modus.

»Dann muss er gestorben sein, nachdem …«

»Ja, er war nämlich *davor* und *währenddessen* eindeutig am Leben.«

»Haben Sie ihn gut gekannt?«

»Nein«, erwiderte Paul. »Ich hatte ihn gerade erst kennengelernt.«

Dr. Sinhas Gesicht hellte sich auf. »Oh, na dann ist es ja gar nicht so schlimm, oder?«

»Nicht?«

»Ich meine, mir persönlich wäre es deutlich lieber, wenn ein Fremder versuchen würde, mich umzubringen, als jemand, den ich gut kenne.«

»Stimmt wohl.« So konnte man die Sache durchaus sehen.

»Die gute Nachricht: St. Kildas hat uns ein aktuelles Blutbild von Mr. Brown zugeschickt, und soweit wir das sehen, hatte er nichts Ansteckendes. Kein Aids, Hepatitis, Ebola …«

»Fantastisch.«

»Sie sind also komplett in Ordnung …«

»Abgesehen von der Stichwunde.«

»Ach, ha, ha. Entschuldigen Sie.« Er sagte tatsächlich *ha, ha,* und das auf eine Weise, die Paul überaus nervtötend fand. »Wir beide haben ein wirklich schwieriges Gespräch führen müssen, und jetzt sehen Sie uns an: Wir machen schon Scherze! Das ist doch wunderbar gelaufen.« Wieder strahlte er übers ganze Gesicht. »Was mich zu dem nächsten Punkt bringt, um den wir uns kümmern müssen. Es scheint ein Problem mit dem Notfallkontakt gegeben zu haben, den Sie uns bei Ihrer Einlieferung genannt haben.«

»Ach ja?«

»Das passiert andauernd in dieser Situation. Überall hetzen die Leute um einen herum ...«

»Außerdem hatte man mich fast erstochen.«

»Außerdem hatte man Sie fast erstochen. Wir haben die Nummer angerufen, die Sie uns gegeben haben, aber anscheinend handelt es sich um einen chinesischen Lieferdienst namens *The Oriental Palace*.«

»Das ist nicht bloß ein Lieferdienst. Sie haben erst vor Kurzem einen Gästeraum mit besonders authentischem Ambiente eingerichtet.«

Mrs. Wu wäre stolz auf ihn gewesen. Seit beinahe drei Monaten sagte sie jedes Mal, wenn sie ans Telefon ging: »Hallo, *The Oriental Palace* – seit Neuestem mit einem Gästeraum mit besonders authentischem Ambiente.« Irgendjemand musste ihr gesagt haben, dass ihr neu eingerichtetes Restaurant über ein besonders authentisches Ambiente verfügte. Und wenn sie auch vielleicht nicht wirklich wusste, was damit gemeint war – daraus würde sie verdammt noch mal Kapital schlagen.

»Ich verstehe«, sagte Dr. Sinha. »Arbeitet ein Verwandter von Ihnen im *Oriental Palace*?«

»Nein, nicht wirklich.« Oder eigentlich gar nicht. »Fragen Sie nach Mickey.«

»Okay. Mickey wer?«

Das hatte Paul befürchtet. Wer wusste schon den Nachnamen seines Lieferdienstfahrers? Klar, Mickey war dann und wann auch mal reingekommen und hatte eine mitgeraucht oder an einem mauen Dienstag ein lebensbedrohlich billiges osteuropäisches Bier mitgetrunken. Einmal war er sogar länger geblieben und hatte die Hälfte von *Roxanne* auf DVD mitgeschaut, aber nach seinem Nachnamen zu fragen kam Paul doch arg persönlich vor. Mickey hatte ihm erzählt, dass er nicht aus China stammte und wie wahnsinnig es ihn machte, wenn die Leute es ihm einfach unterstellten. Leider hatte Paul vergessen, woher Mickey tatsächlich kam. Das war also ein weiteres Minenfeld. »Bloß Mickey.«

»Also keine Verwandten, die wir für Sie anrufen sollen?«

»Nein. Keine.«

Dr. Sinha machte dies offensichtlich verlegen. »Nun, als jemand, der aus einer sehr großen Familie stammt, darf ich vielleicht sagen, dass ich Sie beneide. Ich muss die Hälfte meines Gehalts für Geburtstagskarten ausgeben.«

»Muss schwer sein.«

»Ist es!« Dr. Sinha schien der Themenwechsel neuen Auftrieb zu geben. »Sieben Geschwister und, als ich das letzte Mal durchgezählt habe, sechsundzwanzig Neffen und Nichten. *Plop* – schon wieder ein Baby. *Plop, plop* – Zwillinge. Das hört einfach nicht auf.«

»Wow.«

»Also, dann notiere ich hier: Patient hat keine Familie?«

»Jep.«

»Wie sieht es aus mit einer Partnerin oder einem Partner?«

»Nein.«

»Okay, wunderbar. Sie sind also vollkommen allein«, sagte Dr. Sinha. »Ich meine, abgesehen von Mickey?«

»Ja.«

»Hervorragend.«

»Sie geben einem auf jeden Fall das Gefühl, dass es so ist.«

Dr. Sinha blätterte die Seite auf dem Klemmbrett um. »Nun, ich denke, das wäre alles. Es sei denn, Sie hätten noch irgendwelche Fragen an mich?«

»Nein«, sagte Paul.

Ein lauter, Aufmerksamkeit erheischender Huster vom treusorgenden Gatten schallte durch das Krankenzimmer. Seine zweite Meinung war immer noch nicht aufgetaucht.

»Überhaupt gar keine Fragen?«, erwiderte Dr. Sinha mit einem leichten Flehen in den Augen.

Paul fühlte sich verpflichtet. »Wann kann ich hier raus?« Nach kurzem Nachdenken wurde ihm klar, dass er die Antwort darauf tatsächlich wissen wollte. Er begann, eine starke Antipathie gegen Krankenhäuser zu entwickeln.

»Wir werden Sie morgen noch einmal durchchecken, und vorausgesetzt, alles ist in Ordnung, können Sie in ein paar Tagen nach Hause.« Er zögerte. »Aber … Sie möchten mit der Polizei sprechen.«

»Nicht wirklich«, sagte Paul. Er wollte es nicht – wozu sollte es auch gut sein? Ja, man hatte auf ihn eingestochen, aber der Täter stand für die Polizei nicht mehr zur Verfügung. Es sei denn, sie wollte ein Ouija-Brett hinzuziehen.

Dr. Sinha sah verlegen aus. »Entschuldigen Sie, da habe ich mich falsch ausgedrückt. Englisch ist nicht meine Muttersprache. Die Polizei möchte *mit Ihnen* sprechen.«

Paul wurde flau im Magen. Die ganze Sache mit der Stichwunde hatte ihn vom Gesamtbild abgelenkt. Er hatte ein Zimmer betreten, und fünf Minuten später war ein Typ gestorben – und zwar nach einer körperlichen Auseinandersetzung mit ihm, bei der sich der Mann genötigt gefühlt hatte, auf ihn einzustechen. Paul erkannte, dass das nicht gut aussah. Je mehr er darüber nachdachte, desto unwahrscheinlicher war es, dass dies jemals auch nur annähernd gut aussehen *könnte*. Er durfte keinen Ärger mit der Polizei bekommen, das verstieß gegen das zweite Gebot. *Sie* hatte das sehr klargemacht.

Er schaute hinaus zum Gang der Station und erblickte die Reflektoren einer Uniformweste, die hinter Schwingtüren aufblitzten.

»Steht da draußen ein Polizist?«, fragte er.

»Ja«, erwiderte Dr. Sinha. »Und ganz unter uns: Ich und meine Kollegen sind sehr froh über seine Anwesenheit. Vorhin hat er uns freundlicherweise dabei geholfen, einen Mann zu beruhigen, der ein bisschen zu viel Methamphetamin genommen hat.«

Paul fuhr sich mit den Fingern durchs Haar und rieb sich den Nacken – eine Angewohnheit in Stresssituationen. »Oh Gott, oh Gott, oh Gott«, sagte er, »das sieht böse aus.«

Dr. Sinha tätschelte ihm beruhigend die Hand. »Entspannen Sie sich, Mr. Mulchrone, ich bin mir sicher, es wird alles gut werden.«

»Ja«, sagte Paul, »das legt der bisherige Verlauf dieser Nacht ja zweifellos nahe.«

# KAPITEL VIER

Paul wusste genau, wo er nicht war.

Er war nicht in der Kanzlei von *Greevy & Co Solicitors*, auch wenn Shane Greevy ihm gegenüber hinter dem Schreibtisch saß und aus einem großen Buch mit Ledereinband vorlas. Greevy sah aus wie immer – er war ein hagerer Mann in seinen Vierzigern, mit beginnender Glatze, und trug sein ewiges Lächeln zur Schau, ohne dabei jemals glücklich auszusehen. Der Mann grinste so, wie ein Mindestlohn-Arbeitnehmer sich für die Feiertage schick anzog: als hätte ihn ein Memo aus der Chefetage dazu gezwungen. Genau genommen konnte dies auch gar nicht die Kanzlei von *Greevy & Co Solicitors* sein. Paul bemerkte, dass sein Unterbewusstsein die Einrichtung einem Mahagoni- und Lederpolster-Upgrade unterzogen und sogar eine beeindruckende Standuhr in der Ecke hinzugefügt hatte. In Wirklichkeit bestand die Kanzlei nämlich bloß aus zwei ranzigen Räumen in Phibsboro, direkt über einem Sofa-Laden, der nach einem drei Jahre dauernden Ausverkauf vor Kurzem endlich doch noch geschlossen worden war.

Dieser Traum war einer von zwei Träumen, an die sich Paul jedes Mal erinnern konnte, weil ihn beide mit großer Häufigkeit heimsuchten. Dies hier war der, den er in der Regel bevorzugte. Offenbar war es ungewöhnlich, sich bewusst zu sein, dass man träumte, leider hieß das aber nicht, dass er sich selbst auch wecken konnte. Es schien ihm nichts anderes übrigzubleiben, als beinahe jede Nacht wie festgewachsen miterleben zu müssen, wie sich das Ganze immer wieder von vorne abspielte.

Greevy schaute aus dem Buch mit Ledereinband auf und räusperte sich scharf. Offenkundig war er nicht glücklich darüber, dass man ihm keine vollständige Aufmerksamkeit zollte. Das war noch so eine Sache: das Buch. Fidelmas echtes Testament hatte lediglich aus einigen banalen DIN-A4-Ausdrucken bestanden.

Greevy las weiter vor: »... meinen Besitz jeglicher Art, wo auch immer situiert, einschließlich meines Hauses in Richmond Gardens, meine Ersparnisse und Geldanlagen vermache ich dem Tierheim für bedürftige Esel in Donegal.«

In diesem Augenblick stieß der rechts hinter Greevy sitzende Esel sein übliches, bedrohliches Knurren aus. Paul war sich ziemlich sicher, dass Esel in Wirklichkeit nicht knurrten, aber er würde den Teufel tun und seine Alpträume auf ihren Realitätsgehalt prüfen.

»Unabhängig von dieser Regelung hinterlasse ich für meinen Großneffen Paul Mulchrone folgende Verfügung.«

Paul schaute zu seiner Großtante Fidelma hinüber, die wie immer rittlings auf dem Esel saß. Ganz gleich, was er sagte oder tat, sie öffnete nie den Mund. Sie zeigte immer nur dieselbe missbilligende Miene, als wollte sie sagen: »Was stinkt hier eigentlich so?«

Zweimal waren sie einander im wahren Leben begegnet, und beide Male hatte sie nicht mit ihm gesprochen. Beim ersten Mal war er ein sechsjähriger Junge gewesen, der sich hinter seiner Mutter verkrochen hatte. Damals war er durch und durch konzentriert gewesen auf die Aufgabe, die man ihm übertragen hatte: sich um den großen, blauen Koffer zu kümmern. Fidelma und seine Ma stritten miteinander, bevor seine Großtante ihnen die Tür vor der Nase zuknallte. Paul verstand das nicht. Er weinte und beschwerte sich über die Kälte, bis die Tränen seiner Mutter seine eigenen stoppten. Das zweite und letzte Mal, dass er Fidelma getroffen hatte, war, als er gerade zwölf Jahre alt geworden war. Sein Geburtstag war am Tag vor der Beerdigung seiner Ma gewesen, deshalb hatte auch niemand daran gedacht. In dem Raum, in den man ihn brachte, hing ein großes Gemälde eines Baumes. Paul starrte es an, währen Fidelma ihn neuerlich ignorierte und zwei verwirrten und zunehmend wütenden Sozialarbeitern einen Vortrag über das bedauerliche Benehmen »der Jugend« hielt. Dann stürmte sie hinaus. Der Mann vom Sozialamt riss die Tür auf, um ihr einen rüden Ausdruck hinterherzubrüllen, und danach sah Paul sie nie wieder.

»Ihm soll Wohnrecht in meinem Haus in Richmond Gardens und eine Zahlung von fünfhundert Euro im Monat zukommen, von der er seinen Lebensunterhalt bestreiten kann. Dies ist nur eine vorübergehende Maßnahme, solange er sich um eine vernünftige Anstellung bemüht, was angesichts seiner dürftigen Ausgangslage im Leben naturgemäß eine Herausforderung darstellen dürfte.«

Und da waren sie, die fünf Wörter, die ihn mittlerweile vollständig definierten: »seine dürftige Ausgangslage im Leben«. Es waren jene fünf Wörter, die ihn so außer sich gebracht hatten, dass er zu dem Entschluss gekommen war, ihre ganze Planung ad absurdum zu führen. Statt nach einem Job zu suchen, würde er für immer von fünfhundert Euro im Monat leben. Scheiß auf sie! Und scheiß auf die Esel!

»Hierbei gelten folgende Einschränkungen. Erstens: Er darf auf keinerlei andere Hilfsleistungen vom Staat, von Hilfsorganisationen oder anderen Quellen zurückgreifen. Zweitens: Die monatliche Zahlung endet unverzüglich, sollte er in irgendwelchen Ärger mit der Polizei verwickelt werden.«

In diesem Augenblick begann der weitere Bewohner des Traumes zu johlen und auf seinem Platz hinter Greevys rechter Schulter auf und ab zu hüpfen. Es war Martin Brown. Immer noch in seinem Krankenhaushemd, tropfte das Blut aus seinem geöffneten, heulenden Mund. Er hämmerte auf eine alte Schreibmaschine ein, als würde er sich Notizen machen. Was das sollte, war Paul schleierhaft. Browns Anwesenheit in diesem Traum stellte eine neue und unwillkommene Ergänzung dar. Paul versuchte, Blickkontakt mit dem Esel aufzunehmen, denn selbst im Traum drehte ihm der Anblick des vielen Blutes den Magen um. Aber da es ihm gar nicht gefiel, nicht beachtet zu werden, sprang Brown aus seinem Stuhl und humpelte gebückt wie ein Schimpanse um den Schreibtisch. Schon im nächsten Augenblick legten sich seine knöchernen Hände um Pauls Hals. Er versuchte, sich loszueisen, aber die alten Finger waren irrsinnig stark. Greevy las derweilen weiter vor.

»Drittens: Um seine moralische Natur zu verbessern, wird von ihm verlangt, dass er sechs Stunden gemeinnütziger Arbeit pro Woche verrichtet, was von Mr. Greevy bestätigt werden soll.«

Paul schrie auf, als er spürte, wie sich Browns Zähne in seine rechte Schulter gruben. Während er versuchte, sich freizukämpfen, leierte Greevys Stimme weiter ihren Text herunter. Browns Hände zogen ihn langsam auf den Stuhl zurück, und Paul schaute zu Fidelmas unentwegt abschätzigem Blick hinauf.

Dann spürte er, wie eine Hand sanft seine linke Schulter schüttelte, und hörte, leiser und weiter entfernt, eine andere Stimme.

»Paul? Paul? Geht's dir gut?«

Er drehte sich um und sah, dass Brigit Conroy auf ihn herabblickte. Ihr Gesicht war ein Inbegriff der Sorge. Das war auch neu.

Und dann wurde der Griff der Knochenhände um seinen Hals fester, seine Kehle wurde enger, und er schrie.

Paul schreckte aus dem Schlaf, schnappte nach Luft und blickte in Brigits besorgtes Gesicht.

Lichtstreifen und Desinfektionsmittel-Geruch. Ein gestärktes Laken an seiner Haut, zu fest unter die Matratze geklemmt, sodass sein Körper gefangen war. Er wusste, wo er sich befand. Im Krankenhaus. Er ließ den Kopf zurück aufs Kissen sinken, während das rhythmische Herzklopfen in seinen Ohren langsam leiser wurde. Nun, da ihm das *Wo* seiner Lage wieder bewusst war, folgten zügig das *Wer, Wann* und insbesondere das *Warum*. Er atmete einige Male tief durch.

»Wie fühlst du dich?«, fragte Brigit.

Da seine Sinne wieder erwacht waren, sah Paul sich auch in der Lage, Brigit zu zeigen, wie er sich tatsächlich fühlte – er war stinkwütend.

»Oh, super, danke der Nachfrage«, sagte er.

»Es tut mir leid, dass ...« Ihre Stimme verlor sich.

»Was tut dir leid? Dass du dafür gesorgt hast, dass ich abgestochen wurde? Ach was, mach dir bloß keine Gedanken. Ich hatte für den Abend eh keine Pläne, und die haben mir hier massenhaft kostenlose Drogen verabreicht. Ich führe das reinste Popstar-Leben!«

Sie setzte an, etwas zu sagen, aber er war noch nicht mal annähernd fertig. Er hatte dieses Gespräch in seinem Kopf Dutzende Male durchgespielt, und auf seinem inneren Teleprompter war noch jede Menge Text, der unbedingt rauswollte.

»Oder tut es dir leid, dass Tests gemacht werden mussten, um sicherzugehen, dass das Blut, das mir ins Gesicht gehustet wurde, nicht allzu infektiös gewesen ist? Oder dass ich nun Verdächtiger in einem Mordfall bin?« Zusammen mit seiner Wut schraubte sich auch seine Stimme in die Höhe. »Welcher dieser Punkte tut dir denn nun genau leid?«

»Okay, na ja … all diese …« Ihre Stimme brach, und ihre Augen füllten sich mit Tränen.

»Oh nein!« Anklagend streckte er ihr den Zeigefinger entgegen.

»Was?«

»Wag es nicht – wag es ja nicht!«

»Was?« Eine gewisse Irritation schlich sich in ihre Stimme, während sie sich mit dem Fingerknöchel über die Augenwinkel fuhr.

»Du weißt genau, was«, erwiderte er. »Wag es bloß nicht, zu heulen! Ich habe allen Grund, wütend zu sein. Nimm mir das ja nicht weg!«

Sie nickte zustimmend.

»Und stimm mir nicht zu! Komm mir nicht mit Einsicht! Deinetwegen könnte ich tot sein! Also steh gefälligst da, heul nicht, und lass dir von mir die Flötentöne beibringen, wie du es verdient hast.«

*Die Flötentöne beibringen?* Er hatte diesen Ausdruck in seinem Leben noch nie benutzt, und als die Worte seinen Mund verließen, schaute der winzige Lektor im hintersten Winkel seines Gehirns von seiner Zeitung auf und grinste höhnisch. Wo zur Hölle war das denn hergekommen?

Während sich Brigit mit der Ecke eines Taschentuchs eine Träne aus dem linken Auge tupfte, hob sich ganz leicht ihre rechte Braue. Als wollte auch sie seine befremdliche Formulierung wenigstens minimal würdigen. Aus irgendeinem Grund machte ihn das noch wütender.

»Und wag … WAG es nicht, meine Wortwahl lustig zu finden!«

Sie schüttelte wie wild den Kopf, aber auch dabei spielte ein nervöses Lächeln um ihre Lippen.

»Stopp – hör sofort damit auf!« Sein Ton war jetzt flehentlich. Er spürte, dass sich dieses Gespräch immer weiter von der gewünschten Richtung entfernte.

Ein Kichern entkam ihren Lippen. Sofort presste sie die linke Hand auf ihren Mund und streckte die rechte in einer überdeutlichen Entschuldigungsgeste aus.

»Hör auf, dich so unreif zu verhalten!«

Sie nickte jetzt, während sie ihre Augen fest zusammendrückte und neue Tränen – einer anderen Art – daraus hervorrannen.

Dann atmete sie tief durch die Nase ein und nahm die Hand von ihrem Mund.

»'tschuldigung, es … tut mir leid«, sagte sie. »Es war eine lange Nacht und … okay, mir geht's wieder gut. Rede bitte weiter.«

Sie atmete aus, ließ den Kopf einmal kreisen und schüttelte ihre Arme aus, als würde sie sich für den Start beim Weitsprung lockern.

»Okay … schön«, sagte er. »Wo war ich?«

»Du wolltest mir die Flötentöne beibringen.«

Sie ließ sich in den Stuhl hinter sich fallen und vergrub ihren Kopf in der Matratze – in unmittelbarere Nähe seiner Füße –, während ihr Körper von einem unkontrollierbaren Lachkrampf geschüttelt wurde.

»Hör sofort …«

Zur Hölle mit ihr! Gegen seinen Willen fing Paul ebenfalls an zu lachen. Sie schaute zu ihm auf, und als sich ihre Blicke begegneten, vervielfachte sich ihr Gelächter noch weiter. Die ganze Angespanntheit der Situation entlud sich in einer Welle der Hysterie, die niemand verstanden hätte, der nicht selbst von ihrer Unterströmung mitgerissen wurde. Brigit musste sich schließlich an die Brust greifen, weil sie keine Luft mehr bekam.

Der Vorhang am hinteren Ende des Bettes wurde beiseitegezogen, und der Kopf von Dr. Sinha schaute herein. Er zeigte jenes unsichere Lächeln, das alle Menschen an den Tag legen, wenn sie sich dem Lachen anderer anschließen, ohne den Grund zu kennen.

»Ist alles in Ordnung, Mr. Mulchrone?«, fragte er.

»Ja, vielen Dank, Doktor«, brachte Paul zwischen seinem Gelächter hervor. »Das ist Schwester Conroy … Sie ist schuld daran, dass ich niedergestochen wurde.«

Immer noch unfähig zu sprechen, winkte Brigit ihm von ihrem Platz aus fröhlich zu.

Verwirrt schaute der Arzt zwischen den beiden hin und her. »Okay … nun ja. Ich freue mich, dass Sie die Dinge etwas leichter nehmen«, sagte er. »Aber wenn Sie bitte Ihre Lautstärke dämpfen könnten. Sie stören die anderen Patienten.«

Paul versuchte, entschuldigend die Hände zu heben, und schließlich half der Schmerz in seiner Schulter, die Flut seines Gelächters zu einem kleinen Rinnsal verebben zu lassen.

Brigit wiederum drückte die Handflächen gegen ihre Augen – auch ihr Lachen hatte sich in einzelne kurze Atemstöße verwandelt.

»Toll, danke Ihnen«, sagte Dr. Sinha und nahm mit einem leichten Kopfschütteln seinen Abschied, wobei er den Vorhang wieder hinter sich zuzog.

Pauls Blick traf Brigits Blick über die Ruhe hinweg, die sich nun zwischen ihnen ausbreitete.

»Es tut mir wirklich leid«, sagte sie.

»Was genau?«

»Alles.« Sie zögerte. »Aber besonders das mit dem Abstechen.«

»Hervorragend. Na ja, ich habe fest vor, mir verschiedene Wege zu überlegen, wie du das wiedergutmachen kannst. Du könntest schon mal damit anfangen, dass du dein Versprechen einlöst und mich nach Hause fährst.«

# KAPITEL FÜNF

Paul kniff die Augen zusammen und betete. Er war nie religiös gewesen, aber es gibt Umstände, die jeden gläubig machen.

Von fern nahm er wahr, dass Brigit ihm zusammenfasste, was zwischen seinem wenig freundlichen Abschied von Mr. Brown und ihrem Auftauchen an seinem Krankenbett geschehen war. Offenbar verursachte ein Patient, der mitten in einem Mordversuch einen Herzinfarkt erleidet, einen wahren Bürokratie-Tsunami. Doch Paul fiel das Zuhören schwer, da er sich zu sehr auf sein eigenes Leben konzentrierte. Brigits Fahrtüchtigkeit war nämlich stark dazu angetan, es vorzeitig zu beenden.

»Und dann hat Dobson, die alte Schreckschraube ...«, sagte sie, als hinter ihnen protestierend eine Hupe anschlug.

»Herrgott noch mal!«, rief sie. »Die Fahrer in Dublin haben permanent eine Hand auf der Hupe.«

Paul konnte sich nicht länger zurückhalten. »Nein, haben sie nicht! Es sei denn, man fährt wie eine Wahnsinnige vor ihnen her.«

Sie schaute ihn wütend an. »Der kam gerade aus dem Nichts angeschossen!«

»Weil er Vorfahrt hatte!« Fassungslos deutete Paul mit seiner linken, nicht in der Schlinge steckenden Hand auf die Straße. »Du siehst die Ampeln, oder? Die, die grün und rot werden? Vor allem, die die rot werden? Die sind nämlich wichtig. Gibt's die auch da, wo du herkommst?«

»Es war gelb!«, protestierte sie und funkelte ihn weiter zornig an. »Und zu Ihrer Information – ich habe in Dublin meinen Führerschein gemacht, Sie Klugscheißer!«

Noch eine Hupe plärrte los.

»Das galt nicht mir!«

»Natürlich nicht«, erwiderte er. »Aber lass uns doch trotzdem mal versuchsweise auf der linken Fahrbahn bleiben.«

Damit goss er nur neues Öl ins Feuer der Wut, das in Schwester Conroy unentwegt vor sich hin zu glimmen schien.

»Das ... ist diese typisch chauvinistische Einstellung, die Männer Frauen am Steuer entgegenbringen. Das ist so ...«

»Nein, ist es nicht!«, unterbrach er sie. »Es gibt sehr viele Frauen auf der Welt, die ganz hervorragend Auto fahren, aber keine von ihnen ... sitzt in diesem Wagen.«

Es war einer jener öden, deprimierenden Freitagvormittage, mit denen Dublin sich besonders gern hervortut. Der Himmel hatte die Farbe einer nass gewordenen Tageszeitung und schien seine Tinte in den Tag hineinlaufen zu lassen, sodass alles aussah wie eine schlechte Fotokopie. Jede vorbeiziehende Gestalt offenbarte das verzerrte Gesicht der stoischen Pendler, die unverdrossen auf das gelobte Land des Wochenendes zumarschierten. Dabei regnete es jene Art von feinem Sprühregen, die dazu führt, dass man sein Ziel grundsätzlich im durchnässten Zustand erreicht – Schirm hin oder her. Vorausgesetzt natürlich, dass man auf dem Weg nicht unter die Räder kam.

»Ach übrigens«, sagte Paul, »hinter uns dürfte sich ein Polizeiwagen befinden – falls du das berücksichtigen möchtest.«

Brigit war gar nicht glücklich darüber gewesen, dass Paul darauf bestanden hatte, sich selbst aus dem Krankenhaus zu entlassen, aber nicht mal annähernd so unglücklich wie der jugendlich frische Garda Danaher, dessen Aufgabe es war, »ihn zu beschützen«. Auf die Frage, vor wem er Paul denn beschützen solle, da der einzige Mensch, der ein ernsthaftes Interesse daran gezeigt hatte, ihm zu schaden, bereits tot war, geriet er leicht aus der Fassung. Zugegeben: Hätte Paul zu diesem Zeitpunkt gewusst, wie Brigit fuhr, hätte er seine Gefahreneinschätzung noch einmal überdacht.

Irgendwer hatte einmal gesagt: Du weißt, dass du alt wirst, wenn die Polizisten beginnen, jung auszusehen. Paul war sich aber ziemlich sicher, dass Garda Danaher auf jeden jung gewirkt hätte. Er verströmte die Aura eines Teenagers, der sich fürs Kostümfest die Uniform seines Vaters ausgeborgt hatte – und ein deutliches Aroma von Clearasil und Panik. Paul nahm an, dass er der Typ war, der sich sein ganzes Leben lang danach gesehnt hatte, andere einzuschüchtern, und der nun enttäuscht feststellen musste, dass das Tragen einer Uniform dafür nicht genügte.

Kurz hatte es eine Diskussion darüber gegeben, ob Paul in Gewahrsam war oder nicht, worauf Brigit einen Sermon über seine verfassungsmäßigen Rechte vom Stapel gelassen hatte. Paul war sich ziemlich sicher, dass ein Großteil ihrer Rede aus amerikanischen Cop-Serien stammte. Officer Danaher schien das juristische Fachwissen dieser besorgten Bürgerin jedoch weniger einzuschüchtern als die Tatsache, dass sie zwei Brüste ihr Eigen nannte. Der arme Bursche wusste offenkundig nicht, wo er hinschauen sollte, konnte seinen Blick von besagter Körperpartie aber nicht abwenden. Am Ende tat er Paul leid, also gab er ihm seine Adresse und sagte, er sei herzlich eingeladen, ihnen zu folgen und sie »zu beschützen«, wenn er Lust dazu habe. Danaher nickte dankbar und zog ab, wohl um seine Mummy anzurufen und zu fragen, ob sie es ihm erlauben würde.

Nun drehte Brigit sich auf ihrem Sitz um und schaute zur Heckscheibe hinaus. Dabei aktivierte sie vermutlich im Geiste den Autopiloten, über den ihr Fahrzeug keineswegs verfügte. »Ich sehe keinen Polizeiwagen.«

Paul ging davon aus, dass Officer Danaher angehalten hatte und sich gerade um einen der drei Auffahrunfälle kümmerte, die Brigit seit ihrem Aufbruch garantiert verursacht hatte.

Dr. Sinha war über Pauls Abschied nicht allzu betrübt gewesen, nachdem er das *Gegen jeden medizinischen Rat*-Formular unterschrieben hatte. Brigit hatte Pauls Mantel aus dem Mitarbeiterraum im St. Kilda's mitgebracht, aber ihm fehlten immer noch ein Shirt und eine Jacke – was der Tatsache zu verdanken war, dass er vor Kurzem so intensiv geblutet hatte. Dr. Sinha stellte ihm deshalb ein T-Shirt aus der Fundbüro-Kiste des Krankenhauses zur Verfügung. Offenbar war es von einer Wohltätigkeitsveranstaltung übrig geblieben. Paul konnte nicht den geringsten Hauch von Sarkasmus im Blick des Arztes erkennen, als dieser ihm das gelbe T-Shirt entgegenstreckte, auf dem der stolze Slogan prangte: »Ich habe den Krebs besiegt«.

Brigit raste mit dem Wagen um eine Kurve, ohne aus dem dritten Gang runterzuschalten, und ein zufälliger Passant entkam nur knapp dem Schicksal, in die städtische Unfallstatistik aufgenommen zu werden. Nach einigem weiteren Hupen, mehreren eindeutigen Handgesten und einer dreisten Nichtberücksichtigung des Einbahnstraßen-Prinzips schafften sie es schließlich bis nach Richmond Gardens, wo Paul lebte.

Vor etwa fünf Jahren war Richmond Gardens und sein direktes Umfeld eine jener Gegenden gewesen, die »im Kommen waren«, es dann aber doch nie geschafft hatten, hip zu werden. Stattdessen hatte sich das Viertel mit voller Wucht den Kopf an der Mauer zwischen Arbeiter-Ghetto und Mittelklasse-Paradies gestoßen. Aus den Delikatessenläden waren wieder Fish-and-Chips-Imbisse geworden, und die Wein-Boutique war nun ein Kiosk, über dem als Maskottchen ein betrunkener Fünf-Euro-Schein prangte.

Die Straße, in der er wohnte, war eine Sackgasse mit kleineren Reihenhäusern, hinter denen auf Pauls Seite der Royal Canal verlief. Von außen wirkten sie schrecklich beengt – was vor allem daran lag, dass sie schrecklich beengt *waren*. Und über allem ragte Croke Park auf. Das Nationalstadion dominierte die Skyline wie ein futuristisches Raumschiff, das zwischen den endlosen Einfamilienhäusern gelandet war, die man zu Beginn des zwanzigsten Jahrhunderts gebaut hatte.

Brigit löste ihren Gurt und griff hinter sich, um ihre Handtasche vom Rücksitz zu holen.

»Siehst du? Kein Problem. Du machst dir Sorgen wegen n…«

Sie hielt inne, als sie bemerkte, dass sich die Häuser hinter Paul langsam bewegten. Dann fiel ihr die Handbremse ein. Paul sagte nichts – auf äußerst vielsagende Weise.

Brigit kam zur Beifahrerseite herum, weil die Tür ein bisschen »knifflig« war – womit sie zum Ausdruck bringen wollte, dass sie sich wegen eines Karosserieschadens nur schwer öffnen ließ. Mit einem schmerzlichen Aufheulen von unglücklichem Metall gab sie nach, und Brigit half Paul beim Aussteigen. Er befürchtete, das Geräusch könnte unwillkommene Aufmerksamkeit auf sich ziehen. Mrs. Corrie war kein großer Fan davon, dass er seit geraumer Zeit sein schrottreifes Auto vor ihrem Haus parkte, und sie war auch nicht zu schüchtern, dies zum Ausdruck zu bringen. Glücklicherweise blieb das verräterische Gardinenzucken jedoch aus. Vielleicht hatte sie sich endlich zum Ordnungsamt begeben, um sich zu beschweren. Gedroht hatte sie bereits mehrmals damit.

Immer mal wieder spielte Paul mit dem Gedanken, sich einen Hund anzuschaffen, aber der einzige »Garten«, über den die Häuser verfügten, war eine zweieinhalb mal anderthalb Meter breite, von Pflastersteinen umrahmte Grünfläche vor der Tür, und er glaubte nicht, dass ein Hund weniger Lebensraum zur Verfügung haben sollte als ein verurteilter Mörder. Die Hinterseite des Hauses grenzte direkt an den Kanal, der immerhin als Burggraben diente und die diebischen Bestrebungen der örtlichen Halbstarken abwehrte. Also, kein Hund für Paul. Stattdessen wurde sein Vorgarten von einem großen, breiten Busch dominiert. Er war grün und hatte Blätter. Paul war kein besonders engagierter Hobby-Botaniker. Etwa einmal pro Jahr geriet er in eine Auseinandersetzung mit dem Busch, wenn er sich so weit ausgebreitet hatte, dass er ihm ins Auge stach. Dann hackte Paul mit einem Schnitzmesser einige Äste ab, und die folgenden vierzehn Tage funkelten sie einander feindselig an. Ihr diesjähriger Krach war längst überfällig. Wieder dominierte der Busch den Garten und verdeckte die Sicht. Deswegen kamen sie auch bis zur Eingangspforte, ohne zu sehen, dass …

»Na, was seid ihr entzückend, ihr beiden Hübschen!« Paul erkannte die Stimme, ohne hinschauen zu müssen. Dort auf den Stufen vor seiner Haustür saß er und strahlte ihnen entgegen: Bunny McGarry.

# KAPITEL SECHS

Paul rutschte das Herz in die Hose, als er hörte, wie jener spöttische, leicht leiernde Cork-Akzent hinter der Gartenmauer hervordrang. Nicht, dass es eine Überraschung gewesen wäre. Bunny kam andauernd vorbei. Paul hatte bloß gehofft, ein kleines Schläfchen von ein paar Stunden einlegen zu können, bevor er sich mit ihm auseinandersetzen musste.

Bunny McGarry saß auf den Stufen vor der Tür und streckte seine üppige Körperfülle aus, während er sich in bester Stimmung durch eine Tüte Croissants futterte. Er hatte ein Plastikmesser und zwei kleine Becherchen mit streichbarer Butter dabei. Teigkrümel waren großzügig auf seinem zerknitterten Anzug verteilt, und er hatte sich gegen die morgendliche Kühle seinen schwarzen Schurwollmantel umgelegt. Der Hurling-Schläger, den er überall mit hinnahm, lehnte an der Gartenmauer.

»Sieh an, der kleine Paulie, ist das denn die Möglichkeit!« In seiner Stimme lag immer ein spöttischer Singsang, als wäre man in irgendeinen Scherz nicht eingeweiht worden. Sein Gesicht zierte ein Rotton, den man sonst nur von Pavianhintern kannte – und Paul war sich nie sicher, ob er von Bunnys Vorliebe für Alkohol herrührte oder von dem brodelnden Zorn, der beständig unter der Oberfläche dieses Mannes kochte. Oder doch von beidem.

Bunny hatte pechschwarze Knopfaugen, die nie in dieselbe Richtung schauten, da das linke schielte. Das vermittelte einem das irritierende Gefühl, dass ein Auge beständig Schmiere stand, während das andere seine Schandtaten beging. Ein Umstand, den der Mann übrigens zu seinem vollen Vorteil nutzte. Es hatte schon Leute gegeben, die behaupteten, sie hätten Bunny McGarry in Grund und Boden gestarrt, aber keinem von ihnen hatte Paul jemals geglaubt. Es war zudem unmöglich, Bunnys Alter zu schätzen, schließlich hatte er sich in all den Jahren, die Paul ihn kannte, kein Stück verändert. Logischerweise musste er inzwischen um die fünfzig sein. Aber das entsprach Menschenjahren, und die ließen sich auf Bunny nicht anwenden. Er war wie eine dieser Statuen auf der Osterinsel, nur dass er sehr viel gehässiger grinsen konnte.

»Hallo, Bunny.« Paul konnte spüren, wie ihn sein letzter Rest Energie verließ. »Wie ich sehe, machst du ein kleines Picknick.«

»Ah, das ist das Beste am Morgen, Paulie – frische Croissants direkt vom Bäcker …«

Er hielt sich eines der Croissants unter die Nase und atmete theatralisch den Duft ein. »Gottverdammt himmlisch.« Dann ließ er es zurück in die Papiertüte fallen und begann, sich aufzurappeln. »Die Franzosen sind eine Bande selbstgefälliger Wichser, aber backen können sie.«

»Ich hätte nicht gedacht, dass du morgens so früh aufstehst«, sagte Paul.

»Ach, Paulie.« Er lachte. »Ich schlafe nie. Wenn das einer wissen sollte, dann du.«

Kaum stand er wieder auf beiden Füßen, nahm Bunny seine übliche Position ein. Er hatte die entnervende Angewohnheit, ein wenig zu dicht an Menschen heranzutreten, wenn er mit ihnen sprach. Er lebte quasi in der Intimsphäre anderer Leute. Einen Meter achtundachtzig groß, hatte er einiges an Gewicht mit sich herumzuschleppen, tat es aber auf majestätische Weise. Man konnte nie sicher sein, wie es um sein Muskel-Fett-Verhältnis bestellt war. Und von dem Versuch, es rauszufinden, ließ sich nur abraten. Bunny kämpfte nicht bloß unfair, er liebte es auch.

Paul erinnerte sich an einen Vorfall in seiner Jugend, als Gary Kearney, der ehemalige Boxer, draußen vor Phelan's Pub auf Bunny losgegangen war. Kearney war vor Kurzem bei Alan Murphy, einem Schulfreund von Paul, und dessen Ma eingezogen. Einige Monate später war Alan ziemlich häufig Treppen heruntergefallen – obwohl sie in einem einstöckigen Bungalow wohnten. Bunny schaltete sich ein und führte ein langes Gespräch mit Alans Mutter, was Kearney gar nicht gefiel. Als Bunny anbot, die Sache unter Männern zu klären, konnte Kearney sein Glück kaum fassen. Er schaffte es, sich seinen Mantel zur Hälfte auszuziehen, als Bunny auch schon vorsprang. Kearney gelang es nie, auch nur einen Schlag zu setzen. Als alles erledigt war, offenbarte Bunny die fest eingerollte Stange Münzen, die er in der Faust gehalten hatte, reichte sie Alan und sagte ihm, er solle mit den anderen Jungs zum Laden runtergehen und sich Süßigkeiten kaufen. Anschließend zog Kearney bei Alans Ma aus, und Alan fiel nie wieder die Treppe hinunter. Kearney aber wurde für den Rest seines Lebens sein Stottern nicht wieder los.

Auch Bunny bemerkte jetzt, dass die Vorderseite seines Anzugs mit Croissant-Krümeln übersät war, und wandte den Blick zum Himmel. »Seht ihr, in was für einem Zustand ich bin? Ich muss mich entschuldigen, ich hatte nicht erwartet, auf Besuch von der weiblichen Glaubensrichtung zu stoßen.«

Er klopfte sich ab, steckte sich einen der größeren Krümel in den Mund und verbeugte sich höflich, wobei er Brigit seine Hand entgegenstreckte – die Handfläche nach oben. »M'lady!«

Bunny wartete eine Sekunde und schoss Paul einen strengen Seitenblick zu. »Also, Paulie, mein Junge – jetzt sei nicht unhöflich. Stell mich der jungen Dame vor.«

Bei Bunny fühlte sich Paul immer provoziert, dagegenzuhalten. Aber die Erfahrung hatte ihn gelehrt: Der Weg des geringsten Widerstands war immer noch der beste.

»Bunny, das ist Brigit Conroy.«

Er spürte, wie Brigit den Blick zwischen ihnen hin- und herwandern ließ und herauszufinden versuchte, ob Bunny Freund oder Feind war. Sie zögerte, dann streckte sie schüchtern ihre Hand aus. Bunny packte sie und schüttelte sie energisch. »Bunny McGarry, ganz zu Ihren Diensten.«

Brigit zog sie weg, bevor Bunny einen zudringlichen Handkuss wagen konnte. Bunny wiederum richtete sich derartig gewandt in die Senkrechte auf, dass es einem unaufmerksamen Beobachter kaum aufgefallen wäre.

»Freut mich, Sie kennenzulernen«, sagte Brigit.

»Nun, mein liebes Mädchen vom Lande – Sie sind aus Sligo, oder?«

»Aus Leitrim, um genau zu sein.«

»Ach du Scheiße – Leitrim, was für ein gottverlassenes Dreckskaff. Hat in den letzten zehn Jahren keinen einzigen guten Hurler hervorgebracht. Überrascht mich gar nicht, dass Sie da weg sind, meine Liebe. Wenn alle Männer bei Ihnen so gut zielen wie Ihre Hurling-Mannschaft, dann wären Sie längst nicht mehr unter den Lebenden, so oft, wie man Ihnen da ins Ohr gebumst hätte.«

Brigits Mund öffnete und schloss sich einige Male. Bunny hatte diese Wirkung auf Menschen.

»Sie können sich dann auch gern wieder auf den Weg machen, meine Süße«, sagte Bunny. »Paulie und ich haben einiges miteinander zu besprechen.«

»Nein, vielen Dank«, sagte sie mit fester Stimme. »Ich denke, ich bleibe.«

Bunny warf ihr einen kurzen Blick zu. »Ha, ein Mädchen

aus Leitrim erkennt man sofort daran, dass sie sich nichts sagen lässt. Also, wie ist es dir ergangen, Paulie?«

»Super, Bunny. Und was macht deine Hurling-Mannschaft? Ich habe gehört, ihr seid wieder abgestiegen?«

Dumm. Er wusste es, kaum, dass er es gesagt hatte, aber Bunny ging ihm heute sogar noch mehr auf die Nerven als sonst.

Bunny hob die Brauen, als wollte er festhalten, dass er den Affront registriert hatte und es ihm zu einem späteren Zeitpunkt heimzahlen würde.

»Du hast zwei ereignisreiche Tage hinter dir, wie ich höre. Hast einen Mann umgebracht.«

»Nein, hat er nicht«, warf Brigit ein. »Und was geht Sie das überhaupt an?«

»Ich bin ein guter alter Freund von …«

Genau in diesem Augenblick bog ein Streifenwagen um die Ecke und kam mit quietschenden Reifen zum Stehen.

Bunny warf kurz einen Blick in die Richtung. »Ach herrje, Paulie, du bist doch hoffentlich nicht in Konflikt mit den Gesetzeshütern geraten?«

Officer Danaher stolperte aus dem Wagen. Er sah erleichtert aus, Paul zu sehen. Offenbar hatte er schon gefürchtet, seinen Vorgesetzten erklären zu müssen, wie es passieren konnte, dass ihm ein verkrüppelter Verdächtiger am helllichten Tag durch die Lappen gegangen war.

»Guten Morgen, Officer Danaher«, sagte Paul. »Wir haben uns schon gefragt, ob Sie irgendwo falsch abgebogen sind.«

»Ja, tut mir leid, ich …« Er hielt inne, als ihm die angespannte Körpersprache der Gruppe auffiel. »Ist alles in Ordnung?«

»Oh, alles ganz fabelhaft«, sagte Bunny. »Wir sind nur ein paar alte Freunde, die sich gegenseitig auf den neusten Stand bringen.«

»Genau genommen«, sagte Brigit mit einem ziemlich deplatzierten Ton des Triumphes in der Stimme, »belästigt uns dieser Gentleman hier.«

»Ach du liebe Zeit, tue ich das?«, fragte Bunny – ganz gespielte Unschuld. »Da entschuldige ich mich aber.«

Officer Danaher begann, näher zu kommen.

»Verzeihen Sie, Sir …«

»Nicht *Sir*, Söhnchen, für Sie: Detective Sergeant McGarry.«

Danaher blieb stehen, als wäre er gegen eine unsichtbare Mauer geknallt. Sein Mund musste seinem Hirn davongelaufen sein, denn er klang selbst überrascht, als er fragte: »Können Sie sich ausweisen?«

Bunny schnappte: »Mein Ausweis ist mein Stiefel, den Sie in spätestens einer Minute in Ihrem verschissenen Arsch haben, Kleiner. Kommen Sie aus Glasnevin?«

Völlig geschockt und wie betäubt nickte Danaher.

»Dann sagen Sie Sergeant O'Brien: Bunny McGarry lässt ihm ausrichten, dass er seine Kleinkinder gefälligst im Laufstall behalten soll.«

Danaher trat einen Schritt zurück, dann wieder einen vor und erstarrte schließlich wie ein Kaninchen im Scheinwerferlicht.

»Und jetzt mach die Fliege«, sagte Bunny leise. »Braver Junge.«

Mit knallrotem Gesicht wandte Danaher sich um und marschierte wieder auf seinen Wagen zu.

»Ich dachte, dich würden alle Polizeibeamten kennen, Bunny?«, bemerkte Paul.

»Was soll ich dir sagen? Man bekommt einfach keine guten Mitarbeiter mehr heutzutage.« Er betrachtete seine Fingernägel, als wollte er die ganze Sache damit beiseitewischen. »Aber genug von mir – Mord, das ist ein ziemlich großer Schritt für dich, oder, Paulie?«

»Es war kein Mord«, sagte Brigit.

»Ach, wirklich, Missy?« Er sprach mit ihr, wandte seinen Blick aber keine Sekunde von Paul ab.

»Vielleicht solltest du jetzt wirklich lieber fahren, Brigit«, sagte Paul. Es war, als wolle man die Flut aufhalten.

»Es war Selbstverteidigung«, fuhr sie fort.

»Ach ja?«, erwiderte Bunny. »Nach dem, was ich gehört habe, marschiert er in ein Krankenzimmer, und fünf Minuten später versucht ein totkranker Patient vergeblich, ihn von sich runterzubekommen.«

»So war es nicht«, sagte Brigit.

»Und woher wollen Sie das wissen, Schätzchen?«

»Nun, *Schätzchen*«, entgegnete sie, »ich weiß das, weil …«

Die Welt kam zitternd zum Stehen, und Paul sah, wie der Zug unaufhaltsam auf ihn zuraste.

»Weil ich dabei war«, beendete Brigit ihren Satz mit unüberhörbarem Trotz. Paul sah ihr Gesicht nicht, aber er konnte sich vorstellen, wie ihr selbstgerechter Blick ins Wanken geriet, als sie mitbekam, dass sich Bunnys Miene aufhellte.

»Sie waren dabei?«, wiederholte er.

»Ja«, sagte sie und versuchte selbstbewusster zu klingen, als sie es war. »Ich bin Krankenschwester im St. Kilda's.«

»Und Sie haben ihn auch ins Zimmer des Opfers geführt …«

»Ja. Nein. So war es nicht.«

Endlich wandte Bunny seinen Blick von Paul ab und direkt auf Brigit.

»Paulies kleine Freundin. Na, das erklärt so einiges.«

»Nein, ich …«, stammelte sie. »Das bin ich nicht und … Sie verstehen das alles völlig falsch.«

»Ist das so?«, fragte Bunny. »Sind Sie einer von diesen Todesengeln in Schwesternuniform? Ist es das? Hat er Ihnen dabei geholfen, das Kissen runterzudrücken?«

»Nein, es …« Brigit stampfte frustriert mit dem Fuß auf. »Sie sind einfach nur …«

»Ist gut jetzt«, sagte Paul, »du hast deinen Spaß gehabt, Bunny. Ich bin müde.«

Bunny lächelte. »Natürlich bist du das. Ich kann mir vorstellen, dass sie dich ordentlich beansprucht. War schön, dass wir wieder mal geplaudert haben, Paulie. Wir sehen uns ganz bald.«

Er griff nach seinem Schläger, trat vor und musterte Paul von Kopf bis Fuß. »Entzückendes T-Shirt übrigens.« Bunny drückte die Papiertüte mit dem übrig gebliebenen Croissant in Pauls Armschlinge und salutierte ihm. Dann zwinkerte er Brigit zu und spazierte den Bürgersteig hinab, wobei er unbeschwert den Schläger hin und her schwenkte. Als er an Officer Danaher vorbeikam, der immer noch in Schockstarre in seinem Einsatzwagen saß, klopfte er zweimal gegen die Motorhaube und winkte.

»Wie kann der es wagen? Er kann doch nicht …«, begann Brigit.

»Er kann alles, was er will.« Paul schaffte es nicht, die Wut aus seiner Stimme herauszuhalten.

»Das ist doch Polizeiwillkür«, sagte sie.

»Das ist Bunny McGarry«, entgegnete er barsch. »Du hast keine Ahnung, worum es geht, aber das hält dich natürlich keine Sekunde davon ab weiterzureden, oder?«

Brigit trat einen empörten Schritt zurück. »Was soll das denn heißen?«

Paul schleuderte die Papiertüte zu Boden, steckte seine unverletzte Hand in die Tasche des Mantels und suchte nach seinem Haustürschlüssel.

»Ist egal. Danke, dass du mich gefahren hast.«

»Jetzt warte mal …«

Aber das tat er nicht. In einer einzigen flüssigen Bewegung war er ins Haus getreten und hatte die Tür hinter sich ins Schloss geworfen. Ohne zu dem Porträt über dem Kamin hinaufschauen zu müssen, spürte er, wie ihm der abschätzige Blick von Großtante Fidelma durch den Raum folgte.

Nach einem Moment hörte er, wie draußen die Pforte zugeknallt wurde.

# KAPITEL SIEBEN

»Wie kommt es, dass es hier keinen Spiegel gibt?«, fragte Brigit.

Detective Inspector Jimmy Stewart war neunundfünfzig Jahre, elf Monate, drei Wochen und zwei Tage alt. So alt, dass die Tatsache, dass er denselben Namen trug wie ein Star aus Hollywoods goldenen Tagen, bei seinem Dienstantritt noch für große Heiterkeit gesorgt hatte. Die alten Hasen hatten natürlich ihre Witze gerissen – originell war das nicht, aber es hatte bei den Kollegen auf dem Revier für ein wenig Zeitvertreib gesorgt. Sie hatten auch die Stimme imitiert, schlecht natürlich –, doch der eigentümlich leiernde Tonfall machte normalerweise klar, wer gemeint war. Es hatte Stewart nie viel ausgemacht. Inzwischen prangten die Namen all dieser alten Männer auf der großen hölzernen Ehrentafel auf dem Korridor, auf der man in fünf Tagen auch seinen verewigen würde – ob es ihm gefiel oder nicht. Gut, eine Möglichkeit blieb ihm noch, es zu verhindern: Er könnte sich bemühen, bis nächsten Montag erschossen zu werden. Dann würde sein Name auf der Marmortafel in der Eingangshalle eingemeißelt.

»Brauchen Sie einen Spiegel, Schwester Conroy?«, fragte Detective Wilson. »Ähm … Sie sehen gut aus.«

Stewart schüttelte den Kopf, schaute aber nicht auf. Wilson war ein Idiot der schlimmsten Sorte: ein Idiot mit Hochschulbildung. Für ihn den Babysitter abgeben zu müssen war nur eine der Erniedrigungen, die man ihm in den vergangenen sechs Monaten aufs Auge gedrückt hatte, während sein Tätigkeitsbereich »langsam heruntergefahren« wurde. Beinahe jeder Garda machte gerade einmal seine dreißig Jahre voll, nahm die Pension entgegen und dann so schnell wie möglich die Beine in die Hand. Stewart bildete die Ausnahme: Er hatte sich bis zum bitteren Ende an seinen Job geklammert. Dabei wussten seine Vorgesetzten längst nicht mehr, was sie mit ihm anfangen sollten. Schlimmer noch, als sich unerwünscht zu fühlen, war, sich eingestehen zu müssen, dass er noch länger geblieben wäre, wenn man es ihm nur gestattet hätte. Das hier war sein Leben. Er war eine Institution. Wer die Dienstzeit bis zum Maximum ausschöpfte, gehörte für gewöhnlich der Leitungsriege an. Stewarts stockender beruflicher Aufstieg war aber beim Detective Inspector zum Stehen gekommen. Natürlich sprach es niemand aus, aber sein breiter Finglas-Akzent hatte ihm im Wege gestanden. Die hochrangigen Polizeibeamten sollten sich nach Möglichkeit nicht genauso anhören wie die Jungs, die sie hinter Gitter brachten. Stewart war das egal. Er wusste, wo er herkam, und jeder, der Ohren hatte, ebenso. Außerdem war er im tiefsten Herzen immer Streifenpolizist geblieben. Hätte er sich in der Nahrungskette noch eine weitere Position nach oben gearbeitet, würde er seine Tage in Strategie-Sitzungen verbringen und müsste versuchen, *nicht in Schubladen zu denken*. Zur Hölle damit. Er liebte seinen Job, auch wenn diese Liebe nicht erwidert wurde.

Nun aber ging seine Zeit zu Ende. Seine einzige Chance, noch mal Teil einer Ermittlung in einem saftigen Mordfall zu sein, bestand wohl darin, durchzudrehen und Wilson mit der Sektflasche, die man ihm vorzeitig zum Ruhestand überreicht hatte, den Schädel einzuschlagen. Das Geschenk sprach Bände, was die detektivischen Fähigkeiten seiner Kollegen betraf. Jimmy Stewart hatte nur ein einziges Mal in seinem Leben Alkohol getrunken. Es hatte ihm nicht geschmeckt.

»Nur um das klarzustellen«, sagte Wilson, »als ich sagte, dass Sie gut aussehen, habe ich das ausdrücklich nicht in einem wie auch immer gearteten sexuellen Kontext gemeint.«

Stewart ging noch einmal seine Notizen durch, um zum zweiten Mal sicherzustellen, dass er alles abgedeckt hatte. Die angespannte Stimmung, für die Wilson gerade gesorgt hatte, ließ er in der Luft hängen, bis er am Ende der Seite angelangt war.

»Sie meint einen dieser halb durchsichtigen Spiegel wie in den Polizei-Serien im Fernsehen.« Stewart schaute auf und lächelte Schwester Conroy an. »Ich fürchte, die haben wir hier nicht.«

»Oh.« Sie sah enttäuscht aus.

»Also«, fuhr Stewart fort, »falls Sie Detective Wilson jetzt eine kleine Kopfnuss geben möchten, schaue ich weg. Und da wir keinen Spiegel haben, kann Sie auch sonst niemand sehen.«

Er blätterte um und las weiter.

Stewart war schlecht gelaunt.

Einerseits war da das Hintergrundrauschen der Frustration über seinen erzwungenen Ruhestand. Er hatte keine Hobbys. Angeln langweilte ihn zu Tode, vom Heimwerken bekam er Ausschlag, und mit Golf ruinierte man sich lediglich einen guten Spaziergang. Allerdings war er auch kein Fan von Spaziergängen. Der einzige Sport, für den er etwas übrighatte, war American Football, was er einigen Nachtschichten als Desk Sergeant in den Neunzigern zu verdanken hatte, als nichts anderes im Fernsehen gelaufen war. Das hielt ihn fünf Monate pro Jahr an Sonntagabenden beschäftigt. Aber selbst in einer guten Woche blieben ihm damit sechseinhalb öde Tage, auf die er sich nun freuen durfte.

Dann kam noch die Frustration hinzu, die er jedes Mal empfand, wenn er Wilsons großes, glänzendes, rothaariges Gesicht vor sich sah oder seine weinerliche Stimme hörte oder – noch schlimmer – zuhören musste, wie er wieder einmal seinen Abschluss in Kriminologie am verschissenen Trinity College ins

Gespräch einfließen ließ. Stewart sollte ihn eigentlich anlernen, aber der junge Kollege war weitaus interessierter an den Fäden, die hinter den Kulissen gezogen wurden, zum Beispiel, um ihm, dem Enkel eines ehemaligen Finanzministers, ein Detective-Abzeichen zu verschaffen. Seit beinahe drei Wochen schleppte sich Stewart nun mit Wilson ab. Seitdem hatte er genau neun Mal Danny Glover aus *Lethal Weapon* zitiert, und kein einziges Mal hatte der junge Mann dies bemerkt. Offenbar war Stewart langsam tatsächlich zu alt für diesen Scheiß.

All das war verantwortlich für das alltägliche Maß seiner schlechten Laune, nicht jedoch für die heutige Überdosis. Der Grund dafür war Brigit.

In den sechsunddreißig Jahren ihrer Ehe hatte die leidgeprüfte Mrs. Stewart ihren Workaholic-Gatten genau zwei Mal dazu überreden können, Urlaub im Ausland zu machen. Detective Inspector Stewart mochte das Ausland nicht. Er mochte weder das Meer noch die Sonne noch die Ausländer. Nicht auf rassistische Weise, aber diese Leute bestanden darauf, ihre eigenen Sprachen zu sprechen, und als Polizist hegte er eine pathologische Abneigung gegenüber allem, was er nicht verstand. Bei ihrem zweiten Auslandsurlaub waren sie nach Kreta geflogen. Es gefiel ihm nicht, er behielt es aber größtenteils für sich. Seine Frau hatte vier Kinder zur Welt gebracht und großgezogen, die er allesamt liebte und von denen er drei sogar mochte. Und nachdem er einmal eingewilligt hatte, entschied er, dass es nur angemessen war, sie den Urlaub genießen zu lassen und sich nicht wie ein nörgelnder Arsch zu verhalten. Schon am zweiten Abend hatte er gewusst, dass er eine Lebensmittelvergiftung bekommen würde. Das Essen hatte gut geschmeckt, und ihm war auch anschließend nicht schlecht gewesen, und doch ging er heimlich zur Rezeption und ließ sich eine Extra-Rolle Klopapier aushändigen. Dann wartete er geduldig und war anständig genug, im Laufe der nächsten Wochen den Satz »Hab ich dir gleich gesagt« konsequent runterzuschlucken. Sogar in den seltenen Momenten, wenn keiner von ihnen auf dem Klo war. Heutzutage unternahm seine Frau mit ihrem Bridge-Club Bustouren durch Europa. Die eingefrorenen Mahlzeiten, die Mrs. Stewart liebevoll für ihren Ehemann vorbereitet hatte, aß der Hund, während er Fast Food in sich hineinschlang, das er eigentlich nicht essen durfte. In der Ehe, dachte Stewart, ging es vor allem um Kompromisse. Um Kompromisse und Unwahrheiten. Die richtige Art Unwahrheiten. Es war einfach so, dass DI Stewart einen geradezu unheimlichen sechsten Sinn dafür hatte, wenn die sprichwörtliche Kacke am Dampfen war. Es ging ihm heute, wie es ihm auf Kreta gegangen war: Ein Blick auf Schwester Conroys strahlendes Gesicht genügte, und schon wollte er sich eine Extra-Rolle Klopapier holen.

Sie war aus eigenem Antrieb aufgetaucht, um eine Aussage über die Ereignisse der vergangenen Nacht im St. Kilda's Hospiz zu machen. Da war es ziemlich drunter und drüber gegangen, aber der Tod war grundsätzlich keine ordentliche Angelegenheit. Das machte ihm keine Sorgen. Er war gleich heute Morgen als Erstes am Tatort gewesen, und ihre Schilderung des Hergangs stimmte mit den Beweismitteln überein. Alle hatten bestätigt, dass das Leben und der Verstand von Brown, diesem armen Schwein, ohnehin nur noch am seidenen Faden gehangen hatten. Er hatte einem Besucher, der aus reiner Wohltätigkeit bei ihm gewesen war, in die Schulter gestochen, und im anschließenden Handgemenge hatte sein Herz aufgehört zu schlagen. Glücklicherweise gaben alle Patienten bei der Aufnahme in der Einrichtung ihre Wertsachen ab und ließen sie einschließen, sodass kein Raubmotiv infrage kam. Wie Brown in den Besitz eines Klappmessers gekommen war, stellte eine etwas peinliche Frage dar, die irgendjemand irgendwann beantworten musste. Aber mal ganz ehrlich: Wer kam schon auf die Idee, einen Mann auf seinem Sterbebett nach Waffen zu durchsuchen?

Eins war Schwester Conroy besonders wichtig: Mulchrone hatte Brown in seinem Zimmer lediglich besucht, um ihr einen Gefallen zu tun. Die Menschen taten anderen Menschen andauernd Gefallen. Eine Hand wäscht die andere, das war gute alte irische Tradition. Auch Stewart saß nur deshalb neben der Platzverschwendung namens Detective Wilson, weil jemand einem alten Trinkkumpan einen Gefallen getan und dessen Enkel die Karriereleiter hochgestoßen hatte. Und dass Stewart sich nun in diesem Verhörraum befand, resultierte aus einem weiteren Gefallen. Mit diesem Nicht-Mord-Mord würde sich das National Bureau of Criminal Investigation normalerweise überhaupt nicht beschäftigen, aber Chief Inspector Drake hatte eigens darum gebeten. Auch der Chief tat damit ohne Zweifel irgendjemandem einen Gefallen. Ein diskreter Telefonanruf war geführt worden. Patienten, die irgendwelche dahergelaufenen Dummköpfe angriffen, könnten für das Hospiz peinlich werden, et cetera, et cetera. *Wäre es möglich, das »sensibel« zu handhaben, insbesondere da der fragliche Patient zwar Ire war, offenbar aber über einen amerikanischen Pass verfügte?* Mit anderen Worten: *Könntest du, lieber Jimmy, dem jungen Wilson bitte die Hand halten, damit er diese Sache nicht mit Pauken und Trompeten vor die Wand fährt? Und achte um Himmels willen darauf, dass nichts davon in die Zeitungen kommt.* Eine Hand wäscht die andere.

Etwas fiel Stewart an Schwester Conroy besonders auf die Nerven: Die meisten Leute, die hier ihre Aussage machten, waren entweder nervös oder wütend oder einfach stinksauer, weil sie zu ihnen aufs Revier kommen mussten. Auf Miss Conroy traf nichts davon zu. Sie war hocherfreut. Nicht auf die »Psycho-der-sich-bei-Mordfällen-einen-runterholt«-Weise, zumindest nicht, wenn Stewart seinen Detektivinstinkten noch halbwegs trauen konnte. Nein, sie strahlte jene Begeisterung aus, auf die man normalerweise nur bei Zeugen traf, die gerade zu Gott gefunden hatten und nicht zu einer frischen Leiche. Sie schien sich aufrichtig darüber zu freuen, der Polizei bei den Ermittlungen helfen zu können, und das war, Stewarts Erfahrung nach, ungewöhnlich. DI Jimmy Stewart mochte das Ungewöhnliche nicht. Bevor man sich versah, wurde aus ungewöhnlich unangenehm, und dann war es nur noch ein Katzensprung, und mit ein paar Beweisen mehr wurde aus unangenehm *kompliziert*. Mehr als alles andere auf der Welt hasste Jimmy Stewart alles, was kompliziert war. Bislang machte ihm nur sein Instinkt zu schaffen, und er war sich vollkommen bewusst, dass es keinen Sinn ergab, dies dem Nachwuchs-Kriminologen neben sich mitzuteilen. Das hieß aber noch nicht, dass er nicht recht hatte. Vorläufig setzte er also lediglich die Punkte auf seine »I«s und die Striche in die »T«s und wartete darauf, dass sich auch noch »S« und »H« dazugesellen würden.

Brigit wiederum kämpfte gegen eine ziemlich heftige Enttäuschungsdosis. All diese schottischen Kriminalromane, in denen mehr Tote vorkamen, als Menschen in Schottland lebten, hatten bei ihr hohe Erwartungen an die Kriminalpolizei geweckt. Natürlich tat es ihr leid, dass Brown tot war, aber damit war ja nur ein unumgänglicher Termin vorverlegt worden. Es tat ihr auch leid, dass Paul seine Stichverletzung erlitten hatte – allerdings hatte sich ihr Mitleid deutlich verringert, nachdem ihr die Tür vor der Nase zugeknallt worden war. Trotzdem war sie beinahe Zeugin davon geworden, wie jemand zu Tode gekommen war, während er versuchte, jemand anderen zu ermorden – und das war doch ziemlich aufregend, oder? Offenbar nicht.

Der alte Knacker vor ihr machte sich seit einer Stunde umständlich Notizen, während sein rothaariger Partner lediglich versuchte, Small Talk zu führen, was der ganzen Angelegenheit den Charme eines katastrophalen Blind Dates gab. Jetzt aber kam ihr ein Gedanke.

»Müssten Sie das nicht aufnehmen?«, fragte sie.

»Tue ich. Ich schreibe mit.«

»Aber …«

Stewart schaute sie wieder an. Erschwerend kam hinzu, dass sie ihn an seine jüngste Tochter erinnerte. Er legte seinen Stift ab. »Unsere meisten Verhöre nehmen wir auf, aber da Sie nur eine Aussage zu Protokoll geben, müssen wir das nicht tun.«

»Wo ist der Unterschied?«, fragte sie.

»Sie sind eine Zeugin, keine Verdächtige«, erklärte Stewart. »Es sei denn, Sie würden gern ein schockierendes Geständnis ablegen?«

»Nein, danke.«

»Die Frage war's wert.« Stewart wandte sich wieder seinen Notizen zu. »Außerdem ist das einzige Befragungszimmer mit funktionierendem Rekorder die Nummer drei, da geht die Heizung nicht, und ich bin zu alt, um den Heizlüfter aus dem oberen Stock bis hier runterzuschleppen.«

Brigit schaute vielsagend zu dem weitaus jüngeren Wilson hinüber.

Stewart stieß ein kurzes, freudloses Lachen aus. »Er hat 'nen Hochschulabschluss. Der schleppt gar nichts.«

Wilson verzog das Gesicht.

»Okay, verstehe«, sagte Brigit. »Ich meinte bloß … ich hätte eigentlich erwartet, dass Sie mich ein wenig in die Mangel nehmen. Vielleicht ein bisschen guter Cop, böser Cop oder sowas.«

»Das sind völlig veraltete Methoden«, sagte Summa-cum-Ausreichend in Kriminologie.

»Ja«, bestätigte Stewart. »Der gute und der böse Cop sind heute schon weg. Und ich bin eine ganz andere Art Cop.«

Brigits Augen leuchteten auf. »Haben Sie gerade …?«

»Was?«

»Haben Sie gerade Vic Mackey zitiert?«

Stewart unterdrückte ein Grinsen. »Schon möglich.«

»Wen?«, fragte Wilson.

»Den Typen aus *The Shield*«, sagte Brigit.

»Oh – habe ich nicht gesehen«, erwiderte Wilson.

»Er ist ein großer Fan von diesen skandinavischen Krimiserien«, sagte Stewart.

»Die sind hervorragend«, warf Wilson ein.

»Ja«, sagte Brigit, »solange es einen nicht stört, dass die Ermittler eine volle Stunde wehmütig auf die Fjorde starren, obwohl sie eigentlich Verbrechen aufklären sollten.«

Stewart grinste. Gegen seinen Willen begann er, sie zu mögen.

Ein energisches Klopfen ertönte an der Tür, worauf Desk Sergeant Moira Clarke ihren Kopf zu ihnen in den Raum steckte.

»Kann ich Sie kurz sprechen, DI Stewart?«

Stewart erhob sich und begab sich zur Tür. »Ich bin gleich wieder da«, sagte er zu Schwester Conroy und nickte in Wilsons Richtung. »Wenn er doch noch irgendwas versucht, das in einem sexuellen Kontext steht, schreien Sie einfach.«

»Und wenn *ich* etwas versuche?«, fragte Brigit.

»Ah«, erwiderte Stewart. »Sie plädieren schon mal vorsorglich auf geistige Unzurechnungsfähigkeit? Clever!«

Wilson lief rot an, während Brigit versuchte, ihr Grinsen mit einem nervösen Husten zu überspielen.

Stewart trat in den Korridor und schloss die Tür zum Befragungsraum hinter sich. »Du glaubst nicht, was Wilson da gerade …«

Die Worte erstarben ihm auf der Zunge, als er den Ausdruck auf Moira Clarkes Gesicht sah.

»Es geht um deine Leiche …«

Wenige Minuten später kehrte Stewart an seinen Platz im Befragungsraum zwei zurück, nahm seinen Stift auf und schaute über den Tisch zu Brigit hinüber.

»Miss Conroy, haben Sie jemals von einem Gentleman namens Jackie Grinner McNair gehört?«

Stewart sank das Herz in die Kniekehle, als er sah, wie sich ihre Miene aufhellte.

»Der Typ aus dem Rapunzel-Fall? Bekanntes Mitglied der berüchtigten Fallon-Bande und …« Sie bemerkte DI Stewarts Gesichtsausdruck und verstummte.

Stewart legte seinen Stift ab, schloss die Augen und rieb sich mit Daumen und Zeigefinger der linken Hand den Nasenrücken.

*Kompliziert.*

Er sprach, ohne aufzuschauen.

»Wilson, seien Sie ein guter Junge und holen Sie den Heizlüfter runter.«

# KAPITEL ACHT

*Fidelma O'Brien 1935–2010*
*Gottes demütiger Engel ist zu ihm zurückgekehrt*

Paul schaute auf das Grab hinab. Es ärgerte ihn, dass es einen so gepflegten Eindruck machte. Ob sie jemanden dafür bezahlt hatte? Diese Idee war ihm immer noch lieber als die Vorstellung, dass die verkniffene alte Schachtel tatsächlich Freunde gehabt hatte. Ein Kranz aus lilafarbenen Blüten, die nur an den Rändern leicht verwelkt waren, lag am Fuße des Grabsteins. Vielleicht gab es irgendwo einen Floristen, der eine monatliche Zahlung erhielt – genau wie er? Er hoffte es. Alles, was diesen verfluchten Eseln Geld wegnahm, war ihm willkommen.

So müde er bei seiner Rückkehr aus dem Krankenhaus auch gewesen war, schlafen konnte er nicht. Er musste sich an seinen Terminplan halten. Heute war Freitag. Von einem geisteskranken Halbtoten niedergestochen zu werden änderte nichts daran. Wenn überhaupt, war es nur umso wichtiger, seine festgelegten Verabredungen einzuhalten.

Unfehlbar suchte er jeden Freitag die Kanzleiräume von *Greevy & Co Solicitors* auf, um seine Bescheinigungen abzugeben, und auf dem Weg dorthin stattete er dem Friedhof einen Besuch ab – obwohl dieser gar nicht auf dem Weg lag. Paul hatte den starken Eindruck, dass Mr. Greevey einen Prozentsatz einstreichen würde, wenn Fidelmas Besitz irgendwann zu Geld gemacht würde. Jedenfalls trieb es ihn offenbar zur Weißglut, dass Paul das Spiel nach seinen eigenen Regeln spielte. Greevy hatte sogar einen Privatdetektiv engagiert, um herauszufinden, ob Paul nicht doch auf irgendeine Weise gegen die Bedingungen des Testaments verstieß. Vierzehn Tage lang war ihm ein Mann namens Darren gefolgt, und sie hatten sich ziemlich gut verstanden. Paul hatte ihm immer mal wieder eine Tasse Tee vors Haus gebracht, und Darren hatte ihn dafür dann und wann mit dem Auto zum Einkaufen gefahren. Es war wirklich schade, als die Ermittlung abgeschlossen war; Paul vermisste die Gesellschaft.

Im Laufe der letzten sieben Jahre, vier Monate und zwei Wochen waren Greevys Vorträge erst ermunternd, später müde und schließlich offen feindselig geworden. Inzwischen aber fanden sie so gut wie gar nicht mehr statt. »Diese Zuwendung war als vorübergehende Maßnahme gedacht, Mr. Mulchrone. Es war nie die Absicht Ihrer Großtante Fidelma gewesen, dass Sie für immer von ihr leben.« Was natürlich genau der springende Punkt war. Sein Leben war die beste Rache. Ihm war bewusst, dass er sich auf den Machtkampf mit einer Toten eingelassen hatte, und er war keineswegs bereit, als Erster nachzugeben.

Paul schaute sich um. Die einzigen lebenden Seelen in Sichtweite waren ein alter Mann am anderen Ende des Friedhofes und der Pudel, der kläffend an seinem Bein hochsprang. Selbst aus der Entfernung passten die beiden nicht zusammen. Paul fragte sich, ob der Hund das geliebte Haustier einer verstorbenen Ehefrau gewesen war. So oder so stellte er ein Energiebündel dar, das zwischen all den Toten völlig aus dem Rahmen fiel. Vielleicht war er auch nur so ausgelassen, weil es hier so viele Knochen zu wittern gab.

Paul wandte sich wieder zum Grabstein um.

»Demütiger Engel?«, las er. »Die Inschrift hast du dir garantiert selber ausgedacht, du dämliche alte … Dein Sinn für Ironie war in etwa genauso ausgeprägt wie der für Mitgefühl.«

Eine Zeitlang hatte Paul sich noch gefragt, warum er jede

Woche bei Fidelmas Grab vorbeischaute. Inzwischen nicht mehr. Inzwischen wusste er es. Er musste seine Wut aufladen. Denn nur diese Wut war es, die ihn durchhalten ließ, wenn er drei Schlafanzüge übereinander trug, um Heizkosten zu sparen, fast jeden Abend Wohltätigkeitsessen aß oder sechs Stunden pro Woche die *bald* Toten besuchte, um es einer *lange* Toten heimzuzahlen. John Lydon hatte recht gehabt mit seinem Song: *Anger is an energy*. Er brauchte keine Anerkennung. Er brauchte keine Menschen. Er brauchte nur die Wut.

Paul sprach sein ganz persönliches, wöchentliches Gebet.

»Du hättest Ma helfen können und hast es nicht getan. Du hättest mir helfen können und hast es nicht getan. Und nun glaubst du, du könntest vom Grab aus über mein Leben bestimmen? Fick dich.«

Früher hatte er anschließend manchmal ausgespuckt, aber das tat er nicht mehr. Er hatte das Gefühl, es würde nur Fidelmas Meinung von ihm bestätigen. »Der Bastard eines liederlichen Flittchens« – so hatte sie ihn bei ihrer zweiten und letzten Begegnung genannt. Er hatte mit dem Psychiater darüber gesprochen, zu dem er damals geschickt worden war. Der Mann hatte einen Irokesenschnitt getragen, durch den er aussah wie ein weißer, dürrer Mr. T., und er hatte Paul gestanden, dass er unter akuter Verlustangst litt. Dann hatte das Sozialamt den Therapeuten nach Limerick versetzt. Im Gegensatz zu seiner Großtante stand Paul mit der Ironie des Lebens auf sehr vertrautem Fuß.

Er wandte sich auf dem Absatz um und begann, durch den kalten Novemberwind zu marschieren. Er kam zwei Grabstätten weit, bevor er sich erneut umwandte.

»Ups. 'tschuldigung, fast vergessen.« Paul steckte die Hand in seine Jeanstasche und zog zwei Zettel hervor. »Hier für dich, du irre alte Hexe: sechs Stunden und fünf Minuten gemeinnützige Arbeit. Du kannst davon ausgehen, dass sich meine moralische Natur entsprechend verbessert hat. Bis nächste Woche.«

Er stopfte die Zettel wieder in seine Tasche, beugte sich hinab, schnappte sich den Kranz und machte sich davon.

*Janet Mulchrone 1968–1998*

Paul starrte auf die Leerstelle unter dem Namen. Er hatte zwei Jahre lang gespart und noch den letzten Cent zusammengekratzt, um ihr einen anständigen Grabstein zu kaufen. Doch als es schließlich so weit war, hatte er nicht gewusst, was er für eine Inschrift wählen sollte. Alles fühlte sich zu großspurig, zu umständlich, zu überwältigend an. Wie fasste man in wenigen Worten ein Leben zusammen?

Dieser Teil des Friedhofs war weniger gepflegt. Ihre saubere Grabstelle trat deutlich zwischen den anderen hervor, die unterschiedlich stark von Unkraut überwuchert waren. Letzten Sommer hatte er einen ganzen Tag damit verbracht, die gesamte Reihe zu säubern. Das hätte ihr gefallen. Vielleicht war es mal wieder an der Zeit – sobald es seiner Schulter besserging.

»Hiya, Ma, alles in Ordnung bei mir. Mach dir keine Sorgen wegen der Schlinge, es ist bloß eine … Na ja, schwer zu erklären. Ich bin da in was reingeraten. Aber ich kläre das. Gar kein Ding. Die Krankenschwester, von der ich dir schon vor ein paar Wochen erzählt habe? Der habe ich einen Gefallen getan. Stand alles ein bisschen auf Messers Schneide. Im wahrsten Sinn des Wortes. Mir geht's aber gut, jedenfalls besser als dem anderen Typen.«

Er rang um die richtigen Worte. Natürlich war es albern, eine Verstorbene nicht beunruhigen zu wollen. Trotzdem konnte er sich nicht durchringen, in die Details zu gehen. Wieder tauchte die Erinnerung an das lächelnde Gesicht seiner

Mutter vor ihm auf. Zumindest glaubte er, dass es ihres war. Er besaß keine Fotos von ihr. Er bemühte sich, an der Erinnerung festzuhalten, fürchtete aber, dass andere Gesichter, ein anderes Lächeln, andere Augen sich darüberlegten und sie verwässerten. Als Teenager hatte er viel gezeichnet, es aber nie geschafft, ihr Gesicht auf Papier festzuhalten. Und er hatte mit den Versuchen schließlich aufgehört, als ihm bewusst wurde, dass die Erinnerung seinen Zeichnungen zu ähneln begann, statt umgekehrt. Jede Woche stand er hier und versuchte, ein Bild in seinem Kopf aufzufrischen, das immer weiter verblasste.

Er weinte nicht mehr, aber auf eine ungute Weise. Es fühlte sich nicht an, als würde etwas in ihm heilen. Es fühlte sich an wie sterben. Der zweite seiner wiederkehrenden Träume war der reinste Horror. Er erwachte in seinem Bett, und alles schien normal, bis er die Decke beiseiteschlug. Seine Zehen hatten eine granitgraue Farbe angenommen. Und sosehr er sich bemühte, er konnte sie nicht bewegen. Dann blinzelte er, und schon waren auch seine Füße betroffen. Wenn er nach ihnen tastete, waren sie glatt wie Marmor und kalt wie Eis. Und als er seine Finger fortzog, stellte er fest, dass auch sie aus Stein waren. So breitete es sich über seinen ganzen Körper aus. Der Traum endete jedes Mal auf dieselbe Weise. Er wollte schreien, konnte aber nicht mal mehr Luft holen, und dann wachte er schweißgebadet auf.

Nun beugte er sich herab und legte behutsam den lilafarbenen Kranz an ihren Grabstein.

»Bis nächste Woche, Ma.«

# KAPITEL NEUN

»Wollen Sie mich auf den Arm nehmen?«

DI Jimmy Stewart hatte sich zusammen mit seiner mittlerweile *verdammt* schlechten Laune aufs Dach des Gebäudes verzogen, um sich einen Moment Ruhe zu gönnen. Und eine von DS Clarke geschnorrte Zigarette. Das Dach war den Rauchern des National Bureau of Criminal Investigation heilig, da es eine unbeobachtete Kippe ermöglichte – bei gleichzeitiger Aussicht auf den Parkplatz des Garda-Hauptquartiers und einige Gehege des Dubliner Zoos, der sich direkt nebenan befand. Zugegeben, es war nicht mehr dasselbe, seit sie die Giraffen verlegt hatten, aber hier oben war es doch tausendmal angenehmer als im offiziellen Raucherbereich – der lag nämlich in Windrichtung der Mülltonnen und in Sichtweite des Commissioner-Büros. Nur wer geistig minderbemittelt und absolut ambitionslos war, begab sich da freiwillig hin.

Es lag eine Schärfe in der Luft, die darauf schließen ließ, dass es Schnee geben würde. Wilson war ihm hinauf aufs Dach gefolgt – was deutlich zeigte, dass er entweder keine Ahnung vom Prinzip der Erdanziehung hatte oder vom Ausmaß der tiefsitzenden Antipathie, die DI Stewart gegen ihn hegte. Stewart heiterte nur noch der Gedanke auf, wie er Wilson beim Kopfsprung in Richtung Parkplatz behilflich war. Er würde ihm dann auch sofort hinterherspringen – die leidgeprüfte Mrs. Stewart hatte ihm nämlich beim Frühstück verkündet, dass sie sich und ihn bei einem Töpferkurs angemeldet hatte.

»Sie haben ernsthaft noch nie von Rapunzel gehört?«, fuhr DI Stewart fort.

»Von dem Märchen?«

»Nicht das versch…« Stewart spürte, dass sein Augenlid zu zucken begann. »Von dem Fall! Einer der berüchtigtsten Fälle der gesamten irischen Kriminalgeschichte!«

Wilson schaute ihn ausdruckslos an, und Stewart musste wieder einmal daran denken, wie es war, Kinder im Teenageralter zu haben.

Er seufzte, bevor er seinen herablassendsten Tonfall hervorkramte. »Es war im Jahr 1985 – Bono fuhr auf Jesus ab, Bob Geldorf auf Afrika, und bei uns in Dublin wurden die Jungfrau-Maria-Stauen so oft versetzt, dass man sich schon anstrengen musste, eine zu finden, die gerade fest an ihrem Platz stand. Und mitten in alledem traf uns die Vollkatastrophe namens Rapunzel.«

»Um ehrlich zu sein, da war ich noch nicht mal auf der Welt.«

»Beim Zweiten Weltkrieg waren Sie auch nicht auf der Welt, aber ich gehe davon aus, dass der Name Hitler trotzdem was läuten lässt? Was haben Sie denn bei Ihrem Kriminologie-Studium getrieben, bloß rumgesessen und *Das Schweigen der Lämmer* geschaut?«

»Den Film hab' ich nie gesehen.«

»Was zum … wie ist denn sowas … Das ist ein absoluter Klassiker! Sind Sie vor sechs Wochen aus einem Ei geschlüpft, oder was?«

Sie verfielen in ein frostiges Schweigen, bei dem sich beide Männer nicht anschauten. Eine Taube landete auf dem Sims vor ihnen, riskierte einen kurzen Blick und kam rasch zu dem Entschluss, dass es ratsam war, sich lieber irgendwo anders aufzuhalten.

Stewart schnippte den Überrest seiner Kippe über den Sims und bereute es sofort. Ein halber Zug wäre noch drin gewesen, und eine weitere hatte er nicht. Ein neues Päckchen konnte er nicht kaufen. Wenn die leidgeprüfte Mrs. Stewart herausfand, dass er wieder mit dem Rauchen angefangen hatte, wäre der Krebs noch die unwahrscheinlichste Todesursache, die ihm blühte.

»Also, klären Sie mich jetzt auf?«

Stewart dachte darüber nach. Letztlich war es so: Sie steckten in dieser Sache sowieso knietief drin, ob es ihm gefiel oder nicht – und Wilson musste zumindest genug Informationen haben, um zu wissen, wann er verdammt noch mal die Klappe halten sollte. Also, wenn es nach Stewart ging: immer.

»Na schön, Kinder, dann versammelt euch mal ums Lagerfeuer.« Er zog seinen Mantel um sich und bemerkte, dass Wilson seinen nicht mitgebracht hatte. Wenn er das hier lange genug hinzog, wäre es vielleicht das winterliche Klima, das der irischen Polizei einen großen Dienst erwies.

»Das Wichtigste, was man in Bezug auf Kriminelle bedenken muss, ist, dass sie nicht besonders originell sind. In den 70er-Jahren brauchte die IRA Geld, also raubte sie Banken und Postfilialen aus. Die normalen, anständigen Verbrecher schauten sich das an und kopierten die Methode. Und kaum hatte man sich's versehen, dachte jede Arschgeige, die zwei Augenschlitze in einen Teewärmer schneiden konnte, sie wäre John Dillinger persönlich.«

»Wer?«

Stewart verdrehte die Augen und ignorierte die Frage. »Es wurden so viele Banken abgezogen, dass sie eigene Schlangen einrichten mussten: für Abhebungen per vorgehaltener Waffe. Mit der Zeit wurde die Sicherheit erhöht, uns wurden bewaffnete Einheiten und Überwachungsmöglichkeiten zugestanden. Einige böse Buben wurden niedergeschossen, und mit der ganzen Bankraubnummer ging es schließlich ebenso bergab wie mit dem Prog Rock.«

Stewart sah, dass Wilson darüber nachdachte, eine Nachfrage in Sachen Prog Rock zu stellen. Er entschied sich dagegen. Vielleicht bestand doch noch Hoffnung für ihn.

»Und schon kamen die Achtziger um die Ecke – Schulterpolster, Synthie-Pop, und die IRA fand ein neues Hobby: Kidnapping. Man hatte es damals wirklich zu nichts gebracht, wenn die Provos nicht versuchten, einen zu entführen. Und was die Provos taten …«

»Imitierten die anderen.«

»Ganz genau. Bald stockte jeder Möchtegern-Gangster seine Vorräte an Seilen und Klebeband auf, und jeder ehemalige Polizist kassierte ordentlich ab als Bodyguard bei den Reichen und Berühmten. Na gut, hauptsächlich bei den Reichen – wer sich die Berühmten vorknöpfte, musste eine Idiot sein. Es wäre schon aufgefallen, wenn Chris de Burgh plötzlich verschwunden wäre. Die Leute hätten ja vor Freude auf den Straßen getanzt.«

»Wer?«

»In dem Fall haben Sie nicht viel verpasst«, sagte Stewart. »Aber egal. Es gab jedenfalls jede Menge Kidnapping-Fälle von hochrangigen Personen. Manche konnten wir vereiteln, andere gingen schrecklich schief, aber sehr oft wurde einfach gezahlt. Dann tauchte plötzlich Sarah-Jane Kruger auf, geborene Cranston, die frischgebackene Braut eines gewissen Daniel Kruger. Die einzige Tochter und Augapfel von Daddy Cranston, dem Duke of Berkshire oder so ähnlich – jedenfalls einem Cousin und Jagd-Kumpel von Ihrer Königlichen Hoheit Lizzy Windsor persönlich. Daniel war der Erbe des Kruger-Vermögens und hat zu einer Familie gehört, die sich finanziell keine Sorgen machen musste, da sie eine lupenreine Goldmine in Südafrika ihr Eigen nennen konnte. Was ihr in der Öffentlichkeit allerdings mit wenig Sympathie erwidert wurde. Das war zu der Zeit, als

Nelson Mandela, Gott hab ihn selig, noch in der Gefängnis-Schachmeisterschaft geglänzt hat.«

Wilson gab nickend zu verstehen, dass er die Anspielung kapierte – es gab also doch ein paar Filme, die er gesehen hatte.

»Gerüchte kursierten, dass die Eheschließung Cranston-Kruger nicht gerade die romantischste Angelegenheit der Welt gewesen war. Die Cranstons waren komplett pleite und brauchten das schmutzige Geld der Krugers, um weiter leben zu können, als wären sie Teil des Hochadels, zu dem sie ja auch fast gehörten. Im Gegenzug würde unser Danny-Boy Kruger Lord von Was-auch-immer werden, sobald sich der alte Herr irgendwann in den großen Members-only-Golfclub im Himmel zurückzog.«

»Wie nett.«

»Außerdem hat er obendrauf noch eine echte Disney-Prinzessin zur Braut bekommen, und die sah auch gar nicht mal unangenehm aus.«

»*Sehr* nett.« Wilson warf den Versuch eines kumpelhaften Augenbrauenwackelns ein, über das Stewart geflissentlich hinwegging.

»Ja, vor allem, weil er selbst … wie nennt man das …« Stewart hielt sich die Hand vor die linke Seite seines Gesichts.

»Blind war?«

»Nein … so wie bei … Andrew Lloyd Webber.« Stewart schnippte frustriert mit den Fingern.

Wilson verzog verwirrt das Gesicht. »Er sah aus wie Andrew Lloyd Webber?«

»Nein, ich meine … wie in diesem Musical, dem berühmten … und wenn Sie jetzt *Cats* sagen, schmeiß ich Sie sofort vom Dach.«

»*Phantom der Oper?*«

»Ja!« Stewart warf erleichtert die Hände in die Höhe.

»Danke! Er ist wie dieser Typ im Musical, wissen Sie – sein Gesicht ist zur Hälfte entstellt.«

»Wie ist das passiert?«

Stewart dachte darüber nach. »Tja, ich kann mich nicht erinnern. Ich glaube, irgendwas ist in seiner Kindheit vorgefallen, ein Unfall oder so.«

»Da sieht man's mal wieder: Das sind die Reichen«, sagte Wilson. »Denen fällt schon beim Frühstück mehr ein, um ihre Kinder für immer kaputtzumachen, als uns im ganzen Leben in den Sinn kommen würde.«

»Was hat Ihr Dad noch mal beruflich gemacht?«

Nun war es an Wilson, eine Frage zu ignorieren. »Die jungfräuliche Braut von diesem Typen wird also verschleppt?«

»Ganz genau«, sagte Stewart, »und zwar von ihrem gigantischen Landsitz irgendwo im Süden, während der Gatte mit seinen Kumpeln im Wald unterwegs ist und die halbe Tierwelt totschießt.«

»Und was passiert dann?«

»Die Hölle bricht los – *das* passiert. Sie bekommen die Forderung, als Lösegeld Diamanten im Wert von drei Millionen zu zahlen.«

Wilson stieß einen Pfiff aus.

»Die Entführer haben ihre Hausaufgaben gemacht. Kruger konnte die Steine bis zum festgesetzten Zeitpunkt beschaffen. Ein Übergabeort wurde ausgemacht und …«

»Und was?«

»Nichts. Die Kidnapper sind einfach nicht aufgetaucht. Es gab auch keine weiteren Benachrichtigungen. Alle gaben sich gegenseitig die Schuld. Es hieß sogar, die ehrwürdige Lizzy persönlich habe sich ans Telefon gesetzt, um ihrem Missvergnügen Ausdruck zu verleihen.«

»Heilige Scheiße.«

»Ach, Sie haben ja keine Ahnung. Bedenken Sie: Eine Frau, die mehr oder weniger zum Hochadel gehört, verschwindet spurlos vom Erdboden, und das ausgerechnet zur Zeit des Anglo-Irischen Abkommens, wo doch alle gerade versuchen, möglichst nett zueinander zu sein. Das ganze Debakel ist eine nationale Schande. Die Urlaubstage aller Polizeibeamten werden gestrichen, die Überstunden gehen durch die Decke, und die größte Suchaktion in der Geschichte des Landes wird gestartet – auch bekannt als *Operation Rapunzel.*«

»Irgendwelche Spuren?«

»Oh ja, Tausende. Überall tauchen irgendwelche Durchgeknallte aus der Versenkung auf und wollen was gesehen haben. Und das, noch bevor die Belohnung von einer halben Million ausgeschrieben wird. Die Leute befreien sogar ihre Kinder vom Schulunterricht, um mit ihnen »Finde die Prinzessin« zu spielen.«

»Kann ich mir vorstellen.«

»Nach etwa einer Woche fällt schließlich jemandem auf, dass ein gewisser Gerry Fallon, ein vielversprechender junger Aufsteiger in der Dubliner Unterwelt, auffällig einsam wirkt, weil sein Bruder Fiachra und sein bester Freund Jackie Grinner McNair verschwunden sind.«

»Ach, sind sie das?«

»Ja, Gerry behauptet, die Jungs machen Urlaub, sie wären mit dem Rucksack in Europa unterwegs.«

»Praktisch. Da kann man ihre Spuren nicht verfolgen.«

»In der Tat. Allerdings ließ sich behördlich nicht bestätigen, dass sie das Land überhaupt verlassen hatten. Bis zu diesem Zeitpunkt hatte sich die Bande kaum hervorgetan, sie meinte es aber ernst. McNair war hauptsächlich fürs Grobe zuständig; und es war allgemein bekannt, dass Gerry der Kopf ihrer Organisation war. Fiachra, das kleine Brüderchen, kam wiederum bei den Ladys ziemlich gut an. Bis vor Kurzem waren die drei noch unzertrennlich gewesen. Ihre Mutter hatte die Brüder Fallon allein aufgezogen, nachdem ihr Vater sich in Luft aufgelöst hatte. Es gab sogar die Legende, der zwölfjährige Gerry hätte Daddy mit einem gusseisernen Schürhaken umgelegt, weil er Hand an ihre Ma gelegt hatte.«

»Heilige Scheiße«, rief Wilson aus. »Stimmt das denn?«

»Ach, wer weiß? Vielleicht hat sich der Alte auch bloß verdrückt und ist auf 'ne Fähre gehüpft. Er wäre nicht der Erste. Wie auch immer«, sagte Stewart, »die Tage gehen ins Land, und es ergibt sich nichts Konkretes. Die beiden Jungs bleiben verschwunden, ebenso wie die arme Sarah-Jane Cranston-Kruger. Von Fiachra weiß man, dass er eine Zeit in Schottland verbracht hat, aber alle Ermittlungen dort laufen ebenfalls ins Leere. Und da es keine Neuigkeiten gibt, beginnen alle möglichen Gerüchte die Runde zu machen: dass sie nie wirklich entführt wurde, dass bei der Übergabe irgendeine krumme Aktion abgezogen wurde und die Diamanten jetzt bei irgendwelchen südafrikanischen Gaunern steckten oder ...«

Ein schwarzes Schaf bei den Gardaí war das andere Gerücht, aber Stewart wagte es bis heute nicht, diese Theorie auch nur in Furz-Hörweite von diesem Gebäude zu erwähnen. Wer das aussprach, konnte seine Polizeikarriere augenblicklich abschreiben.

»Dann kursierte eine andere Story. Mrs. Cranston wurde gesehen, wie sie mitten in der Nacht an der Küste bei Kerry ein Boot bestiegen haben soll, und zwar in Begleitung des umwerfend gutaussehenden Fiachra Fallon. Wie eine Gefangene soll sie dabei ganz und gar nicht ausgesehen haben.«

»Neiiiin!«

»Doch. Der Zauber junger Liebe in all seiner Pracht, das ganze Drum und Dran.«

»Und das glaubten die Leute?«

»Na ja, es wurde untersucht, blieb aber reine Theorie. Es gab natürlich jede Menge Druck, irgendwelche Resultate hervorzubringen, das dürfen Sie nicht vergessen. Und sechs Monate später erschien dann das berühmt-berüchtigte Buch *Geisel der Liebe.*«

»Schrecklicher Titel.«

»Sie haben nicht unrecht, aber die Leute haben sich darum gerissen. Erzählt wird die Geschichte einer unglücklichen Prinzessin, die von bösen Eltern in die Ehesklaverei verschachert und von einem attraktiven Gassenjungen errettet wird, der sie erst entführt und dann ihr Herz erobert.«

»Ein modernes Märchen.«

»Ganz genau«, sagte Stewart. »Alle paar Jahre heißt es, es würde eine Hollywood-Verfilmung geben. Colin Farrell soll ernsthaft interessiert sein.«

»Herrgott.«

»Kruger klagt natürlich gegen das Buch, was es zu einem noch gewaltigeren Bestseller macht. Er wird zum Gespött, und seitdem hat ihn niemand mehr gesehen. Uns Polizisten lässt das Buch übrigens aussehen, als wären wir die Keystone Cops. In der Geschichte riskiert Gerry Fallon alles, um seinen geliebten kleinen Bruder samt dessen Geisel-Schrägstrich-Liebe-seines-Lebens außer Landes zu schaffen, während sie ständig versuchen, dem Zugriff der irischen Polizei zu entgehen.«

»Ahh, ich brauch gleich ein Taschentuch.«

»Wir sprechen hier von *dem* Gerry Fallon, vergessen Sie das nicht, dem abgebrühtesten aller abgebrühten Bastarde. Der eine Gangsterboss, den wir nie zu fassen bekommen haben. Der Typ, der sogar unser Criminal Assets Bureau in seine Schranken verwiesen hat. Scheiß drauf, streichen Sie das – er hat unsere gottverdammte Behörde der Lächerlichkeit preisgegeben. Wir mussten eine offizielle Gegendarstellung veröffentlichen, als sein Name in Verbindung mit Straftaten in den Medien aufgetaucht ist. Der reinste Witz. Offiziell müssen wir davon ausgehen, dass Gerry den rechten Pfad eingeschlagen hat, sodass er sich völlig frei bewegen kann. Damit ist er für uns einfache, dumme Schutzmänner quasi unantastbar.«

Stewart lehnte sich zurück und schaute zum dunkel werdenden Winterhimmel auf.

»Jetzt kommt allerdings der Knaller: In dem Buch muss Grinner McNair sein Leben lassen, nachdem er sich von Fiachra abgewendet und beschlossen hat, dass er nicht auf eine Million in bar verzichten will, nur damit sein Kumpel in Ruhe einen wegstecken kann. Seit zwei Stunden wissen wir, dass das Quatsch ist. Er hat keinen unfreiwilligen Hechtsprung von einem Schlepper im Nordatlantik gemacht. Er war hier bei uns – lag die letzten drei Wochen im St. Kilda's – der gottverdammte Grinner McNair! Der einzige Mann, der wusste, was mit Sarah-Jane Cranston geschehen ist. Ganz zu schweigen davon, dass er wohl der einzige Typ war, der Gerry Fallon hinter Gitter hätte bringen können.«

»Shit.«

Stewart senkte den Blick und sah, wie ein großer Mercedes, eskortiert von mehreren Motorrädern, beim Eingangstor vorfuhr.

»Und nun ist uns nur ein Anhaltspunkt geblieben: das arme Schwein, das ihn umgebracht hat.«

# KAPITEL ZEHN

Lang und tief atmete sie ein. »Mr. Mulhare, ich möchte, dass Sie eins wissen: In mir haben Sie eine kompetente, selbstbewusste und engagierte Anwältin. Seien Sie versichert: Unsere oberste Priorität hier bei *Greevy & Co Solicitors* sind Sie, unser Mandant. Sie sind für uns mehr als ein Kunde. Sie gehören für uns zur Familie.«

»Toll«, sagte Paul. »Allerdings heiße ich Mulchrone.«

»Das wusste ich …«, erwiderte sie rasch. »War nur ein kleiner Anwalts-Scherz, um die Stimmung zu heben und – oh mein Gott, hörst du wohl auf, mir in die Vagina zu treten!«

Letzteres war nicht an Paul gerichtet, sondern an ihren eigenen, gigantischen Bauch. Nora Stokes war schwanger. Hochschwanger. Das hatte sie nicht eigens erwähnt, aber Paul war es gelungen, die Anzeichen zu entschlüsseln. Das schwere Atmen, das offenkundige Unwohlsein, die Tatsache, dass sie in diesem unangenehm engen Büro gefühlt über die Hälfte des zur Verfügung stehenden Platzes einnahm. Paul hatte nur sehr begrenzte Vorerfahrungen mit schwangeren Frauen, aber er stellte immer wieder fest, dass sie ihn unfassbar einschüchterten. Als stünde zu befürchten, dass sie augenblicklich gebären würden, wenn er etwas Falsches sagte – nur um ihm eins auszuwischen.

»Verzeihung«, sagte Nora, »diese Bemerkung galt nicht Ihnen.« Dabei nahm sie mit sichtbarer Verlegenheit auf dem Stuhl ihre frühere Position ein. »Der kleine Wurm kann ziemlich gut zielen. Immer wenn er … aber egal. Sie sind zu uns gekommen, Sie haben ein Problem – da wollen Sie nichts hören über meine V…« Sie streckte die Hand aus, als wollte sie sich selbst vom Weiterreden abhalten. »Pardon, Pardon, Sie sagten gerade …?«

Paul schaute sie über den Schreibtisch hinweg an. Nora Stokes schwitzte, ihre blonden Haare klebten seitlich am Gesicht, und er wollte nichts sagen, aber ihre linke Brust schien undicht zu sein. Ein kleiner Fleck war auf ihrem hellblauen Umstandskleid aufgetaucht und wurde zusehends größer. Er war sich nicht sicher, wie man sich in so einer Situation korrekt verhielt.

Nora Stokes schien in Personalunion das *Co* in *Greevy & Co Solicitors* zu verkörpern, aber sie waren einander noch nie begegnet. Bisher hatte Paul ausschließlich mit ihrem Chef zu tun gehabt. Es war nicht so, als hätte er Shane Greevy besonders gemocht, genau genommen war das Gegenteil der Fall. Ihre Beziehung beruhte auf gegenseitiger Verachtung, aber darin lag auch eine seltsame Art von Trost. Paul wusste genau, dass Greevy seine momentan so missliche Lage – die Tatsache, dass er ein Verdächtiger in einem Mordfall war – ausnutzen und behaupten würde, Paul hätte gegen die Auflagen des Testaments verstoßen. Er hatte sich im Stillen schon ein Argument zurechtgelegt, um Greevy die Luft aus den Segeln zu nehmen. Aber er konnte es nicht anbringen, wenn sein Gegenspieler sich zum ersten Mal in sieben Jahren weigerte aufzutauchen. Greevy war verlässlich und immer im Dienst; für Paul war das seine einzig positive Charaktereigenschaft.

»Nur noch mal für mich«, sagte Paul. »Mr. Greevy ist definitiv und hundertprozentig verhindert?«

»Korrekt«, sagte Nora.

»Gibt es nicht irgendeine Möglichkeit, dass wir …«

»Nichts zu machen.«

»Aber …«

»Keine Chance.«

»Es ist bloß …«

»Na schön, hören Sie, Mr. …« Sie schaute ihn ungeduldig an, offenbar, damit er ihr auf die Sprünge half.

»Mulchrone.«

»Mulchrone«, wiederholte sie. »Die Situation ist Folgende: Shane Greevy ist nicht hier. Er befindet sich in Italien mit seiner Frau und versucht, die leere Hülle zu retten, die seine Ehe darstellt.«

»Verstehe«, sagte Paul.

»Diese Aktion hat nicht den geringsten Sinn, aber egal.«

»Könnten wir …«

»Er liebt sie nicht!«, sagte Nora. »Er hat bloß Angst, sie zu verlassen.«

»Es ist nur so«, sagte Paul, »er ist jetzt seit sieben Jahren mein Anwalt und hat einfach alle Informationen, die …«

»Es geht eigentlich nur ums Geld«, unterbrach sie ihn. »Er kann den Gedanken nicht ertragen, wie viel sie ihm bei der Scheidung abknöpfen würde. Er ist ein geiziger Bastard – war er schon immer. Deswegen sitzt eine hochschwangere Frau jetzt hier herum und hält mutterseelenallein die Stellung, während er der verkniffenen alten Kuh in Mailand italienisches Essen und Wein auftischt.«

»Okay«, sagte Paul.

»Also, bevor ich zum Klo rennen musste, haben Sie den Gedanken geäußert, dass man Sie womöglich festnehmen könnte. Darf ich fragen, weswegen?«

»Wegen Mordes«, sagte Paul.

»Gottverdammte Scheiße!«

»War das wieder das Baby?«, fragte Paul.

»Nein«, entgegnete Nora. »Nein, das waren Sie.« Sie griff nach ihrer Handtasche.

»Es handelt sich bloß um ein großes Missverständnis.«

»Natürlich«, sagte Nora. »Ich glaube Ihnen.«

»Würde es Ihnen dann etwas ausmachen, die Dose Pfefferspray loszulassen, die Sie gerade in Ihrer Handtasche umklammern?«

Sie starrte ihn über den Tisch hinweg ausdruckslos an. »Hervorragend. Fein. Ihre Beobachtungsgabe wird uns gute Dienste leisten, wenn wir voller Entschlossenheit Ihre Unschuld beweisen.«

»Ja«, sagte Paul, »aber Sie haben das Pfefferspray immer noch in der Hand.«

»Ich werde jetzt mal ganz ehrlich zu Ihnen sein, Mr. …«

»Mulchrone«, sagte Paul.

»Mulchrone«, wiederholte sie, »weil ich der Ansicht bin, dass wir eine Beziehung aufbauen müssen, die auf gegenseitigem Vertrauen beruht. Ich würde das Pfefferspray gerne weglegen – das würde ich wirklich –, aber leider habe ich derzeit nicht die Kontrolle über meinen Körper. Ich werde von einer Flutwelle wildgewordener Hormone gesteuert, und die wollen offenbar, dass ich es weiter in der Hand behalte. Okay?«

»Okay«, sagte Paul.

»Nehmen Sie das bitte nicht persönlich«, sagte Nora. »Ich habe keine Kontrolle über mich. Gestern erst habe ich mir im Supermarkt in die Hose gemacht. Das Baby hat mir seinen Kopf voll in die Blase gehauen. Wussten Sie, dass Babys das können? Oh ja – solche Informationen gibt man uns natürlich nicht im Vorfeld einer Schwangerschaft.«

»Oh«, sagte Paul, da er das Gefühl hatte, dass eine Antwort von ihm erwartet wurde.

»Was ich eigentlich sagen will …«

Nora suchte nach etwas, das sie eigentlich sagen wollte, aber längst vergessen hatte. Die Stille zog sich in die Länge, fühlte sich aber nicht peinlich an. Nora schenkte Paul ein trauriges kleines Lächeln, das willensstark und spröde zugleich wirkte. »Okay, hören Sie«, sagte sie schließlich. »Wir sind beide gerade an einem heiklen Punkt in unserem Leben, aber wenn wir zusammenarbeiten, können wir uns, glaube ich, da wieder rausmanövrieren. Okay?«

»Okay.«

»Gut.« Wieder lächelte sie ihn an. »Ich sollte das eigentlich nicht fragen, aber – haben Sie es getan?«

»Ganz eindeutig nicht«, sagte Paul.

»Gut. Ich glaube Ihnen.«

Offenbar verspürte Nora in diesem Augenblick das dringende Bedürfnis, einige der Papiere auf ihrem Schreibtisch zu sortieren.

»Und da wir ja nun beide ehrlich zueinander sind«, sagte sie. »Das Baby … ist von Greevy.«

»Oh«, sagte Paul, weil er das Gefühl hatte, dass eine Antwort von ihm erwartet wurde.

# KAPITEL ELF

Tyrion 4.12.AX4 – Secure Server Software
Initialisiere verschlüsselte Eins-zu-eins-Kommunikation.
Bitte warten ... Initialisiert.

**RoyTheBoy07:** Wir haben zwei Aufträge, für die wir Ihre Dienste benötigen.
**CERBURUSAX:** Okay, wann?
**RoyTheBoy07:** So bald wie möglich.
**CERBURUSAX:** Sie nennen die Details, dann prüfe ich sie und gebe Ihnen die möglichen Termine.
**RoyTheBoy07:** Wir haben die Termine bereits festgelegt. Sie haben Zeit bis heute 14 Uhr.
**CERBURUSAX:** Unmöglich.
**RoyTheBoy07:** Verdoppeln Sie Ihr übliches Honorar.
**CERBURUSAX:** Sie können es auch verdreifachen, das ändert nichts. So arbeiten wir nicht.
**RoyTheBoy07:** Es ist ein Notfall.
**CERBURUSAX:** Ihr Notfall, nicht unserer.
**RoyTheBoy07:** Es muss erledigt werden.
**CERBURUSAX:** Wir sind Chirurgen. Was Sie brauchen, sind Schlachter.
**RoyTheBoy07:** Mein Auftraggeber wünscht Sie.
**CERBURUSAX:** Nein.
**RoyTheBoy07:** Die Zeit läuft ab.
**CERBURUSAX:** Ich kann Ihnen Leute empfehlen.
**RoyTheBoy07:** Er will Sie.
**CERBURUSAX:** Nein. Letztes Wort. Sie verschwenden Ihre Zeit.

**RoyTheBoy07:** Wie Sie wollen. Ihr Name lautet Draco Dangash.

**CERBURUSAX:** LOL. Nein.

**RoyTheBoy07:** Ihr Partner ist Ihr Bruder Gregor.

**CERBURUSAX:** Bullshit. Wiedersehen.

**RoyTheBoy07:** Ihre Nichte …

**RoyTheBoy07:** Draco?

**CERBURUSAX:** Ja?

**RoyTheBoy07:** Sie wird wohlbehalten zu Ihnen zurückgebracht, wenn der Job ausgeführt wurde. Sie haben unser Wort.

**CERBURUSAX:** Sie sind lustig. Ich habe keine Nichte.

**RoyTheBoy07:** Theresa. 13. Sie ist noch nicht aus der Schule nach Hause gekommen. Prüfen Sie das gern.

**CERBURUSAX:** Ihr geht's wunderbar. Sie ist hier.

**RoyTheBoy07:** Bluffen Sie nicht, Draco. Die Zeit läuft ab.

**CERBURUSAX:** Wenn ihr Theresa was tut, kommen wir und machen euch fertig, verdammte Scheiße!!!

**RoyTheBoy07:** Wir haben das nicht vor. Zwingen Sie uns nicht dazu. Erledigen Sie den Job – zwei unproblematische Zielpersonen, das versichere ich Ihnen. Dann ist Ihre Nichte in Sicherheit, und Ihnen wird das Vierfache Ihres normalen Honorars gezahlt.

**CERBURUSAX:** Schicken Sie die Details.

**RoyTheBoy07:** Verschickt …

# KAPITEL ZWÖLF

Paul ließ sich in seinen Sessel fallen, und schon fuhr ein stechender Schmerz von seiner verwundeten Schulter seinen Arm hinab. Er würde beim Abhängen in nächster Zeit ein bisschen aufpassen müssen. Er war ausgesprochen schlecht drauf. Wie es aussah, entwickelte sich der heutige Tag noch schlimmer als der gestrige – und da dieser damit geendet hatte, dass er von einem mordlüsternen Rentner niedergestochen worden war, ließ das wenig Gutes hoffen. Vermutlich hätte er versuchen sollen, etwas zu schlafen, aber im Augenblick war er einfach zu aufgebracht. Stattdessen saß er also auf seinem durchgewetzten, zerschlissenen Thron und ließ den Blick über sein Königreich wandern.

Als letztes Jahr der Typ vorbeigekommen war, um den Wasserzähler zu installieren, hatte er Paul gefragt, ob er einer dieser Irren war, die sich auf den Weltuntergang vorbereiteten. Er musste zugeben, man konnte leicht zu diesem Fehlschluss kommen. In einer Ecke seines Wohnzimmers erhob sich ein Turm aus Toilettenpapierrollen, in der anderen einer aus Dosennahrung. Es war nicht bloß so, dass Paul Schnäppchen liebte, die dürftige Summe seiner monatlichen Unterstützung machte Schnäppchen für ihn schlicht überlebenswichtig. Er war ein Experte geworden, wenn es darum ging, im städtischen Dschungel Beute zu machen. Die Dosen stammten aus einem der drei deutschen Discounter-Supermärkte, die fußläufig von seinem Haus erreichbar waren und die er jeden Tag auf Angebote überprüfte. Er hatte immer noch achtundneunzig Dosen mit Erbsen, die er dank eines Druckfehlers auf dem Etikett für fünf Cent pro Stück ergattern konnte. Die Klorollen stammten aus einem Bürogebäude, das dichtgemacht worden war; fünf Euro pauschal für so viele Rollen, wie er tragen konnte. Klar, auf dem Weg zurück durch die Stadt hatte er sich ein paar komische Blicke eingefangen, aber das war es wert gewesen. Und auf dem Moore-Street-Wochenmarkt traf er jeden Samstag- und Dienstagnachmittag ein, sobald die Stände zusammenpackten, und hielt nach irgendwelchem Obst und Gemüse Ausschau, das verbilligt abgegeben wurde. Die Standbesitzer nannten ihn mittlerweile »den menschlichen Müllschlucker«, und das war keineswegs liebevoll gemeint. Letzten Monat hatte eine der Marktfrauen so sehr die Nase voll gehabt von seiner Feilscherei, dass sie die braun gewordenen Bananen, über deren Preis er verhandelte, lieber als Wurfgeschosse genutzt hatte. Als Paul das Obst daraufhin seelenruhig vom Kopfsteinpflaster aufgeklaubt und in seinen Beutel gesteckt hatte, war sie endgültig ausgerastet. Gott, er vermisste die Zeit des Pferdefleischskandals. Das waren gesegnete Monate gewesen. Da hatte er gegessen wie ein König!

Paul schauderte. Kaum war er zur Tür herein, hatte er Mantel und Pulli ausgezogen, und jetzt spürte er die Kälte. Er gewöhnte sich systematisch daran, nicht die Heizung aufzudrehen. Der Elektrizitätsanbieter hatte auch schon wieder die Abschläge erhöht. Den Pulli hatte er extra ausgezogen, um ihn für später in Reserve zu halten, wenn die Temperaturen richtig abstürzten. Er trug immer noch das »Ich habe den Krebs besiegt«-T-Shirt, das Dr. Sinha ihm gegeben hatte. Normalerweise freute er sich über alles, was er umsonst bekam, aber mit diesem Kleidungsstück verband er keine wirklich schönen Erinnerungen.

Schon wieder vibrierte Pauls Handy auf der Ablage. Er ignorierte es demonstrativ. Nach seinem Termin bei Nora Stokes hatte er fünf verpasste Anrufe von Paschal Clarke vorgefunden, einem der Manager im Mountainview, dem Krankenhaus, das er immer montags besuchte.

»Hi, ähm, Mr. Mulchrone … Paul. Paschal Clarke hier. Ich wollte nur Bescheid sagen, dass Sie nächsten Montag nicht zu uns kommen müssen, um ihre Besuche zu machen … wirklich nicht nötig. Wir freuen uns natürlich immer, wenn Sie mal vorbeischauen, aber wir haben unsere Besuchsregeln geändert. Es sind nur noch Verwandte zugelassen, weil … wegen der Überfüllung, es kommen jetzt so viele Besucher und … Wir hoffen, Ihnen geht es gut, und … und am besten erwähnen Sie Mountainview nicht in irgendwelchen … na ja, Sie wissen schon, weil … Sie wissen ja … und … na ja, also …« PIEP.

*Überfüllung?* Das war ja zum Totlachen. Bei seinem letzten Besuch waren die alten Herrschaften so ausgehungert nach einer Unterhaltung gewesen, dass sich für ihn eine Schlange auf dem Korridor gebildet hatte.

Er hatte nicht zurückgerufen. Es würde vermutlich nichts bringen, seine Sicht der Dinge darzulegen. Die Nachricht war zwar nicht geschickt vorgetragen, aber dennoch ziemlich eindeutig: Wie es aussah, war es sehr schlecht – wenn nicht fatal – für das Oma-Flüsterer-Business, von einem Irren niedergestochen worden zu sein. Dabei war das eine Arbeit, die er mit kaputter Schulter durchaus verrichten konnte. Nun hieß es, Daumen drücken, dass irgendeine gute alte Seele gestorben war und einer der Wohlfahrtsverbände dringend Unterstützung brauchte.

Immerhin war heute Freitag, und das war der Abend, an dem er sich ein Abendessen und einen Film gönnte. Das Abendessen würde er sich beim *Oriental Palace* bestellen, dem zweitbilligsten Lieferservice in ganz Dublin. Paul fragte sich, ob es irgendeine Möglichkeit gab, im Gespräch unauffällig Mickeys Nachnamen rauszukriegen.

Der Film würde von einer DVD kommen, denn Paul hatte aus offenkundigen Gründen keinen Fernsehanschluss. Auf dem Boden um seinen Fernseher herum stapelten sich deshalb DVDs – vierhundertsiebenundzwanzig hatte er beim letzten Mal gezählt. Jede einzelne davon hatte er für einen Euro oder weniger erworben. In einem Wohltätigkeitsladen stöberte er hin und wieder einen echten Kinoklassiker auf, er sah sich selbst aber vor allem als Connaisseur des tiefsten Hollywood-Bodensatzes. Er fand eine geradezu perverse Freude an Filmen, die direkt auf DVD veröffentlicht wurden, sowie an absolutem Ramschkisten-Material. Der letzte Sonntag, der vollständig mit einem Steven-Seagal-Marathon gefüllt worden war, hatte beispielsweise eine wesentliche Erkenntnis gebracht: Schaute man die Filme in chronologischer Reihenfolge, stellte die Karriere dieses Mannes eine beredte Absage an die Vorstellung dar, Kampfsport würde sich als Abnehm-Methode eignen.

Zu Abendessen und Film gesellte sich meistens ein Sechserpack unaussprechlichen osteuropäischen Biers, das zu einem besonders günstigen Preis angeboten worden war. Nachdem er eins probiert hatte, wusste Paul auch, warum. Nach zwei Dosen schmeckte man aber sowieso nichts mehr, insofern konnte man sich damit durchaus gemütlich besaufen. Wenn die Regierung jemals ihren geplanten Mindestpreis für Alkohol durchsetzte, würde er sich entscheiden müssen: entweder das Trinken aufgeben oder nur noch kalt duschen.

Sein Wohnzimmer hatte lediglich eine spärliche Auswahl an traditioneller Dekoration zu bieten. Über dem Kaminsims hing, wie schon bei seinem Einzug, das Bild von Großtante Fidelma. Wie krank musste ein Mensch sein, um sich sein eigenes Porträt über den Kamin zu hängen? Paul ließ es dort, um in den kältesten Nächten die Kohlen seines Hasses daran zu entzünden. Drei gerahmte Bilder, die ihm gehörten, standen darunter auf dem Sims. Das linke war ein Familienfoto: ein dunkelhaariger Vater mit seiner Frau, die ein bisschen zu sexy für ihn war, und ihre drei blondhaarigen, blauäugigen Kinder, die im Park herumtollten. Ihr Yorkshire-Terrier sprang durch die Gegend – in orgasmischer Freude darüber, bei alledem dabei sein zu dürfen. Das Bild war schon im Rahmen gewesen, den er im Ein-Euro-Shop gekauft hatte. Immer wieder fragte er sich, ob diese Menschen wirklich eine Familie waren oder bloß bezahlte Models. Er hoffte, Ersteres. Es war ein schöner Gedanke, dass es so etwas wirklich gab. Wenn er betrunken war von seinem sauer schmeckenden Bier, dachte er manchmal ernsthaft darüber nach, sich auf die Suche nach ihnen zu begeben und zu schauen, ob sie ihn aufnehmen würden. Selbst wenn sie keine echte Familie waren, ließen sie sich vielleicht davon überzeugen, dass sie eine sein sollten. Könnte funktionieren.

Das Bild ganz rechts war ebenfalls bereits im Rahmen gewesen. Es zeigte ein Segelboot. Er hegte keine starken Gefühle gegenüber Booten, weder so noch so.

Der große zentrale Rahmen enthielt ein Mannschaftsfoto des U-12-Hurling-Teams von St. Jude's, dem er selbst mal angehört hatte. Paul stand auf und trat näher heran. Er betrachtete die Gesichter und blieb an seinem eigenen hängen. Da saß er, links von der Mitte in der vordersten Reihe, als einer von siebenundzwanzig jungen Burschen, die voller Hoffnung und Übermut Richtung Linse grinsten. Er erinnerte sich, dass er glücklich gewesen war, stolz, dazuzugehören. Bedrückt stellte er fest, dass ihm sein Lächeln heute gezwungen vorkam. Als hätte er schon damals in der ewigen Furcht gelebt, jeden Moment würde alles zusammenbrechen. Am Ende der Reihe stand ihr Trainer, ein Auge zur Kamera gerichtet, während das andere darauf achtete, dass keiner der kleinen Lümmel es wagte, einen Stinkefinger auf das Foto zu schmuggeln. Bunny McGarry, der wahnwitzige Missionar, der den Fußball liebenden Heiden der Dubliner Innenstadt Hurling predigte, ob sie es wollten oder nicht.

Er schreckte aus seiner Träumerei auf, als erneut sein Handy vibrierte. Na schön, das war genug! Paschal Clarke würde jetzt seine schmerzhaftesten Geschosse zu spüren bekommen. Paul ging hinüber und schnappte sich das Telefon von der Ablage. Unbekannte Nummer.

»Hallo.«

»Paulie?«

»Ja.«

»Lauf weg!«

Paul hatte sich mental schon darauf eingestellt, einer Nervensäge aus dem mittleren Management ordentlich den Marsch zu blasen, und nun fiel es ihm schwer sich umzustellen.

»Wer ist …«

»Dazu ist keine Zeit. Wenn du am Leben bleiben willst, LAUF WEG!«

»Aber? Was?«

Die Leitung war tot.

»Hallo? Hal…«

Zwei Gedanken stellten sich rasch nacheinander ein. Erstens begriff er entsetzt, wem die Stimme gehört hatte. Reflexartig warf er einen Blick zurück zum Mannschaftsbild auf dem Kaminsims. Da – ein schlaksiges Bündel kaum zusammenpassender Glieder, das in der letzten Reihe seine Grimassen schnitt, sechzehn Jahre und eine ganze Welt von ihm entfernt. Er hatte eine Weile gebraucht, um ihn zu erkennen, denn sie hatten seit Jahren nicht miteinander gesprochen. In der kurzen Lücke zwischen den Gedanken kämpften sich mehrere komplizierte Gefühle nach oben, bevor sie wieder davongewischt wurden, als ihn der zweite Gedanke traf.

Und der war kein bisschen kompliziert.

Er musste weglaufen.

# KAPITEL DREIZEHN

»Wer weiß sonst noch davon?«

DI Jimmy Stewart starrte Veronica Doyle seelenruhig über den Tisch hinweg an und beantwortete ihre Frage nicht. Sie hatte eine nicht genau spezifizierte Position im Justizministerium inne. Anfang dreißig, schwarze Haare zum Knoten zusammengesteckt, langer Hals, vorwitzige kleine Nase. Ganz grundsätzlich hatte Stewart eine Schwäche für Frauen mit niedlicher Nase. Die leidgeprüfte Mrs. Stewart etwa nannte ein wunderschönes Exemplar ihr Eigen. Ganz gleich, um wie viel Uhr er nachts nach Hause kam, stets wachte sie auf und fragte ihn, wie es ihm ging. Immer sagte er »Gut«, und dann gab er ihr einen Kuss auf die Stirn, auf die Lippen und schließlich auf die niedliche kleine Stupsnase. Es war die Art von winzigem privaten Ritual, die eine sechsunddreißigjährige Ehe ausmachte. Der Gedanke daran ließ ein kleines Lächeln über sein Gesicht huschen – eine rare Ausnahme an diesem wirklich beschissenen Tag.

Dass er Veronica Doyles Nase nicht mochte, lag vor allem daran, dass sie versuchte, sie in seine Angelegenheiten zu stecken.

»Muss ich meine Frage wiederholen?«, sagte sie.

»Ich würde mich in jedem Fall freuen, wenn Sie sie noch mal etwas freundlicher stellen«, erwiderte Stewart. Er spürte, wie Wilson neben ihm auf seinem Stuhl etwas abrückte, als wollte er sich sichtbar distanzieren. Der junge Bursche war vielleicht nicht der Hellste, aber selbst er war clever genug, um bei diesem Meeting die Klappe zu halten.

»Na schön, genug von diesem ganzen Mist, Jimmy.«

Der Einwurf kam von dem Mann, der rechts von Veronica Doyle saß und dem die Verärgerung deutlich ins Gesicht geschrieben stand. Es war ein bemerkenswertes Gesicht – es gehörte dem Assistant Commissioner und amtierenden Einsatzleiter, keinem Geringeren als Fintan O'Rourke. Geliebt vom Streifenpolizisten auf der Straße und jedermanns felsenfester Kandidat für die höchste Position in ihrer Behörde, vor allem da die derzeitige Inhaberin eine ziemlich harte Zeit hatte, seit sie sie vor achtzehn Monaten übernommen hatte. O'Rourke war vielleicht sieben Jahre jünger als Stewart, aber es wirkte eher, als wären es zwei Jahrzehnte. Er war früher Langstreckenläufer gewesen. Heute meisterte er vielleicht nicht mehr, wie früher, einen Marathon nach dem anderen, aber er hatte sich fit gehalten. Es herrschte ein geradezu verdächtiger Mangel an grauen Haaren auf dem wohlgepflegten, dunkelbraunen Haarschopf des Mannes.

Ihre Pfade hatten sich im Laufe der Jahre mehrmals gekreuzt. An O'Rourkes erstem Tag als frischgebackener Detective Officer hatte Stewart ihn durch das Revier in Clondalkin geführt. Direkt vom Land war er gekommen – ein Junge aus Waterford, noch grün hinter den Ohren und erfüllt von jener Mischung aus Nervosität und Arroganz, die alle jungen Kerle auszeichnete, wenn man ihnen ihr erstes Polizeiabzeichen ansteckte. Stewart hatte ihn amüsant gefunden. Als er ihn ein paar Jahre später wiedertraf, war die Entwicklung eklatant gewesen. O'Rourke war direkt ins kalte Wasser geworfen worden, aber er hatte mit der Selbstverständlichkeit eines neugeborenen Hais schwimmen gelernt. Sein darauffolgender Aufstieg in der Hierarchie war ziemlich meteoritenhaft. Mit seinem Glauben an die systematische Datenauswertung bei der Polizeiarbeit hatte er einige hohe Tiere abgehängt und war zugleich zum Helden der einfachen Beamten geworden. Vielleicht lag ihm die Politik mehr als die eigentliche Ermittlungsarbeit, aber auch diese Fähigkeiten konnten äußerst nützlich sein.

»Warum spucken Sie es nicht einfach aus, Jimmy?«, sagte O'Rourke. »Was geht in Ihrem Kopf vor?«

»Nun, Assistant Commissioner O'Rourke, Sir, in meinem Kopf geht Folgendes vor: In jeder Mordermittlung sind die ersten vierundzwanzig Stunden entscheidend, und während der letzten drei hat man mir und meinem Kollegen aufgetragen, Däumchen zu drehen und gar nichts zu tun, während wir darauf gewartet haben, dass Sie freundlicherweise bei uns eintreffen – da Sie, glaube ich, noch an einer offiziellen Veranstaltung in Templemore teilnehmen mussten. Dann schleift man uns in ein Meeting – Verzeihung: in ein inoffizielles Gespräch ohne Protokoll –, bei dem ich behandelt werde, als wäre ich ein Idiot – und das von einer Person, die, wenn ich mich nicht sehr irre, nicht einmal zur Garda Síochána gehört.« Veronica Doyle starrte ihn mit vernichtenden Blicken an. »Des Weiteren habe ich den Eindruck, dass besagte Person vorhat, die Integrität einiger meiner Kollegen in Zweifel zu ziehen. Das, Sir, geht mir hauptsächlich durch den Kopf.«

»Ich verbitte mir derartige Bemerkungen«, sagte Veronica Doyle.

»Gut«, erwiderte Stewart. »Ich hatte schon befürchtet, dass Sie mich nicht verstehen würden.«

»Also schön, das reicht«, sagte Assistant Commissioner O'Rourke. »Jimmy, Sie haben Ihren Standpunkt – wie immer – mit dem äußersten Minimum an Taktgefühl vorgebracht, aber vorgebracht haben Sie ihn.«

O'Rourke blickte seufzend auf die Mütze seiner Paradeuniform herab, die auf der polierten Tischplatte des Konferenzraums lag, der sich unmittelbar an sein Büro anschloss. Dann schaute er sich um, als wollte er sich zum dritten oder vierten Mal davon überzeugen, dass die Jalousien heruntergelassen waren und sie niemand beobachten konnte.

»Erst einmal, Jimmy – nach allem, was Sie uns gesagt haben, klingt es ganz danach, als handele es sich um eine Kombination aus natürlichen Todesursachen und selbst herbeigeführtem Stress, sodass es sich bei diesem Fall wohl kaum um eine Mordermittlung handelt.«

»Es ist eine, bis es keine mehr ist«, sagte Stewart mit mehr Nachdruck, als er beabsichtigt hatte. O'Rourke schoss ihm einen warnenden Blick zu. Stewart spürte, dass Wilson auf seinem Stuhl noch ein Stück weiter von ihm wegrutschte. Inzwischen, dachte Stewart, musste schon eine halbe Arschbacke in der Luft hängen.

»Meinetwegen«, fuhr O'Rourke fort. »Aber Sie wissen, worum es hier geht, Jimmy. Ob Ihnen das gefällt oder nicht, die ganze Geschichte wird sich zu einer echten PR-Katastrophe entwickeln, und wir möchten diesen Aspekt doch im Interesse aller Beteiligten so gut wie möglich berücksichtigen.«

Stewart widerstand dem Drang, die Augen zu verdrehen. Er wusste, dass O'Rourke recht hatte. Doch weitaus mehr störte ihn, dass sie glaubten, ihm das überhaupt erklären zu müssen.

»Vielleicht möchte DI Stewart von diesem Fall lieber entbunden werden, wenn er …«

O'Rourke hob eine Hand, um Veronica Doyle das Wort abzuschneiden und gleichzeitig Stewarts Reaktion im Keim zu ersticken.

»Das fällt nicht in Ihre Zuständigkeit, Veronica, und ich wüsste es zu schätzen, wenn Sie sich das in Erinnerung rufen.« O'Rourke hielt seinen Blick fest auf Stewart gerichtet, und so sah er nicht, dass ihn Veronica Doyle anschaute, als hätte sie soeben eine Ohrfeige bekommen. »DI Stewart ist ein herausragender Beamter, und seine Arbeit genießt mein vollstes Vertrauen.«

Miss Doyles Mund klappte auf und schloss sich wortlos wieder.

*Kluger Junge*, dachte Stewart. Der alte Stratege O'Rourke wusste natürlich genau, wie er jemanden wieder auf seine Seite zog, wenn er ihn brauchte.

»Also, Jimmy, wenn wir den Zicken-Wettbewerb jetzt hinter uns haben: Wer weiß noch von Mr. Browns wahrer Identität?«

»Soweit ich das beurteilen kann: Samantha aus der Gerichtsmedizin, Gerry von der Spurensicherung, der die Fingerabdrücke überprüft hat, und DS Moira Clarke, die die Resultate an mich weitergeleitet hat.«

»Und sind die …?«

»Ich habe sofort ein Machtwort gesprochen. Alle wissen, dass sie dichtzuhalten haben.«

»Gut.«

»Ich habe unsere Unterlagen geprüft, und soweit wir das sagen können, hat Grinner McNair nur eine lebende Verwandte – seine Tochter. Wir glauben, sie lokalisiert zu haben. Sie lebt in Tallaght. Ich habe eine Streife vor Ort gebeten, bei ihr anzuklopfen und die Sache zu bestätigen. Sie haben keine Ahnung, warum sie das tun. Ich habe den Kollegen gesagt, es ginge nur darum, unsere Unterlagen auf den neuesten Stand zu bringen.«

»Na gut«, sagte O'Rourke.

»Und wie ich bereits erwähnt habe: Vorhin war Schwester Brigit Conroy hier, um freiwillig eine Aussage zu machen. Wir mussten ihr Mr. Browns wahre Identität enthüllen, um herauszufinden, ob sie oder Mr. Mulchrone zum Zeitpunkt des Vorfalls wussten, wer er in Wirklichkeit war.«

»Wo befindet sie sich jetzt?«

»Ist nach Hause gegangen, nehme ich an.«

Veronica Doyle schleuderte theatralisch die Arme in die Luft. Stewart entging dabei nicht O'Rourkes genervter Seitenblick. Miss Doyle wusste es noch nicht, aber sie hatte soeben die Unterstützung der wichtigsten Person in diesem Raum verloren.

»Ich habe Schwester Conroy mitgeteilt, dass wir von ihr erwarten, dass sie diese Information mit niemandem teilt, da wir uns in einer fortlaufenden Ermittlung befinden. Sie hat sich damit einverstanden erklärt.«

»Na großartig.« Veronica Doyle bemühte sich nicht einmal mehr, ihren Sarkasmus zu verbergen.

Stewart wandte sich ruhig zu ihr um. »Was hätten Sie denn getan? In diesem Land sperren wir Menschen nicht ein, von denen wir glauben, dass sie kein Verbrechen begangen haben.«

Doyle verschränkte trotzig die Arme.

»Jimmy?«, sagte O'Rourke.

»Hören Sie, sie ist durchaus verlässlich. Und Sie wissen genau so gut wie ich, Fintan, dass das irgendwann ohnehin durchsickern wird.«

O'Rourke seufzte. »Ich weiß, Jimmy, ich weiß. Gott allein kann sagen, wie viele hochrangige Beamte vor mir davon Wind bekommen haben. Irgendwer wird irgendwo seine Chance wittern, im Adressbuch eines gut zahlenden Journalisten zu landen. Ihro Gnaden scheißt sich deswegen auch schon die Hosen voll.«

Stewart hob die Brauen. »Ihro Gnaden« meinte in diesem Fall Commissioner Jane Horsham.

»Ich dachte, sie wäre in Brasilien?« Es war durch die Nachrichten gegangen: Bei irgendeiner globalen Konferenz führte sie den Vorsitz. Die irische Öffentlichkeit liebte es, wenn einer der ihren auf internationalem Parkett irgendetwas leitete. Die Sechs-Uhr-Nachrichten hätten auch ein internationales

Symposion über Hämorrhoiden bei Schildkröten zum Thema gemacht, wenn man zeigen konnte, wie jemand aus Irland in einem Konferenzsaal mit einem kleinen Hammer für Ruhe sorgte.

»Oh ja, sie ist in Brasilien. Informiert werden musste sie trotzdem. Unsere Unterhaltung hier war genau genommen ihre Idee«, sagte O'Rourke und rutschte peinlich berührt hin und her. »Hören Sie, Sie wissen genau so gut wie ich, dass wir in Sachen PR zwei katastrophale Jahre hinter uns haben. Erst war da diese Sache in Limerick und dann diese Arschgeige in Galway, die sich für Eliot Ness persönlich gehalten hat und meinte, sie müsse uns alle dumm dastehen lassen.« Stewart war sich bewusst, dass das Bild, das die irische Polizei in der Öffentlichkeit abgab, derzeit nicht besonders gut aussah. Er hatte die dummen Witze ebenso gehört wie jeder andere. »Das Letzte, was wir brauchen, ist, dass dieser alte Mist jetzt wieder aufgewühlt wird. Wir müssen also dafür sorgen, dass die Sache nach einem Tag wieder im Sand verläuft und …«

Es klopfte an der Tür. O'Rourkes Augen blitzen genervt auf.

»Herein.«

Seine Sekretärin, eine ernst aussehende Frau von Mitte vierzig, trat ein.

»Ich habe doch gesagt, dass ich nicht gestört werden will, Janet.«

»Ich weiß, Assistant Commissioner, aber draußen steht Sergeant Moira Clarke, Sir. Sie sagt, es sei dringend.«

O'Rourke und Stewart wechselten einen Blick.

»Bringen Sie sie herein.«

Janet winkte Moira Clarke in den Raum, zog sich zurück und schloss die Tür hinter sich.

»Verzeihung, Sir, aber …«

»Also gut, Moira, was ist los?«

Moira schaute nervös zu Doyle hinüber. O'Rourke folgte ihrem Blick.

»Sie können frei sprechen.«

»Okay, Sir. Die Streife in Tallaght hat an Pauline McNairs Tür geklopft, also bei der Tochter von Jackie McNair. Es kam keine Antwort, sie haben nur gehört, dass drinnen irgendwo Wasser lief. Sie haben die Rückseite des Hauses überprüft und schließlich die Tür eingetreten, da sie den Verdacht hegten, eine Bürgerin könnte sich in einer Gefahrensituation befinden.« Moira Clarke atmete tief ein und sah noch nervöser aus. »Sie lag tot in ihrem Flur, Sir.«

»Herrgott!«, sagte Stewart.

»Während ihr Baby im Wohnzimmer tief und fest schlief.«

»Heißt das ...« Veronica Doyles Worte blieben in der Luft hängen, und ein Blick von O'Rourke brachte sie zum Schweigen.

Stewart stellte die Frage, auf die niemand eine Antwort hören wollte. »Raus damit, Moira. Todesursache?«

»Ihr ist zweimal in die Brust und einmal in den Kopf geschossen worden.«

Niemand sprach ... und alle setzten sich in Bewegung.

# KAPITEL VIERZEHN

Paul starrte in die ruhigen Augen eines Killers …

Vor siebzehn Minuten hatte er den Anruf beendet, bei dem man ihn aufgefordert hatte davonzulaufen. Keine dreißig Sekunden später lag seine Hand bereits auf der Klinke der Haustür, und er war bereit, genau das zu tun. Dann aber wurde ihm klar, dass er nicht wusste, wovor er eigentlich floh und wie weit. Er würde ein paar Dinge brauchen.

Die nächsten fünfzehn Minuten verbrachte er damit, alle möglichen Sachen in den zerknautschten, von Großtante Fidelma geerbten Koffer zu stopfen und gleich wieder auszupacken.

Vor zwei Minuten hatte es dann an der Tür geklingelt. Es klingelte nie an der Tür. Mickey klopfte immer in seinem eigenen Rhythmus – außerdem lieferten nicht mal die besten Restaurants Essen, das man noch nicht bestellt hatte. Die nächsten zwei Jahre stand auch keine Wahl an. Und gab es überhaupt noch Vertreter, die von Tür zu Tür gingen? Nicht mal die Zeugen Jehovas kamen heutzutage vorbei. Sie hatten sich an irgendwelchen Straßenecken niedergelassen und ihre Bekehrungsrate seitdem um vierhundert Prozent gesteigert. Er hatte das letztens irgendwo gelesen.

Paul kauerte sich auf dem oberen Treppenabsatz zusammen und spähte hinaus. Durch die Milchglasscheibe rund um die Eingangstür erkannte er verzerrt eine bullige Gestalt in Lederjacke. Entweder war das der übereifrigste Politiker der Welt, der letzte überlebende Tür-zu-Tür-Vertreter oder ein Zeuge Jehovas, der nicht auf den neuesten Stand gebracht worden war.

Tief im Inneren wusste Paul, dass nichts davon zutraf. Dort wartete das, wovor er fliehen sollte.

Vor einer Minute hatte er zwei gerahmte Bilder, ein Vinyl-Album und zwei noch verschweißte Packungen kratziger Unterhosen aus dem Koffer genommen und in eine Einkaufstüte aus Plastik gestopft. Die kratzigen Unterhosen waren ein Sonderangebot gewesen. Drei Packungen mit jeweils drei Unterhosen zu fünf Euro, und das war, wie sich herausstellte, tatsächlich zu gut, um wahr zu sein. Sie hatten eine asbestartige, juckende Anmutung, die von jeder Andeutung einer Transpiration noch verstärkt wurde. Dummerweise sah es nun so aus, als ob Pauls Zukunft keineswegs schweißfrei verlaufen würde. Trotzdem nahm er eine der Packungen mit, aus demselben Grund, aus dem er nicht in der Lage gewesen war, sie wegzuschmeißen. Vermutlich handelte es sich um eine unterschwellige Form der Selbstkasteiung.

Dann hatte er den Koffer geschlossen und das Kippfenster zum Dach geöffnet. Sein Haus war ein Zwei-Zimmer-Bungalow mit angebautem Dachboden. Sich auf den Koffer zu stellen hatte ihm gerade genug Höhe verschafft, um sich mit seinem unverletzten Arm umständlich hinauf und aus dem Fenster zu ziehen, während er mit der Hand in der Schlinge die Plastiktüte festhielt.

Was ihn zurück zu diesem Moment brachte.

Siebzehn Minuten nachdem das Telefon geklingelt und eine Stimme aus seiner Vergangenheit eine Warnung ausgesprochen hatte, die in zwei kurzen Worten kulminierte: Lauf weg. Aber das hatte er nicht getan, zumindest war er nicht weit genug gekommen.

Und nun befand sich Paul, um sein Gleichgewicht ringend, auf einem acht Zentimeter breiten Betonabsatz zwischen dem Bereich, wo die Dachziegel aufhörten, und dem Punkt, wo die mit Laub gefüllte Dachrinne aus Plastik begann. Der kalte Wind riss an seinem leuchtend gelben »Ich habe den Krebs besiegt«-T-Shirt, das er immer noch trug. Der Geruch des Royal Canal stieg von hinten zu ihm herauf, jene schwere Mischung aus abgestandener Vegetation und dem Cocktail aus metaphorischer und echter Scheiße, den ein fließendes Gewässer aufnahm, während es sich seinen zunehmend nutzlosen Weg durch eine moderne Großstadt bahnte. Einige Meilen entfernt hatte man den Kanal gentrifiziert, damit die Leute mit ihren Lebensgefährten und Rassehunden im schwindenden Licht glücklicher Tage daran entlangflanieren konnten – hier aber nicht. Von diesem Punkt aus war der nächste Halt die Irische See. Von hier aus wurde nur noch das Abwasser fortgespült.

Nach rechts, zur Einfahrt der Sackgasse hin, konnte er sich nicht wenden. Sein Haus war das dritte in der Straße, was bedeutete, dass er sich nicht weit genug entfernen konnte von demjenigen, der da an seiner Tür klingelte. Außerdem bliebe ihm am Ende nur ein zwei Stockwerke tiefer Sprung. Nein, der Weg nach rechts kam nicht infrage.

Also nach links …

In dieser Richtung aber warteten die kalten, ruhigen Augen eines Killers.

Er war vor ihm über das Dach spaziert, und in seinem Maul lag ganz entspannt eine tote Maus. Der Vorsitzende Miau-tse-tung, wie Paul ihn liebevoll getauft hatte, ließ sein neuestes Opfer fallen und streckte sich knappe zwei Meter vor ihm aus, als zöge er ernsthaft ein nachmittägliches Schläfchen in Betracht. Er gehörte dem alten Maguire von gegenüber und war, selbst nach Katzen-Standards, ein absolutes Miststück. Paul kannte den Kater jetzt seit drei Jahren, und jedes Mal, wenn er ihn sah, schleppte er irgendein armes totes Tier mit sich herum.

Miau-tse-tung blickte Paul an, dann vielsagend zum Royal Canal unter ihnen.

Vor einigen Jahren hatte Derek Carr, der eigentlich sehr biedere Beamte, der zwei Häuser weiter wohnte, mitten im Sommer die Greatest Hits der *Doors* angehört und zum ersten Mal LSD ausprobiert. Und nachdem seine plötzlich psychedelischen Möbel um ihn herum zu tanzen begannen und er tiefe, bedeutungsvolle Gespräche mit seinen Füßen geführt hatte, entschloss er sich, schwimmen zu gehen. Also öffnete er sein Badezimmerfenster, kletterte aufs Dach und machte einen Kopfsprung in den Kanal. Zum Glück für Derek hatte es in jenem Sommer häufig Hochwasser gegeben, und der aktuelle Stand lag bei etwa anderthalb Metern. Trotz des Sprungs aus neun Metern Höhe brach er sich deshalb lediglich beide Beine.

Der kurze Blick, den sich Paul nun gestattete, offenbarte einen Einkaufswagen, der am tiefsten Punkt aus dem Schlamm ragte. Der Griff hob sich dreißig Zentimeter aus dem Wasser. Er vermutete, dass der Stand vielleicht neunzig Zentimeter tief war – gerade genug, um sich selbst umzubringen. Oder um sich anschließend zu wünschen, es getan zu haben.

Paul atmete tief ein und versuchte, sich zusammenzureißen. Er konnte nicht nach rechts, er konnte auch nicht vom Dach herunterspringen, und wenn die Vermutung stimmte, dass der Tod persönlich an seiner Tür geklingelt hatte, konnte er definitiv nicht zurück ins Haus. Nein, seine einzige Möglichkeit war, nach links zu gehen, einen fünfzehn Meter langen, höchst riskanten Weg über einen acht Zentimeter breiten Betonvorsprung bis zur nächsten Abfolge weiterer Reihenhäuser. Es wäre ein machbarer Fluchtweg, hätte ihn nicht das psychopathische Katzentier blockiert.

In Krisenzeiten lernt man viel über sich selbst. Paul lernte, dass er sich überraschenderweise durchaus vorstellen konnte, eine Katze zu treten. Er machte sich bereit, genau dies zu tun, aber dann spielte er die Sache in seinem Kopf durch. Er malte sich aus, wie sein ausholender Fuß das Ziel verfehlte, rasch gefolgt vom unausweichlichen Sturz in sein nasses Verderben. Und das Letzte, was er sah, würde das kleine weiße Gesicht des Vorsitzenden sein, der über die Dachrinne zu ihm hinabblickte.

Er könnte einfach mit einem großen Schritt über den Kater hinwegtreten. Dann aber würde dieser sich garantiert verspielt an seinem Bein reiben wollen, ihn ins Stolpern bringen und …

»Kusch!«

Paul ging nicht davon aus, dass das funktionierte. Tat es auch nicht.

»Verpiss dich – bitte geh weg, ja? Mach Fressi, Fressi!«

Miau-tse-tung offenbarte ein Maß an Regungslosigkeit, das selbst einer der Pantomimen im Stadtzentrum bewundernswert gefunden hätte, die so taten, als wären sie Standbilder.

Paul wedelte mit seiner Tüte, eine Bewegung, die viel zu verhalten ausfiel, um bedrohlich zu wirken. Miau-tse-tung gähnte.

»BUH!«

Paul hatte den Kater in keiner Weise erschreckt, sein Ausruf hatte aber genügt, um ihn selbst aus dem Gleichgewicht zu bringen. Er spürte, wie er alarmierend Richtung Wasser schwankte, streckte beide Arme aus und versuchte, sich neu auszubalancieren. Seine Mühen wurden mit einem stechenden Schmerz in seiner verletzten Schulter belohnt, aber nach einem kurzen, beängstigenden Augenblick des Hin- und Herschwankens fand er wieder Halt. Miau-tse-tung putzte sich die Schnauze.

Paul spürte, dass das Handy in seiner hinteren Hosentasche vibrierte. Eigentlich wollte er nicht rangehen, aber was, wenn es die Stimme aus seiner Vergangenheit war, um ihm ein Update der »Lauf weg«-Situation durchzugeben? Oder … ihm kam der entsetzliche Gedanke, dass derjenige, der an seiner Tür geklingelt hatte, in diesem Augenblick zu ihm hinaufblickte, womöglich durch das Visier eines Scharfschützengewehrs. Panisch schaute er sich um, konnte aber niemanden sehen. Er holte das Telefon hervor. Unbekannte Handynummer. Da ihm nichts Besseres einfiel, nahm er ab.

»Hallo?«

Miau-tse-tung schaute ihn unzufrieden an. Es war die Art Blick, die man dem Steak zuwirft, das man eigentlich essen wollte, wenn es plötzlich ans Telefon geht.

»Paul, ich bin's – Brigit.«

»Oh, ähm … Brigit?«

»Du weißt schon, die Krankenschwester, die dich nach Hause gefahren hat und der du dann die Tür vor der Nase zugeknallt hast. Ich habe deine Nummer in deinen Einweisungspapieren gefunden.«

»Um ganz ehrlich zu sein, es passt gerade nicht so gut.«

»Wie charmant! Seit fast zwei Stunden versuche ich, dich zu erreichen.«

»Ja, ich war …«

»Na egal. Hör zu, es hat sich was Neues ergeben. Dieser Brown-Typ – der hieß gar nicht Brown. Er war …«

Paul durchfuhr ein Gedanke, also schnitt er ihr das Wort ab. »Verstehst du irgendwas von Katzen?«

»Oh, na klar! Weil ja jede alleinstehende Frau über dreißig ein Dutzend Katzen zu Hause hat!«

Paul wusste nicht genau, *was* – nur, *dass* er etwas Falsches gesagt hatte.

»Ich wollte damit nicht unterstellen …« Paul hielt inne, da er sich gar nicht sicher war, was er nicht unterstellen wollte.

»Hörst du mir jetzt vielleicht mal zu?«, sagte Brigit. »Die Sache ist ernst – es könnte sein, dass du in Schwierigkeiten steckst!«

»Ich stecke definitiv in Schwierigkeiten. Weißt du, wie man eine Katze verscheucht?«

»Bist du high?«

Paul schaute sich um.

»Im übertragenen Sinne könnte man das behaupten. Hör zu, das mit vorhin tut mir leid, aber bitte, ich glaube, jemand versucht, mich umzubringen. Ich sitze in der Falle und – ich habe keine Zeit, das zu erklären, also ganz im Ernst: Es geht um Leben und Tod. Verrat mir jetzt bitte, wie man eine Katze vergrault!«

Es folgte ein Augenblick der Stille.

»Also, meine Katze hasst es, wenn ich pfeife.«

»War ja klar. Pfeifen kann ich nicht.«

»Wer bitteschön kann denn nicht pfeifen?«

»Ich. Ich kann es nicht.«

Miau-tse-tung streckte seine Beine aus und begann, äußerst entspannt auf Paul zuzulaufen. Es schien ihn zu kränken, dass er nicht mehr die vollständige Aufmerksamkeit seiner Beute genoss, also hatte er beschlossen, wieder die Initiative zu ergreifen.

»Kannst du bitte mal pfeifen?« Paul versuchte, die Panik aus seiner Stimme herauszuhalten, während er zusah, wie der Kater unverdrossen auf ihn zukam.

»Bist du besoffen oder so?«

»Bitte – ich flehe dich an – pfeif für mich!«

Es entstand ein schmerzhaft langer Augenblick des Zögerns, bevor aus Pauls Handy endlich ein Pfeifgeräusch erklang.

Er hielt es ausgestreckt vor sich. Miau-tse-tung blieb stehen. Er neigte den Kopf und schaute ihn fragend an.

Paul trat einen winzigen Schritt vor, bis das Pfeifen wieder verstummte.

»Mach weiter!«, brüllte er zum Telefon.

»Irgendwelche speziellen Musikwünsche?«

»Lauter!«

Das Pfeifen wurde wieder aufgenommen, diesmal zur Melodie des *The-Cure*-Songs »Love Cats«.

Paul schob sich langsam weiter voran, während der Vorsitzende regungslos verharrte – als würden sie die langsamste Mutprobe der Welt bestreiten. Ihre Blicke hatten sich ineinander verschränkt – und sie waren nur noch gute dreißig Zentimeter voneinander entfernt. Paul hielt ihm das Telefon direkt entgegen, wie ein Kruzifix zur Vampir-Abwehr. Brigit hatte derweil den Mittelteil des Songs erreicht. Sie pfiff nun mit noch mehr Inbrunst, wohl um zu überspielen, dass sie diesen Teil gar nicht kannte.

Da! Das winzigste Zucken eines Katzenohres. Miau-tsetung gefiel das nicht.

Paul setzte sein schmerzlich langsames Voranschieben der Füße fort.

Und dann, als wäre ihm plötzlich eine Verabredung in den Sinn gekommen, sprang der Kater die Dachziegel hinauf und verschwand außer Sicht.

Paul wurde bewusst, dass er den Atem angehalten hatte, und ließ ihn in einem erleichterten Seufzen entweichen. Er warf einen Blick zurück auf die anderthalb Meter, die er auf dem Vorsprung zurückgelegt hatte. Der wohl schwersterrungene Territorialgewinn seit der Schlacht an der Somme. (Er hatte kürzlich einige Doku-DVDs über den Ersten Weltkrieg in einer Drei-für-einen-Euro-Kiste gefunden.)

Nun begann er sich schneller voranzubewegen, setzte so rasch wie möglich einen Fuß vor den anderen und balancierte wie auf einem Hochseil über den Absatz. Dabei nahm er das Handy wieder ans Ohr. »Du kannst jetzt aufhören.«

»Du bist ein sehr seltsamer Mensch.«

»Dagegen lässt sich schwer argumentieren.«

»Ganz im Ernst«, sagte Brigit, »wir müssen reden. Ich habe einige schockierende Dinge herausgefunden. Brown war gar nicht Brown, er lag unter falschem Namen bei uns.« Paul stellte fest, dass er leichter vorankam, während der Anruf ihn ablenkte. Als wäre sein Körper weitaus besser bei dieser Tätigkeit, wenn die Gedanken ihm nicht im Weg standen.

»Das würde vielleicht auch erklären, warum jemand versucht, mich umzubringen«, fuhr er fort.

»Mit einer Katze?«

»Nein …«

Paul dachte darüber nach, wie er erklären sollte, was gerade passiert war. Aber ihm fiel nichts ein.

»Hör zu, können wir …« Paul hielt inne, um nachzudenken. »Können wir uns in etwa dreißig Minuten im St. Stephen's Green treffen?«

»Im Park oder im Shopping-Center?«

»Im Park.«

»Okay.«

»Danke.«

Er hatte das Ende des Daches erreicht.

»Aber meinst du nicht, dass du zur Polizei gehen solltest?«, fragte Brigit.

»Auf keinen Fall. Warte mal 'ne Sekunde.«

Er blickte zu der mit Graffiti besprühten, zwei Meter fünfzig hohen Mauer hinab, die unmittelbar an das Haus angrenzte und einige leere Parkplätze vom Kanal abtrennte. Am anderen Ende der Mauer wartete die Fußgängerbrücke, die über das Gewässer führte – und damit in die Freiheit.

Mit einiger Anstrengung schaffte es Paul, sich auf dem Dach in eine sitzende Position zu begeben, wobei er eine nasse linke Arschbacke davontrug, da sie in der schwarzen Plastikdachrinne landete.

»Kleinen Moment.«

Paul steckte das Telefon in die Tasche seiner Jeans und drehte sich ungelenk um. Er stützte sich mit seinem linken Arm ab und fing an, sich langsam herabzulassen, wobei seine Füße wild herumtasteten und versuchten, auf der Mauer unter ihm Halt zu finden.

Er blickte auf und stellte überrascht fest, dass Miau-tse-tung zu ihm herabschaute. Eben war er noch wie vom Erdboden verschluckt gewesen, jetzt saß er direkt vor ihm. Er spähte zu ihm herab, und seine hämische Befriedigung war unübersehbar.

Der Kater holte aus und versah sein wehrloses Gesicht mit einem krallenbewährten linken Haken. Instinktiv wich Paul zurück. Seine schnelle Reaktion bewahrte ihn vor den Krallen des Katers, jedoch nur, um ihn in die wenig einladenden Arme der Schwerkraft zu stürzen. Er konnte sich am Dach nicht mehr halten und stürzte rückwärts. Seine Füße waren auf beiden Seiten der Mauer, sodass sein Körper direkt darauffiel – Hoden voran. Und nun hing er dort, gefangen in einem Moment exquisiter Slapstick-Agonie. Nach einigen schmerzerfüllten Sekunden entschied die Schicksalsgöttin, dass sie noch nicht annähernd genug Spaß mit ihm gehabt hatte, und schubste ihn nach rechts – weg vom Kanal, sodass er von der Mauer fiel und zweieinhalb Meter tief auf dem Pflaster landete, wo er rücklings liegenblieb.

Mit einem paukenschlagartigen Stoß verließ alle Luft seine Lunge.

»Paul? Paul? Was machst du denn jetzt schon wieder – Paul?«

Während er sich mit der einen Hand in den Schritt griff, wo die Gesamtsituation unangenehme Bratwurst-mit-Kartoffelbrei-Assoziationen weckte, holte er mit der anderen das Handy aus der Tasche.

»Paul? Hör auf rumzualbern! Paul?«

»Ich …«

»Ja?«

Seine Stimme klang, als käme sie aus weiter Ferne. »… hasse Katzen so sehr.«

# KAPITEL FÜNFZEHN

DI Jimmy Stewart war in äußerst mieser Stimmung.

Er trat mit voller Wucht auf die Bremse, als ein übergroßer schwarzer Geländewagen mit Vierradantrieb, der mehr kostete, als sein junger Kollege im ganzen Jahr verdiente, vor ihnen auf die Busspur zog. Wilson war ganz darauf konzentriert, nichts als uneingeschränkte Entschlossenheit auszustrahlen und sich nicht anmerken zu lassen, dass ihm die Situation sehr in die Hände spielte. Anfangs war er noch enttäuscht gewesen, nicht fahren zu dürfen, aber jetzt war er mehr als froh darüber. Stewart kochte vor Wut, und er hatte es sehr viel lieber, dass sich sein Zorn ausnahmsweise auf die anderen Verkehrsteilnehmer richtete und nicht auf ihn.

»Wilson, haben Sie Ihre Waffe dabei?«

»Ja, Sir.«

»Hervorragend. Dann seien Sie so gut und erschießen diesen Idioten da.«

Dies war Wilsons erste Fahrt durch Dublin in einem zivilen Wagen mit Sirene, aber ohne Blaulicht. Dabei stellte sich vor allem eines heraus: Wollte man rechtzeitig durch die Rushhour kommen, um einen Mord zu verhindern, musste man selbst mehrere begehen.

Ein begeistertes Schulkind auf dem Rücksitz des Geländewagens zielte durch die Heckscheibe mit Fingerpistolen auf sie. Zumindest hatte dieser Junge bemerkt, dass sie zur Polizei gehörten. Sein Daddy schien nichts davon mitzubekommen. Dass die Polizei offenbar der Ansicht war, mehr Recht auf die Busspur zu haben als er, empörte ihn sichtlich. Stewart drückte auf die Hupe und zeigte zurück auf den Stau, von dem Daddy das Gefühl gehabt hatte, er sei bloß für die anderen vorgesehen.

Der Geländewagen schob sich halb zurück auf die rechte Spur, gerade genug, damit Stewart mit zwei Reifen auf den Bordstein steuern und an ihm vorbeiziehen konnte.

»Versuchen Sie es noch mal.«

Wilson drückte pflichtschuldig zum achten Mal die Wahlwiederholungstaste, um Paul Mulchrones Mobiltelefon zu erreichen.

»Immer noch der Anrufbeantworter.«

Der Bus vor ihnen wurde langsamer, während er sich einer belebten Haltestelle näherte. Wieder drückte Stewart auf die Hupe. Der Busfahrer begriff den nicht gerade subtilen Wink und beschleunigte wieder. Als ihr Wagen vorbeischoss, drückten mehrere Pendler pantomimisch ihr Missvergnügen aus. Wilson widerstand dem Drang, ihnen entschuldigend zuzuwinken.

Fünf Minuten und eine Vielzahl deftiger Kraftausdrücke später steuerte Stewart den Wagen über eine Ausfahrt von der North Circular um eine Ecke und bog schließlich in Richmond Gardens ein. Es war eine enge Sackgasse voller Reihenhäuser, die von identisch aussehenden Straßen umgeben war. Und über allem ragte das Croke-Park-Stadion bedrohlich im Hintergrund auf. Zugegeben: Wilson kam es wohl nur so vor, weil er die Spiele der Gaelic Athletic Association schon immer gehasst und sein Dad ihn gezwungen hatte, ihn trotzdem zu begleiten. Politik blieb Politik.

Stewart stellte erst die Sirene ab, dann den Motor. Die Sackgasse machte einen durch und durch friedlichen Eindruck, als wunderte sie sich nur über die ganze Aufregung.

»In welcher Nummer wohnt er?«

»Sechzehn«, sagte Wilson und zeigte auf das dritte Haus nahe der Ecke.

»Okay, bleiben Sie dicht hinter mir. Halten Sie die Augen offen und den Mund geschlossen.«

Wilson nickte, und sie stiegen aus dem Fahrzeug.

Als sie die Tür erreichten, klingelte Stewart. Im Inneren war keine Bewegung zu hören. Wilson versuchte, durch die Milchglasscheiben zu spähen, konnte aber außer verschwommenen Umrissen nichts erkennen.

Wieder drückte Stewart auf die Klingel und hob seine Stimme.

»Mr. Mulchrone, hier sind die Gardaí. Können Sie …«

»Na, das wurde aber auch Zeit!«

Um zu sehen, wo die Stimme herkam, drehten sich Wilson und Stewart um. Hinter ihnen stand eine Frau von Mitte siebzig in einem Hausmantel und funkelte sie schlecht gelaunt aus der gegenüberliegenden Haustür an.

»Seit Monaten rufe ich wegen dieses gottverdammten Wagens bei Ihnen an.«

»Madam«, sagte Stewart, »wir sind nicht wegen eines Wagens hier. Würden Sie bitte zurück ins Haus gehen?«

»Kommen Sie mir nicht mit *Madam*! Diese verdammte Monstrosität steht hier schon seit Ewigkeiten rum.« Um ihre Aussage zu unterstreichen, trat sie auf die Straße und versetzte dem blauen Ford Cortina vor ihrem Haus einen Schlag mit einer zusammengerollten *Herald*-Ausgabe. *Dieses Auto hat wirklich schon bessere Tage gesehen*, dachte Wilson. Aber dasselbe traf auch auf den Hausmantel zu.

»Wie ich schon dieser Lesbe im Amt gesagt habe«, fuhr die Frau fort, »wenn es sich nicht bewegt, ist es kein Auto, sondern bloß eine gottverdammte Strafe fürs Auge.«

»Madam«, sagte Stewart, »wenn dieses Fahrzeug nicht Ihr

Eigentum ist, nehmen Sie bitte Abstand davon, eine mögliche Sachbeschädigung zu begehen, und begeben Sie sich zurück ins Haus.«

Sie verzog das Gesicht und saugte ihre Lippen ein, als wollte sie sich selber aufessen.

»Wagen Sie es nicht, so mit mir zu reden, ich kenne meine Rechte. Mein Name ist Theresa Corrie, und ich zahle meine Steuern. Einer seiner nichtsnutzigen Kumpane war vorhin hier und hat versucht, die Karre zu reparieren, was mal wieder einen feuchten Dreck gebracht hat. Es steht ja immer noch hier rum wie ein nutzloses Stück … Stück …«

Die alte Frau schaute sich um, als hätte sie die passende Beleidigung kurz abgelegt und könne sie nicht wiederfinden.

»Wilson«, flüsterte Stewart, »kümmern Sie sich darum.«

»Ja, Chef.«

Wilson setzte sich in Bewegung, um die Straße zu überqueren, und streckte dabei die Hände aus. Dabei versuchte er, sich an seine Ausbildung zu erinnern und daran, wie man eine erzürnte Bürgerin am besten beruhigte. Hinter sich hörte er, wie Stewart wiederholt an Mulchrones Tür klingelte, wohl mehr aus Frustration und weniger in der Hoffnung, dass man ihm öffnen würde.

»Drecksscheiße!!!«, verkündete die alte Frau stolz, als ihr endlich das Wort einfiel, das ihr verlorengegangen war. Die Zufriedenheit auf ihrem Gesicht zeigte deutlich, dass sie fand, die Mühe des Nachdenkens habe sich gelohnt.

»Steht hier rum wie ein Stück Drecksscheiße, ein Stück Drecksscheiße!«, wiederholte sie. Und wieder hieb sie bei jedem Wort mit ihrer Zeitung auf den Wagen ein.

»Bitte Madam … Autsch!« Wilsons Versuch, sie höflich zu ihrer Tür zurückzubegleiten, hatte ihm eine saftige Ohrfeige mit dem *Herald* eingebracht.

Stewart drehte sich um und erwiderte den wütenden Blick der alten Frau mit seinem eigenen. »Okay, meine Liebe, das war ein tätlicher Angriff. Wir ermitteln in einem Mordfall, und Sie behindern unsere Arbeit. Sie gehen in Ihr Haus – jetzt sofort, oder ich nehme eine Anzeige gegen Sie auf wegen tätlichen Angriffs auf einen Polizeibeamten.«

»Oh, oh – hört euch das an, der große Zampano persönlich hat gesprochen …«

Sie blickte sich theatralisch um, als spiele sie vor einem Publikum, das gar nicht anwesend war. Unschlüssig, was er tun sollte, ließ Wilson seinen Blick zwischen ihr und Stewart hin- und herwandern.

»Bedroht mich hier einfach!«, fuhr sie fort. »Ha! Klar – zu einem von diesen schwarzen Typen würden Sie sowas nicht sagen, aber mich – eine brave Stütze der Gesellschaft – steckt man ins Gefängnis, weil ich mich gegen sexuelle Übergriffe wehre!«

Sie zeigte mit der zusammengerollten Zeitung auf Wilson, der einen Schritt zurücktrat und sich verlegen umschaute. Mehr sexuelle Defensivität konnte man schwerlich ausstrahlen.

»Moment mal«, entgegnete Stewart. »Was haben Sie gesagt?«

»Sexuelle Übergriffe!«, brüllte sie.

»Nein, das nicht … einer seiner nichtsnutzigen Kumpane …«

Die alte Frau kehrte wieder dazu zurück, jedes Wort mit einem Schlag auf die Motorhaube zu unterstreichen. »Es ist wirklich schon so weit gekommen, dass ehrliche, anständige Menschen wie ich …«

»MADAM!«

Sie hielt inne. Stewarts Tonfall hatte sie zum Schweigen gebracht. Oder die Tatsache, dass er nun seine Waffe in der Hand hielt. Wilson spürte, dass auch ihm die Kinnlade herunterklappte. An seine Ausbildung konnte er sich nicht vollständig erinnern, aber er war sich ziemlich sicher, dass diese Situation den Einsatz einer Dienstwaffe nicht rechtfertigte. Nun war der alte Knacker also tatsächlich durchgedreht. Die ganze Woche hatte er schon davon geredet, dass er zu alt sei für diesen Scheiß, und Wilson daraufhin immer so komische Blicke zugeworfen.

»Treten Sie sofort von dem Wagen zurück.«

»Warum sollte ich?« Trotzig funkelte sie ihn an.

»Weil«, sagte Stewart langsam und bedacht, »darunter eine Bombe angebracht wurde.«

# KAPITEL SECHZEHN

Brigit blieb stehen, um einen ausgiebigen Blick in ein Schaufenster zu werfen. Im Fernsehen hatte sie das oft gesehen. Man schaute in die Spiegelung und fand so heraus, ob man beschattet wurde. Allerdings war es kniffliger als gedacht. Im Film liefen die Statisten immer in ordentlichen Reihen über den Bürgersteig, und lediglich ein übertrieben muskulöser Osteuropäer kam ins Stocken, blickte sich verlegen um und verriet sich damit sofort. In der Realität erwies sich die Menschenmenge als sehr viel unübersichtlicher. Es war ihr noch nie aufgefallen, aber an einem kalten Wintertag trug fast jeder einen langen, schwarzen, irgendwie verdächtig wirkenden Mantel. Es sah hier aus wie auf einem Auftragskiller-Kongress.

Auf den Trick mit der Schaufensterscheibe war sie gekommen, weil ein unauffälliges Umblicken sich doch als erstaunlich kompliziert erwiesen hatte. Einmal glaubte sie, es relativ geschickt angestellt zu haben – sie hatte ihr Handy gezückt und so getan, als würde sie eine Umgebungskarte aufrufen. Das hatte ihr Gelegenheit gegeben, alle Passanten genau zu mustern. Einige Minuten verbrachte sie damit, eine große, arabisch aussehende Frau vor Bewley's Café in Augenschein zu nehmen. Sie hatte lange Beine und blond gefärbtes Haar, das ihr den halben Rücken hinabreichte. Anfangs hatte Brigit sie als potentielle Bedrohung ausgeschlossen, sich dann aber rasch ermahnt. Sie durfte jetzt keinem denkfaulen Sexismus zum Opfer fallen! Frauen konnten ebenso gut angeheuerte Gangster sein wie Männer. Genau genommen würden sie einen viel unauffälligeren Beschatter abgeben. Das hatte sie sich soeben selbst bewiesen.

Als die Blonde schließlich bemerkte, dass sie angestarrt wurde, wandte Brigit sich rasch ab. Als sie noch mal einen vorsichtigen Blick zu ihr warf, schaute die Frau wieder in ihre Richtung. Brigits Puls raste, sie versuchte aber, cool zu wirken. Nach einigen Minuten ging ihr auf, dass sie für die Blonde ebenfalls verdächtig wirken musste. Es war gut möglich, dass sie beide in dem peinlichen Spiel feststeckten, bei dem zwei Menschen gleichzeitig herauszufinden versuchten, ob die andere Person sie anschaut, ohne selbst dabei ertappt zu werden. Brigit war sich so gut wie sicher, dass genau das gerade passierte, als die Freundin der Blonden auftauchte. Die Blonde zeigte auf sie, und dann starrten beide Frauen misstrauisch zu ihr herüber. Als Brigit sich umwandte, um sich hastig davonzumachen, stieß sie beinahe einen dieser verdammten Pantomimen um, die so tun, als wären sie Standbilder. Sie schrie vor Schreck kurz auf, trat seinen Hut voller Münzen um, marschierte mit knallrotem Gesicht davon und schämte sich fast zu Tode. Spionage war sehr viel schwerer als gedacht.

Der bedauerliche Zwischenfall hatte sich am nördlichen Ende der Grafton Street ereignet. Seitdem war sie im Zickzack durch die zahllosen Seitenstraßen getigert und befand sich nun auf der Clarendon Street, gegenüber vom Westbury Hotel. Das war ihr letzter Versuch, nach Verfolgern Ausschau zu halten, bevor sie die Straße überqueren und den St. Stephen's Green Park betreten würde.

Sie hätte nur ungern zugegeben, was sie hier tat, es kam ihr aber durchaus berechtigt vor. Zuerst war da die Offenbarung gewesen, um wen es sich bei Brown tatsächlich handelte. Vielleicht hätte sie sich bei diesem netten DI Stewart doch auf die Zunge beißen sollen, aber gab es wirklich irgendwen, der *Geisel der Liebe* nicht gelesen hatte? Brigit war ein leidenschaftlicher Fan von True Crime. Die meisten ihrer Freundinnen griffen, wenn sie überhaupt lasen, zu irgendwelchen öden Liebesromanen. Aber der Rapunzel-Fall gehörte zu den wenigen Ausnahmen, die beide Genres miteinander verbanden. Wenn in den Büchern, die sie las, eine Romanze vorkam, war sie in der Regel längst vorbei, sobald die ersten Leichen auftauchten. Und dass Jackie Grinner McNair, eine der Hauptfiguren aus *Geisel der Liebe*, wieder auf der Bildfläche erschien, war aus mehreren Gründen spektakulär, nicht zuletzt, weil er ja angeblich schon vor dreißig Jahren gestorben war.

Nachdem sie eine schmachvoll kurze Zeit mit ihrem Gewissen gerungen hatte, war sie zu dem Entschluss gelangt, Paul anzurufen und ihm zu sagen, was sie herausgefunden hatte. Gut, sie hatte versprochen, es für sich zu behalten, und er hatte ihr die Tür vor der Nase zugeschlagen, trotzdem glaubte sie, ihm die Wahrheit schuldig zu sein – schließlich hatte sie ihn in all das hineingezogen. Sie wusste nicht, was sie davon halten sollte, dass er offenbar der Meinung war, dass ihn jemand ermorden wollte. Einerseits schien er ein wenig paranoid und grundsätzlich allzu geheimnistuerisch zu sein. Andererseits hatte gestern Abend tatsächlich jemand versucht, ihn umzubringen. Sie kam zu dem Schluss, dass gerade sie dem Mann etwas Verständnis entgegenbringen sollte. Auch wenn dieser Irrsinn mit der Katze all ihre Alarmglocken in Gang gesetzt hatte.

Dann war da die Nachricht auf ihrem Anrufbeantworter, nachdem sie ihr Telefonat mit Paul beendet hatte. Es war DI Stewart, der sagte, sie solle sich unverzüglich im Garda-Hauptquartier am Phoenix Park melden, oder, wenn das nicht möglich sei, einfach ins nächste Polizeirevier gehen und dort bleiben, bis sie wieder von ihm hörte. Das hatte ihr nur zusätzlichen Aufwind gegeben. Sie hatte versucht, Paul anzurufen, er war aber nicht rangegangen. Sie machte sich selbst vor, sie habe all ihre Möglichkeiten sorgsam abgewogen, bevor sie sich dazu entschloss, sich trotz allem mit ihm zu treffen.

Was alles zu der einen, ziemlich peinlichen Wahrheit führte: Sie wollte es sich nicht eingestehen – sich selbst nicht und erst recht niemand anderem –, aber sie liebte all das so sehr!

Ihre Mutter hatte oft gesagt, Brigit sei sich schlicht zu fein für das gewöhnliche Leben – und genau das sei ihr Problem. Aber das war nicht fair. Brigit hatte vielmehr das Gefühl, dass ein gewöhnliches Leben niemandem reichen dürfte. Es kam ihr vor, als sei sie in die sicherste und langweiligste Epoche der Menschheitsgeschichte hineingeboren worden. Jedes Fleckchen dieser Erde war entdeckt. Selbst das Weltall schien bloß randvoll zu sein mit … nun ja, mit ödem alten Weltall. Es musste mehr geben. Es musste irgendwo auf dieser Welt doch noch Abenteuer geben und etwas Magie.

Deshalb hatte sie Irland unbedingt verlassen wollen, um herauszufinden, was das Leben sonst noch zu bieten hatte. Und deshalb hatte sie sich für die Krankenpflege entschieden. Klar, damit war kein aufregendes Leben vorgezeichnet, aber vermutlich arbeitete in jedem gottverdammten Land der Welt irgendeine irische Krankenschwester. Vor ein paar Jahren war sie zum Aufbruch bereit gewesen, und ein australischer Vertrag hatte schon auf den Moment gewartet, da ihre Ausbildung abgeschlossen sein würde. Doch dann war ihre Mutter krank geworden, und, nun ja, damit hatte es sich erledigt.

Sie hatte nichts dagegen gehabt, ihre Pflicht zu erfüllen, natürlich nicht. Es ging schließlich um ihre Mutter. Sich um sie zu kümmern war das Mindeste. Was sie aber ein wenig störte, war, als Einzige die Verantwortung zu übernehmen. Ihre drei Brüder waren sehr engagiert, wenn es darum ging, »Ganz gleich, was es kostet«-Sprüche abzugeben, aber deutlich weniger, wenn es darum ging, tatsächlich etwas zu tun. Sie suchten sich jeweils einen Abend pro Woche aus, an dem sie zu Besuch kamen, und jedes Mal bestand Mam darauf, ihnen Essen zu kochen und den üblichen Wirbel um sie zu veranstalten. Dann fuhren sie wieder nach Hause und ließen ein Waschbecken voll dreckigem Geschirr zurück. Ihre Brüder hatten jeweils einen Abend pro Woche aufgegeben, Brigit ein ganzes neues Leben.

Dann war Mam an einem empörend sonnigen Dienstag von ihnen gegangen, und inmitten jeder Menge Tränen und Tee war ihr aufgefallen, dass ihr Vater ganz still in einer Ecke saß – der einsamste Mensch der Welt. Sie sprach mit ihren Brüdern darüber, aber sie waren dumm genug, zu glauben, dass es ihm gutging, wenn er sagte, dass es ihm gutging. Daraufhin hatte sie den Job in Dublin angenommen, aber immer noch mit einem schlechten Gewissen gehadert. Nun fuhr sie jede Woche nach Hause und stellte unauffällig sicher, dass ihr Vater ordentlich aß und mit genügend sauberen Hosen versorgt war. Auch dagegen hatte sie natürlich nichts – wie könnte sie? Wie hieß es noch? Das Leben ist das, was passiert, während du andere Pläne machst.

Sie musste schon eine ganze Weile in das Fenster der Boutique geschaut haben, denn sie bemerkte, dass sie von einer der Verkäuferinnen hinter dem Tresen erwartungsvoll angestarrt wurde. Es war eine dieser Frauen, die auch ein Model hätten sein können, wenn sie nicht einen Zentimeter zu klein und darüber erheblich zu unglücklich gewesen wären. Rasch richtete Brigit ihren Blick auf einen der Mäntel im Fenster und begutachtete ihn übertrieben konzentriert. Ein schönes Stück. Eierschalenweiß mit einem Kunstfellbesatz, der aussah, als würde er gut warm halten. Sie hatte sich gerade erst einen Mantel gekauft, war sich aber nicht sicher, ob er ihr wirklich gefiel. Ihrer Erfahrung nach war den Spiegeln in Geschäften nicht zu trauen – sie logen einen grundsätzlich an. Nur der in ihrer Wohnung sagte immer die Wahrheit, so brutal sie oft auch war. Für jemanden, der Shopping aufrichtig hasste, verbrachte sie also viel Zeit damit, gekaufte Teile wieder zurückzubringen.

Ihr Blick fiel auf das Preisschild des Mantels im Schaufenster. All die Abende, an denen sie mit ihren Brüdern Poker gespielt hatte, zahlten sich nun aus, denn sie schaffte es tatsächlich, sich ihren Schock nicht anmerken zu lassen. Dreitausend? Wer sich so einen Mantel leisten konnte, musste sowieso nie in der Kälte stehen.

Die Verkäuferin bewegte sich ein Stück vorwärts, wohl weil sie die blutige Fährte einer Provision witterte. Dann bemerkte sie die Einkaufstüten, die Brigit mit sich herumtrug, und das »Neue beste Freundin«-Lächeln auf ihren Lippen erstarb. Niemand, der in einem der Läden gewesen war, die Brigit aufgesucht hatte, gehörte in diese Gewässer. Brigit schenkte ihr ein besonders breites Grinsen. Jedes Mal, wenn ihr jemand blöd kam, stellte sie sich das unglückliche Leben vor, das auf diese Person wartete, weil sie sich so scheußlich verhalten hatte. *Viel Spaß mit deinen drei Ehen und deinen unkontrollierbaren Alptraum-Kindern, du eingebildete Kuh.*

Brigit drehte sich um, wagte einen letzten Rundumblick und steuerte den Park an. Sie wusste nicht, was als Nächstes passieren würde, und sie war sich ganz und gar nicht sicher, das Richtige zu tun. Aber davon abgesehen, fühlte sie sich so lebendig wie seit Jahren nicht mehr.

# KAPITEL SIEBZEHN

Paul saß vorgebeugt auf der Bank, umarmte sich selbst und stampfte mit den Füßen auf. Er tat also all die nutzlosen Dinge, die Menschen tun, wenn es keine bessere Möglichkeit gibt, sich aufzuwärmen. Er hatte sich in einen der beiden Pavillons geflüchtet, die an den Rändern der zentralen Grünfläche des Parks standen. Das gelbe »Ich habe den Krebs besiegt«-T-Shirt gewährte ihm nur wenig Schutz gegen den beißenden Novemberwind. Er hasste sich dafür, dass er die wenigen Minuten vor seiner Flucht damit vergeudet hatte, DVDs durchzuschauen, statt praktische Dinge zu erledigen – zum Beispiel sich weitere Kleidungsstücke anzuziehen. In Zeiten wie diesen plagte ihn der Verdacht, dass er vielleicht doch ein Idiot war.

Auf dem Weg zum St. Stephen's Green hatte er die Kälte kaum gespürt. Unentwegt hatte er überprüft, ob ihm jemand folgte, und hinzu kam noch der pulsierende Schmerz in seinen Hoden – die Folge seiner unglücklichen Mauerlandung. Nun war der Adrenalinrausch abgeklungen, abgesehen von dem leicht metallischen Geschmack tief in seiner Kehle. Ihm war kalt, er fühlte sich allein und äußerst empfindlich im Schritt.

An einem Sommertag um diese Zeit wäre St. Stephen's Green übervoll gewesen mit jungen Liebespaaren und alten Spaziergängern, die inmitten der sorgsam eingepferchten Natur die Stunden verstreichen ließen. An einem feuchten Novembernachmittag aber war der Park hauptsächlich ein Durchgangsweg für Fußgänger. Zwischen den gepflegten Rasenflächen und den sorgsam instand gehaltenen Blumenbeeten, die nur darauf warteten, in den Sommermonaten in grandiose Farben auszubrechen, eilten wichtige Typen in Geschäftsanzügen unter dunklen Wintermänteln vorbei. Jeder war auf dem Weg irgendwohin. Bis auf den Mann auf der Flucht und die alte Dame, die ihre ausgeprägte Liebe zu Jesus Christus in einer öffentlichen Tanzdarbietung zum Ausdruck brachte.

Sie war schon über siebzig, gut gekleidet und mit einer jener helmartigen Frisuren ausgestattet, die aussahen, als könnten sie selbst den nuklearen Weltuntergang unbeschadet überstehen. Insgesamt schien sie mit ihrem Los im Leben wesentlich glücklicher zu sein als sämtliche Passanten, die unauffällig ihren Kurs änderten, um ihr nicht zu nahe zu kommen. Ihr stand keinerlei Musik zur Verfügung – zumindest keine, die jemand außer ihr hören konnte – und doch tanzte sie auf dem Pfad, der den Park durchschnitt, ihre Ein-Frauen-Polonaise, ohne die Welt um sich herum zur Kenntnis zu nehmen.

»Hallo.«

Paul zuckte zusammen, als Brigit sich neben ihm auf die Bank setzte.

»Herrgott, du hast mich fast zu Tode erschreckt!«

»Von einem Mann, der glaubt, dass ihn jemand umbringen will, hätte ich etwas mehr Aufmerksamkeit erwartet.«

»Ich *glaube* nicht, dass jemand mich umbringen will, ich *weiß* es.« Paul deutete vielsagend auf seine verwundete Schulter.

»Wie geht's deinem Arm?«

»Er friert wie Sau, genau wie der Rest von mir.«

»Wie kommt's?«

»Ich musste eilig aus dem Haus.«

Brigit begann, ihre Einkäufe durchzuwühlen.

»Da hatte wohl jemand einen produktiven Tag, was?« Paul nickte in Richtung ihrer Tüten.

»Nun, wenn man von der Arbeit suspendiert wird und einem undankbare Typen die Tür vor der Nase zuknallen, bleibt einem eben nichts anderes übrig als schon mal die Weihnachtsgeschenke zu kaufen.«

Paul schaute verlegen zu Boden.

»Es tut mir leid, das mit dem …«

»Halt die Klappe und zieh dir den hier an.«

Brigit drückte ihm einen grünen Pulli in die Hand. Er breitete ihn auf seinen Knien aus, um sich das Design auf der Vorderseite anzuschauen. Es zeigte das grinsende Gesicht eines Rentiers. Paul nahm an, dass der Designer harmlose Fröhlichkeit im Sinn gehabt hatte, dann aber furchtbar übers Ziel hinausgeschossen war. Ein völlig dementes Grinsen saß unter irren Augen. Der Pulli hätte ein hervorragendes Warnplakat für die Gefahren von Kokain abgegeben. Dieses Rentier sah aus, als wolle es einem jeden Augenblick von dem fantastischen Drehbuch erzählen, das es demnächst schreiben würde, und von dem unglaublichen Typen, den es gerade auf dem Klo kennengelernt hatte. *Aber*, dachte Paul, *wenn man ein Rentier ist und an seinem einzigen Arbeitstag im Jahr bis zum Morgen einen fetten betrunkenen Arsch in seinem Wagen mit Überschallgeschwindigkeit rund um den Globus ziehen muss, braucht man wahrscheinlich einen kleinen Aufmunterer.*

»Was um alles in der Welt ist das?«, fragte Paul.

Brigit wirkte verlegen. »Letztes Jahr hatten wir Weihnachtspulli-Tag im Hospiz, und ich wurde kritisiert, weil ich mich angeblich nicht wirklich darauf eingelassen hätte, also …«

»Du wolltest das Ding vor gebrechlichen alten Menschen tragen? Warum bist du nicht konsequent, wirfts mit Lametta um dich und trittst als Sensenmann auf?«

»Was möchtest du mir sagen? Dass du lieber erfrierst? An mir soll's nicht scheitern …«

»Nein, nein«, sagte Paul rasch, zog die Schlinge ab und schob vorsichtig seinen verwundeten Arm in den Ärmel.

Brigit beobachtete ihn.

»Mir fällt gerade auf«, sagte sie, »dass ich mir einen dämlichen Pulli für einen Job gekauft habe, den ich gar nicht mehr habe.«

»Was?«

»Sie haben mich heute Morgen suspendiert, weil ich gegen die Besuchsregeln verstoßen habe. Mir steht jetzt ein Disziplinarverfahren bevor.«

Paul versuchte, mitleidig auszusehen, während er seinen Kopf durch den Pulli schob. »Suspendiert ist ja nicht dasselbe wie gefeuert. Ich bin mir sicher, das renkt sich alles wieder ein.«

Brigit gab jenen Brummton von sich, der sich problemlos als nonverbales »Ich wage es zu bezweifeln« entschlüsseln ließ.

»Wie sehe ich aus?«, fragte Paul.

»Wie ein Idiot, der nicht an Unterkühlung sterben muss.«

Er streckte ihr beide Daumen entgegen. »Perfekt!«

Einen Augenblick lang saßen sie schweigend da und sahen sich im Park um. Brigit deutete auf die alte Frau.

»Ist das die berühmte Tanz-Lady?«

»Nein. Die hat ihre Nummer immer oben auf der O'Connell Street abgezogen. Außerdem bin ich mir ziemlich sicher, dass sie vor ein paar Jahren gestorben ist. Sie hieß, glaube ich, Mary Dunne.«

Sie war eine Institution in Dublin gewesen. Eine im Grunde ganz gewöhnlich aussehende ältere Dame, die jahrein, jahraus auf einer Verkehrsinsel getanzt hatte – dabei hatte sie mit einem Kreuz in der Gegend herumgefuchtelt und so oft den Namen Jesus gerufen, als wäre sie ein Rapper auf einer Preisverleihung. Egal was man lange genug tut – irgendwann wird man zur Institution. Paul war ihr einmal begegnet, als sie ganz ruhig an einer Haltestelle gesessen und auf den Bus gewartet hatte. Ein ausgesprochen seltsames Erlebnis – als träfe man einen Lehrer außerhalb der Schule.

»Wer ist das dann?«

»Weiß nicht – vielleicht eine Art irre Tribut-Nummer an die Verstorbene.«

»Hmmm«, sagte Brigit. »Vielleicht ist Mary Dunne in ihr reinkarniert?«

»Na, würde das die Katholiken nicht fuchsig machen?«

»Apropos Leute, die von den Toten wiederkehren – wie sich herausgestellt hat, war unser Mr. Brown in Wirklichkeit Jackie Grinner McNair.«

»Sagtest du schon. Wer genau soll das sein?«

»Hast du schon mal was von dem berühmten Rapunzel-Fall aus den Achtzigern gehört?«

»War das der, wo die Geisel mit dem Kidnapper durchgebrannt ist?«, fragte Paul. »Stockholm-Syndrom und so weiter?«

»Na ja, das ist jetzt die weniger romantische Version, aber ja – mehr oder weniger. Im Wesentlichen lief es so: Die junge naive Ehefrau von einem reichen Typen wird entführt und verliebt sich in ihren Entführer. Dann geben beide alles auf und brennen durch, um für immer zusammen zu sein.«

»Moment mal. Dieser Brown oder McNair oder wie auch immer ... war er der Romeo in diesem kleinen Märchen?«

»Gott, nein.«

»Gut. Er kam mir nämlich nicht vor wie der typische romantische Held.«

»Er war der beste Freund-Schrägstrich-Komplize.«

»Willst du mir damit sagen, dass ich umgebracht werden soll wegen einer Geschichte, die vor meiner Geburt stattgefunden hat?«

»Kann gut sein.« Brigit griff neuerlich in ihre Tüten. »Ich habe ein Geschenk für dich.«

»Oh nein, das muss wirklich nicht sein. Der Pulli ist mehr als genug. Ich habe doch gar nichts für dich.«

»Mach dir darüber keine Gedanken. Es bleiben ja noch genug Tage zum Shoppen!« Brigit reichte ihm das Taschenbuch, das sie endlich in den Untiefen ihrer Einkaufstüten aufgespürt hatte.

»*Geisel der Liebe*«, las er. »*Die erschütternde, wahre Geschichte hinter dem Rapunzel-Fall.* Wow – was für ein schrecklicher Titel.«

»Unterirdisch. Aber davon abgesehen – ein Bestseller. Es soll eigentlich auch ein Film daraus gemacht werden. Es gibt Gerüchte, dass Colin Farrell ernsthaft interessiert sein soll.«

»Scheiß die Wand an.«

Paul blätterte zu den Abbildungen in der Mitte des Buches vor. Das erste Foto war ein etwas biederes Familienporträt, auf dem eine Frau Anfang zwanzig mit langen blonden Haaren zwischen ihren streng aussehenden Eltern saß.

»Das ist die Familie Cranston. Klassische englische Adels-Spießer.«

»So sehen sie auch aus«, sagte Paul. »Alle drei wirken, als hätten sie mindestens einen Stock im Hintern.« Er deutete auf das hübsche Mädchen. »Unsere Julia, nehme ich an?«

»Genau. Sie war eine Wucht.«

»Na ja – wenn man auf Disney-Prinzessinnen-Puppen aus China steht. Ich wette, mit ein paar Dosen Cider intus ist sie richtig abgegangen. Die stillen Wasser sind ja bekanntlich tief und schmutzig!«

»Stellte sich bei ihr auch genauso heraus. Wie man hört, war Daddy Cranston kein besonders angenehmer Zeitgenosse. Der Rapunzel-Name kam angeblich von den Dienstboten der Cranstons. Sie sagten, die Tochter des Hauses wurde quasi während ihrer gesamten Teenager-Zeit weggesperrt. Bis sie dann heiratete …«

Brigit blätterte die Seite um und brachte ein Foto von Daniel Kruger zutage.

»Herrgott!«, sagte Paul. »Der sieht ja aus wie dieser Batman-Schurke – wie heißt der noch: Two-Face.«

Krugers Gesicht war auf der linken Seite entstellt. Das Bild war im Freien aufgenommen worden, und er blickte missmutig in die Kamera.

»Kein Grund, gehässig zu sein«, sagte Brigit. »Sein Gesicht wurde bei einem Unfall verbrannt, als er noch ein Kind war, wenn ich mich recht erinnere.«

»Tut mir leid, es ist bloß ein wenig … erschreckend. Also Moment, er hat die junge Cranston geheiratet?«

»Hat er. Doch das ging gerade mal ein Jahr gut. Und das bringt uns zu … den drei Amigos.« Brigit deutete auf das Foto auf der gegenüberliegenden Buchseite. Es zeigte drei junge Männer im Anzug, die aussahen, als hätten sie sich für eine Hochzeit in Schale geworfen. Ihr benebelt betrunkenes Grinsen ließ darauf schließen, dass die anschließende Party nicht schlecht gelaufen war. Paul las die Bildunterschrift. Links stand der älteste und größte der drei Männer. Gerry Fallon war muskulös gebaut und hatte eine Boxer-Nase. Selbst beim Lächeln schien er eine gewisse Bedrohlichkeit auszustrahlen. Er hatte den Look des klassischen Alpha-Männchens. Alles an ihm sagte: »Ich bin im Vollbesitz all meiner Kräfte, und du willst nicht herausfinden, was das bedeutet.« Er hatte braune Augen und ein unverschämtes Grinsen, als wollte er einen nur noch ein Weilchen bei Laune halten, bevor er zuschlug.

Man sah die Familienähnlichkeit zu dem Mann, den er in einem verspielten Schwitzkasten hielt: Fiachra Fallon ließ seinen älteren Bruder wie eine sehr frühe, grobe Skizze seiner selbst wirken. Paul hatte diesbezüglich keine Neigungen, aber selbst ein Heteromann konnte problemlos erkennen, dass Fiachra ein Herzensbrecher war. Er hatte das Lächeln eines Hollywood-Idols und jenen wunderschönen Blick des verwirrten kleinen

Jungen, der bei Frauen Muttergefühle und noch einiges anderes weckte.

Vervollständigt wurde das Trio von McNair. Was Paul zuerst auffiel, war die erstaunliche Gewöhnlichkeit des Mannes. Schwer vorstellbar, dass aus diesem jungen Kerl der Kadaver geworden war, der sich gestern auf ihn gestürzt hatte. Als hätte ihm der Krebs in dem Moment, da Paul ihm über den Weg gelaufen war, bereits alles genommen, das McNair zu dem Mann gemacht hatte, der er einmal gewesen war.

Er warf noch einen weiteren Blick auf Fiachra Fallon.

»Das ist also unser Romeo, ja?«

»Jep«, erwiderte Brigit.

»Heilige Scheiße, mit dem wäre sogar ich durchgebrannt«, sagte Paul.

Brigit deutete auf Gerry. »Und das ist Gerry Fallon, der die Flucht der jungen Liebenden vertuscht hat, wie es alle guten Brüder tun sollten.«

Paul zuckte mit den Schultern. In dem Fall musste er sich auf ihr Wort verlassen. Er klappte das Buch zu.

»Folgendes ist aber das Problem«, sagte Brigit und deutete auf das Buch. »Hier steht, dass Grinner McNair vor dreißig Jahren ums Leben gekommen ist.«

»Meine durchbohrte Schulter würde da gerne Widerspruch einlegen.«

»Völlig zu Recht. Es hieß immer, er und Fiachra Fallon hätten sich auf dem Fischerboot überworfen, das sie zusammen mit Fiachras Angebeteter außer Landes bringen sollte. Man sagte, McNair wäre nicht begeistert davon gewesen, dass ihn eine kleine Kabbelei unter Liebenden mir nichts, dir nichts in den Knast bringen könnte, ganz zu schweigen davon, dass sie ihn um sein ganzes Geld gebracht hatte.«

»Ach! Hatte der grobe Klotz gar keinen Sinn für Romantik?«

»Anscheinend nicht. Und nach einer dramatischen Abfolge von Faustschlägen stürzte Grinner schließlich in den Nordatlantik.«

»Ich werd' verrückt. Es geht doch nichts über ein Happy End.«

»Es hieß, er wäre ertrunken und die jungen Liebenden in den Sonnenuntergang und auf ein neues Leben zugesegelt – in Amerika oder Kanada oder Australien. Oder in Carlow. Im Laufe der Jahre sind sie immer irgendwo anders gesichtet worden.«

»Und das Geld war ihnen egal, weil ...«

»Sie einander hatten.«

Paul tat, als müsse er würgen. Brigit ignorierte ihn.

»Also war ein Mann, der eigentlich tot sein sollte, doch nicht tot – ist es aber jetzt. Warum sollte mich deswegen jemand umbringen?«

Brigit hatte versucht, dieses Thema möglichst lange zu umgehen. Sie hatte gehofft, erst einmal herauszufinden, wie irrational paranoid Paul inzwischen geworden war.

»Was glaubst du denn, wer dich umbringen will?«

»Ich habe keine Ahnung, wer oder warum. Mich hat bloß jemand angerufen und gesagt, dass ich weglaufen soll.«

»Da haben die Killer ja echten Sportsgeist bewiesen.«

»Der Anruf kam nicht von denen. Es war eine Warnung von jemandem, den ich kenne. Von jemandem, der mir noch einen Gefallen schuldig war.«

»Hat McNair dir irgendwas gesagt, bevor er ...?«

»Versucht hat, mich zu ermorden?«, beendet Paul ihren Satz. »Nein. Es war hauptsächlich dementes Gebrabbel. Er glaubte, ich wäre der Sohn eines alten Freundes. Er hat davon geredet, dass er eine Tochter hätte, die er seit Jahren nicht gesehen habe. Ich glaube, er dachte, ich würde ihr was tun. Ich schwöre bei

Gott, er hatte keine einzige Tasse mehr im Schrank. Nichts davon ergab irgendeinen Sinn.«

»Er hat nicht zufällig irgendwelche Orte erwähnt oder sowas? Zum Beispiel, wohin die jungen Liebenden damals abgedampft sind?«

»Nichts, woran ich …« Paul zermarterte sich den Kopf und versuchte, sich an weitere Bruchstücke des Gesprächs mit dem alten Mann zu erinnern. »Er meinte, er würde meinen Dad kennen – und meinen Onkel. Das war's auch schon. Nichts, was es nötig gemacht hätte, mich auf der Stelle abzumurksen.«

»Ist es möglich …« Brigit hielt inne und versuchte, die richtigen Worte zu finden. »Ist es möglich, dass dir mit dieser ganzen Sache jemand eins auswischen wollte? Zum Beispiel dieser Bulle, der heute Morgen vor deiner Tür gesessen hat?«

»Nein, das ist nicht Bunnys Stil. Er spielt keine Streiche.«

»Wer ist dieser Typ eigentlich?«

Paul stieß ein freudloses Lachen aus. »Glaub mir, für diese Geschichte fehlt uns die Zeit …«

»Okay, na ja …«

Sie blickten beide ins Leere, während sich die Stille zwischen ihnen immer weiter ausbreitete. Sie wussten beide nicht, was sie sagen sollten.

Brigit spürte, dass das Handy in ihrer Tasche vibrierte. Sie hatte es in den letzten dreißig Minuten ignoriert, aber jetzt füllte der Blick aufs Display wenigstens die peinliche Lücke in ihrer Unterhaltung. Die Nummer, die dort angezeigt wurde, war dieselbe, die sie im Laufe der letzten Stunde schon so oft gesehen hatte. Es war DI Stewart.

»Hallo?«

»Miss Conroy, wo sind Sie?«

»Ich … bin einkaufen.«

»Haben Sie meine Nachrichten erhalten?«

»Tut mir leid. Ich war …«

»Sie müssen augenblicklich zurück zu mir aufs Revier kommen.«

»Schön, ich schaue später noch mal vorbei.«

»Sofort, Miss Conroy.«

»Warum?«

»Es hat … Entwicklungen gegeben.«

»Was für Entwicklungen?«

Am anderen Ende der Leitung entstand eine Pause. Brigit schaute Paul an.

»Okay, wenn es Sie dazu bringt, die Sache ernst zu nehmen. Im Lauf der letzten Stunden ist McNairs Tochter umgebracht worden, und unter dem Wagen Ihres Freundes, Mr. Mulchrone, haben wir eine Bombe gefunden. Ich weiß nicht, was hier los ist, aber Ihre Sicherheit ist jetzt meine oberste Priorität. Bitte kommen Sie zu uns.«

»Bin schon auf dem Weg.«

Brigit legte auf. Im Versuch, zu verarbeiten, was man ihr soeben mitgeteilt hatte, starrte sie ihr Handy an. Paul musterte sie.

»Was? Was ist los?«, fragte er.

»Tja … die gute Nachricht lautet: Du leidest nicht unter Verfolgungswahn.«

# KAPITEL ACHTZEHN

Tyrion 4.12.AX4 – Secure Server Software
Initialisiere verschlüsselte Eins-zu-eins-Kommunikation.
Bitte warten ... Initialisiert.

**RoyTheBoy07:** Bitte geben Sie ein Update.

**CERBURUSAX:** Zielperson eins ist erfolgreich ausgeschaltet worden.

**RoyTheBoy07:** Und?

**CERBURUSAX:** Wir hatten ein Problem mit Zielperson zwei. War nicht am Zielort, und unser Backup ist gescheitert.

**RoyTheBoy07:** Mit Backup meinen Sie das verfickte Ungetüm von Bombe, das Sie unters Auto gelegt haben?

**CERBURUSAX:** Nicht unsere übliche Methode, aber Sie haben uns zu wenig Zeit gelassen.

**RoyTheBoy07:** Und nun haben Sie die Aufmerksamkeit der gesamten Dubliner Polizei auf sich gezogen – Dank an Ihre Inkompetenz!

**CERBURUSAX:** Ich hab's Ihnen gleich gesagt: ein zu kleines Zeitfenster. Wir haben eine von zweien.

**RoyTheBoy07:** Sie haben eine Hausfrau erschossen, ganz toll.

**CERBURUSAX:** Sie haben mangelhafte Informationen geliefert.

**RoyTheBoy07:** Wir wollen keine Rechtfertigungen, wir wollen Ergebnisse.

**CERBURUSAX:** Ich will Beweise, dass meine Nichte ok ist.

**RoyTheBoy07:** Und ich will, dass Sie Ihren Job erledigen.

**CERBURUSAX:** Keine Beweise, kein Job.

**RoyTheBoy07:** Na schön, Ihre Nichte stirbt.

**CERBURUSAX:** Drohen Sie uns nicht.

**RoyTheBoy07:** Dann drohen Sie mir nicht. Arbeiten Sie daran, die Zielperson aufzuspüren. Wir werden ebenfalls versuchen, den Aufenthaltsort zu ermitteln.

**CERBURUSAX:** Wir wollen ein Lebenszeichen.

**RoyTheBoy07:** Man sagt mir, dass sie immer nach Tatu fragt? Was heißt das?

**CERBURUSAX:** Bedeutet Daddy. Sie sind Abschaum.

**RoyTheBoy07:** Das sind alles bloß Worte, Draco. Sie sind ein Auftragskiller. Machen Sie Ihren Job.

# KAPITEL NEUNZEHN

»Sorgen Sie dafür, dass diese Leute hinter den Absperrungen bleiben.«

Detective Wilson hob seine Stimme, damit ihn die uniformierten Polizisten, die sich vor den Barrikaden aufgestellt hatten, deutlich hören konnten. In angespannten Situationen wie diesen war es wichtig, dass alle wussten, wer das Sagen hatte. Besonders, da er es war. Zumindest so lange, bis Stewart zurückkam. Der alte Knacker war derzeit unterwegs, um die Anwohner von Richmond Gardens nach einer möglichen Beschreibung des Bombenlegers zu befragen. Die beiden uniformierten Polizisten schauten Wilson an, dann kurz einander, bevor sie ihren Blick wieder der Menge zuwandten, die sich hinter der Absperrung versammelt hatte.

Es waren inzwischen ziemlich viele Leute. Jedes Haus in den umliegenden Straßen von Richmond Gardens war evakuiert worden, und die meisten Betroffenen standen nun in der Gegend herum und warteten darauf, dass endlich etwas Aufregendes passierte. Auch immer mehr Außenstehende hatten sich ihnen angeschlossen, seit die Barrieren errichtet worden waren. Nicht wenige hatten Pint-Gläser in der Hand. Dubliner lieben nichts mehr als ein bisschen kostenloses Entertainment. Die Gardaí waren gezwungen gewesen, im Süden einen Teil der North Circular Road und im Osten ein Stück der Summerhill Parade zu sperren, zwei der Hauptarterien, die aus der Stadt hinausführten. Wilson hörte das wütende Hupen und Motorheulen in der Ferne, aufgeheizt von den Scherereien, die den Freitagabend-Stau noch schlimmer machten als sowieso schon.

Ein geschäftstüchtiger Eiscreme-Wagen hatte sich ein Stück die Straße runter aufgestellt und erlebte reißenden Absatz. Es war die falsche Jahreszeit, aber der Schlange nach zu urteilen, stach die optimale Lage alle saisonalen Trends aus. Wilson schnappte über dem Hintergrundbrummen von Verkehrslärm und Geschwätz Bruchstücke einzelner Gespräche auf.

»Ist das Bono?«

»Wovon redest du?«

»Ist aber wer Berühmtes, oder? Hoffentlich keiner von diesen dämlichen Politikern. Es sei denn Clinton oder so.«

»Es ist 'ne Bombe.«

»Willst du mich verarschen? Wer soll denn hier 'ne Bombe zünden? Obwohl – würde man auch nicht merken, wenn die hier hochgehen würde.«

»Ich sag dir, das ist 'ne Bombe. Glaubst du, ich hätte mich aus meiner Wohnung vertreiben lassen für einen noch nicht explodierten Bono?«

»Waren wahrscheinlich irgendwelche Terroristen. Der IS oder so.«

»IS am Arsch. Die Protestanten waren das.«

»Warum die Protestanten? Ist doch seit Ewigkeit Waffenruhe.«

»Außerdem können die keine Bomben – das weiß doch jeder.«

Die größte Gefahr, dass jemand durch die Absperrung brechen könnte, ging aktuell von den Fotografen aus. Die Lage der Barrieren sorgte dafür, dass sie die Jungs, die für die Entschärfung der Bombe zuständig waren, und Croke Park nicht auf ein Bild bekommen konnten – und das machte sie wahnsinnig. Die Kampfmittelräumeinheit des Militärs war vor zwanzig Minuten angerückt, dicht gefolgt von einem Übertragungswagen des Fernsehsenders RTÉ. Insgeheim hoffte Wilson, dass die Rothaarige sich blicken ließ, die die Nachrichtensendung auf Irisch moderierte. Auf die stand er total. Siobhan O'Sinard oder so ähnlich? Siobhan O'Sexy – so nannte Gareth sie immer. Gareth war seit der Uni sein Mitbewohner. Nun, da er auf der Karriereleiter aufstieg, überlegte Wilson allerdings ernsthaft, sich endlich eine eigene Wohnung zuzulegen. Er konnte Siobhan schließlich nicht in ein Apartment mitbringen, das er sich mit Gar und den inakzeptablen Ausdünstungen seines Essens teilte.

In einer idealen Welt hätte Wilson jetzt ein Statement zur aktuellen Lage abgegeben – souverän und überlegen. Frauen machte sowas total wuschig. Er konnte nur hoffen, dass Stewart wegblieb, aber die Chancen dafür standen schlecht. Wer wollte nicht im Fernsehen auftauchen? Der alte Knacker würde bestimmt gern seiner Frau zuwinken. Zum Glück gab der Kampfmittelräumdienst gegenüber der Presse grundsätzlich keine Stellungnahmen ab. Mit denen hätte er niemals mithalten können. »Ich entschärfe Bomben.« Drei Wörter, die Höschen zwangsläufig zum Fallen brachten. Diese glücklichen Scheißkerle.

Wilson wurde von einer nachdrücklichen Stimme aus seinen Gedanken gerissen.

»Hey, Sie. Ja, Sie! Guard!«

Er drehte sich um und sah einen großen Mann, Mitte vierzig, mit fliehendem Haaransatz und einem Bauch, der derartig weit vorstand, dass er zwangsläufig die Absperrung durchbrach. Er trug ein Dublin-Fußball-Trikot, das seit zwei Jahren nicht mehr aktuell war und außerdem zwei Größen zu klein. Er deutete mit einem korpulenten Zeigefinger auf Wilson.

»Ja, Sie! Kommen Sie mal her.«

Wilson trat auf ihn zu.

»Ja, Sir?«

»War das der IS oder die Protestanten?«

»Die Garda Síochána kann im Verlauf einer noch nicht behobenen Gefahrensituation keine Kommentare abgeben.«

»Du weißt es selber nicht, oder, Kleiner?«

Aus dem Augenwinkel sah Wilson, dass einer der uniformierten Kollegen gehässig grinste.

»Wir können das im Augenblick nicht kommentieren.«

Der füllige Mann warf einen Blick zurück auf die ihn umgebende Menge und hob die Stimme.

»Er weiß es nicht!«

»Es ist uns nicht gestattet, Informationen freizugeben.«

»Ja, ja, du hast halt keine Ahnung. Ich warte einfach, bis einer der richtigen Polizisten hier auftaucht.«

»Wir können zu diesem Zeitpunkt …«

Der große Mann fuhr ihm über den Mund und äffte Wilson mit effeminierter, hoher Stimme nach: »Wir, die Garda Síochána, können zu diesem Zeitpunkt mit unseren Händen den eigenen Arsch nicht finden, aber wir haben schon telefonisch Verstärkung angefordert, um in dieser Notlage Hilfe zu erhalten. Bitte bleiben Sie in der Leitung, Ihr Anruf ist für uns von großer Wichtigkeit.«

Mehrere Leute in der Menge lachten. Wilson ließ ein schmales Lächeln sehen und tat so, als mache auch ihm dieses kleine Wortgefecht Spaß.

Er lehnte sich dem Kollegen zu seiner Linken entgegen. »Ich werde mich jetzt mal mit dem Räumdienst kurzschließen. Sie wissen, wo ich bin, falls Sie mich brauchen.«

Der Polizist lieferte eine perfekte Exerzierplatz-Drehung ab und ließ einen scharfen Salut sehen, einschließlich zusammengeschlagener Hacken. »Ja, Sir!«

Wilson zog sich zurück und holte sein Handy hervor, während er vorgab, dass ihn das Gelächter in seinem Rücken nicht störte.

Die drei Vans des Räumdienstes versperrten den Großteil der Sicht auf Richmond Gardens. Der zivile schwarze Ford Mondeo von Stewart und Wilson stand etwa sechs Meter dahinter. Es war ein perfekter Platz, direkt im Fadenkreuz der Fernsehkameras, die, wie ihm auffiel, inzwischen allesamt in Position gebracht waren. Herrgott – war das Siobhan, die da drüben ein Gespräch mit einem Mann in Uniformweste führte? Wie konnte ihr rotes Haar an einem so düsteren Tag nur so hell leuchten? Es war, als würde eine eigene Sonne auf sie scheinen. Sie war kleiner, als er erwartet hatte. Gut so. Er war selbst nur eins sechsundsiebzig, und er mochte es gar nicht, wenn Frauen ihn in Hackenschuhen überragten. Er musste Gar unbedingt eine SMS schreiben und ihn fragen, ob er die Nachrichten digital mitschneiden konnte. Im Idealfall hätten die Kameras eingefangen, wie er in eine tiefschürfende Diskussion mit den Bomben-Experten verstrickt war, aber der Vorgesetzte von diesen Militär-Heinis hatte ihm gleich klargemacht, dass sein Input hier nicht erwünscht war. Der egoistische Arsch wollte offenbar den ganzen Ruhm für sich haben. Völlig unprofessionell.

Wilson warf einen Blick in Richtung der Bomben-Jungs. Sie schienen viel Zeit mit Reden zu verbringen. Er nahm an, in ihrem Job war ein wohlüberlegtes Vorgehen entscheidend – wenn man nicht in einem Kentucky-Fried-Chicken-Eimer nach Hause getragen werden wollte.

Plötzlich blieb Wilson stehen und schaute noch einmal genauer hin. Ein großer Mann, der einen schlechtsitzenden Schurwollmantel über einem schwarzen Anzug trug, lehnte lässig an ihrem Zivilfahrzeug, beobachtete seelenruhig das Räumkommando und leckte entspannt an einer Eiswaffel. Es sollte doch ein striktes Absperrgebot gelten! Dafür würde Wilson jemanden gehörig strammstehen lassen. Er eilte hinüber.

Als er näher kam, sah Wilson, dass der Mann methodisch um den kleinen Schokoflake herumleckte, der in seinem Eis steckte, wie ein Hund, der systematisch die Pille in seinem Futter umgeht.

»Dieser Bereich ist für die Öffentlichkeit gesperrt. Wer sind Sie?«

Der Mann wandte Wilson langsam den Kopf zu und schaute ihn fragend an. Es war die Art Blick, den man von einer Frau in einer Bar zugeworfen bekam, die sich nicht sicher war, ob sie sich einen Drink spendieren lassen sollte oder nicht. Dann wandte der Mann sich wieder dem Spektakel zu. Er leckte unangenehm lange an seinem Eis, bevor er schließlich mit starkem Cork-Akzent erwiderte: »Wer zum Teufel sind Sie denn?«

Wilson holte seine Brieftasche aus dem Mantel und klappte sie in einer flüssigen Bewegung auf, die geradezu einstudiert wirkte. Wohl, weil er sie einstudiert hatte.

»Detective Wilson, National Bureau of Criminal Investigation.«

Die Augen des Mannes blieben starr auf die Einfahrt von Richmond Gardens gerichtet. »Na, da will ich doch der einäugige Sohn einer schielenden Heulsuse sein!«

Wilson klappte seine Brieftasche wieder zu. Er hatte keine Ahnung, was das bedeuten sollte, aber dieser Mann ging ihm langsam wirklich auf die Nerven.

»Und Sie sind?«, fragte Wilson.

»Detective Sergeant Bunny McGarry, Summerhill. Ich würde Ihnen ja die Hand geben, aber …«

Er deutete auf sein Eis, was Wilson klar zu verstehen gab, was ihm in dieser Situation bedeutend wichtiger war.

Der Mann, der behauptete, Bunny McGarry zu sein, drehte seine Eiswaffel mit sorgsamer Präzision um neunzig Grad, damit er sein systematisches Lecken ungestört fortsetzen konnte.

»Ich muss einen Ausweis sehen.«

»Dann könnten Sie ja Ihren eigenen noch mal rausziehen. Wie wär das?«

Wilson spürte, wie seine Wangen rot anliefen. »Ausweis, sofort!«

»Wie heißt das Zauberwort?«

»Was?«

»Sie haben mich schon verstanden. Mir gefällt nämlich Ihr Ton nicht.«

»Dies ist ein polizeilich abgesperrter Bereich. Selbst wenn Sie derjenige sind, der Sie zu sein behaupten, haben Sie hier ohne ausdrückliche Genehmigung nichts zu suchen. Jetzt her mit dem Ausweis, oder ich werde Sie in Gewahrsam nehmen. Warten wir mal, wie Ihnen mein Ton dann gefällt.«

McGarry lächelte. »Na, schau sich einer die dicken Eier von unserem Nachwuchs an. Ich will Sie nicht anlügen, aber Ihre schiere, gottverdammte Männlichkeit hat mich gerade echt ein bisschen heiß gemacht.«

»Schluss jetzt mit dem Bullshit«, sagte Wilson.

»Da bin ich ganz Ihrer Meinung«, erwiderte McGarry.

Die Männer vom Räumdienst bewegten sich nun um die Vans herum, als bereiteten sie irgendwas vor. »Ob die einen dieser Roboter haben, was meinen Sie?«, fuhr Bunny fort. »Von denen wollte ich schon immer einen in Aktion sehen.«

Wilson wusste genau, was das sollte. In den vergangenen zwei Wochen hatte er bereits reichlich Erfahrung damit gemacht, von Stewart aufgezogen zu werden. Der Neue sollte getestet werden, und das hier war die nächste Stufe. Er durfte jetzt auf keinen Fall klein beigeben.

Also baute er sich direkt vor dem Mann auf, der sich Bunny McGarry nannte, und versperrte ihm die Sicht auf die Vorgänge. »Habe ich jetzt Ihre ungeteilte Aufmerksamkeit?«

Wieder rotierte der Mann sorgsam um die Waffel. Er sprach, ohne den Blick von seinem Eis abzuwenden.

»Vertrauen Sie mir, mein Sohn, wenn ich Ihnen sage: Meine ungeteilte Aufmerksamkeit wollen Sie nicht haben.«

Dann schaute Bunny auf, und ihre Blicke verschränkten sich ineinander – auch wenn es Wilson schwerfiel, ihm standzuhalten. Das linke Auge des Mannes schielte, sodass Wilson nicht genau wusste, worauf er seine Aufmerksamkeit richten sollte.

Bunny wartete, bis er wegschaute, erst dann ergriff er wieder das Wort. »Ich bin hier, weil ich mit Jimmy Stewart sprechen will. Ich habe ein persönliches Interesse an dem, was sich hier abspielt.«

»Das schert mich einen Scheißdreck – selbst, wenn es Ihr Wagen ist, der hier gleich in die Luft gesprengt wird. Gehen Sie hinter die Absperrung zurück.«

»Betrachten Sie dies als die zweite und letzte Verwarnung, was Ihren Tonfall betrifft.«

Als handele sie aus eigenem Willen, schoss Wilsons Hand vor und schlug die Waffel aus Bunnys Griff. Noch bevor das Eis den Boden berührte, befanden sich Wilsons Hoden im schraubstockartigen Griff von Bunnys linker Hand. Wilson versuchte, zu reagieren, während der Schmerz durch seinen Unterkörper fuhr, aber McGarry war deutlich schneller, als er es bei einem Mann seiner Statur erwartet hätte. Sein Körper wurde in einer fließenden Bewegung herumgedreht, sodass er im nächsten Augenblick über dem Auto hing. Bunnys linke Schulter drückte gegen Wilsons, um ihn aufrecht zu halten, sodass sein Mund nur wenige Zentimeter von Wilsons Ohr entfernt war.

»Schrei wie ein kleines Mädchen, und ich mache eins aus dir.«

Bunny hob ganz leicht seine linke Hand, sodass Wilson gezwungen war, sich auf die Zehenspitzen zu stellen.

»Sie …« Eine unterschwellige Verstärkung von Bunnys Griff sorgte dafür, dass die übrigen Worte in seiner Kehle erstarben.

»Ganz still jetzt«, flüsterte Bunny. »Von dir haben wir genug gehört, würde ich sagen. Wir wollen doch keine Szene vor den Fernsehkameras aufführen. Keine plötzlichen Bewegungen, sonst singst du ab morgen als Sopran im Garda-Chor.«

Wilson schaute Bunny an, während dieser seinen Blick entspannt über die Menge hinter ihnen gleiten ließ. Niemand schien irgendetwas Ungewöhnliches dabei zu finden, dass hier zwei Polizisten eine gemütliche kleine Unterhaltung führten. Der Aufenthaltsort von Bunnys linker Hand war vollkommen unbemerkt geblieben, außer natürlich von Wilson, der an nichts anderes denken konnte.

»Also, du kleiner arschbehaarter Ziegenficker. Wir beide werden jetzt mal ein Gespräch über Respekt führen.« Bunny warf einen raschen Blick auf Wilsons Gesicht. »Irgendwann solltest du vielleicht wieder mit dem Atmen anfangen.«

Wilson wurde bewusst, dass er die ganze Zeit die Luft angehalten hatte, und entließ sie langsam aus seinen Lungen. Durch die Tränen in seinen Augen konnte er kaum etwas sehen.

Bunny schaute zu der Eiswaffel hinab, die verloren auf dem Boden lag. »Das Eis hat gut geschmeckt. Ist dir eigentlich klar, dass in Afrika Kinder verhungern?«

Wilson wollte etwas sagen, aber wieder verhinderte dies ein noch festerer Griff an seinen Gonaden.

»Das war ein Test. Du hast für heute genug Dünnschiss verzapft, schon vergessen?«

»Hallo, Bunny.«

Beide Männer schauten auf und sahen Jimmy Stewart, der mit zwei Plastikbechern in den Händen auf der anderen Seite der Motorhaube stand.

»Jimmy«, sagte Bunny mit einem Nicken.

»Wie ich sehe, hast du Wilson schon kennengelernt.«

»Ja«, sagte Bunny und musterte Wilsons Profil neuerlich mit bedrohlichen Augen. »Er hat mir auch seinen Ausweis gezeigt und das ganze Drum und Dran.«

Wilson warf Stewart einen flehenden Blick zu. Dieser schüttelte langsam den Kopf und richtete den Blick zum Himmel.

»Im Augenblick führen wir gerade eine angeregte Unterhaltung über die Wichtigkeit von guten Manieren«, sagte Bunny. »Über gute Manieren und die vertrauensvoll kollegiale Zusammenarbeit zwischen einzelnen Abteilungen.«

»Das sehe ich. Ich sehe außerdem, dass du seine Eier ziemlich fest im Griff hast.«

»Das stimmt.«

»Ich habe zwar auch kein größeres Verlangen danach, dass er sich fortpflanzt, aber ich würde dich doch um eine gewisse Mäßigung bitten. Seine Stimme ist schon nervtötend genug, sie muss nicht noch zwei Oktaven in die Höhe gehen.«

»Nun, eine schnelle Drehung meiner Hand, und er wird eine bleibende Erinnerung daran haben, wie man mit der Anfrage eines Kollegen umzugehen hat.«

Stewart schaute die beiden an.

»Ich glaube, er hat seine Lektion gelernt. Ich helfe dir gern bei deinen Ermittlungen. Darf ich fragen, wofür du dich interessierst?«

Bunny schaute Stewart direkt an und ignorierte den jammernden Wilson in seiner Umklammerung.

»Paulie Mulchrone ist einer meiner Jungs.«

»Ah … ich verstehe.«

»Wo ist er da reingeraten?«

»Ich bin mir nicht sicher. Vermutlich war er nur zur falschen Zeit am falschen Ort.« Stewart nickte in Richtung Richmond Gardens. »In jedem Fall scheint er irgendwen ziemlich wütend gemacht zu haben – tippen würde ich auf Gerry Fallon.«

Bunny pfiff. »Heilige Scheiße. Der kleine Idiot muss einen ausgeprägten Todeswunsch haben. Ich glaube ja, das kommt alles von dieser Hipity-Hopity-Musik, die die jungen Leute heutzutage hören.«

Bunny warf Wilson einen weiteren finsteren Blick zu, als wäre das aus irgendeinem Grund seine Schuld.

»Ich versuche schon die ganze Zeit, Mr. Mulchrone zu erreichen«, sagte Stewart, »vorausgesetzt, dass er überhaupt noch am Leben ist. Vielleicht kannst du mir da weiterhelfen?«

Bunny trat von einem Fuß auf den anderen. Dank der Tränen in seinen Augen war es für Wilson schwer zu erkennen, aber der schwergewichtige Mann wirkte einen Augenblick lang fast verlegen.

»Ich fürchte, nicht. Er und ich kommen in letzter Zeit nicht ganz so gut klar. Ist eine etwas kitzlige Situation.«

»Verstehe. Apropos …« Stewart neigte den Kopf in Wilsons Richtung.

»Er schuldet mir noch einen Euro achtzig«, sagte Bunny.

»Was?«

Wilson und Stewart folgten Bunnys Blick zu der Eiswaffel am Boden.

»Ah, ich verstehe«, sagte Stewart. »Wilson, geben Sie dem Mann einen Euro achtzig.«

Wilson starrte Stewart an, der ihm nachdrücklich zunickte, griff ganz langsam in seine rechte Tasche und kramte in seinem Kleingeld. Dann zog er eine Zwei-Euro-Münze hervor.

Bunny schaute sie an, löste seinen Griff von Wilsons Kronjuwelen und nahm ihm die Münze aus der Hand. Wilson glitt an der Seite des Wagens herab und schnappte keuchend nach Luft, als wäre er gerade aus schwerer See geborgen worden.

Bunny holte eine Handvoll Wechselgeld aus seiner Tasche und sortierte es in seiner Handfläche. Er wählte eine Zwanzig-Cent-Münze und warf sie vor Wilson auf den Boden.

»Hier ist das Wechselgeld. Man soll nicht sagen, Bunny McGarry wäre kein fairer Mann.«

»Natürlich nicht. Kann ich einen Augenblick mit meinem Mitarbeiter sprechen, Bunny?«, fragte Stewart. »Wie wär's, wenn du dir ein neues Eis holst, und dann unterhalten wir uns in Ruhe?«

»Happy Days.« Bunny wuschelte Wilson durchs Haar und marschierte rasch in Richtung Eiswagen, während er fröhlich vor sich hin pfiff.

Wilson schaute zu Stewart auf. Tränen der Wut funkelten in seinen Augen.

»Ich werde …«

»Nein.« Stewart hob seine Stimme, um ihm das Wort abzuschneiden. »Sie werden absolut gar nichts tun.« Er beugte sich ein Stück herab und reichte Wilson den lauwarmen Becher Tee, den dieser kleinlaut entgegennahm. »Bunny McGarry«, begann Stewart, »ist eine Legende. Er ist ein klein wenig … sagen wir mal, ungeschliffen, aber er ist ein guter Polizist.«

Wilson wollte etwas erwidern, aber ein strenger Blick von Stewart überzeugte ihn davon, lieber zu schweigen.

»Er hat seine ganz eigene, unkonventionelle Arbeitsweise. Er leitet die St.-Jude's-Hurling-Mannschaft. Jeder junge Bursche hier in der Gegend muss da irgendwann durch, ob es ihm passt oder nicht. Bunny kennt jeden, und jeder kennt ihn. Er klärt mehr Fälle auf als so ziemlich jeder andere bei uns, und das hier ist sein Revier. Diesem Umstand werden Sie gefälligst Respekt zollen. Wenn man weiterkommen will, muss man auch miteinander auskommen.«

Wilson konnte nicht fassen, was er da zu hören bekam.

»Er hat mich körperlich angegriffen!«

»Haben Sie dafür irgendwelche Zeugen?«

Wilson schaute Stewart an, während dieser seelenruhig den Rest seines Tees austrank.

»Haben Sie den Film *L.A. Confidential* gesehen?«, fragte Stewart.

Wilson schüttelte den Kopf. Stewart seufzte.

»Natürlich nicht.«

»Was wollen Sie damit sagen?«

»Bunny ist ein bisschen wie Bud, der hitzköpfige Cop, den Russell Crowe spielt. Und Sie sind ein bisschen wie … na, wie dieser Typ, der in *Neighbours* mitgespielt hat …«

»Jason Donovan?«

Stewart schlug mit der flachen Hand auf den Wagen, als es ihm plötzlich wieder einfiel. »Guy Pearce! Er spielt diesen überkorrekten Cop. Am Anfang sind sie sich spinnefeind, am Ende arbeiten sie aber zusammen und bringen die Bösen gemeinsam zur Strecke.«

Wilson richtete sich ganz langsam auf und stützte sich am Wagen ab.

»Sie glauben, er und ich werden irgendwann Freunde sein?«

»Nein. Bunny hat keine Freunde, und wenn er welche hätte, wären Sie keiner davon.«

»Was wollen Sie dann sagen?«

Stewart schaute auf, als versuchte er selbst, sich zu erinnern. »Ich bin mir nicht sicher, ob ich damit überhaupt etwas sagen wollte.«

Wilson funkelte ihn wütend an.

Stewart nippte an seinem Tee und ließ seinen Blick zu den Kameras hinübergleiten. »Ist das die, die die Nachrichten auf Irisch moderiert?«

# KAPITEL ZWANZIG

»Jetzt … beruhige dich doch mal.«

Brigit trug flache Schuhe, fand es aber trotzdem schwierig, mit Paul Schritt zu halten, während er, wilde Haken schlagend, aus dem Park stürmte. Er wollte sich durch das hohe Fußgänger-Aufkommen am Freitagabend zum Leeson-Street-Ausgang kämpfen. Und beim Sprechen drehte er sich nicht einmal um.

»Beruhigen? Beruhigen, sagt sie!«

»Es gibt keinen Grund zur Panik.«

Paul blieb stehen und drehte sich unvermittelt um. Seine Empörung über die Fehlerhaftigkeit dieser Aussage war so groß, dass sie seinen Drang zur Flucht kurz überschattete. Sein Manöver sorgte dafür, dass mehrere Passanten ineinanderliefen. Eine Dame musste ihren Kinderwagen in entgegenkommende Fußgänger hineinsteuern, um zu verhindern, dass sie Brigit in die Hacken fuhr. Niemand sagte etwas laut, aber es wurde im unteren Spektrum des Hörbaren eindeutig vor sich hin geflucht.

Paul funkelte Brigit derartig wütend an, dass sie einen Schritt zurücktrat.

»Kein Grund zur Panik? Es werden Bomben gelegt – *Bomben*, verstehst du? Unter *meinen* Wagen. Ich habe keine Ahnung, warum irgendwelche Gangster, also Gangster aus dem echten Leben, versuchen, mich umzubringen. Ich kann nicht nach Hause, ich habe kein Geld, kein … kein gar nichts. Nur das hier!« Er fuchtelte mit der Einkaufstüte herum, die zwei gerahmte Fotos, eine Schallplatte, ein Paket mit drei kratzigen

Unterhosen und die kürzlich hinzugekommene Taschenbuchausgabe von *Geisel der Liebe* enthielt. Sein gesamter weltlicher Besitz, der sich nicht im Detonationsradius noch nicht explodierter Sprengstoffe befand.

»Ich für meinen Teil sehe da durchaus einen Grund zur Panik. Genau genommen wurde Panik für genau solche Situationen erfunden!«

»Du könntest zur Polizei gehen.«

»Oh, bitte!«, sagte Paul. »Wenn ich das mache, wird Greevy sofort ...« Er unterbrach sich.

»Wer ist Greevy?«

»Geht dich nichts an.«

»Na schön, wohin gehen wir dann jetzt?«

»Wir? Du kannst gehen, wo immer du hinwillst, verdammt.«

»Nein«, sagte Brigit. »Du blöder Hund! Du kannst mir nicht einfach die Schuld geben und dann meine Hilfe nicht annehmen.«

»Ich kann und werde. Was könntest du mir schon für eine Hilfe sein?«

»Ich habe Geld, ein Auto. Und ich weiß eine Menge über ... den Fall.«

Sie wollte eigentlich *Verbrechen im Allgemeinen* sagen. Dann aber wurde ihr klar, wie albern es klingen würde, wenn sie sich auf ihren suchtartigen Konsum von amerikanischen Krimiserien und Romanen berufen würde. Sie entschied also, einfach weiterzureden, bevor er reagieren konnte. »Ich habe dich hier reingezogen, und ich werde dir auch wieder raushelfen. Jedenfalls werde ich dich nicht wie einen ahnungslosen Deppen in der Gegend herumlaufen und sich umbringen lassen, nur damit ich mich dann für den Rest meines Lebens schuldig fühlen kann.«

»Und wenn ich nicht will, dass du mir hilfst?«

»Pech. Dann versuch mal, mich abzuhängen. Ich werde dich

einfach zu Boden tackeln. Ich habe in der County-Mannschaft Rugby gespielt.«

Paul hob die Brauen, worauf sich Brigits Augen verengten. Ihre Stimme senkte sich zu einem jener Flüstertöne, die lauter klingen als jede normale Stimme.

»Na los, reiß einen Witz darüber – ich bin schon gespannt.«

Paul atmete tief ein. »Also schön, dann komm halt mit.«

»Okay, aber genug mit diesem Power-Walking. Wir müssen mit der Menge verschmelzen.«

Paul nickte und steuerte in etwas vernünftigerer Geschwindigkeit auf den Ausgang zu, während Brigit neben ihm ging.

Sie hatten Glück, da die Ampel gerade auf Grün geschaltet hatte, sodass sie die Straße im allgemeinen Gewühle gut überqueren konnten. Schweigend gingen sie die Leeson Street entlang, wobei sie immer wieder nervös überprüften, ob ihnen jemand folgte. Vorhin hatte Brigit das Ganze noch Spaß gemacht – nun kam es ihr allzu real vor. Es war nur lustig, nach mörderischen Irren Ausschau zu halten, wenn man tief im Inneren nicht daran glaubte, dass sie einem wirklich auf den Fersen waren.

Sie zuckte zusammen, als das Telefon in ihrer Tasche erneut vibrierte. Sie holte es hervor und schaute aufs Display.

»Schon wieder Stewart.«

Paul blieb stehen. »Geh nicht ran – nein, Moment – doch, ich will wissen, ob mein Wagen in Ordnung ist, aber – nein, nicht! … Ach, scheiß drauf, geh halt ran.«

Brigit stand da und hielt ihren Finger über das Handy. Sie verdrehte die Augen zum Himmel, bevor sie Paul noch einmal fragend anschaute.

»Ja, okay, mach.«

Sie drückte aufs Display und legte sich das Handy ans Ohr. Dabei trat sie auf die steinernen Stufen, die zu einem der gewaltigen georgianischen Reihenhäuser führten, die die Straße auf beiden Seiten säumten. Ein glänzendes Messingschild verriet, dass sie auf der Türschwelle der Botschaft der Republik Zypern standen.

Paul stellte sich neben sie, sodass sie beide aus dem stetigen Fluss der von der Arbeit kommenden Passanten heraustraten.

»Hallo … oh …« Brigit sah verwirrt aus. »Ja, ich meine, nein, ich meine – bleiben Sie mal kurz dran.«

Sie nahm das Telefon vom Ohr und legte ihre Hand darüber.

»Es ist für dich.«

»Was? Woher weiß er, dass ich bei dir bin?«

»Keine Ahnung. Ich habe nie erwähnt, dass wir uns treffen. Außerdem ist das nicht Stewart. Ich kann ja sagen, dass du nicht hier bist.«

»Okay, wer ist das? Gib her.«

Brigit reichte Paul das Handy.

»Hallo.«

»Paulie, mein Junge, klingt, als hättest du einen ziemlich wilden Tag.«

Die Stimme am anderen Ende kam überraschend, war aber sofort erkennbar.

»Bunny, woher zur Hölle wusstest du, dass ich hier bin?«

Paul und Brigit schauten sich erneut eingehend um und suchten die Straße nach Hinweisen darauf ab, dass sie beobachtet wurden.

»Was soll ich dir sagen, Paulie, mein Kleiner, ich bin halt ein gottverdammter Meisterdetektiv. Außerdem haben – falls du dich erinnerst – du, meine Wenigkeit und die Schönheit aus Leitrim heute Morgen zusammen gefrühstückt.«

»Oh, na schön, war nett, dass wir noch mal geplaudert haben, aber jetzt sind wir beschäftigt.«

»Verdammt noch mal, Paulie, jetzt benimm dich nicht wie

eine dumme Arschgeige. Was auch immer du getan hast, um Fallon anzupissen …«

»Ich habe gar nichts getan«, unterbrach ihn Paul. »Das ist wieder so typisch, sofort gibst du mir die Schuld …«

»Ich gebe dir nicht die Schuld, verdammte … Hör mal, komm einfach vorbei, dann können wir das klären. Du hast mein Wort.«

»Dein Wort! Willst du mich verarschen, Bunny? Ich weiß doch schon lange, dass ich dir nicht trauen kann.«

»Das ist … das ist was anderes, Paulie. Herrgott, Junge, die haben schon irgend so ein armes Mädchen umgelegt, und unter deinen Wagen haben sie genug C4 gestopft, um dich zum ersten Iren im All zu machen. Jetzt komm mal zur Vernunft!«

In diesem Augenblick machte sich ein Kribbeln ganz tief in Pauls Hinterkopf bemerkbar. Etwas rührte sich, das ihn schon die ganze Zeit belastet hatte, seit Brigit und er auf dieser Bank gesessen hatten. Einige Fakten kollidierten und bildeten ein zusammenhängendes Bild.

»Es ist Folgendes, Bunny. Brown oder McNair oder wie auch immer du ihn nennen willst: Er war wie lange Patient im St. Kilda's? Seit drei Wochen?«

Paul schaute Brigit an. Mit einem Nicken gab sie ihm zu verstehen, dass seine Einschätzung stimmte.

»In dieser Zeit hatte er keinen einzigen Besucher, nicht einen. Zumindest nicht bis gestern Abend, als ich zufällig bei ihm vorbeigeschaut habe.«

»Worauf willst du hinaus?«, fragte Bunny.

»Ich will darauf hinaus«, erwiderte Paul, »dass es nicht so aussah, als hätte Gerry Fallon irgendeine Ahnung davon gehabt, dass McNair dort war, oder?«

»Nun …« Bunny klang nun weniger selbstsicher. »Ich denke, das ist eine Möglichkeit.«

»Wenn du also wirklich mal drüber nachdenkst – das ganze Chaos ist erst ausgebrochen, nachdem die Polizei herausgefunden hatte, wer Brown tatsächlich war.«

»Das …«

Versessen darauf, sein Argument vorzubringen, schnitt Paul ihm das Wort ab. »Eure Leute finden diese Tatsache heraus, und urplötzlich habe ich ein großes Fadenkreuz auf dem Rücken. Entschuldige die abgegriffene Redewendung, Bunny, aber mit Freunden wie dir braucht man keine Feinde mehr.«

Und damit legte Paul auf.

# KAPITEL EINUNDZWANZIG

Jimmy Stewart drückte auf Wahlwiederholung und hielt sich das Telefon ans Ohr. Nach dem Freizeichen hörte er Brigit Conroys fröhliche Stimme, die ihm ein weiteres Mal verkündete, dass sie im Augenblick schrecklich beschäftigt mit Gott weiß was sei, dass er aber eine Nachricht hinterlassen solle und sie ihn zurückrufen würde. Wütend drückte er auf die Auflegen-Taste und widerstand der Versuchung, das Handy gegen die gegenüberliegende Wand zu schleudern.

Zusammen mit Detective Sergeant Bunny McGarry stand er, abseits vom allgemeinen Getümmel, im Eingang einer Gasse. Noch mehr Gaffer waren im Laufe des Abends aufgetaucht, um dem Gewese zuzusehen, das sich in Richmond Gardens abspielte. Das Ganze ging jetzt schon drei Stunden so, und langsam wurde die Menge ungehalten. Stewart war sich zwar nicht sicher, doch er vermutete, dass der Räumdienst wohl zum ersten Mal in seiner Laufbahn ausgebuht wurde.

Während DI Stewarts zahlreichen Versuchen, Schwester Conroy per Telefon zu erreichen, hatte Bunny McGarry vollkommen regungslos neben ihm gestanden und gedankenverloren ins Leere geblickt.

»Es hat keinen Zweck. Sie gehen nicht ran«, sagte Stewart schließlich.

»Tja«, sagte Bunny. »Unrecht hatte er aber nicht, oder?«

»Was meinst du?«

»Wir finden heraus, dass es sich bei eurer Leiche um McNair handelt, und prompt wird dessen einzige lebende Verwandte umgebracht und beinahe auch der Depp, der mit ihm als Letzter gesprochen hat – nur eine kleine Panne verhindert das.«

»Was willst du damit sagen?«, fragte Stewart.

»Ich will damit sagen, dass hier etwas zum Himmel stinkt, und zwar noch gewaltiger als ein Säuferarsch am Sonntag.«

»Willst du meine Integrität infrage stellen, Bunny?«

»Nein, Jimmy«, sagte Bunny. »Wir sind nicht gerade Busenfreunde, aber ich kenne dich lange genug, um eines zu wissen: Wenn du Dreck am Stecken hättest, wärst du niemals blöd genug, dich so in die Schusslinie zu stellen.«

Stewart atmete aus. »Vielen Dank für diese glühende Vertrauenserklärung.«

»Aber es gibt hier eine verräterische Ratte, und irgendwer muss dieses kleine käsefressende Arschloch aufstöbern.«

Stewart warf Bunnys nicht schielendem Auge einen durchdringenden Blick zu. »Warum interessierst du dich so für diese Sache, Bunny?«

»Hab ich dir doch gesagt: Paulie Mulchrone ist einer meiner Jungs.«

»Ein halber Zellenblock im Mountjoy-Gefängnis könnte dasselbe von sich behaupten, Bunny. Du hast schließlich Hurler trainiert, keine Messdiener.«

»Ha! Hast du eine Ahnung, wie viele ehemalige Messdiener ich im Laufe der Zeit eingebuchtet habe?«

»Was ich sagen will …« Stewart zögerte. Dann rückte er aber doch mit dem heraus, was ihm seit Bunnys Auftauchen zu schaffen machte. »Ich habe Mulchrones Haftregister eingesehen. Und ich weiß, welche Rolle er bei der Madigan-Sache gespielt hat.«

Vor einigen Jahren war Madigan's die größte Sicherheitsfirma des Landes gewesen. Ihr Komplex draußen in Swords war als »das irische Fort Knox« bekannt: uneinnehmbar – zumindest sollte der Eindruck erweckt werden. Vor neun Jahren wurde dann auf spektakuläre Weise das Gegenteil bewiesen, als ein paar Jungs dem Firmensitz einen Besuch abstatteten und mit dem verschwanden, was die Hälfte aller Dubliner Pubs, Clubs und Restaurants in ihrer Vorweihnachtskasse gehabt hatten. Zwei Millionen plus Trinkgeld. Sie nutzten die allerneueste Technik und ein militärisch präzises Timing sowie einen Einfallsreichtum, von dem die gewöhnliche Arschgeige mit Knarre nur träumen konnte.

Es war die erste große Bewährungsprobe für die frisch aus der Taufe gehobene Spezialeinheit für Organisiertes Verbrechen und beinahe auch wieder ihr Ende gewesen. Bunny McGarry war einer der Unantastbaren, die für diese Einheit ausgewählt worden waren – schließlich hatte er Jahre von unschätzbarem Straßen-Know-how auf dem Buckel, was man sich natürlich zunutze machen wollte.

Die ersten Gerüchte machten die Runde, und bald schon deuteten im Fall Madigan alle Spuren auf Paddy Nellis. Ein früherer Einbrecher, der auf der kriminellen Karriereleiter aufsteigen konnte, weil er deutlich mehr auf dem Kasten hatte als die meisten seiner Mitbewerber. Dublin war eine kleine Stadt, und sein Talent hatte ihn von Anfang an zu jemandem gemacht, den man im Auge behalten musste. Die Madigan-Nummer wurde als sein Zutritt in die obere Liga angesehen. Die Gardaí hatten herausgefunden, dass einige Jungs mit Vergangenheit beim britischen Militär zur Zeit des Coups ins Land gekommen und anschließend gleich wieder verschwunden waren. Sich Hilfe von außen zu holen, schien ein durchaus logischer Schritt für Nellis, denn er war dafür bekannt, den einheimischen Talenten nicht zu trauen. Bei Jobs wie diesem genügte es, dass irgendein Idiot im Pub um die Ecke seine Klappe nicht halten konnte, und schon wanderten alle Beteiligten hinter schwedische Gardinen. Aber lockere Zungen konnten keine Schiffe versenken, wenn sie Tausende Meilen weit weg waren.

Was nicht heißen sollte, dass die Polizei keine Spuren gehabt hätte. Einer der Fahrer hatte sein Gesicht gezeigt, als er den gestohlenen Van mit dem ganzen Trupp auf das Gelände gesteuert hatte. Seine Mütze war ihm runtergerutscht und hatte einen wasserstoffblonden Haarschopf offenbart. Die Bänder der Überwachungskameras wurden schon sechzig Sekunden nach dem Überfall mit einem Spezialmagneten gelöscht, aber zwei Wachmänner hatten ihn gesehen. Und noch ein weiteres Mitglied der Bande hatte sich einen Patzer geleistet. Drei Angestellte der Firma hatten ihn deutlich sagen hören: »Na los, Paul, nimm den Finger aus dem Arsch.« Das waren die einzigen Worte, die in den gesamten zwei Minuten und vierzehn Sekunden ihrer Anwesenheit gesprochen wurden. Die Polizei war schon dabei, allen bekannten Komplizen von Nellis Handschellen anzulegen, als die Ermittler einen Glücksgriff landeten.

Immer wieder verblüffte es Stewart, dass selbst halbwegs clevere Kriminelle nicht der Versuchung widerstehen konnten, zum Schauplatz des Verbrechens zurückzukehren, um sich ins Fäustchen zu lachen. Daher war es Standard an den meisten Tatorten, Bilder von den Gaffern zu schießen. Das Durchforsten der Menge vor dem Madigan-Gelände förderte dann auch tatsächlich jemanden zutage: Paul Mulchrone. Da stand er und glotzte in der Gegend herum wie ein Tourist. Seine kürzlich wasserstoffblond gefärbten Haare ließen ihn deutlich hervorstechen. Ein achtzehnjähriger Bursche, der zu beeindruckt von sich selber war, um seinen viel zu auffälligen Kopf einzuziehen.

Bunny war derjenige, der ihn erkannte. Im Nachhinein war klar, dass er von Nellis eigens dazu auserkoren worden war. Mulchrone wurde sofort aufs Revier verbracht. Bei der Gegenüberstellung waren sich die Madigan-Wachmänner zu einhundert Prozent sicher, dass er der Mann am Steuer des Vans gewesen war.

Sie grillten Mulchrone vierundzwanzig Stunden lang. Er bestritt alle Vorwürfe und beteuerte, nicht mehr zu wissen, wo er sich am betreffenden Abend aufgehalten hatte. Sie gingen davon aus, dass eine offizielle Anklage ihn mit der Realität in Berührung bringen und die unangemessene Selbstsicherheit der Jugend rasch in Luft auflösen würde. Bald schon würden sie aus dem unbeugsamen Schweiger das Werkzeug machen, das den Rest der Bande ans Messer lieferte. Hochrangige Quellen innerhalb der Ermittlung ließen bereits bei der Presse durchsickern, dass die Dominosteine bald schon fallen würden.

Nellis und seine Leute warteten bis zum Morgen und ließen dann ihre Falle zuschnappen. Mulchrone hatte ein Alibi. Nicht bloß ein Alibi, es war die Mutter aller Alibis.

Zum Zeitpunkt des Raubüberfalls war kein Geringerer als der Justizminister in Tallaght gewesen und hatte sich die erste Produktion eines neuen Stadttheaters angeschaut, eine Panto-Revue-Version von *Schneewittchen und die sieben Zwerge.* Auch das Fernsehen war vor Ort, um einen Beitrag über die neue Kultureinrichtung zu drehen und die Reputation des Ministers als Mann des Volkes aufzufrischen. Und mitten auf der Bühne, zwischen all den Songs und den zweideutigen Gags, saß Mulchrone und gab eine wenig überzeugende Darstellung von Dopey, dem Zwerg.

Er konnte unmöglich gleichzeitig in Swords gewesen sein, am anderen Ende Dublins, um einem der Manager eine Schrotflinte an den Kopf zu halten. Das Ermittler-Team hoffte noch, auf den Aufnahmen aus dem Theater wäre jemand anderer zu sehen, aber sie hatten kein Glück. Die gesamte Besetzung bestätigte Mulchrones Identität. Aus reiner Verzweiflung überprüften sie sogar, ob er, angesichts seiner komplizierten Familiengeschichte, nicht vielleicht einen bisher unbekannten Zwillingsbruder hatte. Wieder nichts. Einige Kollegen versuchten, ihn wegen Behinderung der Polizeiarbeit dranzukriegen, aber die höheren Dienstränge witterten die unvermeidliche PR-Katastrophe. Sie hatten nicht nur kostbare Tage in einer erniedrigenden Sackgasse verschwendet, nun schrie auch noch Paddy Nellis' Anwalt Zeter und Mordio wegen angeblicher Polizeiwillkür.

So clever war Nellis. Stewart erinnerte sich, dass man ihm irgendwann davon erzählt hatte – auf dem Abschiedsfest zur Pensionierung von einem der beteiligten Beamten. Monate später hatten sie es herausgefunden. Nellis musste bemerkt haben, dass der Neffe von einem seiner Ex-Armee-Schergen aus England Mulchrone ziemlich ähnlich gesehen hatte. Wahrscheinlich hatte er den jungen Burschen getroffen, als er sechs Monate zuvor nach Preston gereist war. Das hatte ihn auf die Idee gebracht. Etwas Haarfärbemittel und eine passende Film-Crew später und voilà: Aus dem Problem, dass ein Mitglied der Bande sein Gesicht zeigen musste, wurde eine Falle, um die spätere Ermittlung komplett zu zerlegen. Es war clever, verdammt clever. Nellis hatte darauf gesetzt, dass Bunny Mulchrone kannte, und der hatte die Ermittlung tatsächlich in die entsprechende Richtung geführt.

Klar, sie hatten weiter ermittelt, aber nun, da sie über zwei Augenzeugen verfügten, deren Aussagen sich als falsch erwiesen hatten, blieb ihnen weniger als nichts. Still und leise verlief alles im Sande, und Bunny kehrte zum Summerhill-Garda-Revier zurück, wo er seine Laufbahn begonnen hatte und wo sie seitdem brachlag.

Bunny holte nun einen kleinen Flachmann aus seiner Manteltasche, drehte den Deckel ab und bot die Flasche Stewart an.

»Bisschen was zum Warmwerden?«

»Nein, danke.«

»Wie du meinst.« Bunny nahm einen raschen Schluck, ließ die Lippen knallen und warf Stewart einen langen, durchdringenden Blick zu.

Dann drehte er den Verschluss wieder auf den Flachmann und ließ ihn im Inneren seines gewaltigen Mantels verschwinden. Bunny trat so nah an Stewart heran, dass dieser den beißenden Whiskey in seinem Atem riechen konnte und seine Spucke auf den Wangen spürte, als er zu reden begann.

»Mulchrone ist vor ein paar Jahren ein wenig auf die schiefe Bahn geraten, und wenn sich rausstellt, dass er wieder den Rabauken spielt, werde ich seinen Arsch persönlich ins Kittchen befördern, und mir wird einer abgehen dabei. Aber solange das nicht der Fall ist, werde ich nicht zulassen, dass Wichser wie dieser Fallon in der Gegend rumscharwenzeln und auf offener Straße einen meiner Jungs ins Visier nehmen. Da werde ich ein gottverdammtes Exempel statuieren. Verstehst du mich?«

Stewart wich ein klein wenig zurück. »Ist angekommen.« Mehr würde er wohl nicht erfahren. Bunny schien wütend zu sein. Das traf grundsätzlich auf ihn zu, aber aus irgendeinem Grund schien sich seine Wut nicht auf Mulchrone zu richten.

»Die Sache ist nach oben weitergeschoben worden«, sagte Stewart, dessen eigene Wut nun mit ihm durchging.

»Wieso das?«

»Sobald der Name Rapunzel auftauchte, wurde die oberste Etage eingeschaltet. Mir hat man gesagt, ich solle mich zurückhalten und gar nichts tun. Und während ich Däumchen gedreht habe, hat irgendwer die arme Pauline McNair umgebracht.«

»Herrgott. Meinst du, sie werden deine Bremsstreifen-Schlüpfer jetzt offiziell zum Trocknen raushängen?«

»Das interessiert mich nicht, Bunny. Ich bin sowieso schon so gut wie draußen. Mich belastet bloß, dass ich stolz bin auf meinen Job. Das war schon immer so, und irgend so ein Wichser will mich jetzt richtig aufs Glatteis führen. Wenn das hier meine letzte Runde sein soll, würde ich gerne aussteigen, ohne dass noch weitere Leichen eingebuddelt werden müssen.«

»Verständlich. Wer hat sich denn von oben eingeschaltet?«

»Wer nicht? Ich hatte ein Treffen mit O'Rourke – aber im Namen von Ihro Gnaden.«

»Heilige Scheiße: Mammy und Daddy persönlich.«

»Ganz genau. Und es war auch so eine PR-Frau aus dem Ministerium dabei, Veronica Doyle.«

»Das heißt, jetzt weiß jeder kleine Beamtenarsch in dem verdammten Apparat, was los ist. Und einer davon war Fallon noch einen Gefallen schuldig.«

»Mindestens«, sagte Stewart. »Sie stellen eine Spezialeinheit zusammen. Ich muss zu einem Meeting, sobald ich hier fertig bin. Soll ich versuchen, dich da mit unterzubringen?«

»Scheiße, nein! Ich bin kein guter Team-Player, da kannst du deinen Sopran-Partner fragen.«

»Du weißt auf jeden Fall, wie du einen bleibenden Eindruck hinterlässt.«

»Ich sag dir was, Jimmy, du machst dein Ding. Arbeite nach Lehrbuch an dem Fall und sieh zu, dass dir keiner in den Rücken fällt.«

»Und was wirst du tun?«

»Ich werde meine extrafesten Arschtritt-Stiefel anziehen und mich auf Rattenjagd begeben. Hältst du mich auf dem Laufenden?«

»Soweit ich kann.«

»Was will man mehr?«

Bunny streckte seine Hand aus, und Stewart schlug ein.

»Mach dich nicht zu rar.«

Bunny wandte sich ab, rülpste laut und marschierte in die kühle Novembernacht hinaus, wobei er seinen Schurwollmantel fest um sich schlang. Stewart schaute ihm nach.

In der Ferne hörte er das knatternde Knallen einer kontrollierten Explosion, gefolgt von großem Jubel.

# KAPITEL ZWEIUNDZWANZIG

Schweigend marschierten sie die Leeson Street entlang, bevor sie rechts um eine Ecke bogen und dem Grand Canal folgten. Bevorstehender Regen lag bereits spürbar in der Luft. Der Schock, das Adrenalin, das Gefühl der Absurdität der ganzen Situation – all das hatte sich verflüchtigt. Geblieben war nur die kalte, harte Realität. Der Polizei konnte man nicht trauen, und welche unbekannten Mächte auch immer hinter ihnen her waren – sie meinten es todernst. Brigit wusste nicht, wo sie hingingen, aber sie wollte auch nicht fragen. Sie brauchten beide das Gefühl, ein Ziel zu haben und damit einen letzten Rest von Kontrolle.

Sie kamen an einer Frau vorbei, die mit großer Anstrengung die Tatsache ignorierte, dass ihr Terrier gerade einen Haufen legte. »Komm schon, Schätzchen, beeil dich mal mit deinem kleinen Geschäft«, flötete sie. Ein Obdachloser auf einer Bank schaute angewidert zu ihr hinüber.

Er fing Brigits Blick auf, als sie an ihm vorbeikamen, und schüttelte den Kopf. »Was manche Leute sich erlauben!«

Sie überquerten die Straße und kamen am Barge-Pub vorbei. Trotz der winterlichen Kühle war der Gehweg voll mit ausgelassenen Besuchern. Pint-Gläser in den Händen, Zigaretten im Mundwinkel, lebhaftes Geplapper um sie herum. Ein Gefühl von sorgloser Hemmungslosigkeit lag in der Luft sowie die endlosen Möglichkeiten, die einem ein zu Ende gehender Freitagnachmittag versprach. Und all das schien nur zu unterstreichen, wie weit sich Brigit und Paul bereits von der gewöhnlichen Welt entfernt hatten.

Brigit nutzte das Schweigen, um im Stillen die wenigen Fakten durchzugehen. Zusätzlich zu allem anderen schämte sie sich. Normalerweise wusste sie spätestens beim ersten Werbeblock, wer der Mörder war. Wie konnte sie nur übersehen haben, was im Rückblick so offenkundig war? All das war erst passiert, nachdem die Polizei den verstorbenen Mr. Brown als Grinner McNair identifiziert hatte. Paul hatte recht. Eine Frau war tot, und nur durch einen reinen Zufall traf das auf ihn nicht ebenso zu. Die Polizei war ihnen einige Antworten schuldig.

Brigit bemerkte, dass Paul zu einem alten Geräteschuppen aus Backstein am anderen Ufer des Kanals hinüberschaute. Auf der zum Wasser schauenden Mauer hatte jemand in großen, stilisierten Buchstaben ein Graffito gesprayt: »Nur der Fluss ist frei.«

Paul blieb unvermittelt stehen und legte seine Hand auf ihren Arm.

»Hör zu, ich habe nachgedacht. Ich weiß deine Hilfe zu schätzen, aber du musst wirklich nicht bei mir bleiben. Das wird ziemlich heftig. Irgendwer will mich umbringen, bloß, weil ich *vielleicht* irgendwas weiß. In meiner Gesellschaft bist du nicht sicher.«

Brigit antwortete leise: »Und wo soll ich jetzt hin?«

»Keine Ahnung – liefere dich den Cops aus. Du wirst keine Probleme kriegen, hinter dir sind sie ja nicht her.«

»Nein, danke«, sagte sie und versuchte, mutiger zu klingen, als sie sich fühlte. »Versteh mich nicht falsch, ich würde deinen nervtötenden Arsch von jetzt auf gleich hier stehenlassen, wenn ich könnte, aber du hast das nicht zu Ende gedacht. Wie du schon sagtest: Jemand will dich umbringen, nur weil du *vielleicht* etwas weißt.«

»Und?«

»Und ich habe dich vom Krankenhaus nach Hause gefahren, ich bin jetzt bei dir – beides Tatsachen, die auch die Gardaí wissen …«

»Oh, Scheiße«, sagte Paul, »was bedeutet, dass es auch derjenige weiß, der …«

»Ganz genau«, sagte Brigit. »Wenn du für die Täter ein potentielles Risiko bist, dann bin ich es auch. Die werden annehmen, dass ich genauso viel weiß wie du.«

Paul seufzte. »Das würde mir ja gar nicht so viel ausmachen, wenn wir wenigstens wirklich irgendwas wüssten.«

»Das stimmt allerdings«, erwiderte Brigit. »Mitgefangen, mitgehangen. Also – wo gehen wir jetzt hin?«

»Zu einem Ballon-Verkäufer.«

»Okay.«

»Bist du sicher, dass wir nicht einfach weglaufen sollten?«

»Absolut. Außerdem glaube ich nicht, dass du mit diesem entzückenden Pulli besonders weit kommen würdest.«

»Ach, verdammt.« Er schaute an sich herab. »Der einzige Vorteil an diesem Zyklon der Scheiße sind die ganzen Sachen, die ich umsonst bekommen habe.«

»Apropos, wie sieht's aus, Langfinger? Meinst du, ich kann mein Handy mal wiederbekommen?«

»Ach – darüber habe ich schon nachgedacht. Die Sache ist die …«

Brigit warf einen Blick hinüber zur Tür des Portobello Pubs, an dem sie gerade vorbeikamen. Ihr Blick verhakte sich mit dem eines Mannes, der dort auf dem Gehweg stand. Sie schauten einander direkt an, auf jene Weise, die beide Seiten nicht mehr leugnen konnten.

»Das darf doch wohl nicht wahr sein«, sagte Brigit.

Paul drehte sich um und zog unwillkürlich den Kopf ein, während er nach der Gefahrenquelle Ausschau hielt.

»Wer ist das? Killer? Cop?«

»Schlimmer. Verlobter.«

Paul starrte sie fassungslos an.

»Ex-Verlobter«, korrigierte sie sich.

# KAPITEL DREIUNDZWANZIG

»Bridgie – Hi!«

Paul drehte sich um und schaute sich genauer an, von wem die Stimme stammte. Es war ein etwa ein Meter sechsundsiebzig großer Typ, der beim Lächeln so viele Zähne zeigte, dass selbst die Grinsekatze alt ausgesehen hätte im Vergleich.

»Duncan – Hi!«

Brigits Stimme nahm den zuckersüßen Ton einer sechzehnjährigen amerikanischen Teenagerin an. Sie musste Paul gar nicht in die Augen sehen. Er hatte das Gefühl, als würde ihr linkes Ohr ihn böse anfunkeln, um ihn zu warnen, nur ja keinen Kommentar abzugeben.

»Ist ja lustig, dass ich dich hier treffe!« Der Akzent des Mannes stammte aus einem völlig anderen Dublin als dem, in dem Paul aufgewachsen war. Duncans Dublin war das der grün belaubten Vororte und Privatschulen. Das Dublin, in dem man schon zur Legende wurde, wenn man eine Flasche Wodka trank und sich auf dem Rücksitz eines Taxis erbrach. Paul kam aus dem anderen Dublin. Aus demselben, aus dem auch das arme Schwein stammte, das das Taxi anschließend saubermachen musste.

»Die Welt ist klein«, sagte Brigit.

Paul musterte Duncan genau. Bei eingehenderer Betrachtung sah seine blonde Tolle aus, als hätte sie ihren Platz auf seinen Kopf nur mit chirurgischer Hilfe gefunden. Da war gute Arbeit geleistet worden, aber genau das war das Problem. Einen plastischen Eingriff erkannte man immer am unnatürlich perfekten Ergebnis. Der Kopf dieses Typen war reinster Kunstrasen. Paul hatte sich schon immer gefragt, von wem die Leute diese Haare bekamen. Von einem Spender? Einem Hund? Vom eigenen Hintern? Aber dies war vermutlich kein guter Zeitpunkt, um nachzufragen.

Duncan war vermutlich Mitte dreißig, hatte leichte Hängewangen und steckte in einem schicken Anzug, der ebenso maßgeschneidert wirkte wie sein Gesicht. Er sah gar nicht aus, als wäre er Brigits Typ. *Aber Moment mal,* dachte Paul, *woher um Himmels willen soll ich denn wissen, wer Brigits Typ ist?* Bis gestern Abend hatten sie nie mehr als ein paar Worte gewechselt. Nach allem, was seitdem passiert war, schien das allerdings eine Ewigkeit her zu sein.

Duncan und Brigit umarmten einander kurz und traten rasch wieder einen Schritt zurück. Zeit für die Vorstellungsrunde. Erst jetzt wurde Paul klar, dass die Frau, die neben Duncan stand, zu ihm gehörte. Duncan und Brigit wirkten bereits wie eine seltsame Kombination, aber das war noch gar nichts im Vergleich zu diesen beiden. Die junge Frau sah aus, als wäre sie etwa zwanzig und war auf eine Weise attraktiv, die deutlich zu verstehen gab: »Das hat sehr viel Zeit in Anspruch genommen, ich hoffe, ihr wisst das zu schätzen.« Groß, blond, dürr. Brüste, die derartig vorwitzig vorstanden, dass sie Paul an aufhorchende Meerkatzen erinnerten.

Paul hielt sich selbst für einen Feministen. Was bedeutete, dass er es nicht einmal der Stimme in seinem Kopf erlaubte, die Worte »blondes Dummchen« zu denken. Nicht bevor sie eine Frau ausgesprochen hatte. Menschen nach ihrem Aussehen zu beurteilen war falsch. Das wusste er.

»Das ist Keeley«, sagte Duncan.

»Hey Leute«, tirilierte sie.

*Okay,* stellte Paul fest, *Menschen nach dem Klang ihrer Stimme zu beurteilen ist in Ordnung.*

»Sie arbeitet bei uns im Büro«, sagte Duncan. »Ich fahre sie bloß nach Hause.«

*Kurios, dass sie beide Einkaufstüten aus denselben Läden dabei haben*, dachte Paul.

»Und«, sagte Brigit, »das ist Paul.«

Duncan musterte ihn von Kopf bis Fuß. »Hübscher Pulli.«

Paul benötigte seine ganze Selbstbeherrschung, um keine Antwort zu geben, die sich auf Haare bezog.

Duncan streckte seine Hand aus. Paul musste sie mit seiner Linken schütteln.

»Ups«, sagte Duncan. »Was haben Sie denn mit Ihrem Arm gemacht?«

»Ahhh – Windsurfen.«

Warum nicht? Paul hatte schon immer Lust darauf gehabt. Genau genommen hatte er zwei Drittel eines Buches darüber gelesen, das er für fünfzig Cent bei einem Wohltätigkeitsladen ergattert hatte.

»Und woher kennt ihr beide euch?«

»Über Freunde«, sagte Brigit.

»Über Patienten«, sagte Paul gleichzeitig.

Duncan lächelte. »Ahh, Brigit – nimmst du deine Arbeit mit nach Hause?«

Brigit erwiderte das Lächeln. »Fragt der Richtige.«

Duncan zuckte leicht zusammen. Paul nahm sich vor, später nachzuhaken.

»Tja«, sagte Duncan, »super, dass wir uns getroffen haben. Wir sollten dann mal los. Ich setze Keeley zuhause ab. Liegt auf meinem Weg.«

Keeley, den Goldschatz, schien diese Aussage tatsächlich zu überraschen. Als glaubte sie wirklich, es hätte eine Planänderung gegeben und sie müsste etwas nicht tun, worauf sie sowieso keine Lust gehabt hatte.

»Ja«, sagte Paul. »Wir müssen auch mal los. Wir werden nämlich von einer mordlüsternen Verbrecherorganisation verfolgt, die ihre Finger überall zu haben scheint.«

»Cool, dann mal viel Spaß.«

Und dann waren die beiden fort und ließen nur eine angenehme Erinnerung und den übermäßig süßen Zimt-Duft von Keeleys Parfüm in der frühabendlichen Luft zurück.

»Sag jetzt kein Wort«, zischte Brigit.

Nun war sie es, die im Power-Walking-Modus die Straße hinabmarschierte, um sich so weit wie möglich von dieser peinlichen Szene zu entfernen.

»Sie macht einen sympathischen Eindruck«, sagte Paul.

Brigit murmelte irgendetwas vor sich hin, das Paul nicht wirklich verstand. Aber er war sich zu fünfundneunzig Prozent sicher, dass dabei die Worte »blondes Dummchen« fielen.

# KAPITEL VIERUNDZWANZIG

DI Jimmy Stewart war genervt.

Genervt von so ziemlich jedem und allem, nicht zuletzt von sich selbst. Wie er schon befürchtet hatte, stellten sich die Todesumstände des Mannes, der sich Martin Brown genannt hatte, erst als ungewöhnlich, dann als unangenehm, kompliziert und schließlich als Totalkatastrophe heraus. Brown war Grinner McNair, McNairs Tochter war jetzt tot, und die letzten beiden Personen, die ihn lebend gesehen hatten, Brigit Conroy und Paul Mulchrone, hatten sich in Luft aufgelöst. Wenn man es Stewart gestattet hätte, ohne Einmischung von außen seinen Job zu erledigen, wäre Pauline McNair womöglich noch am Leben. Stattdessen hatte sie nun von ihrem nie anwesenden Vater nur eines gehabt: seine unfreiwillige Rolle in ihrem eigenen Ableben.

Stewart kehrte gerade vom ersten Treffen der McNair-Sondereinheit zurück, die von Detective Inspector Kearns geleitet wurde. Kearns ging es vor allem um seine guten Beziehungen nach oben, und für Stewart stank die ganze Sache zum Himmel. Nach einer kurzen Befragung hatte Kearns die Kontrolle über den Fall übernommen, während Stewart und Wilson nur noch in der Ecke herumstanden wie zwei entbehrliche Deppen. Anschließend hatte Kearns der versammelten Mannschaft erklärt, dass den ganzen Tag so ziemlich nichts getan worden war. Völlig ungeachtet der Tatsache, dass Wilson und er eine Bombe entdeckt hatten, die einen halben Straßenzug hätte auslöschen können. Der frühere, inoffizielle Gedankenaustausch mit Assistant Commissioner O'Rourke wurde natürlich ebenso wenig erwähnt – und dabei würde es auch bleiben. Offiziell wurden der Tod von Pauline McNair und der Bombenfund unter Mulchrones Wagen nicht miteinander in Verbindung gebracht, da erst einmal »in alle Richtungen ermittelt« werden sollte. Kurz wurde McNairs Vergangenheit abgehandelt, auch wenn dabei vor allem auffiel, was *nicht* gesagt wurde. DI Kearns schaffte es, eine Zusammenfassung der Entführung von Sarah-Jane Cranston zu geben, ohne auch nur einmal das Wort Rapunzel zu erwähnen. Selbst dreißig Jahre später waren diese acht Buchstaben noch immer das reinste Gift bei der Garda Síochána.

Jedem Mitglied des Teams war eine Aufgabe gegeben worden, nur ihm und Wilson nicht. In herablassendem Ton hatte man ihnen gesagt, dass sie gerne nach Hause gehen dürften. Kearns hatte noch hinzugefügt, Stewart müsse ja todmüde sein, da er seit 7:30 Uhr im Dienst war. Altkluger kleiner Scheißkerl. Stewart war übrigens tatsächlich ein bisschen müde, aber er war auch mehr als nur ein bisschen wütend, und das reichte, um ihn weiter anzutreiben. Und er war auch wütend genug, um mit einer lebenslangen Gewohnheit zu brechen und im Namen der Gerechtigkeit ein paar Abkürzungen zu nehmen. Wer sagte, dass man einem alten Hund keine neuen Tricks beibringen konnte?

Er bog um die Ecke zum IT-Bereich und hatte Glück: Es war 19:30 Uhr, und Freddie Quinn saß immer noch an seinem Schreibtisch. Er war ein kleiner, rundlicher Mann ohne Bartwuchs, der aber trotzdem versuchte, sich einen Bart stehen zu lassen. Ohne Zweifel hatte er vor, einen verwegen männlichen Eindruck zu machen, am Ende kam aber nur der typische IT-Nerd-nach-Schiffbruch-Look dabei heraus. Seine vereinzelten Barthaare sahen heute noch deplatzierter aus als sonst, was an seinem schicken Anzug lag. Das war das erste Mal, dass Stewart ihn überhaupt in einem solchen Kleidungstück sah. Quinn wirkte darin etwa so natürlich wie einer der Affen im

Blaumann, die in den alten Tee-Werbespots ein Klavier die Treppe raufschleppen mussten.

»Freddie, mein Junge, wie geht's denn so?«, fragte Stewart und lehnte sich gegen den Raumteiler neben Quinns Schreibtisch.

»Ich bin nicht hier«, erwiderte Quinn, ohne von seinem Bildschirm aufzuschauen, während seine Finger über die Tastatur in seinem Schoß tanzten.

»Sieht aber irgendwie so aus.«

»Deine Augen funktionieren nicht mehr, alter Mann. Ich bin schon vor fünfzehn Minuten zur Tür raus. Im Augenblick befinde ich mich auf dem Weg zu dem Restaurant, in dem ich mit meiner lieben Frau unseren Hochzeitstag feiere.«

»Ah, ist das nicht reizend? Wie geht's eigentlich der Schwester deiner Frau? Du erinnerst dich doch? Die, bei der man vor ein paar Jahren das Gras gefunden hat. Worauf du mich gefragt hast, ob ich dabei helfen könnte, die Anzeige wieder verschwinden zu lassen.«

Quinn hörte mit dem Tippen auf und schaute verdrießlich zu ihm auf.

»Ich erinnere mich. Und besonders daran, dass du dich nicht bloß geweigert hast zu helfen, sondern mir auch noch vorgehalten hast, es wären Polizisten wie ich, die unseren guten Ruf zunichtemachen.«

»Das hab ich gesagt? Na egal, du weißt doch von der Anfrage, die Kearns gerade gestellt hat? Dass er die Mobiltelefone von Brigit Conroy und Paul Mulchrone lokalisiert haben will?«

»Das ist in Arbeit. Dauert aber noch ein Weilchen.«

»Okay. Ich brauche den Aufenthaltsort aber jetzt sofort.«

Quinn stieß ein bellendes Lachen aus. »Tja, Jimmy, da du ja die Regeln so liebst, verweise ich dich mal auf die Dienstverordnung von 2011, Absatz 6-1.« Quinn grinste zur Decke, als er den Abschnitt aus der Erinnerung zitierte: »Keinem Beamten der Garda Síochána mit einem Dienstgrad unterhalb des Chief Superintendent ist es gestattet, bei einem Service-Provider die Freigabe von persönlichen Daten eines Provider-Nutzers anzufordern. Diese Freigabe darf nach Abschnitt drei auch nur dann erfolgen, wenn sich unzweifelhaft belegen lässt, dass die entsprechenden Daten benötigt werden zum Zwecke von:

a) der Prävention, Aufklärung, Untersuchung oder Strafverfolgung einer schwerwiegenden Straftat,

b) der Aufrechterhaltung staatlicher Sicherheit,

c) der Rettung eines Menschenlebens.«

Nachdem er den Gedächtnisteil seiner Prüfung erfolgreich abgelegt hatte, beugte sich Quinn vor und tippte weiter.

»Also fürchte ich, wirst du auf das Startsignal von oben warten müssen. Und anschließend darauf, dass die Telefongesellschaft sich dazu durchringt, die entsprechenden Telefone tatsächlich zu tracken. Dafür könntest du übrigens keinen schlechteren Zeitpunkt wählen als einen Freitagabend. Aber vielleicht bekommst du dann, was du willst. Regeln sind doch eine tolle Sache, oder?« Quinn grinste gehässig zu Stewart hinauf. Dann aber musste er verunsichert feststellen, dass Stewart ihn völlig ungerührt anlächelte.

»Ja, Regeln sind eine tolle Sache, und jetzt wirst du jede einzelne brechen.«

»Den Teufel werde ich tun.«

Stewart nahm einen Aktenordner zur Hand und schob damit einige leere Cola-Dosen und Sandwich-Verpackungen auf Quinns Tisch beiseite. So schaffte er gerade genug Platz, um sich, zur offenkundigen Verwirrung des jungen Mannes, darauf zu lehnen. Ganz entspannt nahm Stewart die Tastatur aus Quinns Schoß und stellte sie auf den Tisch, um sich seine volle Aufmerksamkeit zu sichern.

»Wenn du hier versuchst, den starken Mann zu markieren, Jimmy, hetze ich dir in null Komma nichts die Personalabteilung auf den Hals.«

»Entspann dich, Quinn, ich werde dich nicht anfassen. Wir sind bloß zwei Kollegen, die ein bisschen miteinander plaudern«, sagte Stewart, während Quinn ihn aus empörten Knopfaugen anfunkelte. »Habe ich dir schon mal erzählt, wie das so ist in meinem Alter? Dass – wie sag ich das am besten? Dass ein Ausflug aufs Klo ziemlich lange dauern kann?«

Quinn rümpfte angewidert die Nase. »Warum zur Hölle sollte ich …«

Stewart ignorierte ihn und redete einfach weiter. »Du kennst doch den Ausdruck? Die Kinder im Schwimmbad abgeben? Weißt du, wenn du älter wirst, dauert das so lange, weil du die kleinen Racker einen nach dem andern abliefern musst.« Stewart stieß ein fröhliches Kichern aus.

»Willst du auf irgendwas hinaus, Jimmy? Ich muss nämlich noch dringend wohin.«

»Ich wollte lediglich erklären, wie es dazu kam, dass ich vor ein paar Monaten still und leise in einer Kabine gesessen habe, oben auf der Männertoilette im vierten Stock, während du mit Detective Sergeant Ryan ebendort ein kleines Gespräch geführt hast. In der irrigen Annahme, ihr wärt allein.«

Quinn klappte die Kinnlade runter wie Wile E. Coyote nach dem Über-die-Klippe-Rasen.

»Ich habe gehört, wie du ihm gesagt hast, dass es ein absolutes No-Go wäre, das Handy seiner Ex-Frau für ihn nachzuverfolgen. Worauf er sagte, und ich glaube, ich zitiere ihn korrekt: *Ich habe die verfickte Drogenanzeige deiner verfickten Schwägerin verschwinden lassen, du kannst jetzt also deine verfickte Klappe halten und für mich dieses verfickte Telefon nachverfolgen.* Er hat ein ziemlich loses Mundwerk, unser Detective Sergeant Ryan, was?«

»Also, Jimmy, lass uns doch nicht …«

Stewart nahm eine Action-Figur von Quinns Schreibtisch und begann, lässig deren Arme auf und ab zu bewegen. »Nach einigem Hin und Her«, fuhr Stewart fort, »sagtest du, es gebe andere, nicht ganz astreine Wege, sie zu tracken. Worauf Detective Sergeant Ryan versicherte, dass er dich niemals verpfeifen würde, wenn er damit irgendwann auffliegen würde. In der Hinsicht ist er ganz vertrauenswürdig, unser Detective Sergeant Ryan. Soweit ich weiß, hat er deinen Namen bisher niemandem gegenüber erwähnt. Wir können ihn doch immer noch Detective Sergeant Ryan nennen, oder? Ich weiß nur, dass er derzeit vom Dienst suspendiert ist und auf das Ergebnis seines Verfahrens wartet, das man ihm wegen Stalkings der ehemaligen Mrs. Ryan gemacht hat.«

Quinn war inzwischen derartig bleich geworden, dass Stewart Angst bekam, er könne ihm auf seine Schuhe kotzen.

»Okay, hör zu.« Stewart beugte sich plötzlich vor, stützte sich auf die Lehnen von Quinns Stuhl und führte sein Gesicht nahe genug an ihn heran, um die Monster-Munch-Chips in seinem Atem zu riechen. »Es gibt nur eins, was ich von dir hören will.«

»Ich kann für nichts garantieren«, sagte Quinn. »Es hängt von der Art der Telefone ab, ihren Sicherheitseinstellungen, bei welchem Anbieter sie sind …«

»Ich will keine Ausreden, Quinn, bloß Resultate.«

»Okay, hör zu – ich tue mein Bestes. Ich komme gleich nach meinem Abendessen hierher zurück und …«

»Jetzt.«

»Ach, komm schon, Jimmy, sei vernünftig! Was soll ich denn meiner Frau sagen?«

»Sag ihr, es könnte noch viel schlimmer kommen. Sag ihr, sie könnte mit Detective Sergeant Ryan verheiratet sein.«

# KAPITEL FÜNFUNDZWANZIG

Paul und Brigit bogen um die Ecke in die Clanbrassil Street.

»Okay, da wären wir.«

»Beim Thai-Massage-Salon?«, fragte Brigit.

»Was? Nein, stell dich doch nicht blöd.«

Paul warf beim Vorbeigehen einen Blick auf das handgeschriebene Schild im Fenster: »Ganz im Ernst: NICHT diese Art von Massage.« Offensichtlich hatte jemand endgültig die Geduld verloren mit den Leuten, die ein kleines Extra erwarteten.

Paul blieb eine Tür weiter stehen. Er schaute auf seine Uhr und dann auf die Öffnungszeiten, die an der Ladentür angebracht waren. »17 Uhr 54, noch sechs Minuten Zeit.«

»Moment mal – das hier ist es? Hier wollen wir hin?«, fragte Brigit.

»Genau«, entgegnete Paul und deutete auf das ziemlich abgenutzte und verblichene Schild, auf dem neben einem grinsenden Clown die Wörter *Der Ballon-Meister* prangten. Clowns fand Paul grundsätzlich unheimlich, und die Teufelshörner und der Ziegenbart, die irgendwelche Kinder hinzugefügt hatten, milderten diese Wirkung kein bisschen.

»Aber …«, sagte Brigit. »Als du sagtest, wir würden zu einem Mann gehen wegen eines Ballons, dachte ich, du meinst …«

»Was?«

»Na ja, keine Ahnung. Ich dachte, das wäre so eine Art Slang-Begriff.«

»Wofür denn?«

Brigit verdrehte die Augen und blies ihre Wangen auf. »Woher zur Hölle soll ich das wissen? Ich bin eine Krankenpflegerin aus Leitrim. Ich bin mit den Jargon-Feinheiten des kriminellen Dubliner Untergrunds nicht vertraut.«

»Ich aber schon?«

Brigit spürte, dass sie leicht rot anlief. »Na ja … Du bist aus Dublin.«

»Und alle Dubs sind Kriminelle?«

»Das wollte ich damit nicht …« Brigit verschränkte die Arme. »Du weißt genau, dass ich das so nicht gemeint habe. Ist das wirklich der richtige Zeitpunkt für dieses Gespräch?«

»Gutes Argument«, sagte Paul. »Ich gehe da jetzt rein. Du bleibst hier draußen, sonst machst du ihn nur nervös.«

»Warum sollte ich den Ballon-Meister nervös machen?«

»Na ja, er ist ein Krimineller.«

Paul warf Brigit ein freches Grinsen zu und stieß dann mit seiner unverletzten Hand die Tür auf.

Die Glocke läutete, als Paul den Laden betrat. Die schlaksige, gut zwei Meter große Gestalt von Phil Nellis drehte sich zu ihm um, mit einem halb geleerten Ballon an den Lippen und einem schuldbewussten Ausdruck auf dem Gesicht. Er sah aus wie ein Hund, der beim Kauen an den Lieblings-Schlappen seines Herrchens erwischt wurde. Dann blitzte ein Wiedererkennen in seinen Augen auf, und seine Miene drückte nur noch Entsetzen aus. Das soeben eingeatmete Helium nahm der Wut in seiner Stimme leider einiges an Überzeugungskraft, da es sie zu einem wehleidig hohen Quietschen machte. »Was hast du denn hier zu suchen, verdammte Scheiße?«

»Freue mich auch, dich zu sehen, Micky Maus.«

Phils Gesicht lief rot an, und er nahm einen Schluck aus der Red-Bull-Dose, die auf seinem Tresen stand. Dann hustete er, um seine Kehle freizubekommen. »Was hast du hier zu suchen?«, wiederholte er, immer noch nicht mit seiner normalen Stimme, aber doch mit einer, die kurz vor der Landung war.

»Du hast mich angerufen, Phil.«

»Nein, hab ich nicht.«

»Doch, hast du. Du hast mir gesagt, dass ich in Gefahr sei und weglaufen solle.«

»Ich habe keine Ahnung, wovon du redest.«

»Ich habe deine Stimme erkannt.« Alles in allem war das keine Lüge. Nachdem er im Stillen die sehr kurze Liste von Menschen durchgegangen war, die er kannte und die ihn anrufen würden, um ihm mitzuteilen, dass sein Leben in Gefahr sei, war es deprimierend einfach gewesen, auf den richtigen Schluss zu kommen.

»Du kannst meine Stimme gar nicht erkannt haben«, sagte Phil triumphierend, »ich habe sie verstellt.«

Paul sah, wie Phil sich im Geiste wiederholte, was er gerade gesagt hatte, bevor er in stiller Selbstanklage den Kopf schüttelte. Phil war ein Krimineller, aber nie hatte man ihn beschuldigen können, ein besonders *fähiger* Krimineller zu sein. Doch nicht nur Gott liebt alle, die sich redlich bemühen – auch das Strafverfolgungssystem. Phil hatte in der Aufklärungsstatistik wahre Wunder vollbracht. Er lockerte den Griff, mit dem er den Ballon festhielt, und dieser segelte mit einem schicksalergebenen Furzgeräusch zu Boden.

Phil ließ sich in den Stuhl hinter seinem Tresen fallen. Es war eine Besonderheit seines Körperbaus, dass er zwar sehr groß war, sich dies aber auf seine Gliedmaßen beschränkte. Kaum saß er, war er nicht mehr der größte Typ im Raum, sondern der kleinste. So war er schon immer gewesen, solange Paul ihn kannte. Es hatte ihm den Spitznamen *Daddy Longlegs* eingebracht. Andere Kinder hatten es ihm hinterhergebrüllt, während sie ihm Gegenstände an den Kopf warfen. Kinder konnten so grausam sein. Wenn man sein überaus denkwürdiges Design berücksichtigte, musste man allerdings zugeben, dass in Phils Fall schon Gott damit angefangen hatte.

»Hör zu«, sagte Paul, »ich weiß deine Warnung wirklich zu schätzen, aber ich brauche jetzt ernsthaft Hilfe.«

»Du solltest gar nicht hier sein. Ich hab gesagt: Lauf weg, nicht: Lauf *hierher*!«

»Tja«, sagte Paul, »jetzt bin ich aber hier und …« Er atmete tief ein. »Ich berufe mich auf den Gefallen, den du mir schuldest.«

Phil sah entsetzt aus. »Was? Nein! Die Warnung war der Gefallen.«

»So funktioniert das nicht. Wenn man mir einen Gefallen schuldet, darf ich bestimmen, wann er einzulösen ist. So funktioniert das System. Wenn man es den Leuten überlassen würde, wann sie den Gefallen einlösen, würde ja das reinste Chaos ausbrechen.«

»Aber … nein, ich … ach, komm schon, sei fair!«, flehte Phil.

»Fair? Irgendwer will mich umbringen, Phil!«

Phil schaute sich alarmiert um. »Schrei hier nicht so rum, um Himmels willen, sonst hört dich noch irgendwer …«

Phil unterbrach sich. Paul konnte sehen, wie ihn ein plötzlicher Gedanke durchfuhr.

»Bist du verkabelt?«, fragte Phil.

»Warum sollte ich verkabelt sein?«

»Eine Falle!« Phil sagte es mit einem Funkeln in den Augen, als hätte er endlich über jemanden die Oberhand gewonnen – vermutlich zum allerersten Mal in seinem Leben.

»Du bist verpflichtet, mir zu sagen, ob du verkabelt bist, oder?«, sagte Phil.

»Bin ich das?«

»Ja – wenn ich dich frage, glaube ich schon. Vielleicht ist das aber auch nur in Amerika so.«

»Okay.« Paul sprach laut. »Fürs Protokoll: Ich bin nicht verkabelt.«

»Protokoll? Was für ein Protokoll? Wer führt Protokoll?!«

Paul seufzte erschöpft. »Herrgott noch mal, das ist nur eine Redewendung, Phil.«

»Ah, nein, ich lasse mich nicht noch mal so reinlegen. Die Leute glauben immer, ich wäre ein Vollidiot. Wie damals diese Frau, die mir erzählt hat, sie würde die Polizeiuniform nur tragen, weil sie Stripperin sei. Dabei hat sie die Polizeiuniform getragen, weil sie Polizistin war!«

»Konzentrier dich, Phil!«, sagte Paul. »Und entspann dich, okay? Ich bin es. Ich verspreche dir, dass ich nicht verkabelt bin.«

Phil schnippte mit den Fingern.

»Zieh dich aus!«

»Ich werde mich jetzt nicht …«

»Ausziehen – sofort!« Phil schlug mit der flachen Hand auf den Tresen.

»Das hast du nicht zufällig auch zu der Polizistin gesagt, die sich dann als Polizistin rausgestellt hat?«

Phil presste seine Lippen fest aufeinander und verschränkte die Arme.

Paul schaute ihn eine lange Weile an. »Du wirst mich jetzt nicht ernsthaft dazu zwingen …«

Paul schüttelte fassungslos den Kopf, aber eins wusste er: Phil hing treu an Menschen und an seinen Überzeugungen. Wenn er sich eine Idee erst einmal in den Kopf gesetzt hatte, ließ er sie nicht kampflos wieder fallen. Früher waren die beiden unzertrennlich gewesen, hatten sogar gemeinsam in der St.-Jude's-Mannschaft gespielt. Phil war nicht besonders gut gewesen, aber was er in Sachen Koordination vermissen ließ, glich er aus, wenn es um die Verbissenheit ging, mit der er Treffer erzielen wollte.

»Na schön«, sagte Paul. Er nahm seine Schlinge ab und zog vorsichtig den Weihnachtspulli über seinen verletzten Arm.

»Schöner Pullover übrigens.«

»Halt die Klappe.«

Paul ließ den Pulli zu Boden fallen, sodass das »Ich habe den Krebs besiegt«-T-Shirt zum Vorschein kam.

»Im Ernst, gehst du zum Kostümfest oder so?«

Paul zeigte Phil mit seiner unverletzten Hand den Stinkefinger, bevor er die ganze Prozedur wiederholte und das gelbe T-Shirt auszog. Nachdem das geschafft war, stand er halbnackt mitten im Laden und fühlte sich äußerst exponiert.

Phil vollführte mit seiner Hand eine Drehbewegung.

»Und jetzt den Rest.«

»Fick dich. Und bevor du fragst: Einen Lapdance kriegst du von mir auch nicht.«

»Was ist los, hast du was zu verbergen?«

»Nichts, was du nicht schon früher vorm Sportunterricht gesehen hättest.«

Paul starrte Phil sehr lange ins Auge und wägte einiges ab. Ob es ihm gefiel oder nicht, er brauchte verzweifelt Hilfe. Und dieser schlaksige Idiot war wohl seine letzte Hoffnung. Er schaute sich um und stellte sicher, dass von draußen niemand hereinsehen konnte. Es fehlte nur noch, dass Brigit diese Peinlichkeit mitbekam. Das würde er sich bis ans Ende seines Lebens anhören müssen.

»Okay, na schön.«

Mit einer Hand löste Paul rasch seinen Gürtel, knöpfte die Jeans auf und öffnete den Reißverschluss. Dann ließ er mit so viel Würde wie möglich die Hose an seinen Beinen herunterfallen. Er deutete auf seine Unterhose.

»Und bevor du fragst – auf keinen Fall!«

Phil dachte darüber nach.

»Na gut, das akzeptiere ich.«

»Gut«, sagte Paul. »Jetzt du.«

»Was?« Plötzlich sah Phil nervös aus.

»Ja. Woher soll ich denn wissen, dass du nicht verkabelt bist?«

Phil trommelte nachdenklich erst mit den Fingern seiner linken, dann mit denen seiner rechten Hand auf dem Tresen. »Okay, kann ich nachvollziehen.«

Phil begann, sein Hemd aufzuknöpfen.

Paul schüttelte den Kopf. »Oh, sei doch nicht so ein …« Doch bevor er sich weiter über Phils Leichtgläubigkeit aufregen konnte, läutete die Glocke über der Tür.

Paul drehte sich nicht um. Er schloss einfach nur die Augen und wartete darauf, dass es vorbei war.

»Hallo, bekomme ich bei Ihnen …« Paul hörte den Schock in der Stimme des Kunden, als er einen beinahe nackten Mann erblickte und einen weiteren, der offenbar gerade damit beschäftigt war, sich auszuziehen.

»Wissen Sie was, schon okay. Ich werde einfach …«

Es waren ein, zwei scharrende Schritte zu hören, und dann läutete die Glocke über der Tür ein weiteres Mal.

Wortlos ging Phil hinüber und schloss ab, während sich Paul wieder anzog.

»Phil, ich muss mit deinem Onkel sprechen.«

»Das würde dir nicht viel nützen, er ist tot.«

»Oh, tut mir leid.«

»Das war letztes Jahr. Seine Pumpe hatte schon ’ne ganze Weile nicht mehr richtig mitgespielt. Dann ist er ausgerechnet in dem Moment abgenippelt, als er voll in Aktion war.«

Paul, der gerade seine Schlinge zurechtrückte, hielt inne und schaute Phil groß an. »Du meinst …?«

Phil erwiderte seinen Blick, dachte darüber nach, was er gerade gesagt hatte. »Ahhhh – Herrgott, nein – nicht *dabei*!« Phil warf ein paar Hüftstöße ein, um zu demonstrieren, dass er es doch noch verstanden hatte. »Nein, er hat gerade einen Bruch gemacht in einem Haus, draußen in Skerries. Konnte es einfach nicht lassen.«

Die Legende besagte, dass Paddy Nellis einer der besten Einbrecher in ganz Irland gewesen war, bevor er sich auf andere Bereiche verlegt hatte. Er hatte stets gescherzt, dass er in mehr Häusern gewesen sei als Phil und Kirsty von dieser »Einsatz in vier Wänden«-Reihe auf Channel Four.

»Das ist ja schrecklich«, sagte Paul.

»Ach, wahrscheinlich wollte er immer genau so von uns gehen. Herzinfarkt, direkt auf dem Küchenfußboden von irgendwelchen Leuten, den Rucksack voll mit ihren Antiquitäten. War auch ein nettes Paar. Die beiden sind zu seiner Beerdigung gekommen.«

»Mein Beileid«, sagte Paul, »aber wer leitet denn dann jetzt die Organisation?«

»Das wäre meine Tante Lynn.«

Paul drehte sich um und schaute Phil an.

»Wirklich?«

»Oh Gott, ja.«

»Und wie läuft es mit ihr?«

»Um ganz ehrlich zu sein«, sagte Phil, »sie hat dem Verbrecher-Dasein irgendwie den Spaß genommen.«

Phil zog sich hinter den Tresen zurück und begann, mehrere Schubladen abzuschließen. »Ernsthaft, Paulie, du darfst nicht hier sein. Wenn Lynn das rausfindet …«

»Woher wusstest du es?«

»Was?«

»Dass ich in Schwierigkeiten stecke.«

Phil führte zwanghaft seine Finger zum Mund und begann, an seinen Nägeln herumzubeißen. Es brachte einen Berg an Erinnerungen daran zurück, wie er als kleiner Junge gewesen war.

»Phil?«

»Na gut, hör zu. Es war Gerry Fallons Sohn, Gerry junior. Sein Dad hat ihn zu Tante Lynn geschickt, um über dich zu sprechen. Die Leute wissen, dass du zu uns eine Verbindung hast, wegen dieser Sache damals.«

Paul nickte.

»Ich … hab vielleicht durch die Tür was mitgehört. Sie wollten wissen, ob du mit uns zusammenarbeitest und so weiter.«

»Was hat Lynn gesagt?«

»Was denkst du denn? Natürlich nicht!«

»Nett von ihr.«

»Komm schon, Paulie, das sind die Fallons. Sie haben nicht gerade um Erlaubnis gebeten. Sie wollten nur die Fakten klären.«

»Und dann hast du …«

»Dann hab ich dich angerufen, wie der letzte Idiot.«

Phil nahm eine lange braune Lederjacke von einem Haken hinter dem Tresen.

Paul ließ seine Stimme sanfter klingen. »Danke, Phil, ich weiß das wirklich zu schätzen.«

»Ja, na ja«, sagte Phil, während er sich die Jacke überstreifte, »gern geschehen. Und, in Gottes Namen, verschwindest du jetzt bitte?«

»Das werde ich. Sobald ich mit deiner lieben Tante gesprochen habe.«

Phil hielt mit einem Arm halb im Ärmel inne und funkelte Paul an.

»Ich berufe mich auf den Gefallen, den du mir schuldest, Phil.«

Wütend schlüpfte Phil auch in den anderen Jackenärmel. »Ich werde deswegen sowas von in der Scheiße stecken.«

»Wo ist sie denn?«

»Im Wasser.«

Paul dachte darüber nach. »Ist das ein Code?«

Phil starrte ihn mit gerunzelter Stirn an, während er mit den Fingern erneut auf dem Tresen trommelte. »Nein. Heute ist Freitag. Da ist sie bei der Wassergymnastik.«

# KAPITEL SECHSUNDZWANZIG

DI Jimmy Stewart war außer Atem.

Er hatte drei Treppen hinaufsteigen müssen, was seine Laune keineswegs verbessert hatte. Während er die letzten Stufen meisterte, bemühte er sich, weniger außer Puste zu wirken, als er war, aber der Schweiß, der das Hemd an seinem Körper kleben ließ, sprach eine andere Sprache. Früher wäre er dieses Treppenhaus hinaufgesprintet. Zumindest redete er sich das ein.

Zweiundvierzig Minuten nachdem Stewart seine »Bitte« vorgebracht hatte, war er von Quinn angerufen und gebeten worden, ihn auf der Treppe zu treffen. Ein ziemlich dummes Spionage-Klischee, das wieder unter Beweis stellte, dass sich Quinns Talent zur Geheimhaltung nach wie vor in Grenzen hielt. Zwei Leute, die sich für einen kleinen Plausch im Treppenhaus trafen? Quinn hätte ebenso gut ein Neonschild mit der Aufschrift »Achtung, verdächtige Aktivitäten!« hochhalten können. Stewart war es egal; er war fünf Tage von seiner goldenen Uhr entfernt. Was er wollte, war ein Resultat.

Stewart schwitzte, aber das war nichts im Vergleich zu Quinn. Der IT-Fachmann tigerte auf dem Treppenabsatz vor und zurück wie ein Süchtiger im letzten Entzugsstadium. Mit hin und her schießenden Blicken beobachtete er, wie Stewart die letzten Stufen in Angriff nahm. Der Typ musste definitiv sein Koffeinpensum reduzieren.

»Als du sagtest …«, keuchte Stewart, »wir sollten uns im Treppenhaus treffen, bin ich vom Erdgeschoss ausgegangen … nicht vom obersten Stock.«

»Ist das eine Falle?«, platzte Quinn heraus.

»Eine Falle?«, grinste Stewart. »Ich hab dir doch schon gesagt, dass ich nichts weiß von einer Scheißfalle. Da kannst du mich foltern, solange du willst.« Er schaute in die Augen des jungen Mannes, die nur schwitzendes Unverständnis ausdrückten. »Na komm schon, *Reservoir Dogs*?«

»Wovon redest du da?«

»Ist egal«, sagte Stewart und schüttelte den Kopf. »Warum zur Hölle sollte ich dir eine Falle stellen?«

»Aus Rache.«

»Bild dir bloß nichts ein, Quinn. Wir hatten eine kleine Meinungsverschiedenheit, keine große Sache. Hast du eine Ahnung, wie viele Leute mich in meinen einundvierzig Dienstjahren so richtig angepisst haben? Wenn ich auf Rache aus wäre, würdest du irgendwo zwischen dem Deppen rangieren, der den Kaffeeautomaten nicht repariert, und dem Idioten, der immer meinen Joghurt aus dem Kühlschrank klaut.«

»Vielleicht wirst du ja vom Untersuchungsausschuss gegen Ryan benutzt und versuchst, über mich an Beweismittel zu kommen?«

»Weil ich in meiner letzten Woche im Dienst nichts Besseres zu tun habe? Nach all den Jahren bei der Polizei will ich als derjenige in Erinnerung bleiben, der beim Abgang noch zum Judas geworden ist? Reiß dich mal zusammen, Quinn. Dein Kumpel Ryan hat einen seiner eigenen Scheißhaufen bei seiner Ex-Frau in den Briefkasten geworfen. Die haben sowieso schon genug Beweise gegen ihn. Also – hast du mir was zu sagen, oder befördere ich dich jetzt per Arschtritt diese Treppe runter?«

»Na ja, es ist nur so, dass die Sache einen komischen Beigeschmack hat. Das Handy von diesem Mulchrone ist ausgeschaltet, aber das von der Conroy habe ich gefunden.«

»Und?«

»Das ist ja das Komische. Es ist hier.«

»Hier?«, fragte Stewart. »Vielleicht ist sie hergekommen?«

»Nein, ich meine nicht »hier« hier. Es ist am anderen Ende vom Park.«

»Oh, zum … das ist alles? Herrgott, Quinn, der Phoenix Park ist ungefähr der größte Park in ganz Europa. Das ist ein Zufall, und nicht mal ein besonders großer. Mann, du bist ja völlig paranoid.«

»Ach ja?«, sagte Quinn und streckte trotzig das Kinn vor. »Dann erklär mir mal Folgendes: Ich habe die Tracking-App auf ihrem Handy benutzt. Der Anbieter hat die Möglichkeit der Fremdsteuerung, und ich bin … ganz zufällig … auf das Passwort gestoßen.«

»Ich verstehe nichts davon, aber rede weiter.«

»Wie kommt es, dass jemand anderer, dreizehn Minuten vor mir, ihren Aufenthaltsort getrackt hat?«

Stewart sagte kein einziges Wort. Er war zu sehr damit beschäftigt, zwei Stufen auf einmal abwärts zu nehmen.

# KAPITEL SIEBENUNDZWANZIG

Paul hatte einmal in einer Drei-für-fünf-Euro-Kiste ein großartiges Buch über die Wirkungsweise des menschlichen Verstands entdeckt. In einem der Kapitel ging es um den so genannten Spotlight-Effekt, der besagt, dass wir alle glauben, dass andere uns sehr viel mehr Aufmerksamkeit schenken, als sie es tatsächlich tun. Paul wusste, dass die Menschen im Allgemeinen eher mit sich selbst beschäftigt waren. Nun aber, da er mit einer bandagierten, in eine Einkaufstüte gehüllten Schulter in einem Schwimmbecken stand, während er mit der linken Hand verzweifelt seine Unterhose festhielt, wusste er, dass er es sich nicht bloß einbildete – er befand sich wirklich im Zentrum der Aufmerksamkeit.

Bei der »Wassergymnastik« handelte es sich bei genauerer Betrachtung um Aqua-Aerobic. Tante Lynn besuchte die Kurse in den Saint Vincent's Baths immer dienstagvormittags und freitagabends. Die Gruppe nahm den größeren Teil der flachen Hälfte des Beckens ein, ließ aber links zwei Bahnen für die ambitionierten Schwimmer frei, ebenso wie den tiefen Bereich, damit einige Teenager so oft wie möglich ins Wasser springen und ausgiebig miteinander rummachen konnten. Normalerweise wäre unter den wachsamen Augen des Bademeisters da nicht viel möglich gewesen, doch dessen Blick richtete sich derzeit ausschließlich auf den Irren, der mit verbundener Schulter quer durchs Becken watete. Insbesondere ein Fünfzehnjähriger nutzte die Situation, um die lebensverändernde Erfahrung zu machen, für einen Sekundenbruchteil eine weibliche Brust gestreift zu haben.

Die Frau am Eingang hatte Paul gefragt, wie er mit seinem Arm in der Schlinge überhaupt schwimmen wollte, doch er hatte darauf gepocht, dass seine Physiotherapeutin ihn hergeschickt hatte, damit er »nach seinem Unfall« an seiner Beinmuskulatur arbeitete. Vor einer halben Stunde hatte sich das noch nach einer sehr überzeugenden Idee angehört. Hier, dachte er, müsse Lynn mit ihm sprechen, wenn auch nur, um ihn wieder loszuwerden, während es nach dem Kurs viel zu einfach wäre, ihn links liegenzulassen. Zudem war so ausgeschlossen, dass sie ihrer familiären Obsession nachgehen und vermuten könnte, er wäre verkabelt.

All das natürlich unter der Voraussetzung, dass er vorher nicht rausgeschmissen wurde. Die sich rapide auflösende Stofflichkeit der kratzigen Sonderangebots-Unterhose, die er in Ermangelung einer Badehose benutzte, machte dies zu einem Rennen gegen die Zeit. Paul konzentrierte sich darauf, die Art von Unterwasser-Gang einzunehmen, der physiotherapeutisch hoffentlich sinnvoll erschien.

Die stechenden Chemikalien, mit denen man heutzutage die Schwimmbecken deurinierte, brannten ihm in Augen und Nase. Und während er langsam am Rand des flachen Bereichs auf die Aqua-Aerobic-Gruppe zuwatete, hörte er, wie der Trainer über den ganzen Tumult hinweg seine Stimme erhob: »Hoch mit den Beinen, meine Damen!« Und: »Spürt die Dehnung!«

Der Kurs setzte sich aus etwa einem Dutzend Teilnehmerinnen zusammen. Von hinten konnte Paul ihr Alter nicht verlässlich schätzen, aber er nahm an, dass die meisten von ihnen die vierzig weit überschritten hatten. Sie trugen alle Badekappen, was es noch schwerer machte, sie auseinanderzuhalten. Als er in ihrem Blickfeld ankam, war Lynn Nellis jedoch leicht von den anderen zu unterscheiden. Den anderen Frauen schien Pauls

Anwesenheit lediglich unangenehm zu sein, sie dagegen sah stinksauer aus.

Steif winkte Paul mit der rechten Hand und ließ darauf eine »Soll ich zu dir kommen oder …«-Geste folgen, wobei er sich größte Mühe gab, so zu tun, als wären sie alte Freunde, die sich ganz zufällig begegneten. Lynns Miene verdüsterte sich weiter, dann deutete sie mit einem knappen Kopfzucken zur anderen Seite des Beckens. Während Paul hinüberwatete, entfernte sich Lynn aus ihrer Reihe, entschuldigte sich stumm bei Mr. Aqua-Muskelmann und schwamm zu ihm herüber.

Sie hielten inne, als sich ihre Wege kreuzten. Lynn trug eine lilafarbene Badekappe und ein schmales Lächeln über zusammengebissenen Zähnen.

»Was hast du hier zu suchen, verdammte Scheiße?«, zischte sie.

»Freue mich auch, dich wiederzusehen, Tante Lynn.« Paul versuchte, seinen Ton unbefangen und nicht vorwurfsvoll klingen zu lassen.

»Ich bin nicht deine gottverdammte Tante.«

Was durchaus zutraf. Eigentlich war sie auch nicht Phils Tante, sondern seine Cousine zweiten Grades. Lynn und ihr Ehemann Paddy hatten Phil zu sich genommen, als er elf Jahre alt gewesen war, und ihn wie ihren eigenen Sohn aufgezogen. Davor waren er und Paul zusammen in einigen Kinderheimen gewesen. Nach der Adoption war Phil in Pauls Gegenwart zunehmend verlegen geworden, als leide er unter dem Überlebenden-Schuldkomplex, dabei hatte es Paul gar nichts ausgemacht. Er hatte ziemlich viel Zeit bei Lynn und Paddy verbracht, und sie waren immer gastfreundlich zu ihm gewesen. Paul nahm an, dass ihnen der komische kleine Waisenjunge ein wenig leidgetan hatte. Zum anderen lag es wohl daran, dass Phil nicht gerade mit einer Unmenge Freunde gesegnet war. Er war immer mit sehr viel mehr blauen Flecken nach Hause gekommen, als sich mit seiner extremen Tollpatschigkeit erklären ließen.

Lynn betrachtete Paul eingehend. Ihr Gesichtsausdruck machte deutlich, dass die Musterung nicht gut für ihn ausging. »Schau dich mal an! Und um Himmels willen, nimm die Hand aus der Hose. Die rufen hier sonst noch die Polizei!«

»Das würde ich gerne, aber ich habe keine Badehose dabei, und diese Unterhose hält nicht besonders gut. Wenn ich meine Hand wegnehme, wird garantiert jemand die Cops rufen.«

Lynn schüttelte den Kopf und fluchte leise vor sich hin.

»Nun.« Paul bemühte sich, die Unterhaltung in angenehmeres Fahrwasser zu lenken. »Dieses Aqua-Aerobic muss eine tolle Sache sein, du siehst fabelhaft aus.« Er hätte das so oder so gesagt, aber wie es der Zufall wollte, stimmte es auch. Lynn musste etwa fünfzig sein, aber wenn er sie nicht vor siebzehn Jahren zum ersten Mal getroffen hätte und es daher wusste, wäre er nie darauf gekommen. Sie hatte sich ihre straffe Figur erhalten, auch wenn es komisch war, so über sie nachzudenken. Schließlich war er bei ihrer ersten Begegnung noch ein Kind gewesen, aber im Nachhinein betrachtet war sie schon immer ziemlich attraktiv gewesen. Dunkelrotes Haar umrahmte ein schmales Gesicht, in dem die strahlend grünen Augen das feurige Temperament offenbarten, für das sie zu Recht berühmt war.

Ohne Zweifel waren einige Herzen gebrochen, als sie Paddy Nellis geheiratet hatte. Und als ihr Gatte wegen bewaffneten Raubes für drei Jahre einsitzen musste, gingen sicher einige Anträge bei ihr ein, ihre Wahl noch einmal zu überdenken. Doch sie blieb ihm treu, und als er wieder rauskam, nachdem er niemanden ans Messer geliefert und seine Strafe bis zum letzten Tag abgesessen hatte, adoptierten sie den verwaisten Sohn ihrer Cousine und zogen ihn auf. Nach jenen drei Jahren hatte

Paddy Nellis übrigens nie wieder eine Gefängniszelle von innen gesehen. Ehrlicher war er nicht geworden, dafür aber erheblich klüger.

»Hör zu«, sagte Lynn, »ich habe keine Ahnung, was zum Teufel du hier erreichen willst, aber es gibt nichts, was ich für dich tun kann.«

»Irgendwer versucht, mich umzubringen, Lynn.«

Nervös schaute sie sich um, aber bei dem allgemeinen Lärmpegel im Becken konnte sie niemand hören.

»Das weiß ich. Was ich nicht weiß, ist, woher du es weißt. Und woher du weißt, wo du mich finden konntest.«

Zur Antwort nickte Paul in Richtung der drei Bankreihen, die seitlich des Beckens als Zuschauertribüne dienten. Dort saßen, zwischen einer schwangeren Frau mit Kinderwagen, einem Teenager-Mädchen, das schmollend Textnachrichten schrieb, und zwei überaus gelangweilt aussehenden, Zeitung lesenden Ehemännern, Brigit und Phil. Nervös winkte Phil ihr zu. Lynn verdrehte die Augen.

»Scheißdreck, verdammter, dieser Junge bringt mich noch ins Grab«, sagte Lynn. »Wusstest du, dass wir ihn haben untersuchen lassen, als ihr klein wart? Wir wollten wissen, warum er so … du weißt schon. Heutzutage hätte er wahrscheinlich ADHS oder ADD oder wie man das nennt. Damals hieß es einfach, er sei dumm.« Ihre Stimme hellte sich kurz auf. »Wer ist das Mädchen, das bei ihm ist?«

Paul zögerte. »Ist wahrscheinlich besser, wenn du das nicht weißt.«

Lynn seufzte. »Wenn sie mit dir hier ist, stimmt das vermutlich. Ich dachte nur, er hätte vielleicht endlich einen Grund gefunden, um aus seinem Zimmer zu kommen und aufzuhören, diese gottverdammten Ork- und Feen-Spiele zu spielen, oder wie immer die sich nennen«, Lynn hielt inne. Offenbar hatte sie das Gefühl, zu sehr vom Thema abgekommen zu sein. »Also, hör zu, ihr beide müsst hier verschwinden.«

»Ich kann nirgends hin«, sagte Paul.

»Und das ist mein Problem, ja? Sieh einfach zu, dass du wegkommst, und schätz dich glücklich, wenn du dann noch am Leben bist.«

Paul schaute ihr stumm in die Augen. »Lynn, dein Ehemann, möge er in Frieden ruhen, hat mir mal gesagt, wenn ich jemals etwas bräuchte, hätte ich einen Gefallen bei ihm gut. Und den löse ich jetzt ein.«

Lynn stieß ein freudloses Lachen aus. »Herrgott, Paul, komm mal wieder auf den Boden. Paddy ist tot – und damit auch alles, was er dir geschuldet haben soll.«

»Aber …«

»Nichts aber. Du bist bezahlt worden für das, was du für uns getan hast, und zwar gut. Willst du die Wahrheit wissen über meinen ach so bewunderten Ehemann? Ich hab ihn geliebt, und er war der cleverste Idiot auf Gottes grüner Erde. Klar – er hat mit seinen Brüchen viel Geld gemacht, und die Jungs im Pub haben ihm dafür oft auf die Schulter geklopft. Aber es ist so: Wenn man alle Ausgaben abzieht und berücksichtigt, dass das ganze Geld gewaschen werden musste, und wenn man dann auch noch die Planungszeit im Vorfeld einberechnet und den anschließenden Ärger, war es eigentlich die reinste Zeitverschwendung. Dass diese Familie noch irgendwas auf der hohen Kante hat, liegt nur daran, dass ich das bisschen, was noch übrig war, in den Ballon-Laden und das Taxi-Unternehmen gesteckt habe – und in ein, zwei Laufhäuser. Ach ja, ein paar Leuten habe ich auch Geld geliehen, und ich habe nicht davor zurückgeschreckt, die entsprechenden Typen anzuheuern, um es zurückzubekommen, wenn sie nicht zahlen wollten. Ist nicht glamourös, aber ein Leben. Paddy, möge er in Frieden ruhen, mag als der große schlitzohrige Robin Hood in Erinnerung bleiben, aber wer hat das eigentliche Geld gemacht? Ich! Der Mann hatte so viel Grips, dass er im Anzug zehnmal so viel hätte nach Hause bringen können, wie er es mit der Knarre geschafft hat. Aber die meisten Männer sind am Ende doch bloß Jungs, denen man erlaubt hat, Alkohol zu kaufen. Also erzähl mir nicht, dass ich dir irgendwas schuldig wäre.«

»Könntest du nicht ein gutes Wort für mich einlegen?« Paul hörte den flehenden Tonfall in seiner Stimme.

»Bei Gerry Fallon? Willst du mich auf den Arm nehmen? Weißt du eigentlich, wer er ist?«

»Ja, irgend so ein Groß-Gangster.«

»Nein«, sagte sie und schüttelte lebhaft den Kopf. »Du kapierst es nicht, oder? Du weißt, dass diese ganzen Superhirne des Verbrechens ihre Spitznamen haben? Der General, der Pinguin, das verschissene Einhorn und so weiter. Weißt du, wie Gerry Fallons Spitzname lautet?«

Pauls Antwort war sein Schweigen.

»Ganz genau, er hat nämlich keinen. Schon ganz am Anfang hat er den Journalisten und allen, die irgendwie wichtig waren, subtil zu verstehen gegeben, dass der Erste, der es wagen sollte, ihm einen Spitznamen anzuhängen, es bereuen würde. Er ist nicht in dieses Metier eingestiegen, um berühmt zu werden – er wollte reich werden, und darin ist er sehr gut. Er war diskret, er war methodisch, und mehr als alles andere war er brutal. Wer immer ihm in den Weg kam, ist spurlos verschwunden, jedes einzelne Mal. Es ist schwer, jemandem einen Mord anzuhängen, wenn man keine Leiche zur Hand hat. Heutzutage bekommt er einen Prozentanteil von allem, ob die Leute es merken oder nicht. Buchmacher, Mädchen, jede einzelne Lieferung von diesem Dreckszeug …«

Die Nellis-Familie war seit jeher entschieden gegen Drogen

gewesen. Es war der Heroin-Boom der späten Neunziger, der Phil ins Waisenhaus gebracht hatte. »Garry Fallon ist der große Unsichtbare, und er kommt nur zum Vorschein, wenn irgendwer oder irgendwas diesen Status bedroht. Gott helfe dir, aber wie's aussieht, hast du genau das geschafft.«

»Aber … ganz ehrlich, ich weiß gar nichts! Das ist ein riesiges Missverständnis. Sag ihm, dass ich für ihn keine Bedrohung darstelle. Ich schwöre es.«

»Herrgott, Paul, werd erwachsen!« Ihr Ton klang eher traurig als wütend. »Wenn Gerry Fallon dich tot sehen will, dann bist du so gut wie tot. Deine Probleme tun mir leid, aber es sind nicht meine, also schlepp sie mir nicht ins Haus.«

»Aber …«, sagte Paul ebenso sehr zu sich selbst wie zu Lynn, »du bist meine letzte Hoffnung.«

»Dann hast du keine mehr.«

Inmitten all der Schwimmbeckenfeuchtigkeit war es schwer zu erkennen, aber er glaubte, in Lynns Auge eine Träne zu sehen.

»Weiß Phil irgendwas?«, fragte sie. Paul schüttelte den Kopf. »Gut. Dann zieh Leine und komm nicht noch einmal zu uns. Ich mag dich, Paul, ich habe dich immer gemocht. Du warst ein guter Junge, und Gott weiß, du hattest nicht den leichtesten Start ins Leben. Folgendes werde ich tun. Ich werde jetzt erst einmal meinen Kurs beenden. Dann werde ich mich duschen und anziehen. Dann, und erst dann, werde ich einen Anruf tätigen und jemandem mitteilen, dass du hier aufgetaucht bist. Ich werde sagen, dass ich versucht habe, dich lange genug hier festzuhalten, um unauffällig mit ihnen Kontakt aufzunehmen. Ich werde sagen, ich hätte geglaubt, das auch geschafft zu haben, dass du aber in letzter Minute kalte Füße bekommen hättest und abgehauen wärst. Phil wird dafür sorgen, dass du draußen ein Taxi bekommst, und das wird er ihnen ebenfalls mitteilen. Es tut mir leid, aber das Einzige, was ich dir geben kann, ist ein Vorsprung.«

»Weiter kannst du mir nicht helfen?«

Paul war überrascht, als sie ihre Hand auf sein Gesicht legte und es sanft streichelte. »Mein Sohn, nicht mal Gott kann dir noch helfen.«

# KAPITEL ACHTUNDZWANZIG

»Wie lange kennen Sie Paul denn schon?«, fragte Brigit. Sie saß seit zehn Minuten in völligem Schweigen neben diesem schlaksigen Typen namens Phil auf der ungemütlichen Holzbank, und so langsam setzte ihr das zu. Nein, was ihr eigentlich zusetzte, war Phils linkes Knie. Denn er wippte damit die ganze Zeit herum, und sie hatte das Gefühl, neben einer Waschmaschine im endlosen Schleudergang zu sitzen. Hinzu kam das ewige Nägelkauen und das wiederholte Anstimmen des Satzes »Lynn wird mich umbringen!«. All das fiel ihr unfassbar auf die Nerven.

»Was?«, entgegnete Phil.

»Paul – wie lange kennen Sie ihn schon?«

»Ach, Ewigkeiten. Wir waren als Kinder zusammen in Heimen.«

»Heimen?« Erst nachdem Brigit es ausgesprochen hatte, wurde ihr klar, dass dies eine extrem unsensible Nachfrage war. Phil schien es jedoch nichts auszumachen.

»Waisenhäuser. Wir waren zusammen in einem, draußen in Blanch, dann eine Weile getrennt, dann wieder zusammen in einem drüben beim Parnell Square. Das in Blanch war echt gut, aber dann hat Barry Dodd versucht, es abzubrennen, und das hat uns alles kaputtgemacht. Ein Wichser, dieser Doddsy.«

»Klingt so.«

»Aber echt, Mann«, sagte Phil. »Er hat auch mal meine Hand in einen Eimer mit warmem Wasser getunkt, als ich geschlafen habe, damit ich ins Bett pinkele. Hat aber nicht funktioniert. Paul hat eingegriffen. Und als Doddsy am nächsten

Morgen ins Badezimmer kam, fiel ihm derselbe Eimer auf den Kopf. Große Klasse. Paul ist extrem clever bei solchen Sachen.«

»Haben Sie beide lange zusammengelebt?«

»Bis Tante Lynn und Onkel Paddy mich aufgenommen haben. In dem Fall war ich wohl der Glückspilz von uns beiden. Ach du Scheiße«, sagte Phil und wandte sich zu ihr um. »Sie glauben doch nicht, dass sie mich jetzt zu Hause rauswirft, oder?«

Brigit sah ihn fragend an und versuchte herauszufinden, ob er Witze machte. »Sie wohnen immer noch bei Ihrer Tante?«

Paul sah sie an, als habe sie ihm eine Ohrfeige verpasst. »Sie hat *Sky Movies … Sky … Movies*!« Seine Ehrfurcht war unüberhörbar.

»Was ist denn mit Pauls Familie passiert?«, fragte Brigit.

»Lange Geschichte. Seine Mam, Gott hab sie selig, war immer irgendwie von der Rolle. Kam aus dem Norden, hat sich in einen britischen Soldaten verliebt, und die beiden sind dann, wie sagt man das, miteinander abgebrannt.«

»Sic meinen durchgebrannt?«

Phil dachte darüber nach und schüttelte den Kopf. »Nein, bin mir ziemlich sicher, dass es abgebrannt heißt. Na ja, jedenfalls haben sie es eine Weile in England versucht. Manchester war's, glaub ich. Da kam auch Paulie zur Welt, aber seine Ma ist einfach nicht klargekommen. Gab auch irgendwelchen Ärger. Dann sind sie nach Dublin gezogen, haben gedacht, da wär's vielleicht einfacher, war aber nicht so. Um ehrlich zu sein, seine Ma, die war …«

Er drehte seinen Finger neben dem Kopf und nickte vielsagend, als verkündete er damit eine unstrittige medizinische Expertise.

»Lynn sagt, sie sei eine dieser Bipedalen gewesen.«

*»Bipolar?«*

»Was?«, fragte Phil.

»Schon gut.«

»Na ja, jedenfalls ging's bei ihr immer rauf und runter. Eben noch dein bester Kumpel, im nächsten Moment dein schlimmster Feind. Ich nehme an, irgendwann konnte Pauls Dad das nicht mehr ab. Hat die Kurve gekratzt. Nie wieder von ihm gehört.«

»Und seine Mum?«

Phil schüttelte den Kopf. »War dauernd irgendwo in Behandlung. Also kam Paul in die Heime. Sie ist immer mal wieder zu Besuch da gewesen, und dann hieß es: Irgendwann leben wir alle in einem schönen Haus, oder wir ziehen nach Amerika, oder dein Dad kommt zurück ... Aber dann war sie wieder weg. Einmal kam sie zu Besuch und hat in voller Lautstärke angefangen zu singen. Die andern Jungs haben sich fast in die Hose gepisst vor Lachen. Paulie hat sich dann oft geprügelt. Und irgendwann hatte sie ihren Unfall.« Phil hielt inne und bekreuzigte sich. »Auf ihrer Beerdigung waren nur ich, Paddy, Lynn und Paul. Und Bunny natürlich.

»Bunny?«, wiederholte Brigit.

»Ja.«

»Wer genau ist der Kerl eigentlich?«

Phil sah sie schockiert an. Dass jemand in einer Welt lebte, in der es Bunny McGarry nicht gab, machte ihn fassungslos.

»Er ist sowas wie der Sheriff von Dublin, Mann. Und er ist der Chef-Trainer vom St.-Jude's-Hurling-Team. Manchmal helfen ihm da auch Leute aus – ein paar Bullen und einer der Lehrer aus dem Fintan's – aber es ist sein großes Ding. Alle spielen da. Schlechteste Jugend-Hurling-Mannschaft in ganz Dublin.«

»Die schlechteste?«

»In der Regel ja. Aber gefährlich. Das muss man ihnen lassen. Die Mannschaft mit den meisten roten Karten in der ganzen Liga, heißt es. Bunny ist sehr gut im Rumschreien, aber wenn's ums Spielen geht, ist er eigentlich nicht der Größte. Die einzige gute Spielerzusammensetzung der unter Zwölfjährigen hatte er mit uns damals. In all den Jahren, die's die Mannschaft gibt, waren wir die Einzigen, die beinahe mal einen Pokal gewonnen hätten. Wenn Paulie nicht gewesen wäre.«

»Hat er bei einem Spiel versagt?«

»Nein, bei einem Spiel hat er nie versagt. Er war das reinste Naturtalent. Sie hätten ihn mal sehen sollen! Schon als Zwölfjähriger konnte er von der 40er-Position einen Schlag ohne Probleme über die Marke kriegen. Wir haben die Gegner gefoult, sie haben gekontert, und Paulie hat die Punkte eingesackt und für uns das Spiel gewonnen. War 'ne einfache Strategie, hat aber funktioniert.«

»Und dann?«

»Im Finalspiel war Paulie nicht dabei. Er und Bunny hatten sich verkracht.«

»Worüber denn?«

»Ach, das war eine miese Sache. Die haben in der Schule diese Tests mit uns gemacht, wissen Sie? Und danach wurden einige von uns raussortiert und besonders begutachtet. Ich, Doddsy, Horse und ein paar von den anderen haben diese Sonderstunden bekommen bei einer echt netten Lady. Weil wir, na ja, Sie wissen schon – dumm waren. Also, bis Doddsy dann irgendwann das Klassenzimmer in Brand gesteckt hat. Er ist so ein Arschloch.«

»Und Paul war auch in dieser Klasse?«

»Um Gottes willen, nein. Mit ihm haben sie noch andere Tests gemacht. Das hab ich nur gemerkt, weil ich in seine Tasche geschaut habe. Er hat versucht, das zu vertuschen, aber es hieß, er hätte einen von diesen genialen IQs und so weiter.«

Brigit schaute zu dem Mann herab, der in diesem Moment vorsichtig aus dem Becken kletterte, die eine Schulter voll bandagiert, während er mit der anderen Hand verzweifelt eine durchweichte Unterhose festhielt, die ihn nur noch notdürftig bedeckte.

»Dieses nette Pärchen, das waren … wie sagt man das noch … Gelehrte! Aus Galway. Die redeten davon, dass sie ihn zu sich nehmen wollten, also richtig adoptieren. Sie waren mit der Frau befreundet, die die Tests gemacht hat. Das ist total ungewöhnlich. Wenn man älter als zehn ist, adoptiert einen eigentlich keiner mehr. Es sah alles ganz toll aus und dann …«

Phil machte eine dramatische Pause.

»Dann?«

»Dann hat sich Bunny eingemischt. Erst lief alles, und dann lief es nicht mehr. Paulie hat das nicht gut aufgenommen, Mann. Hat Bunny an allem die Schuld gegeben. Meinte, Bunny würde nicht wollen, dass er wegzieht, wegen St. Jude's. Also ist er aus der Mannschaft ausgetreten und hat das Abschlussspiel nicht mitgemacht. Wir sind sowas von abgezogen worden, Mann. Es war das reinste Massaker, und Paulie hat nie wieder gespielt.«

»Herrgott«, sagte Brigit. »Dieser Bunny nimmt es ihm übel, dass er ein dämliches Hurling-Spiel nicht mitgemacht hat?«

»Ähm.« Phil sah kleinlaut aus. »Nicht wirklich. Sind Sie verkabelt?«

»Was? Warum sollte ich …«

Sie drehten sich um, als das Geräusch einer Faust ertönte, die gegen das dicke Glas zwischen Empfang und Schwimmbereich schlug. Auf der anderen Seite stand Paul und sah aus wie eine abgesoffene Ratte. Offenbar hatte er sich angezogen, ohne sich die Mühe zu machen, sich vorher abzutrocknen. Aber dann ging Brigit auf, dass er nicht bloß keine Badehose gehabt hatte, sondern auch kein Handtuch. Er hätte ein sehr komisches Bild abgeben können, wäre da nicht dieser alles andere als komische Ausdruck auf seinem Gesicht gewesen.

Er winkte Brigit wie wild zu, und sein Kopf zuckte Richtung Ausgang.

Man musste keinen genialen IQ haben, um zu verstehen, was er damit sagen wollte.

*Weglaufen!*

# KAPITEL NEUNUNDZWANZIG

DI Jimmy Stewart war mehr als genervt.

Genervt zu sein war nicht mehr als eine glückliche Erinnerung, und auch das Wütendsein war nur noch wie von fern im Rückspiegel zu erkennen. Inzwischen hatte er das Stadium glühender Raserei erreicht. Er hielt das Handy an sein Ohr und lauschte dem langsamen Rhythmus des Freizeichens über dem Grundrauschen des sintflutartigen Regens. Das Herz hämmerte in seiner Brust. Er stand bis zu den Knöcheln im Gras, während sich um ihn herum ein gewaltiger Wolkenbruch entlud. Es würde Überschwemmungen geben, und die Nachrichten würden voll sein davon. Sein Büro hatte er zudem so überstürzt verlassen, dass er vergessen hatte, sich einen Mantel überzuziehen. Sein Anzug bot ihm keinen Schutz, war nur noch ein elendiges, durchweichtes Gewicht, das schwer an ihm herabhing. Er zog mit zwei spitzen Fingern an der Vorderseite seines durchnässten Hemdes, um seine Haut atmen zu lassen. Darunter spürte er, wie sich das Abzeichen von St. Michael, dem Schutzheiligen aller Polizisten, gegen seine Brust drückte. Seine Mutter hatte es ihm an seinem ersten Tag auf Streife mit Tränen in den Augen überreicht. Und danach hatte sie fünf Jahre lang nicht mehr mit ihrem Bruder, Jimmys Onkel Tom, gesprochen. Dass er ihrem Jüngsten nicht den Job in der Guinness-Brauerei verschafft hatte, konnte sie ihm nie verzeihen.

Wilson stand ein Stück weit vor ihm, halb im Strahl von Stewarts Taschenlampe. Er spürte den anklagenden Blick des jungen Kollegen, als wäre all das nur eine weitere Schikane, mit der man ihm absichtlich das Leben schwer machte. Stewart hatte ihn mitgebracht, nicht so sehr, weil er das einzige Mitglied der neu zusammengestellten Spezialeinheit war, dem er vertrauen konnte, sondern vor allem, weil er der Einzige war, der nicht genug wusste, um zu fragen, wo sie hingingen und warum.

Der Aufenthaltsort, den Quinn ihm auf die Karten-App seines Handys geschickt hatte, war ein gelber Punkt inmitten einer großen grünen Fläche des Phoenix Parks. Stewart hatte Vollgas gegeben; so sehr, dass der alte Kollege, der die Schranke am Haupteingang des Garda-Hauptquartiers bediente, beinahe einen Herzinfarkt bekommen hatte. Ganz zu schweigen davon, dass er auf dem Weg hierher einen Fahranfänger zu einem zitternden, nervösen Wrack gemacht hatte. Aber für ein schlechtes Gewissen war später noch Zeit. In diesem Augenblick galten all seine Gedanken zwei Frauen.

Die erste war Pauline McNair. Er hatte sie nie persönlich getroffen, wusste nicht einmal, wie sie aussah, aber er war untätig geblieben, und deshalb war sie gestorben. In Wahrheit musste er nicht wissen, wie sie ausgesehen hatte. Sein Kopf tat, was er immer tat. Jedes Opfer wurde automatisch gegen eine ihm nahestehende Person ersetzt. Seine Frau, seine Eltern, seine Töchter, sein Sohn – alle hatten viele Male die Stelle der Toten eingenommen. Er hatte das nie jemandem erzählt – wozu auch? Er wusste, was man ihm sagen würde, und er wusste auch, dass er es nicht ändern konnte, sosehr er es auch versuchte. Und tief im Inneren wollte er es auch nicht. Es sollte jemanden geben bei der Dubliner Polizei, der wirklich etwas empfand, der *immer* etwas empfand. In seinem Kopf war Pauline McNair seine Älteste, die in ihrem Flur mit zwei Kugeln in der Brust und einer im Kopf auf dem Boden lag, während sein Enkel Jack im Nebenzimmer schrie. Das war es, was ihn dazu brachte, seinen Job gut zu machen. Es war auch der Grund, weshalb er nie entspannen konnte. Jedes Mal, wenn ein geliebter Mensch den Raum betrat, schlich ein Gefolge von Geistern hinterher.

Die andere Frau war Brigit Conroy. Sie war clever gewesen, aufgeweckt und lebendig. Und er war verdammt entschlossen, dafür zu sorgen, dass es so blieb. Laut Karte stand Stewart nun haargenau an dem Ort, wo sich ihr Handy befinden sollte. Um sie herum lag nur offene Fläche. Das Einzige, was sie gefunden hatten, war Scheiße, genauer gesagt, Rehscheiße, auf die Wilson mit seinem zweifellos sehr teuren linken Schuh gestoßen war.

Deswegen rief Stewart nun auch Freddie Quinn an, und deswegen spürte er die Ader in seiner Schläfe pochen.

Kurz bevor der Anrufbeantworter aktiviert wurde, nahm Quinn den Anruf an und rettete so sein Leben.

»Hallo?«

»Wenn das deine Vorstellung von einem Scherz sein soll, Quinn, dann hast du meinen Sinn für Humor gefährlich falsch eingeschätzt.«

»Was meinst du damit?«

»Ich meine damit, dass ich hier mitten auf weiter Flur stehe und hier ver-fickt-noch-mal nichts zu sehen ist. Gar nichts!«

»Das ist doch nicht meine Schuld.«

»Erinnerst du dich an unseren kleinen Plausch über Rache?«, sagte Stewart. »Tja, ich hab dich angelogen. Du bist meine Numero uno auf der Rache-Liste. Ich kenne viele Leute, die mir noch einen Gefallen schulden, und wenn du mich hier gerade verarscht hast, wird jeder Einzelne von ihnen dafür sorgen, dass du deines verschissenen Lebens nicht mehr froh wirst.«

Quinn klang angemessen panisch. »Beruhig dich mal, Jimmy. Das ist der Aufenthaltsort, der für die Telefonnummer angezeigt wurde. Warte einen Moment, vielleicht haben die sich wegbewegt – ich überprüfe das noch mal.«

»Mach das besser.«

»Es dauert eine Minute, bis ich mich wieder eingeloggt habe. Kannst du solange warten?«

»Natürlich warte ich«, schnappte Stewart, »was zur Hölle soll ich denn sonst machen?«

Als Wilson das hörte, riss er theatralisch die Hände in die Höhe und stöhnte laut auf.

Stewart hielt das Handy von seinem Ohr weg. »Und Sie können sich auch mal zusammenreißen. Herzlich willkommen in der Wirklichkeit – das bedeutet es, ein Detective zu sein. Nicht bloß Türeneintreten und in einem Gran Torino durch Pappkartonstapel fahren!«

»Wovon zur Hölle reden Sie?«, fragte Wilson.

*»Starsky und Hutch?«*

Wilson schaute ihn auf jene leere Weise an, mit der Stewart inzwischen allzu vertraut war.

»Ernsthaft, sind Sie von Wölfen aufgezogen worden oder so?«

Wilson antwortete nicht, fuhr nur fort, seine eingesauten Schuhe am Gras abzustreifen. Hirsche mochten die majestätischen Könige des Tierreichs sein, aber ihre Scheiße stank trotzdem. Stewart konnte es bis zu sich riechen.

»Ich schicke Ihnen die Rechnung von meiner Reinigung«, sagte Wilson.

»Stecken Sie sie einfach in meine Verabschiedungskarte«, sagte Stewart, »dann habe ich was, das mich an Sie erinnert.«

Stewart hielt das Handy wieder an sein Ohr. »Quinn?«

»Hab's gleich.«

Stewart schaute sich noch einmal um. Sie befanden sich ein paar hundert Meter von der Straße entfernt, auf der er den stetigen Abendverkehr vorbeimäandern sah. Die Fahrrad- und Fußgängerwege, die parallel dazu verliefen, waren verlassen. Dieses Wetter trieb nur noch die fanatischsten Hardcore-Jogger nach draußen, und selbst wenn jemand bereit gewesen wäre,

Gassi zu gehen, hätte jeder Hund genug Verstand gehabt, sich zu verweigern. Der Rest des Parks räkelte sich in der feuchten Dunkelheit um sie herum, während das Licht der Stadt von den dichten Wolken reflektiert wurde.

»Fast geschafft und …« Quinn flüsterte es beinahe: »Es wird immer noch derselbe Standort angezeigt.«

»Was soll die Scheiße?«, brüllte Stewart.

»Warte einen Moment«, sagte Quinn. »Es ist der Park. Da gibt es keine Telefonmasten, die Lokalisierung ist also nicht vollkommen exakt.«

»Wie wenig exakt genau?«

»Keine Ahnung«, sagte Quinn, »um einige Hundert Meter vielleicht?«

»Oh, zum … bleib beim Telefon.«

»Aber ich muss doch …«

»Ist mir egal«, sagte Stewart und legte auf. Er schaute sich um. Einhundertfünfzig Meter entfernt standen etwa ein Dutzend Bäume dicht beieinander. Da konnte man sich womöglich gut verstecken – oder eine Leiche, dachte Stewart. Rechts von ihnen, etwa zweihundert Meter entfernt, befand sich einer der eingefassten Teiche, die sich überall im Park erstreckten.

Stewart deutete auf die Bäume. »Sie suchen da drüben, ich überprüfe den Teich.«

Wilson war wohl zu unglücklich, um zu streiten, und trottete in die angegebene Richtung. Stewart marschierte auf den Teich zu. Dabei versuchte er, seinen Atem zu verlangsamen. In der letzten Woche seines Dienstes mit dem Gesicht voran in Hirschkacke gefunden zu werden – gestorben an einem Herzinfarkt –, so wollte er nicht in Erinnerung bleiben. Er leuchtete mit der Taschenlampe vor sich über den Boden, um zu retten, was von seinen Schuhen übrig geblieben war. Immer wieder hatte er sich Spott dafür eingefangen, wie ihr Leder glänzte. Es war ihm egal. Er war der Jüngste von fünf Brüdern und hatte bis zu seinem zwanzigsten Geburtstag warten müssen, bis er ein eigenes Paar Schuhe bekam und nicht mehr die seiner Geschwister auftragen musste.

Während er sich auf den Teich zubewegte, bemerkte Stewart etwas – ein schwaches Licht. Er schaltete die Taschenlampe aus, um besser sehen zu können. Ja – genau da! Als er näher herankam, erkannte er den dunklen Umriss eines Wagens, der auf der anderen Seite des Teichs parkte. Er stand mit der Heckseite zu Stewart, aber das Licht ging offenbar vom Vordersitz aus. Er schaute in Wilsons Richtung und stieß einen leisen Pfiff aus, bevor er seine Taschenlampe kurz ein und wieder ausschaltete. Er sah, dass der Strahl von Wilsons Lampe innehielt und dann die Richtung änderte. Stewart schaltete seine Taschenlampe aus und beschleunigte seinen Schritt. Er wollte nicht, dass Conroy und Mulchrone aufgeschreckt wurden und sofort davonrasten.

Als er näher kam, glaubte Stewart zu erkennen, dass es sich bei dem Wagen um einen dunkelblauen oder schwarzen BMW handelte. Er sah auch den unbefestigten Pfad, auf dem der Wagen parkte – er führte weg vom Teich zu einer der Seitenstraßen. Vermutlich wurde er normalerweise von den Parkgärtnern benutzt. Neben dem harten Rauschen des Regens und dem dumpfen Dröhnen des Verkehrs auf der Hauptstraße drang noch ein weiteres Geräusch an sein Ohr. Ein drängendes hohes Jaulen. Was auch immer es war, es kam näher. Er war immer noch etwa fünfundzwanzig Meter von dem BMW entfernt, als er durch die Bäume hindurch einen einzelnen Scheinwerfer sah, der über den Seitenweg herangeholpert kam. Ein Motorrad, das ungewöhnlich langsam unterwegs war. Das Jaulen des Motors wurde lauter, als es plötzlich an Geschwindigkeit zulegte, in den Kiesweg einbog und direkt auf den BMW zufuhr. Stewart begann zu rennen, als er sah, dass das Motorrad seinen

Scheinwerfer ausschaltete. Er erkannte den Umriss des Motorradfahrers nun vor den Lichtern der Stadt. Scheinbar zog er etwas aus seiner Jacke.

»WAFFE!«, schrie Stewart und zog seine eigene aus dem Holster unter seinem linken Arm. Während seine Hand, feucht vor Schweiß und Regen, damit kämpfte, sie zu entsichern, ließ ihn die glatte Sohle seines linken Schuhs auf dem aufgeweichten Untergrund im Stich, und er stürzte zu Boden. Hart. Ungeschickt. Mit dem Gesicht voran. Konnte die Hände nicht rechtzeitig ausstrecken, um seinen Fall abzufangen. Die Waffe rutschte aus seiner rechten Hand, sein linkes Handgelenk knickte um, und seine Taschenlampe verkeilte sich. Das Abzeichen von St. Michael bohrte sich in seine Brust.

Er spuckte einen Mundvoll nasses Gras aus. Stemmte sich auf die Knie und begann, nach der Waffe zu tasten. »Nein, nein, nein, nein!«

Während er mit den Händen um sich tastete, schaute er zu dem BMW auf. In einem Film hätte in diesem Augenblick die Zeitlupe eingesetzt. Stattdessen aber schien alles ganz schnell zu gehen – entsetzlich und unaufhaltsam schnell. Er sah den Umriss des Motorrades, das in gleichmäßiger Geschwindigkeit auf das parkende Fahrzeug zufuhr. Er sah den Arm, der sich mit der Waffe ausstreckte. Dann kam Wilson aus der Dunkelheit auf ihn zugestürzt, hielt inne, kauerte sich zusammen und gab einen Schuss ab, beinahe im selben Moment, in dem auch der Motorradfahrer seine Waffe abfeuerte. Die beiden Schüsse klangen, als wäre einer das Echo des anderen. Der Motorradfahrer flog in einer derart fließenden Bewegung rückwärts von seinem Motorrad, dass es auch ohne ihn weiterfuhr, wie ein reiterloses Pferd beim *Grand National*, das immer noch siegen wollte.

Und dann erklangen die Schreie.

# KAPITEL DREISSIG

»Was soll das heißen, du hast es nicht mehr?«, fragte Brigit.

Sie standen auf dem Gehweg vor einem jener Kioske, die man überall finden konnte, auch wenn es einen frustrierend langen und nassen Marsch benötigt hatte, um diesen hier zu finden. In solchen Läden konnte man für gewöhnlich keine Regenschirme kaufen, und wie sich herausstellte, war auch dieser keine Ausnahme. Der asiatische Typ hinter dem Tresen hatte sich jedoch bereiterklärt, Brigit für ihre letzten dreißig Euro Bargeld seinen eigenen Aufklapp-Schirm zu verkaufen. Er las ein Lehrbuch über Ökonomie, aber anscheinend hatte er das Thema im Wesentlichen schon verinnerlicht: Es herrschte das Prinzip von Angebot und Nachfrage. Und nun standen sie und Paul eng aneinandergedrückt auf dem Bürgersteig und nutzten den neugewonnenen Niederschlagsschutz, um sich zu streiten.

Vom Schwimmbad aus hatten sie erst ein Taxi genommen, dann einen Bus, gefolgt von einem Fußmarsch und einer weiteren Busfahrt. Schließlich waren sie noch ein weiteres Stück zu Fuß gegangen und befanden sich inzwischen in einem Stadtrandgebiet, das Brigit nicht kannte. Paul hatte ihr versichert, dass sie durchaus ein Ziel hätten, er wolle nur sichergehen, dass niemand ihnen folgte. Seine Paranoia war ihr durchaus gerechtfertigt vorgekommen, bis der Himmel seine Schleusen geöffnet hatte. Als sie heute Morgen aus dem Haus gegangen war, hatte sie keinen Schirm mitgenommen, aber da hatte sie ja auch noch einen Wagen gehabt. Ursprünglich wollte sie Paul noch davon überzeugen, zurückzugehen und ihr Auto zu holen, aber das Bild der Bombe, die womöglich darunter angebracht war, hatte die Attraktivität dieser Idee rasch zunichtegemacht. Ihr Wagen stand nun auf dem St.-Stephen's-Parkplatz, und das machte ihr Sorgen. Ein paar Nächte dort, und die Gebühren wären höher, als der Wagen wert war. Wenn sie ihn nicht bis Montag zurückbekam, würde es billiger sein, ihn gleich selbst in die Luft zu sprengen.

»Die können Mobiltelefone tracken. Ich musste es loswerden«, erklärte Paul.

»Aber … es war *mein* Mobiltelefon!«

»Ganz genau. Wenn ich dir gesagt hätte, dass ich es loswerden muss, hättest du einen riesigen Aufstand gemacht.«

»Und was glaubst du, werde ich jetzt tun?«

»Jetzt hat es keinen Sinn mehr. Es ist ja schon weg.«

»Aber nur, weil … Herrgott, du machst mich fuchsteufelswild! Hättest du es nicht einfach abschalten können?«

»Nein, wenn es ausgeschaltet ist, können sie es immer noch finden«, sagte Paul und fügte nach einer Pause hinzu: »Glaube ich.«

»Glaubst du? *Glaubst du?!* Tja, wir könnten's rausfinden, indem wir es auf meinem drei Monate alten Handy googeln, aber halt – geht ja nicht! Du hast es ja einfach weggeschmissen, verdammte Scheiße!«

»Ich habe es nicht weggeschmissen. Nicht wirklich. Ich weiß, wo es ist.«

Brigit hörte gar nicht mehr zu. »Außerdem habe ich einen Zweijahres-Vertrag, und ahhh …« Sie zuckte mit dem Kopf zurück, als hätte ihr jemand ins Gesicht geschlagen. »Und die verschissene Versicherung habe ich auch nicht abgeschlossen!«

»Entspann dich. Ist ja gut. Im schlimmsten Fall kaufe ich dir ein neues.«

»Du kaufst mir ein neues? Darf ich dich daran erinnern, dass du gerade nur aus einem einzigen Grund überhaupt zugegeben hast, dass du mein Handy nicht mehr bei dir trägst? Weil du meine letzten fünfundachtzig Cent für einen Anruf ausgeben wolltest! Wovon zur Hölle willst du mir denn ein neues Handy kaufen?«

»Sch!«, sagte Paul und schaute sich nervös um. »Du machst eine Szene.«

»Glaub mir, ich habe noch nicht mal angefangen, eine Szene zu machen. Warte nur, bis ich dir diesen Regenschirm in deinen …«

»Muss ich dich daran erinnern, dass irgendwelche Leute versuchen, mich umzubringen?«

»Ich weiß, und denen werde ich gleich ziemlich viel Zeit und Mühe ersparen.«

»Jetzt bist du aber wirklich ein bisschen melodramatisch.«

In diesem Augenblick hob sie den Schirm in der ernsthaften Absicht, ihm eine Abreibung zu verpassen. In letzter Minute hielt sie inne, da ihr ein Gedanke kam.

»Moment mal. Was heißt: nicht wirklich? Du hast gesagt, du hättest es *nicht wirklich* weggeschmissen?«

# KAPITEL EINUNDDREISSIG

DI Jimmy Stewart fühlte sich wie taub.

Er beobachtete, wie sich das Blaulicht des letzten Krankenwagens auf dem dumpfen Metall der Absperrgitter rund um den Teich spiegelte. Die Sirene heulte einmal kurz auf und verstummte sofort wieder. Zu dieser abendlichen Stunde musste den Rettungssanitätern auf ihrem Weg aus dem Phoenix Park kein Verkehr mehr Platz machen, und es hatte auch niemand lebensbedrohliche Verletzungen zu beklagen. Abgesehen von dem Toten natürlich.

Stewart stand schon eine ganze Weile dort und wartete, doch hätte man ihn gefragt, worauf, hätte er es nicht auf Anhieb sagen können. Die Leute würden Fragen haben, jede Menge Fragen. Jemand hatte ihm einen Regenschirm gegeben, den er pflichtschuldig aufspannte und sich über den Kopf hielt, obwohl er schon lange völlig durchnässt war. Hinter ihm kämpften die Kollegen der Spurensicherung damit, ein Zelt zu errichten – ein völlig hoffnungsloser Versuch, den Tatort vor dem noch immer strömenden Regen zu schützen.

Schweigend starrte er zu dem BMW hinüber. Nach allem, was passiert war, verfügte sein Hirn nicht mehr über die nötige Leistungsfähigkeit, um das Geschehene zu verarbeiten. Der ganze Tag kam ihm vor wie ein einziger beklemmender Alptraum. Würde es ihn wecken, wenn er sich auf einige der Tatsachen konzentrierte, die eindeutig keinen Sinn ergaben? Doch wo sollte er da anfangen?

Von Brigit Conroy und Paul Mulchrone fehlte weiterhin jede Spur, und das einzig Zusammenhängende, das er aus dem

Pärchen herausbekommen hatte, das stattdessen in dem BMW gesessen hatte, waren ihre Namen gewesen: Duncan McLoughlin und Keeley Mills. Er hatte keine Ahnung, was sie mit dieser Sache zu tun hatten. Dafür hatte er eine ziemlich genaue Vorstellung, was sie gerade *getan* hatten. Zwei Menschen in einem Wagen, der nach Anbruch der Dunkelheit in einer abgeschiedenen Ecke des Phoenix Parks stand – selbst seine Großmutter hätte sich das zusammenreimen können, und die war seit fünfundzwanzig Jahren tot. Was er sich *nicht* zusammenreimen konnte, war, in welchem Zusammenhang das mit Brigit Conroy und Paul Mulchrone stand. Es konnte jedenfalls kein Zufall sein. Wie hoch war die Wahrscheinlichkeit, dass er und Wilson zufällig auf einen Überfall stießen, der nichts mit dem Fall zu tun hatte? Sie befanden sich immer noch in Dublin. Mordanschläge waren hier kein allzu verbreitetes Hobby.

Apropos Unwahrscheinlichkeiten: Dann war da noch Wilsons heldenhafter Schuss. Ein Schuss, der direkt durch das Visier des Helmes gedrungen war, den ein Motorradfahrer bei voller Fahrt getragen hatte, und das aus etwa zwanzig Meter Entfernung. Die Wahrscheinlichkeit für einen derartigen Treffer war tatsächlich astronomisch gering. Stewart zuckte innerlich vor Scham zusammen, als er an seinen Sturz dachte. Er bildete sich so viel auf seine Professionalität ein, und doch, als es darauf ankam, hatte er im Dunkeln auf allen vieren gehockt und im hohen Gras nach seiner Waffe herumgetastet wie ein trauriger alter Narr. Und Wilson, ausgerechnet Wilson, hatte Mr. McLoughlin und Miss Mills das Leben gerettet und, verdammte Scheiße, sehr wahrscheinlich auch seines.

Er hatte noch nicht einmal Gelegenheit gehabt, Wilson zu danken. Der junge Mann war sofort zu seinem niedergestreckten Widersacher hinübergelaufen, und kaum hatte er aus nächster Nähe gesehen, welchen Schaden eine Kugel bei einem menschlichen Kopf anrichten konnte, vor allem im Inneren eines Motorradhelmes, war er sein Mittagessen wieder losgeworden und in Ohnmacht gefallen. Auf dem Weg zu Boden hatte er sich auch noch den Kopf an einem Stein aufgeschlagen. Er würde sich wieder erholen, schließlich erlangte er beinahe sofort sein Bewusstsein zurück, und Stewart hatte ihn so gut wie möglich gesäubert, bevor die Rettungssanitäter aufgetaucht waren. Es schien das Mindeste, was er für ihn tun konnte. Er hatte ihn zum Krankenwagen hinüberbegleitet, sobald man sich um die Zivilisten gekümmert hatte. Stewart würde auch noch mit der Spurensicherung sprechen. Wilson hatte ein spektakuläres Siegtor eingefahren, den unglücklichen Unfall nach dem Abpfiff musste man wirklich nicht erwähnen.

Stewart wurde bewusst, dass er das Einschussloch über dem linken Vorderreifen des BMW anstarrte. Das war der eine Schuss gewesen, den der Killer hatte abgeben können, bevor Wilson ihn so glorreich niedergestreckt hatte. Er war höchstens dreißig Zentimeter davon entfernt gewesen, die Insassen des Wagens zu treffen. Einer der Kollegen hatte ihm bereits voller Begeisterung mitgeteilt, dass der Attentäter eine Glock 17.9 mm mit einer 33er-Trommel verwendet hatte. Wäre Wilson nicht gewesen, wäre das Paar nun also tot. *Genau wie ich*, dachte Stewart.

Plötzlich kam ihm ein neuer Gedanke, und er trat näher an den BMW heran. Aus seiner Gesäßtasche holte er ein Taschentuch hervor und öffnete die Beifahrertür. Dann nahm er sein Handy und rief noch einmal Brigit Conroy an. Über dem Getrommel der dicken Regentropfen auf dem Dach des Wagens hörte er im Inneren ein schwaches Surren. Er lauschte angestrengt und stellte fest, dass das Geräusch vom Rücksitz kam. Er öffnete die hintere Tür und rief noch mal an. Ein schwaches Licht am Boden von einer der Einkaufstüten machte die Sache klar. Da steckte Brigit Conroys Handy neben einem Paket, das, nach Stewarts laienhafter Einschätzung, ziemlich teure Reizwäsche enthielt. Nun, damit war zumindest ein Rätsel gelöst. Die nächste Frage lautete: Wie war es dort hingekommen?

Stewart zuckte zusammen, als sein eigenes Telefon in seiner Hand zu vibrieren begann. Unbekannte Nummer. Er dachte darüber nach, den Anruf dem Anrufbeantworter zu überlassen, entschied sich dann aber dagegen. »DI Stewart.«

»Hallo, Inspektor. Hier ist Nora Stokes von der Anwaltskanzlei *Greevy & Co.* Ich muss dringend mit Ihnen sprechen.«

Stewart schloss umsichtig die hintere Wagentür und ging auf Philips, den Chef des Spurensicherungsteams, zu. Sie mussten sich schnellstmöglich um dieses Telefon kümmern.

»Es geht um meinen Mandanten Paul Mulchrone. Er hat mich gebeten, als Vermittlerin zwischen ihm und der Polizei zu fungieren.«

Stewart blieb wie angewurzelt stehen. »Wann haben Sie das letzte Mal mit ihm gesprochen?«

»Ich habe unser Telefonat soeben beendet.«

»Geht es ihm gut? Ist Brigit Conroy bei ihm?«

»Ja«, sagte sie. »Sie sind beide gesund und munter.«

»Wo stecken sie?«

»Ich fürchte, das wollte er mir nicht sagen.«

»Haben Sie eine Nummer von ihnen?«

»Nein. Er hat mich von einem Bezahltelefon aus angerufen. Er sagte mir, er habe sein Mobiltelefon loswerden müssen. Um ganz offen mit Ihnen zu sein, ich habe den Eindruck, dass er unter Verfolgungswahn leidet.«

Stewart warf einen Blick auf die inzwischen äußerst tote Leiche des Motorradfahrers. »Oh, das würde ich so nicht sagen.«

# KAPITEL ZWEIUNDDREISSIG

Brigit blickte die sich windende Einfahrt hinauf, die zu einem großen freistehenden Haus führte. Herrenhaus wäre wohl ein zutreffenderes Wort gewesen, auch wenn sie nicht wusste, welche Grenze überschritten werden musste, damit ein Haus zu einem Herrenhaus wurde; eine Frage, die in ihrem Leben bislang auch keine Rolle gespielt hatte.

»Hier? Ernsthaft?«, fragte sie.

»Hier. Ernsthaft«, erwiderte Paul.

Das hatte sie nun wirklich nicht erwartet. Sie wusste gar nicht genau, was sie erwartet hatte, aber eindeutig nicht das. Eine Crack-Höhle vielleicht? Oder eine Lagergarage? Ein anrüchiges Hotel? Paul hatte lediglich gesagt, es gäbe einen Ort, an dem sie sicher sein würden. Und offenbar hatte er recht. Niemand würde glauben, dass sie sich ausgerechnet hier aufhielten. Brigit selbst glaubte es nicht, und sie *hielt* sich hier auf.

Sie tippte auf mindestens sechs Schlafzimmer, sehr wahrscheinlich mehr. In einer Straße voller großer, teuer aussehender Grundstücke mit jener Art von Sicherheitstoren, die wortlos ihre »Besucher unerwünscht«-Botschaft verkündeten, war dieses Haus das größte. Es handelte sich um ein historisches Bauwerk von solchen Dimensionen, dass in seiner Beschreibung vermutlich der Begriff »Bediensteten-Trakt« vorgekommen war – zumindest in jenen Tagen, als die Menschen noch zugaben, dass sie Bedienstete hatten. Natürlich hatte man in dieser Gegend von Dublin noch immer Bedienstete, aber Brigit wettete, dass man sie nicht mehr so nannte. Das Anwesen war erbaut aus jenen alten grauen Steinen, die dem Ausspruch

»Mein Heim ist meine Burg« alles Metaphorische nahmen und ihn zu einer reinen Feststellung machten. Hätte sie mehr Zeit damit verbracht, statt der Krimis gewisse Liebesromane zu lesen, hätte sie es besser beschreiben können. Dies war die Art von Haus, das die Heldin entweder aufgab, um mit dem Mann zusammen sein zu können, den sie liebte, oder in dem sie lebte, nachdem sie sich den reichen Typen geangelt hatte, für den sie sich natürlich nicht nur wegen seines Geldes interessierte. Kurz gesagt war dies die Art von Immobilie, die in der Handlung eine entscheidende Rolle spielte.

Als sie die Einfahrt hinaufgingen, streckte Paul prüfend seine Handfläche aus.

»War ja klar. Jetzt hört es natürlich auf zu regnen.«

Brigit klappte den Regenschirm zusammen und kämpfte mit dem kniffligen Verschluss, während sie sich ehrfurchtsvoll umschaute. Als sie die Bäume hinter sich gelassen hatten, die von der Straße aus die Sicht aufs Haus versperrten, sah sie den Brunnen inmitten der ausgedehnten Grünfläche. Er wurde von einem Cherub gekrönt, aus dessen Mund Wasser hervorsprudelte. Mit einem Schiedsrichter-Trikot hätte er jederzeit ein Fußballspiel leiten können, das sich auf diesem Rasen problemlos veranstalten ließe. Es lag der süße Geruch von feuchtem, frisch gemähtem Gras in der Luft. Als sie am Haus ankamen, an dessen Vorderseite sich ein großer Wintergarten mit Glasfront entlangzog, kam ihr ein verstörender Gedanke. Sie legte eine Hand auf Pauls Arm, um ihn aufzuhalten, versuchte, sich nichts anmerken zu lassen, und flüsterte ihm zu.

»Wir werden jetzt aber nicht …« Sie spitzte die Lippen und wackelte auf eine Weise mit dem Kopf, die ihrer Ansicht nach sehr viel mehr mitteilte, als tatsächlich der Fall war. »Du weißt schon.«

Paul schaute sie fragend an. »Nein, weiß ich nicht.«

Brigit lehnte sich noch näher an ihn heran und schaute sich dabei um. »Hier *einbrechen*?«

Paul beugte sich ebenfalls näher an sie heran und antwortete in einem übertrieben lauten Flüsterton. »Ganz im Ernst, wofür hältst du mich eigentlich?«

Brigit errötete. »Ich hab nur gedacht, na ja …«

Paul machte einen Schritt vor und drückte auf die Türklingel. Ihr tiefer, sonorer Ton passte gut zu einem derartig opulenten Bauwerk. Beantwortet wurde er davon, dass irgendwo in den Tiefen des Hauses eine herablassend klingende Frauenstimme brüllte: »Ach, was soll denn jetzt dieser vermaledeite Mist?«

Brigit warf Paul einen Blick zu, worauf er sie beruhigend anlächelte. »Das hier ist Dorothys Haus. Sie ist ein entzückender alter Schatz. Flucht wie ein Scheunendrescher, ist aber wahnsinnig nett.«

»Okay.«

Dann fügte er noch einen Gedanken hinzu. »Ach ja, und sie hält mich für ihren Enkel.«

»Was?«

Bevor sie mehr dazu sagen konnte, öffnete sich die innere Tür hinter der Glasfront und offenbarte eine kleine Frau von Mitte achtzig. Ihr weißes Haar war ordentlich zu einem Dutt zusammengesteckt, und über Pulli und Stoffhosen trug sie einen floral gemusterten Hausmantel. Eine dicke Hornbrille hing an einer Kette um ihren Hals. Ihre schwächliche Erscheinung wurde von durchdringenden blauen Augen Lügen gestraft. Sie funkelten derart intensiv, dass sich unter ihrem Blick jeder sofort wie ein schutzloses kleines Waldwesen fühlte, das sich versehentlich auf ein freies Feld verirrt hatte. Sie musterte Paul, drehte sich energisch um und rief hinter sich in die Eingangshalle: »Pang Lee, stell die vermaledeiten Tonnen raus, Mädchen!«

»Hallo, Dorothy.« Paul sprach laut genug, um durch die Glastür gehört zu werden. »Die Müllabfuhr kommt morgen. Heute ist Freitag.«

Sie drehte sich um und schaute ihn an, allerdings eher empört als verwirrt.

»Aber du kommst doch immer montags, Gregory.«

»Ja, normalerweise schon.«

»Hmmm, das würde erklären, warum sie heute schon nach Hause gegangen ist. Trifft sich vermutlich mit diesem schrecklichen Mann. Warum bist du hier?« Die Frage klang nicht unfreundlich.

»Kann denn ein Enkel seiner Lieblingsgroßmutter nicht einfach mal einen Besuch abstatten?«

»Du willst den Freitagabend mit deiner Großmutter verbringen? Ich wusste, dass du schwul bist.«

»Ich bin nicht schwul.«

»Das hat Liberace auch immer gesagt.«

»Wie auch einige andere Leute, die tatsächlich nicht schwul waren, Dorothy.«

»Mir persönlich macht das gar nichts aus. Heutzutage sind das ja so viele Leute. Wünsche ihnen viel Glück. Aber sei bitte nicht einer von den Schwulen, die unentwegt tanzen, die gehen einem sehr schnell auf den Keks.« Dorothy musterte Paul von Kopf bis Fuß, als erblickte sie ihn jetzt zum ersten Mal. »Guter Gott, wie siehst du denn aus, mein Junge?«

Kleinlaut hob Paul seinen rechten Arm in der Schlinge. »Nichts Ernsthaftes, Grandma. Ich hab mir nur im Fitnessstudio einen Muskel gezerrt.«

»Eigentlich meinte ich ja deinen Pullover, aber stimmt, der Verband kommt noch dazu.«

»Ist ja auch egal«, sagte Paul, »ich wollte dir eine Freundin von mir vorstellen …«

Paul wurde unterbrochen, als Dorothy die Glastür nach außen öffnete und sich an ihm vorbeidrängte – weitaus agiler, als Brigit es von ihr erwartet hätte. Die alte Dame blieb vor ihr stehen, und das unangenehm dicht, setzte ihre Brille auf und schaute zu ihr auf, wobei die Gläser ihre Augen zu anklagenden Untertassen vergrößerten. Die gebeugte Haltung des hohen Alters ließ Dorothy in dieser Position wie ein eineinhalb Meter großes Fragezeichen aussehen. So nah an diesen Augen zu sein erinnerte Brigit an ihre Erfahrungen mit einer Tageslichtlampe.

»Wie lautet Ihr Name, junge Dame?«

»Ähm …« Verunsichert schaute Brigit zu Paul hinüber.

»Raus damit, Mädchen, schauen Sie nicht zu ihm. Sie werden ja wohl Ihren eigenen Namen kennen, oder?«

»Natürlich«, sagte Brigit. »Mein Name ist Brigit Conroy. Freut mich, Ihre Bekanntschaft zu machen, Mrs. … ähm …« Brigit wurde bewusst, dass ihr ziemlich viele Details fehlten.

Paul versuchte, etwas einzuwerfen. »Grandma, sie ist …«

Dorothy stoppte ihn mit einer erhobenen Hand, ohne den Blick von Brigit abzuwenden. »Sind Sie schwanger?«

»Ganz gewiss nicht.«

»Glauben wohl, Sie können hier ins große Geld einheiraten?«

Brigit war in der Defensive, aber das würde sie sich nicht gefallen lassen. »Keineswegs, ich habe meinen eigenen Job. Ich bin keine Ware, die man kaufen und verkaufen kann.«

Dorothy starrte zu ihr hinauf, dann zu Paul zurück, bevor sie sich neuerlich Brigit zuwandte.

»Sie gefällt mir«, verkündete sie. »Sie hat Mumm. Das sieht man heute viel zu selten. Also, was ist das mit euch beiden?« Dorothy gestikulierte mit einem Finger zwischen ihnen hin und her.

»Wir sind nur befreundet, Grandma«, sagte Paul.

»Pah«, winkte Dorothy ab. »Wer's glaubt. Es sei denn, du bist doch schwul?«

Sie schaute Paul an.

»Du hast mich ertappt. Dir kann man wirklich nichts vormachen.« Paul kicherte.

»Sei nicht herablassend zu mir, Gregory. Außerdem könnte die junge Dame ja durchaus eine Lesbe sein.«

»Ist sie aber nicht«, sagte Brigit.

»Dagegen ist nichts einzuwenden«, entgegnete Dorothy. »Jenny Clarke war auch eine, verflixt anständiges Mädchen. Sind sehr praktisch veranlagte Menschen. Meiner Erfahrung nach geht in einer Krise nichts über Lesben.«

»Vermutlich, weil sie nie in Versuchung geraten, dumme Dinge zu tun, nur um Männer zu beeindrucken«, sagte Brigit.

»Hmmmmm«, sagte Dorothy. »Keine schlechte Theorie.«

»Also schön«, sagte Paul, »vielleicht können wir ...«

Als das Geräusch einer zuschlagenden Autotür ertönte, wandte Dorothy ihren Kopf nach links. »Brimson, sind Sie das?«

Durch eine Lücke in der Hecke konnte Brigit den Nachbarn sehen, der, immerhin knappe zwanzig Meter entfernt, angewurzelt wie ein Kaninchen im Scheinwerferlicht, in seiner Einfahrt stand. Dorothy musste das Gehör einer Fledermaus haben. Der entsetzte Ausdruck auf dem Gesicht des Mannes ließ jedenfalls darauf schließen, dass sie seine Identität korrekt erraten hatte.

»Ja, Mrs. Graham. Hallo.«

»Kommen Sie mir nicht mit *Hallo*. Wenn Ihre vermaledeite Katze noch einmal auf meinen Rasen kackt, schieße ich das kleine Miststück ab.«

Mr. Brimson sah aus, als arbeite er an einer möglichst diplomatischen Erwiderung, überlegte es sich aber anders, als Dorothy eine Pistole aus der Tasche ihres Hausmantels zog und wild damit herumzufuchteln begann. »Ich knall der Bitch 'ne Kugel rein, warten Sie's nur ab«, sagte Dorothy. Dann beugte sie sich vor und flüsterte Brigit in verschwörerischem Tonfall zu: »Ich habe mir *The Wire* angeschaut. Verstehe kein einziges Wort von dem, was die da reden, aber trotzdem: eine fantastische Serie!«

Der Revolver sah nach einer ziemlich alten Handfeuerwaffe aus, aber Brigit teilte durchaus Mr. Brimsons Beunruhigung. Nur weil sie alt war, hieß es nicht, dass man niemanden damit umbringen konnte. Auch im Ersten Weltkrieg waren nicht alle an der Kälte gestorben. Brigit schaute Paul alarmiert an, aber er hob in beruhigender Absicht die Hände. Brimson versuchte möglichst rasch, in sein Haus zu kommen. Seine Hand zitterte jedoch derartig stark, dass er den Schlüssel nicht gleich ins Schloss bekam und mit voller Wucht gegen die eigene Tür knallte.

»Also, Grandma«, sagte Paul, »willst du uns denn gar nicht reinbitten?«

»Ja, na schön, kommt rein.« Dorothy wandte sich um und trat wieder ins Innere des Hauses.

Paul folgte ihr in den Wintergarten, Brigit aber packte ihn am Arm und drehte ihn mit Gewalt zu sich herum.

»Hey, immer langsam!«, sagte Paul.

»Was zur Hölle wird das hier?«, fragte Brigit. »Willst du allen Ernstes diese reizende alte Dame übers Ohr hauen?«

»Reizend?«, fragte Paul mit einem Lächeln. »Die Knarre hast du gerade gesehen, oder?«

»Das spielt doch … sie hält dich für ihren Enkel?«

»Ja, ich besuche sie jetzt schon seit zwei Jahren jeden Montag.«

Brigit sah ihn entsetzt an. »Aber …«

»Du weißt schon noch, wie wir uns kennengelernt haben?«, fragte Paul.

»Na ja, das ist doch was anderes, ich meine … als zu jemandem *nach Hause* zu gehen.«

»Ich habe sie im Krankenhaus kennengelernt, und wir haben uns gut verstanden, also …«

»Aber …«

»Und nur zu deiner Info: Ich bin mir ziemlich sicher, dass sie all ihre Waffen hat entschärfen lassen. Mach dir also keine Sorgen. Das ist alles bloß Show.«

»Alles?«

Dorothys Kopf tauchte im Türrahmen auf.

»Kommt ihr beiden jetzt oder nicht?« Ihre Augen leuchteten auf. »Kleiner Krach unter Verliebten, was?«

»Nein«, sagten alle Anwesenden, die nicht Dorothy waren.

»Wie ihr meint. Bitte kommt doch rein, sonst geht die ganze Wärme raus. Ich habe keinen Dukatenesel, wisst ihr.«

Sie winkte so unbedrohlich mit der Waffe, wie man mit einer Waffe nur winken konnte. Jetzt war der Revolver lediglich der Gegenstand, den sie zufällig in der Hand hielt.

Paul trat rasch ein, und Brigit folgte ihm, worauf Dorothy die Tür kraftvoll hinter ihnen zuknallte.

Instinktiv zog Brigit den Kopf ein, als sie die Eingangshalle betrat. Sie hatte hohe Decken, aber das »wundervolle Gefühl der Weite«, das die Moderatoren von Immobilien-Shows so gerne anpriesen, wurde zunichtegemacht durch den Adler, der von oben auf sie herabgeschossen kam. Erst auf den zweiten Blick wurde Brigit klar, dass man ihn ausgestopft hatte und er im vollen Angriffsmodus an Drähten in der Luft hing. Sie schaute sich um: Dutzende tote Augenpaare starrten sie unheilvoll an. Es kam ihr vor, als habe jemand die Population eines ganzen Waldes erschossen und hier aufgebahrt.

Dorothy blieb stehen und schaute sie an, bevor sie gedankenverloren mit der Waffe über ihre Schulter winkte.

»Oh, verzeihen Sie die ganzen toten Geschöpfe. Mein Mann war ein vermaledeiter Irrer, Gott sei seiner Seele gnädig. Ist in seinem ganzen Leben keinem Tier begegnet, das er nicht sofort erschießen wollte. Ich persönlich hätte es ja durchaus angemessen gefunden, ihn ebenfalls ausstopfen zu lassen und hier in der Halle aufzustellen, aber anscheinend gibt es Gesetze, die sowas nicht zulassen. Tee?«

# KAPITEL DREIUNDDREISSIG

»Guten Morgen, Schlafmütze«, sagte DI Jimmy Stewart.

Benommen schaute sich Wilson in dem privaten Krankenhauszimmer um, in dem er lag, bevor sein Blick auf Stewarts Gesicht zur Ruhe kam. Einige Sekunden lang starrte er ihn aus angestrengt zusammengekniffenen Augen an.

»Wer sind Sie?«, fragte Wilson,

»Ich, ähm … Sie haben eins auf Ihren Quadratschädel bekommen … ich meine, auf den Kopf und, ähm …«

Herrgott noch mal! Stewart sah zu Boden und versuchte, seine Gedanken zusammenzubekommen. Als er wieder aufschaute, grinste Wilson ihn strahlend an.

»Ahhh, Sie kleiner Mistkerl!«

Wilson lachte und führte seine Hand zum Verband an seinem Kopf.

»Autsch«, sagte er, »tut nur weh, wenn ich lache.«

»Tja, geschieht Ihnen ganz recht«, sagte Stewart. »Ich hab Ihnen Weintrauben mitgebracht.«

»Ah, wie reizend.«

»Und dann hab ich sie gegessen, weil Sie geschlafen haben und mir langweilig war.«

»Okay. Der Gedanke zählt.«

»Wie geht's Ihnen denn so?«

»Ja, ganz okay – Sie wissen schon. Hab mich wohl ziemlich lächerlich gemacht.«

»Quatsch, den Teufel haben Sie! Sie haben zwei unschuldigen Menschen das Leben gerettet, und, davon mal ganz abgesehen, wahrscheinlich auch mir. Der Rest ist allen völlig egal.«

Das entsprach nicht ganz der Wahrheit. Einer der Assistenten der Gerichtsmedizin hatte sich am Tatort darüber aufgeregt, dass Polizisten nun schon anfingen, ihnen ihre Leichen vollzukotzen. Als hätte der arme Bursche das aus reinem Übermut an einem wilden Abend getan.

»Na ja …« Unter dem Verband, der um seinen Kopf gewickelt war, röteten sich Wilsons Wangen.

»Jetzt werden Sie bloß nicht bescheiden«, sagte Stewart, »das passt nun wirklich nicht zu Ihnen. Hatten Sie übrigens mal ein besonderes Training an der Waffe? Ihr Schuss war verdammt unglaublich.«

»Nein. Um ehrlich zu sein, war ich bei der Schießausbildung unten in Templemore allerhöchstens durchschnittlich.«

»Wirklich?«

Wilson nickte. Irgendwie war die Vorstellung, dass es sich bei diesem Schuss um einen Glückstreffer gehandelt hatte, tröstlich und beunruhigend zugleich. Zum einen war Wilson nicht Robocop, aber andererseits bedeutete es, dass Stewart noch mehr Glück gehabt hatte als gedacht. Trotz seinem St.-Michael-Anhänger war er seit zwanzig Jahren nicht mehr zur Messe gegangen. Vielleicht musste er doch mal wieder in der Kirche vorbeischauen. Es war nicht so, dass ihm die Vorstellung nicht gefiel, dass es einen Gott gab, er hatte nur nie irgendwelche Beweise dafür gesehen, und mehr als jeder andere brauchte er genau das. Die Vorstellung, dass ein höheres Wesen existierte, war das eine, dass ausgerechnet Wilson als dessen rettender Engel gedient haben sollte, aber noch einmal ganz was anderes.

»Geht es Conroy und Mulchrone gut?«, fragte Wilson.

»Sie waren nicht in dem Wagen.«

»Wer dann?«

»Ein Pärchen namens Duncan McLoughlin und Keeley Mills.«

»Wer zum Teufel sind …«

»Ganz genau. Ich weiß bloß, dass sie Conroys Handy hatten. Sie sind beide auch hier auf der Station.«

Wilson sah besorgt aus. »Wurden sie …«

»Angeschossen?«, fragte Stewart. »Nein, und das haben sie nur Ihnen zu verdanken. Sie hat einen Schock erlitten und er …«

Wilson hörte offenbar nicht zu. Er versuchte, die einzelnen Bausteine zusammenzusetzen. »Okay, warten Sie mal einen Moment. Ich weiß, ich bin auf den Kopf gefallen, aber warum hatten die Conroys Handy?«

»Ich weiß es nicht, und ich kann sie auch nicht fragen.« Stewart zögerte, entschied dann aber doch, dass der Bursche die Wahrheit verdient hatte. »Ich wurde vom Dienst suspendiert.«

»Warum?«

»Habe die Vorschriften missachtet, als ich das Handy tracken ließ. Verstoß gegen die bürgerlichen Grundrechte, so hat DI Kearns es genannt.«

»Aber die beiden wären jetzt tot, wenn Sie das nicht getan hätten.«

»Ja, das Argument habe ich auch versucht vorzubringen. Da verstoße ich in einundvierzig Jahren zum ersten Mal gegen die Regeln, und schon werde ich erwischt. Zumindest weiß ich jetzt, dass ich es als Cop mit unsauberen Methoden nie weit gebracht hätte.«

»Ach, das ist doch Mist … Kommen Sie, wir finden raus, warum sie dieses verdammte Handy bei sich hatten.«

Wilson versuchte, sich aus dem Bett zu kämpfen, musste aber feststellen, dass man das Laken ziemlich fest unter seine Matratze gestopft hatte.

Stewart erhob sich. »Whoa, whoa, immer mit der Ruhe, Dirty Harry. Sie dürfen die beiden auch nicht befragen.«

»Was? Mich haben sie auch suspendiert?!«

»Nein, entspannen Sie sich. Sie haben bezahlten Urlaub bekommen, wegen Ihrer Ich-schieße-dem-Killer-ins-Gesicht-Aktion, ganz zu schweigen von der Tatsache, dass Sie im Dienst verletzt wurden. Man wird Ihnen übrigens einen Orden verleihen. Ich habe allen klargemacht, dass Sie nur dort waren, weil Sie meinen Befehlen gefolgt sind. Ich habe ganz allein gehandelt, als ich mir von der Telefongesellschaft die Informationen beschafft habe – aus deren … wie heißt das noch …«

»Datenbank?«

»Ja, sowas.«

»Tja, die Geschichte klingt logisch. Ich bin sehr beeindruckt, dass Sie in so kurzer Zeit zum brillanten Hacker geworden sind. Gestern haben Sie es noch nicht mal geschafft, Papier im Drucker nachzulegen.«

»Ich habe mich informiert auf so einer … na …«

»Website?«

»Das meinte ich.«

»Nach allem, was wir hinter uns haben, können wir also nicht einmal mit denjenigen reden, die unsere einzige Spur sind?«

»Machen Sie sich keine Sorgen«, sagte Stewart, »ich habe meinen besten Mann auf den Fall angesetzt.«

Stewart lächelte Wilson an, und eine verlegene Stille legte sich über den Raum.

»Hören Sie …« Stewart versuchte, die richtigen Worte zu finden. Er war nicht gut darin, sich zu entschuldigen; er hatte in seinem ganzen Leben hart daran gearbeitet, es niemals tun zu müssen. »Sie haben mir irgendwie das Leben …«

»Vergessen Sie's«, sagte Wilson.

»Nein«, entgegnete Stewart. »Fair ist fair. Ich war, ehrlich gesagt, ein ziemlicher Arsch zu Ihnen und …«

Die Tür öffnete sich, und zur großen Erleichterung beider Männer kam Dr. Sinha hereinspaziert.

»Ah, da sind Sie ja«, sagte Stewart und deutete auf Wilson. »Der Patient ist gerade aufgewacht.«

»Das sehe ich«, sagte Sinha. »Detective Wilson, wie fühlen Sie sich?«

»Gut.«

»Super. Nun, wie ich Ihnen schon in der Notaufnahme gesagt habe, konnten wir bei Ihnen lediglich eine leichte Gehirnerschütterung feststellen. Ihre Kopfverletzung haben wir mit wenigen Stichen genäht, das ist nichts Ernstes. Wir müssen Sie nur noch über Nacht zur Beobachtung hierbehalten.«

»Okay«, sagte Wilson.

»Nun, was Mr. McLoughlin anbelangt ...«, sagte Dr. Sinha.

»Hervorragend«, sagte Stewart. »Sie haben ihn gefragt?«

»Das habe ich.«

Wilson schaute Stewart fragend an.

Stewart zuckte mit den Schultern. »Was? Ich habe Ihnen doch gesagt, dass ich meinen besten Mann auf den Fall angesetzt habe.«

»Er sagte ...« Sinha zog einen Notizblock aus seinem Kittel. »Ich habe es aufgeschrieben, damit ich auch wirklich korrekt zitiere.«

»Gut mitgedacht«, sagte Stewart.

Sinha schaute nervös zwischen den beiden Männern hin und her. »Und ich werde auch ganz sicher keinen Ärger bekommen?«

Stewart und Wilson antworteten im Chor, dass dies vollkommen ausgeschlossen sei. *Trotzdem*, dachte Stewart im Stillen, *behält man es wohl besser für sich.*

»Er sagte«, fuhr Dr. Sinha fort. »Brigit Conroy? Was zum ...« Sinha sah verlegen aus. »Ähm ... also, es gab da sehr viele Kraftausdrücke, vielleicht wollen Sie lieber ...«

Sinha reichte Stewart den Block, der ihn rasch entgegennahm.

»Okay.« Stewart überflog die Seite. »Ich verstehe, was Sie meinen.«

»Ähem«, sagte Wilson mit Nachdruck.

Stewart schaute auf. »Entschuldigung. Nun, um Ihnen die jugendfreie Version zu geben: Mr. McLoughlin behauptet, er hätte heute am späten Nachmittag Miss Conroy, offenbar seine Ex-Verlobte, in Begleitung eines Windsurfers getroffen. Ich nehme an, dabei handelte es sich um unseren jungen Freund Mulchrone. Und – na ja, sagen wir einfach, wenn sie sich das nächste Mal begegnen, wird es vermutlich weniger freundlich zugehen.«

»Und sie hat ihm ihr Handy gegeben?«

»Nein«, sagte Stewart. »Ich vermute, sie haben es ihm heimlich in die Einkaufstüte gesteckt.«

»Denken Sie nicht allzu schlecht von Mr. McLoughlin«, sagte Dr. Sinha. »Er ist verständlicherweise in einem schwierigen emotionalen Gesamtzustand, wegen seiner ... Verletzung.«

»Was für eine Verletzung?«, fragte Wilson. »Ich dachte, er wäre nicht angeschossen worden?«

Dr. Sinha warf Stewart einen kurzen Blick zu. Dieser zuckte mit den Schultern. »Schauen Sie nicht mich an. *Sie* sind hier der Arzt.«

»Nun«, sagte Dr. Sinha im Versuch, Zeit zu schinden, »ich nehme nicht an, dass Sie mit *Garp und wie er die Welt sah* vertraut sind?«

Stewart lachte. »Glauben Sie mir, Sie bellen den falschen Baum an, wenn Sie versuchen, bei dem hier Filmzitate unterzubringen.«

»Genau genommen«, sagte Wilson, »habe ich das Buch gelesen.«

»Oh.« Stewart musste sich eingestehen, dass er nicht mal gewusst hatte, dass es auch ein Buch mit diesem Titel gab.

»Ja«, sagte Dr. Sinha. »Nun, wenn das Buch genauso ist wie der Film …«

»In dem Robin Williams mitgespielt hat, Gott hab ihn selig«, warf Stewart dazwischen. Er schämte sich sofort für den allzu offensichtlichen Versuch, wieder etwas Boden gutzumachen.

»Ja«, sagte Dr. Sinha. »Ein großartiger Schauspieler. Ich persönlich bin ja ein großer Fan von *Patch Adams.*«

Stewart verzog das Gesicht. Dr. Sinha mochte regelmäßig Menschenleben retten, aber manche Dinge waren einfach unverzeihlich.

»Hallo?«, sagte Wilson. »Können wir vielleicht mal wieder auf diesen McLoughlin zurückkommen, bitte?«

»Okay, also …« Dr. Sinha sah so gequält aus, als befände er sich in der Hindu-Variante der Hölle. »Sehen Sie … die Sache ist die …«

»Ach zum …«, sagte Stewart in einer Mischung aus Mitleid mit Dr. Sinha und Ungeduld, weil sich das alles derartig in die Länge zog. »Diese Miss Mills hat gerade, ähm … eine sexuelle Handlung an Mr. McLoughlin vollzogen, als die Schießerei losging. Und … es stellte sich heraus, dass sie ziemlich schreckhaft ist. Und bissfreudig.«

»Sie meinen …« Wilsons entsetzter Blick machte klar, dass er ganz genau wusste, was Stewart meinte, und dass er von ganzem Herzen wünschte, nicht nachgefragt zu haben.

»Ja«, sagte Dr. Sinha, »auch wenn ich voller Freude berichten kann, dass er die volle Einsatzfähigkeit dieser … wichtigen Region beizeiten zurückerlangen wird.«

»Schön«, sagte Stewart.

»Gut«, sagte Wilson.

»Ja«, sagte Doktor Sinha.

Dann richteten die drei Männer schweigend ihren Blick auf

verschiedene Punkte an der Wand und widmeten sich einem Moment ganz privater Reflexion.

Die Stille wurde unterbrochen, als sich die Tür öffnete und eine ziemlich aufgewühlte Schwester ihren Kopf ins Zimmer steckte. »Entschuldigen Sie, Doktor, wir brauchen Sie ganz dringend.«

»Meine Schicht ist eigentlich vor dreißig Minuten zu Ende gegangen, Joanne. Ich helfe hier nur den Beamten der Polizei …«

Von draußen war zu hören, wie etwas Metallisches eine Wand traf und etwas Gläsernes zerbrach.

»Es ist die Lebensgefährtin von Mr. McLoughlin, Doktor …«

Dr. Sinha sah verwirrt aus. »Aber wir haben ihr doch ein Beruhigungsmittel gegeben. Sie müsste eigentlich schlafen bis …«

Weitere Dinge krachten in andere Dinge, und verschiedene Stimmen wurden laut. Die Schwester zuckte zusammen. »Das war Miss Mills. Nicht die Frau, die gerade bei uns zum Empfang kam. Die ist vollkommen wach und wirklich verdammt wütend.«

»Oh«, sagte Dr. Sinha, bevor er mit einem »Ohhhh« signalisierte, dass er die Situation nun verstanden hatte.

Die Schwester schaute die beiden Polizisten an. »Wir könnten wirklich Hilfe gebrauchen.«

»Bin vom Dienst suspendiert.«

»Ich auch.«

*Tja*, dachte Stewart, *wie es aussieht, ist Mr. McLaughlins wichtige Region doch noch nicht aus der Gefahrenzone raus.*

# KAPITEL VIERUNDDREISSIG

Brigit lehnte sich in ihrem Sessel zurück, streckte die Arme aus und gähnte. In den letzten vierundzwanzig Stunden hatte sie vielleicht vier Stunden vernünftigen Schlaf bekommen, und diese Ruhepause auf einer Liege im Schwesternzimmer von St. Kilda's fühlte sich inzwischen an, als hätte sie in einem anderen Leben stattgefunden. Nun, da sich ihr Adrenalinspiegel wieder senkte, erinnerte ihr Körper sie daran, wie müde sie war. An einem Freitagabend um Viertel vor zwölf derartig schläfrig zu sein gab ihr einerseits das Gefühl, eine alte Frau zu sein. Andererseits befand sie sich in Gesellschaft einer wirklich alten Frau, und die machte keinerlei Anstalten, einen Gang runterzuschalten.

Die zweite Partie *Risiko* des Abends wurde hinter ihr mit gut gelaunter Streiterei fortgesetzt, während Brigit mit Pauls Ausgabe von *Geisel der Liebe* auf den Knien in einem Sessel saß. Sie hatte an beiden Brettspielpartien teilgenommen, allerdings jeweils nicht sehr lange. Sie hatte es seit ihrer Kindheit nicht mehr gespielt, und man musste ihr die Regeln neu erklären. In der ersten Runde hatte sie noch das Gefühl gehabt, sich ganz gut zu schlagen, bis Dorothy begann, Karten einzutauschen, um zusätzliche Armeen zu bekommen, und sie dann in einem einzigen brutalen Schachzug vom Brett fegte. Manche Menschen hätten wohl dazu geneigt, auf die neue Spielerin ein wenig Rücksicht zu nehmen, aber Dorothy gehörte nicht dazu. Anschließend war sie dazu übergegangen, Paul auszuschalten. Dabei machte es ihr große Freude, ihn zu verhöhnen, weil er den alten Fehler beging, ausgerechnet im Winter den Osten erobern zu wollen. In der zweiten Partie hatte Brigit sich mehr angestrengt und deshalb noch schneller verloren. Anschließend hatte sie sich entschuldigt, sie wolle das Buch lesen, das sie bei sich habe, während die anderen beiden ihre Schlacht bis zum bitteren Ende ausfochten.

Sie hatte sich zwar nicht mit Paul abgesprochen, aber es war natürlich klar, dass sie vor Dorothy ihre missliche Lage mit keinem Wort erwähnen durften. Schließlich war Paul für sie ihr Enkel, und die beiden machten offiziell nur einen Anstandsbesuch, auch wenn der eine Übernachtung beinhalten würde, was Paul mit einer wenig überzeugend klingenden Ausrede erklärte – angeblich wurde seine Wohnung gerade renoviert. Dorothy hatte nur mit den Schultern gezuckt. Es war ja nicht so, als bestünde hier ein Mangel an Schlafzimmern. Brigit hätte sich eigentlich schlecht fühlen müssen, weil sie Teil eines solchen Schwindels war, allerdings sah es wirklich nicht so aus, als würde hier jemand zu Schaden kommen.

Sie hatte *Geisel der Liebe* bereits zweimal gelesen, aber jetzt wirkte die Lektüre völlig anders auf sie. Plötzlich knisterten die Seiten geradezu vor Aktualität. Die Menschen auf den Fotos schienen tatsächlich lebendig und Teil ihres Lebens zu sein. Offenbar versuchte ja auch einer von ihnen, sie umzubringen. Sie blätterte vor und zurück und frischte ihre Erinnerung an einzelne Aspekte der Geschichte auf, kehrte aber immer wieder zu den Bildern zurück. Sarah-Jane Cranston, das hübsche junge Ding, das lange unter der Fuchtel ihrer dominanten Eltern gelebt hatte, nur um von ihnen schließlich in eine Ehe ohne Liebe verschachert zu werden. Und dann war da Fiachra Fallon mit seinen tanzenden Augen und dem Filmstar-Lächeln. Vielleicht war er auf seine Weise genauso gefangen gewesen. Verurteilt dazu, seinem älteren Bruder-Schrägstrich-Vaterersatz in ein kriminelles Leben zu folgen, ob er wollte oder nicht. Zwei Liebende, unsternbedroht, die erkannten, dass sie seelenverwandt waren. Sie hatten ihre Ketten abgeworfen und waren in ein besseres Leben geflohen. Brigit bildete sich viel darauf ein, zynischer zu sein als die meisten Menschen, aber man musste schon ein Herz aus Stein haben, um davon ungerührt zu bleiben.

Sie warf einen weiteren Blick auf das Foto des jungen Gerry Fallon und glaubte jetzt, in seinen Augen eine alles durchdringende Bösartigkeit zu erkennen. Hatte er wirklich im Laufe des heutigen Tages das Abschlachten einer unschuldigen jungen Frau in Auftrag gegeben, bloß weil ihr Vater ein alter Bekannter von ihm gewesen war? Und hatte er als Nächstes angeordnet, dass ein Mann, dem er nie begegnet war, in tausend Fetzen gesprengt werden sollte, und zwar aus Gründen, die dieser nicht einmal kannte? So vieles ergab dabei keinen Sinn.

Ihre Grübelei wurde davon unterbrochen, dass eine Dame von Mitte achtzig hocherfreut ein »Whoop-Whoop!« ausstieß. Brigit drehte sich um und musste unwillkürlich lachen, als sie sah, wie Dorothy einen wenig würdevollen Siegestanz rund um den Tisch aufführte. Pauls verdrießliches Schmollen machte den Anblick noch komischer. Dies war nicht bloß ein Zeitvertreib. Brigit hatte eben »den Block« gesehen, der für die beiden eine nahezu religiöse Bedeutsamkeit zu haben schien. Auf ihm war alles aufgelistet, was sie je an ihren gemeinsamen Abenden gespielt hatten, einschließlich des aktuellen Punktestands ihres endlosen Wettkampfs. Dorothy hatte beim *Scrabble* und bei *Risiko* einen erheblichen Vorsprung aufzuweisen, und Paul lag nur beim *Gin Rommee* vorn. Es gab auch noch Seiten für *Cluedo, Monopoly* und *Mühle*, aber offensichtlich hatten sie ihre Favoriten. Dorothy schien *Risiko* am meisten zu genießen. Nun hörte sie mit ihrem Tanz auf und beugte sich über den Tisch hinweg zu Paul.

»Mach dir nichts draus, Gregory«, keuchte sie glücklich, »oder, wie es deine Generation vermutlich sagen würde: Chill deine Base!«

Auf Brigits Gesicht rannen die Lachtränen herab, als die reizende Alte noch einmal in entgegengesetzter Richtung um den Tisch tanzte. Und selbst Paul prustete unwillkürlich los.

Als ihr Tanz beendet war, atmete Dorothy tief durch und ließ ihren Blick durch den Raum wandern.

»Also, ich muss jetzt ins Bett. In meinem Alter kann ich mehr als zwei Weltkriege pro Abend nicht verkraften. Gregory, ich erlaube dir, den Schauplatz meines Sieges aufzuräumen. Brigit, meine Liebe, könnten Sie mir mit den Tellern helfen, bitte?«

»Natürlich.« Ganz darauf bedacht, ein guter Gast zu sein, sprang Brigit sofort auf die Füße. Der Tisch vor ihnen war übersät mit den Überresten ihrer improvisierten Mahlzeit. Erst beim Essen war Brigit aufgefallen, wie hungrig sie gewesen war. Abgesehen von einer fleckigen Banane im Schwesternzimmer hatte sie den ganzen Tag über nichts bekommen. Bei all dem Chaos war die Basis-Versorgung auf der Strecke geblieben. Ihr Abendessen hatte dann hauptsächlich aus Mince Pies, Macarons, gefüllten Butterkeksen und Jaffa Cakes bestanden. Paul, der sich in Dorothys Kühlschrank offenbar ganz zu Hause fühlte, hatte für Brigit und sich noch Roastbeef-Sandwiches gemacht. Das Ganze erinnerte Brigit stark an die Festmähler der *Fünf Freunde*. Brigit hatte in ihrer Jugend alle Bände in einem einzigen Sommer verschlungen. Im Nachhinein sah es ganz so aus, als hätte damit ihre Krimi-Obsession begonnen. Heute Abend hatte eigentlich nur noch das Ingwerbier gefehlt. Es war aber mit einer Flasche Weißwein ersetzt worden, die ebenfalls leer auf dem Tisch stand.

Brigit stellte die Teller und Gläser auf ein Tablett und trug es in die Küche. Dorothy nahm die Weinflasche und folgte ihr.

»Räumen Sie einfach alles in den Dingsbums, meine Liebe.«

»Den Geschirrspüler?«

»Den meinte ich.«

»Okay«, sagte Brigit und schaute sich in der großen Küche um, deren Design zur historischen Atmosphäre des Hauses passte, aber zweifellos mit jeder modernen Annehmlichkeit glänzte. »Ähm, wo finde ich sie?«

Dorothy betrachtete die Einbauschränke vor sich, als sehe sie sie zum allerersten Mal. »Irgendwo da, möchte ich meinen.«

Brigit fand die Spülmaschine beim dritten Versuch und begann, sie einzuräumen. »Wie ich sehe, haben Sie kein großes Problem damit, eine Despotin zu sein, die auf Teufel komm raus die Welt erobern will.«

»Liegt mir im Blut«, sagte Dorothy. »Ich glaube manchmal, dass sich irgendwo in meinem Stammbaum Dschingis Khan persönlich versteckt.«

Brigit lachte. »Paul macht es jedenfalls keinen Spaß, zu verlieren.«

Kaum hatten sie ihren Mund verlassen, hörte Brigit förmlich, wie die Worte scheppernd zu Boden fielen. *Dumm, dumm, dumm!* Sie schaute auf und bemerkte Dorothys Blick. Er war so aufmerksam wie immer. Die alte Dame funkelte sie an wie ein Habicht. Brigit kam der Verdacht, dass dieser Frau in ihrem gesamten Leben nichts entgangen war.

»Ähm, Gregory meinte ich«, murmelte sie Richtung Erdboden, während sie hoffte, er würde sich öffnen und sie augenblicklich verschlucken.

Dorothy huschte auf Zehenspitzen durch den Raum und schloss die Küchentür. Brigit schaute sie an und war überrascht von dem ruhigen Lächeln, das ihr entgegengebracht wurde. Dorothy ließ ihren sonst so energischen Tonfall sanfter klingen.

»Ist schon in Ordnung, meine Liebe. Sehen Sie, mein Enkel hat, ebenso wie mein idiotischer Sohn, eine hervorstechende Charaktereigenschaft: Er ist ein Arschloch. Der Gentleman, der gerade das *Risiko*-Spiel wegräumt, ist kein Arschloch.«

»Harte Worte …«, sagte Brigit. *Härter jedenfalls als ihr übliches »vermaledeit«.*

»Ich sehe keine Notwenigkeit, besonders höflich zu sein, wenn es um meinen Enkel geht. Im Idealfall würde ich so wenig Gedanken an ihn verschwenden wie er ohne Zweifel an mich.«

»Aber …«, sagte Brigit. »Wie lange wissen Sie es schon?«

»Oh, schon seit einer ganzen Weile. Wahrscheinlich seit unserer ersten Begegnung«, sagte Dorothy.

»Aber wenn Sie es wussten, warum sagen Sie dann nicht einfach …« Sie nickte in Richtung Wohnzimmer, wo Paul immer noch aufräumte.

»Oh, inzwischen wäre das doch sehr peinlich. Warum ein so harmonisches Gleichgewicht stören? Außerdem werde ich nicht leugnen, dass ich mich immer auf seine Besuche freue.«

»Es macht Ihnen wirklich nichts aus?«

»Was, meine Liebe?«

»Einen Fremden im Haus zu haben?«

»Unsinn. Man muss jemanden nicht kennen, um zu wissen, wer er ist. Er ist ein Mensch mit gutem Herzen, der, abgesehen von der einen großen Lüge, auf seine Weise so ehrlich ist wie der Tag lang. Wissen Sie, warum ich beim *Risiko* gewinne?«

Verwirrt vom Themenwechsel, schüttelte Brigit den Kopf.

»Weil er«, Dorothy deutete zur Tür, »völlig besessen davon ist, ausgerechnet Australien zu erobern. Das ist der Kontinent, der sich am leichtesten verteidigen lässt. Es ist, als gäbe es eine leise Stimme in seinem Kopf, die sich nach einem kleinen sicheren Unterschlupf sehnt, nach einem Ort, den er sein Zuhause nennen kann.«

Dorothy nahm ihre Brille ab und ließ sie an der Kette unter ihrer Brust baumeln. Sie blickte aus dem Fenster und schaute den entfernten Lichtern eines Flugzeugs hinterher, die kurz zwischen den Wolken auftauchten. »Ich habe jemanden beauftragt, ihn für mich auszukundschaften. Ich ... ich weiß ein wenig über ihn, habe das Ganze dann aber unterbunden. Es kam mir merkwürdig aufdringlich vor, ohne sein Wissen in seinem Leben herumzuspionieren. Klingt das seltsam?«

Brigit fuhr sich mit der Hand über den Nacken.

»Nein, ich denke, nicht.«

»Haben Sie jemals erlebt, wie es ist, wirklich allein zu sein? Ich meine, als permanenten Zustand? Eine Existenz zu führen, die, abgesehen von ihrer eigenen Anwesenheit, völlig leer ist?«

»Nein«, sagte Brigit. »Es ... das muss sehr schwer sein für Sie.«

Dorothy wandte sich zu ihr um. Das traurige Lächeln auf ihrem Gesicht ließ sie plötzlich sehr viel älter aussehen. »Oh, meine Liebe, Sie missverstehen mich. Ich habe nicht von mir gesprochen.«

Dorothy schaute rasch zur Tür, bevor sie sich wieder abwandte und einige Gegenstände auf der Ablage zurechtrückte, die nicht zurechtgerückt werden mussten. Nach einer ganzen Weile ergriff sie erneut das Wort, und der alte, energische Tonfall kehrte in ihre Stimme zurück. »Also, wie schwerwiegend sind die Probleme, in denen Gregory steckt?«

Trotz allem, was sie gerade besprochen hatten, war er also immer noch Gregory. Brigit wusste nicht, was sie darauf antworten sollte. »Ähm, er ist soweit okay ...«

Dorothy setzte ihre Brille wieder auf und schaute sie an. »Bitte, meine Liebe, fangen Sie jetzt nicht an, mich in Watte zu packen, sonst schlafen Sie beide heute Nacht im Hundezwinger. Gregory geht nicht ins Fitnessstudio, und ich verfüge über genug medizinisches Fachwissen, um zu erkennen, dass sich unter diesem scheußlichen Pullover eine Wunde verbirgt und kein gezerrter Muskel. Abgesehen von der Tatsache, dass er sonst nicht einfach aus heiterem Himmel hier auftauchen würde. Nicht, wenn nicht irgendwo irgendetwas ganz furchtbar schiefgelaufen wäre. Also, ich wiederhole: Wie schwerwiegend sind die Probleme, in denen er steckt?«

»Es … es sieht nicht so gut aus.«

»Können Sie ihm helfen?«

»Ich glaube, schon.«

»Hervorragend. Ich werde meine Nase da nicht hineinstecken. Ich werde es Ihrer Einschätzungsfähigkeit überlassen, mir zu sagen, was Sie brauchen und bis wann. Sagen Sie mir Bescheid, wenn ich irgendwie behilflich sein kann. Ich könnte es schwer ertragen, wenn ich einem dieser öden Bridge-Clubs beitreten müsste.«

»Ich danke Ihnen«, sagte Brigit.

»Unter dem Waschbecken finden Sie einen Erste-Hilfe-Kasten. Oben im dritten Stock gibt es ein Zimmer, in dem noch einige Kleidungsstücke von meinem lieben, verstorbenen Jacob im Schrank hängen – ich spüre nämlich schon, wie dieser scheußliche Pulli den Grundstückspreis runtertreibt. Und was das Wichtigste ist …« Dorothy streckte die Hand aus und zog eine weitere Flasche Wein von dem Gestell auf der Ablage. »Das hier.«

Dorothy reichte ihr die Flasche mit der linken Hand und berührte dann, nur für den Bruchteil eines Augenblicks, mit der anderen ganz sanft Brigits Gesicht. Anschließend ging sie auf die Küchentür zu, die in die Eingangshalle hinausführte.

»Vielen Dank.«

»Das sagten Sie bereits, meine Liebe. Wiederholen Sie sich nicht dauernd, das ist ein Zeichen geistiger Schwäche. Gregory weiß, wo die Gästezimmer sind. Viel Spaß mit seinen Affen.«

Brigit sah, wie sich die Tür hinter ihr schloss.

»Moment, was für Affen?«

# KAPITEL FÜNFUNDDREISSIG

Vorsichtig setzte Paul die Nadel auf die Platte und schloss kurz die Augen, als das Gitarren-Intro von *You Told Me* leise den Raum erfüllte. Das Banjo fiel ein, gefolgt von den Drums. Mit sanfter Ehrerbietung senkte er den Deckel auf Dorothys alten, aber gut instand gehaltenen Plattenspieler. Er schürte rasch das Feuer, warf ein neues Scheit in den Kamin und kehrte zu seinem Platz auf dem übergroßen Sofa zurück. Ihm tat die Schulter weh, und er war müde bis ins Mark. Doch das Feuer war beruhigend, und die Musik umfing ihn wie eine tröstliche Umarmung.

Vor ihm auf dem Beistelltisch lag die Plattenhülle. Während die anderen drei *Monkees* für die Kamera Grimassen schnitten, flehte der stoische Gesichtsausdruck von Mike Nesmith darum, ernst genommen zu werden. Dank ausgiebigem Durchstöbern von Secondhand-Plattenläden im Laufe der letzten drei Jahre war es Paul geglückt, Vinyl-Platten von zehn der elf Studioalben aufzustöbern, die die *Monkees* aufgenommen hatten – die einzige Ausnahme bildete das *Changes*-Album von 1970. Es war schwierig, es secondhand zu bekommen, schließlich hatte es seinerzeit kaum jemand aus *erster Hand* gekauft. Es war in den US-Charts auf Platz 152 eingestiegen und in keiner anderen Hitparade der Welt jemals aufgetaucht.

Im Moment seiner Flucht hatte sich Paul das *Headquarters*-Album geschnappt. Man brütete nicht lange über die Frage, welche Musik man auf die berühmte einsame Insel mitnehmen wollte, wenn der Tod an die Tür klopfte – dann wandte man Triage an und reduzierte seine Musiksammlung aufs Allerwesentlichste. Neben den kratzigen Unterhosen und zwei gerahmten Bildern hatte Paul also dieses Album als Luxusgegenstand gewählt, das im Sommer der Liebe elf Wochen lang in den Billboard-Charts auf Position zwei rangiert hatte, gleich hinter *Sgt. Pepper's Lonely Hearts Club Band*.

Brigit trat ein und setzte sich neben ihn aufs Sofa. In der einen Hand hielt sie die Flasche Wein, in der anderen eine große Plastikdose.

»Runter mit dem Pulli«, sagte sie.

»Whoa, whoa, schön langsam, junge Dame. Ich weiß nicht, was in Leitrim abgeht, aber hier bei uns, in der großen Stadt, trinkt man *erst* die Flasche Wein und gibt *anschließend* solche Kommandos.«

Brigit warf einen Blick auf das Album-Cover auf dem Tisch. »Ah, die *Monkees*, jetzt versteh ich.«

»Was verstehst du?«

»Nichts.«

»Du warst mit Dorothy ziemlich lange in der Küche. Worüber habt ihr gesprochen?«

»Ach, du weißt schon, Frauenkram. Taktik beim *Risiko*, solche Sachen. Also, los jetzt, runter mit dem Pulli. Ich muss mir deine Schulter ansehen.«

Paul begann, sich langsam den Pullover auszuziehen.

»Bist du sicher, dass du dafür qualifiziert bist?«

»Ich werde keine Operation am offenen Herzen vornehmen, ich schaue mir lediglich deine Stiche an.«

Paul warf den Pulli auf den Sessel neben sich und zog vorsichtig das gelbe T-Shirt über seine verwundete rechte Schulter.

Brigit musterte ihn prüfend. »Auf dem Verband ist ein kleiner Blutfleck zu sehen«, sagte sie.

Paul schaute angestrengt weg. »Das ist bestimmt ganz harmlos.« Er wollte das T-Shirt schon wieder anziehen, aber Brigit schlug ihm die Hand weg.

»Stell dich nicht so an, ich muss sichergehen, dass du dir nicht die Stiche aufgerissen hast.«

Beim Wort »aufgerissen« schlug Pauls Magen einen Salto.

»Alles okay?«

»Ja. Ich bin bloß … kein großer Fan von Blut und so weiter.«

»Schön. Ich sag dir was. Wie wäre es, wenn du dich einfach zurücklehnst und die Augen zumachst, und ich werfe nur mal einen kurzen Blick.«

»Nein, lieber nicht.«

»Ich könnte dir natürlich auch detailliert von einigen Operationen berichten, an denen ich während meiner Ausbildung teilgenommen habe. Ich habe zum Beispiel mal gesehen, wie eine Gallenblase entfernt wurde.«

Paul starrte Brigit wütend an, während sie ihn zuckersüß anlächelte.

»Lass mich nur mal kurz schauen. Das geht so schnell, das kriegst du gar nicht mit.«

Paul seufzte, lehnte sich zurück und schloss die Augen. Brigit nahm langsam den Verband ab.

»Also«, sagte sie. »Du bist ein großer *Monkees*-Fan?«

»Irgendwie schon.«

»Ich kenne die Band eigentlich nur aus dem Fernsehen. Ist auf dem Album auch *Hey, hey, we're the Monkees*?«

»Nein.«

»*Daydream Believer*?«

»Nein. Auf diesem Album ist keiner von diesen eingängigen, bekannten Songs.«

»Oh Gott, du bist doch nicht einer von *denen*, oder?«

Paul öffnete sein linkes Auge und schaute sie damit an. »Von *denen?*«

»Du weißt schon. Musik-Snobs.« Sie senkte ihre Stimme um eine Oktave und gab eine recht passable Hipster-Imitation zum Besten: »Ja, auf die frühen Demo-Bänder hab ich noch gestanden, aber dann haben sie sich verkauft und sind total kommerziell geworden. Auf den Demos hatten sie einen Track, auf dem der Bassist einfach nur auf ein Tamburin gekackt hat, das war *der Wahnsinn*!«

»Nein, ich bin keiner von denen«, entgegnete Paul und versuchte das Gefühl von frischer Luft an seiner Schulter zu ignorieren, ebenso wie das Gefühl von Brigits Fingern auf seiner nackten Haut. »Erstmal: Dieses Album kam nach den beiden Alben mit den ganzen eingängigen Songs.«

»Yeah, ich bin ja ein Riesenfan von ihrer postkommerziellen Phase, als sie diese krass innovativen Sachen mit den Dudelsäcken gemacht haben«, fuhr Brigit fort.

»Machst du jetzt so weiter mit diesem Sarkasmus?«

»Ich würde sagen, die Wahrscheinlichkeit besteht, ja. Das könnte ein bisschen wehtun.«

»Ich glaube, da überschätzt du aber den niederschmetternden Effekt deiner – AUTSCH!«

Das Autsch galt dem, was Brigit soeben über seine Wunde gewischt hatte.

»Ach okay, jetzt verstehe ich. Keine besonders präzise Vorwarnung.«

»Entspann dich mal, du alter Jammerlappen«, sagte sie, »sonst erzähle ich dir, was man für Infektionen bekommen kann, wenn man …«

»Okay, okay, okay.« Paul lehnte sich zurück und schloss wieder die Augen.

»Also, warum dieses Album?«, fuhr Brigit fort.

»Na ja, Journalisten reden doch immer von den großen Momenten der Musikgeschichte. Als Dylan auf E-Gitarre umgestiegen ist, als die Beatles auf dem Dach gespielt haben, in den Abbey Road …«

»Als sich Janet Jacksons Nippel beim Superbowl selbstständig gemacht hat.«

»Ganz genau. Nun, du hast doch bestimmt schon mal gehört, dass die *Monkees* die erste Casting-Band der Welt waren?«

»Waren sie das?«

»Ja, sie wurden damals für diese Fernsehsendung zusammengebracht. Und das hat großartig funktioniert. 1967 haben sie mehr verkauft als die *Beatles* und die *Rolling Stones* zusammen. Das muss man sich mal vorstellen: *Zusammen!*«

»Irre«, sagte Brigit hörbar leidenschaftslos.

»Dann«, fuhr Paul fort, »hat Mike Nesmith – das ist der mit dem Hut …«

»Ich fand ja immer den Drummer am besten.«

»Alle fanden den Drummer am besten«, sagte Paul. »Aber Nesmith hat etwas wirklich Erstaunliches geleistet. Er überzeugte die anderen drei, die Musiker für ihre Aufnahmen zu feuern und ihre Songschreiber gleich mit. Dann sind sie ins Studio gegangen und haben bei ihrem dritten Album zum ersten Mal versucht, alles selbst in die Hand zu nehmen. Sie haben aus ihrer künstlichen Band gewissermaßen eine echte Band gemacht.«

»Und das hat funktioniert?«

»Na ja, irgendwie schon«, sagte Paul. »Ich meine, nichts auf diesem Album ist so gut wie *Daydream Believer* oder *Last Train to Clarksville*, aber …«

»Aber?«

»Verstehst du nicht? Sie haben die Lüge, mit der sie gelebt haben, in etwas Reales verwandelt.«

»Alles klar«, sagte Brigit. »Sie sind richtige Künstler geworden. Sie haben ihre Seele zurückerlangt und die Anerkennung der Kritiker gefunden …«

»Nein, nicht wirklich. Genau genommen war es auf lange

Sicht … eine ziemliche Katastrophe. Die Kritiker haben sie immer noch gehasst, und sie haben auch nicht mehr die eingängigen Melodien geliefert, die die Radiosender haben wollten. Sie haben sogar ziemlich schnell versucht, ihre Seele doch wieder zu verkaufen, als ihnen klar wurde, dass sie das Goldene Kalb getötet hatten.«

»Gans«, sagte Brigit, während sie Pauls Schulter neu verband.

»Was?«

»Das Goldene Kalb kann man nicht töten, das war eine Statue. Die goldene Gans war die Gans, die die goldenen Eier legte, und die kann man töten. Aber wenn man sich das mal überlegt – das Legen der goldenen Eier muss ja sowieso die reinste Verheerung angerichtet haben im Verdauungssystem von dem armen Tier.«

»Wie auch immer«, sagte Paul. »Der Punkt ist: Dieses Album fängt einen Augenblick ein. Vier Typen, die unbedingt wollen, dass das, was sie tun, wirklich etwas bedeutet. Ich nehme an – keine Ahnung –, mir gefällt einfach diese Vorstellung. Klingt das plausibel?«

Paul öffnete die Augen und schaute Brigit an.

»Ja, klar, auf jeden Fall.«

Sie schauten einander einen Moment zu lange in die Augen, bevor beide verlegen den Blick abwandten.

Paul betrachtete das Buch, das immer noch in seinem Schoß lag.

»Folgendes verstehe ich einfach nicht …«

»Die anhaltende Beliebtheit von *Simply Red*?«

»Nein – wobei, die auch«, sagte Paul. »Ich meinte, warum versuchen die, uns umzubringen?«

»Ah, die Zwei-Millionen-Euro-Frage!« Brigit riss etwas Klebeband von einer Rolle und drückte es auf das Endstück des frischen Verbands, den sie ihm angelegt hatte. »Und du bist jetzt fertig. Herrgott noch mal, zieh dir mal was an, deine gruseligen Brustwarzen machen mir Angst.«

Paul schaute an sich herab. »Was stimmt denn nicht mit meinen Brustwarzen?«

»Die sind wie die Augen der Mona Lisa, sie folgen einem durch den ganzen Raum.«

Brigit setzte sich zurück aufs Sofa, und während Paul sich wieder anzog, rückte sie der Rotweinflasche mit dem Korkenzieher zu Leibe.

»Ich verstehe aber, was du meinst«, sagte sie. »Wir waren so beschäftigt damit, auf der Flucht zu sein, dass wir gar nicht wirklich über die Gründe nachgedacht haben. Was könnte McNair dir gesagt haben, das diesem Gerry Fallon solche Angst macht?«

Paul ließ den Pullover liegen. Bei der Wärme, die vom Kamin ausging, brauchte er ihn nicht. »Ich gehe das ständig in meinem Kopf durch. Er hat viel übers Sterben geredet.«

»Wenig überraschend.« Brigit zog den Korken aus der Flasche.

»Phil hat mir erzählt, dass Gerry Fallon einen Sohn hat«, fuhr Paul fort, während Brigit, ohne zu fragen, zwei Gläser mit Wein füllte. »McNair sagte, dass ich ein bisschen wie mein Vater und wie mein Onkel aussehen würde. Ich vermute also, dass er gedacht hat, ich wäre Gerry Fallon junior.«

»Und«, sagte Brigit, »offensichtlich war er ganz und gar nicht erfreut, ihn zu sehen.«

»Ich wette, dass er gedacht hat, die Fallons würden ihn umbringen, wenn sie ihn erstmal aufgespürt hätten.«

»Nach dem, was seitdem passiert ist, könnte er den Nagel damit durchaus auf den Kopf getroffen haben. Cheers.« Brigit hob ihr Glas zu einem unerwiderten Toast, bevor sie es sich an die Lippen setzte.

»Er hat mir immer wieder versichert, dass er nichts verraten habe. Hat mich regelrecht angefleht.«

»Die Frage lautet also, was hat McNair gewusst, das er angeblich nicht ausgeplaudert hatte?«

»Das ist das Ätzende daran«, sagte Paul, »er hat es nicht erwähnt. Ermordet zu werden, ohne zu wissen wofür, ist doch wirklich eine beschissene Art zu sterben.«

»Aber um was hätte es gehen können?«, fragte Brigit, während sie es sich im Schneidersitz auf dem Sofa bequem machte und in die tanzenden Flammen im Kamin schaute.

»Tja«, sagte Paul, »er hätte Fallon wegen der Entführung ans Messer liefern können.«

»Ja«, erwiderte Brigit. »Das hätte er wohl. Rein juristisch spielt es aber keine Rolle, ob er dir alles erzählt hat oder nicht. Genauso gut hätte er dir noch verraten können, wer JFK erschossen hat. Alles, was du von ihm erfahren hättest, wäre Hörensagen gewesen. Damit kommt man vor Gericht niemals durch. Ich verstehe, warum er McNair tot sehen wollte, aber das erklärt nicht, warum er es nun auf dich und mich abgesehen hat. Tote können nichts mehr ausplaudern.«

Brigit streckte die Hand aus und reichte Paul das Weinglas, das bislang unangerührt auf dem Tisch gestanden hatte. Offenbar trank Schwester Conroy ungern allein.

»Vielleicht will er sich an mir rächen, weil er glaubt, ich hätte McNair im Auftrag von jemand anderem ermordet?«, mutmaßte Paul.

»Nee.« Brigit schüttelte den Kopf. »Das würde auch nicht erklären, warum McNairs arme Tochter, Gott sei ihrer Seele gnädig, ebenfalls dran glauben musste.«

Paul hielt inne und dachte darüber nach. In der ganzen Hektik war ihm das gar nicht richtig bewusst geworden. Eine Frau, die er nie getroffen hatte, war tot – und zwar nur wegen dem, was sich vor etwas über vierundzwanzig Stunden in jenem Krankenhauszimmer zwischen ihm und ihrem Vater abgespielt hatte. Er musste das auf die stetig anwachsende Liste jener Dinge setzen, von denen er nicht wusste, was er von ihnen halten sollte.

»McNair«, sagte Brigit, »ist also gar nicht damals gestorben, wie in dem Buch behauptet wird. Wenn er zusammen mit Romeo und Julia geflohen ist, wusste er vielleicht, wo sie heute stecken?«

»Kann sein«, erwiderte Paul. »Aber ist das schon Grund genug, jemanden umzubringen?«

Brigit stellte ihr Glas auf den Tisch und griff nach der Flasche, um nachzufüllen. Sie warf einen vielsagenden Blick auf das immer noch fast volle Glas in Pauls Hand. Pflichtschuldig trank er einen großen Schluck, um seinen Teil der unausgesprochenen Abmachung einzuhalten.

Brigit deutete mit der Flasche auf ihn. »Es könnte schon einen Mord rechtfertigen«, sagte sie. »Denk mal drüber nach. Du bist Gerry Fallon. Du hast nicht gerade den größten Respekt gegenüber menschlichem Leben. Es sind dreißig Jahre vergangen. Dein Bruder und seine Mieze haben irgendwo ein völlig neues Leben begonnen, eine Familie gegründet. Niemand möchte in diesem Alter gern sein Hab und Gut zurücklassen und wieder auf der Flucht sein.«

»Mag sein«, sagte Paul. »Ich weiß jedenfalls, dass ich mich nicht auf dieses Leben freue.«

»Welches Leben?«, fragte Brigit und neigte die Flasche über ihrem Glas.

»Das Leben auf der Flucht.«

Brigit hörte mit dem Nachschenken auf und schaute ihn an. »Wovon redest du? Du kannst doch nicht für immer das Weite suchen!«

»Was denkst du denn, was wir gerade tun?«

»Na ja, wir verstecken uns – temporär, während wir einen Plan schmieden.«

»Also, ich bin auf der Flucht«, sagte Paul. »Das ist mein Plan.«

»Aber du kannst doch nicht einfach abhauen!« In Brigits Stimme schwang echte Empörung mit.

»Wart's ab«, sagte Paul, »ich werde mich aus dem Staub machen, und zwar so schnell wie möglich.«

»Und wo willst du hin? Und was willst du tun?«

»Keine Ahnung«, sagte Paul. »Übers Am-Leben-Bleiben ist meine Planung noch nicht hinausgegangen.«

Seit er mit Tante Lynn gesprochen hatte, spukte ihm nur noch ein Gedanke im Kopf herum: Lauf weg, weit fort, tu alles, um den nächsten Tag zu erleben. Der einzige Nachteil dieses Plans war, dass sich dadurch – Großtante Fidelmas Testament sei Dank – der Lebensstandard einiger Esel erheblich verbessern würde. Die Mistviecher!

»Aber ...« Brigit schaute sich um, suchte nach einem brauchbaren Gegenargument. »Das ist nicht gerade besonders heldenhaft, oder?«

»Wer hat denn behauptet, ich wäre ein Held?«, fragte Paul. »Fallon will, dass ich verschwinde. Das lässt mir einen ziemlich begrenzten Handlungsspielraum.«

»Ein Möglichkeit gibt es noch«, sagte Brigit. »Wir könnten Fallons Geheimnis lüften und es der Welt offenbaren. Dann gäbe es keinen Grund mehr davonzulaufen.«

Paul trank noch einen Schluck Wein. »Nur, dass ich das richtig verstehe, Schwester Conroy. Ihr Plan ist es, einen dreißig Jahre alten Fall zu lösen, den bisher niemand auch nur ansatzweise aufklären konnte? Ein Verbrechen, dessen letzter und bester Zeuge gestern Nacht gestorben ist?«

»Nun ja … das ist korrekt«, entgegnete sie. »Die genauen Details habe ich noch nicht ausgearbeitet.«

»Was du nicht sagst, Sherlock.« Paul hob höhnisch sein Glas. »Dann viel Glück damit. Falls du mich suchst: Ich stecke im Kofferraum von irgendeinem Wagen auf der Fähre nach Calais.«

»Dann sprichst du wohl fließend Französisch, was? Und wie willst du an Geld kommen, wenn du dort bist?«, fragte Brigit. »Dein Plan ist ja wohl genauso beschissen wie meiner.«

»Okay, das gebe ich zu«, sagte Paul. »Um ehrlich zu sein, bin ich auch viel zu müde, um jetzt darüber nachzudenken. Lass uns über was anderes sprechen.«

Brigit trank ihren Wein aus.

»Zum Beispiel?«

»Na ja«, sagte Paul, »da wäre noch das andere große Rätsel.«

»Und das wäre?«

»Dein Ex-Verlobter: Harry, der Haarverlängerte.«

»Auf gar keinen Fall.«

Paul nahm die Flasche Wein vom Tisch. »Komm schon, fair ist fair. Ich habe dir auch erlaubt, an mir herumzuoperieren …«

»Oh, bitte.«

»Ich denke, ich habe eine Erklärung verdient für das, was sich da vorhin abgespielt hat.«

Brigit verdrehte die Augen und hielt ihm ihr Glas hin. »Na schön, aber dafür wird sehr viel mehr Alkohol nötig sein.«

Paul schenkte ihr großzügig nach, bevor er sein Glas mit den verbliebenen Tropfen füllte. Er stellte die leere Flasche zurück auf den Tisch und nickte ihr zu.

»Schieß los.«

»Gott, wo soll ich da anfangen?«, murmelte Brigit.

»Nun, vielleicht damit: Wie konntest du dieses rattenscharfe männliche Prachtexemplar davonkommen lassen?«

Sie zuckte zusammen. »Ach, hör schon auf. Erst einmal hatte er früher noch nicht diese ...« Sie gestikulierte mit der Hand über ihrem Kopf herum.

Paul schaute sie mit gespieltem Erstaunen an. »Moment mal, jetzt willst du mich aber auf den Arm nehmen – die sind nicht *echt?*«

»Na ja, sie sind es insofern, als sie irgendwann irgendwo gewachsen sein müssen.«

»Genau genommen«, sagte Paul, »habe ich mich das schon die ganze Zeit gefragt. Und du müsstest es ja eigentlich wissen. Kann es sein, dass diese Haare – so wie sie aussehen – von seinem Hintern transplantiert wurden?«

Brigit schlug ihm auf den Arm. Nicht fest, aber da es der rechte Arm war, löste die Berührung einen schmerzhaften Stich in seiner Schulter aus. Er zuckte zusammen.

»Oh Gott, tut mir leid«, sagte Brigit.

»Nein, ist meine Schuld«, erwiderte Paul.

»Im Grunde hast du ja recht. Aber falls du vorhast, weitere solcher Arschgeigen-Bemerkungen von dir zu geben, sollten wir lieber die Plätze tauschen. Damit deine verwundete Schulter außer Reichweite ist.«

Paul tat so, als denke er angestrengt darüber nach, dann stand er auf und ging um den Beistelltisch zur anderen Seite des Sofas. Brigit verdrehte die Augen und rückte auf den Platz, den er aufgegeben hatte. Er klopfte mit seiner unverletzten Hand imaginären Staub vom Sofakissen, bevor er sich betont sittsam niederließ. »Sie dürfen fortfahren.«

Brigit versetzte ihm einen Schlag auf seinen linken Arm.

»Au, wofür war das denn?«

»Ich bin mir sicher, in spätestens einer Minute lieferst du den Grund«, sagte sie. »Also, kennengelernt habe ich ihn vor vier Jahren auf einer Weihnachtsfeier. Er ist Architekt. Meine

Freundin Elaine hat eine Weile bei ihm im Büro als Aushilfe gearbeitet und wurde zu der großen Weihnachts-Party eingeladen. Ich sollte zur moralischen Unterstützung mitkommen. Und als Zeugin, damit ich am nächsten Tag ihre unbarmherzige Auswertung der Ereignisse bestätigen konnte. Sie wollte eigentlich nur hin, um Dave von der Logistik zu zeigen, was für ein toller Fang sie war und dass sie ihn nicht brauchte. Sie wollte ihn ignorieren, und was auch immer passierte, meine Aufgabe war es, sie unbedingt davon abzuhalten, mit ihm zu streiten oder in die Kiste zu steigen.«

»Und was ist passiert?«

»Sie ist mit ihm in die Kiste gestiegen *und* hat sich mit ihm gestritten. Allerdings bin ich mir bis heute nicht über die Reihenfolge im Klaren. Es gab eine Bar mit Freigetränken, und am Ende war bei mir alles ein bisschen verschwommen.«

»Du bist eine schreckliche Anstandsdame.«

»Zu meiner Verteidigung: Vor zwei Monaten war ich Brautjungfer auf ihrer Hochzeit. Am Ende ist also noch alles gut geworden.«

»Ah, der Zauber der Liebe!«

Brigit schlug Paul erneut auf den Arm.

»Das ist eine Anzahlung aufs nächste Mal. Na, wie auch immer, am Ende des Abends half mir freundlicherweise ein Typ dabei, sie in ihr Taxi zu verfrachten.«

»Duncan?«

»Duncan. Ein paar Tage später hat er mir eine SMS geschrieben. Anscheinend hatte ich ihm meine Nummer gegeben und … kaum hatten wir uns versehen, waren wir ein Paar.«

»Lässt du da nicht eine gewaltige Menge an romantischen Details aus?«, fragte Paul.

»Nicht so viele, wie du meinst. Um ehrlich zu sein, war ich zu der Zeit nicht in bester Verfassung. Eigentlich war ich kurz davor, in die weite Welt hinauszuziehen, aber dann wurde meine Mum krank, und plötzlich kam mir schon Dublin zu weit weg vor. Ich pendelte die ganze Zeit nach Leitrim und zurück, und auf seine Weise war Duncan durchaus eine Unterstützung. Hat ihn nicht gestört, dass ich an den meisten Wochenenden nicht da war. Es klingt blöd, aber es war ein schönes Gefühl, jemanden zu haben.«

Paul nickte. »Das ist nicht blöd«, sagte er und trank einen Schluck von seinem Wein.

»Nach zwei Jahren hat er mir einen Antrag gemacht, und ich habe Ja gesagt. Dann kam ich da nicht mehr raus. Die weite Welt war unerreichbar, und ich hatte das Gefühl, als würde ich vom Leben abgehängt. Ich dachte, ich sollte vielleicht einfach das wollen, was alle wollen. Verstehst du, was ich meine?«

Paul nickte.

»Tief im Inneren«, fuhr Brigit fort, »wusste ich aber, dass es eine furchtbare Idee war. Es fühlte sich nicht so an, wie es sollte, aber ich hatte mir längst eingeredet, dass dieser ganze romantische Quatsch sowieso nur Blödsinn sei. Er war ein netter Mann, blablabla. Außerdem war auch meine Mutter so glücklich, als ich es ihr erzählte. Mehr als alles andere wollte sie mich zum Altar gehen sehen, bevor …«

Brigit wandte den Blick ab. Von irgendwo holte sie ein Taschentuch hervor und tupfte sich die Augenwinkel ab. Paul hatte ein schlechtes Gewissen. Vielleicht hatte er sie doch zu sehr gedrängt. Er streckte die Hand aus und berührte sie sanft an der Schulter. Sie drehte sich zu ihm um und hieb ihm mit voller Wucht auf den Arm.

»Wofür war das denn?!«

»Dafür, dass du mich hier so rührselig gemacht hast, du Blödmann.« Sie lächelte, um ihm zu zeigen, dass es nicht so gemeint war. Das Taschentuch war wieder dorthin verschwunden, wo es hergekommen war, und sie fuhr fort. »Wir haben dann versucht, es möglichst schnell durchzuziehen, du weißt schon, wegen Mum. Aber der Krebs hat das Rennen gewonnen. Wir hatten die Hochzeit für einen Mittwoch im Dezember gebucht, weil wir da erst die Kirche bekommen konnten. Aber sie hat es nur bis Oktober geschafft.«

»Das tut mir leid«, sagte Paul.

Brigit wischte seine Beileidsbekundung mit einer Handbewegung beiseite. »So fand ich mich mit einem Verlobten wieder, und zum ersten Mal begannen wir, mehr Zeit miteinander zu verbringen.«

»Und?«

»Mir wurde klar, dass ich im Begriff war, einen totalen Flachwichser zu heiraten.«

Paul musste unwillkürlich lachen. Er schlug sich, so schnell er konnte, die Hand vor den Mund. Dann sagte er, bevor Brigit zur Tat schreiten konnte: »Das hab ich verdient!«, und gab sich selbst eine Ohrfeige.

»Vielen Dank«, sagte sie. »Also mit Blick auf ein Leben voller schlechter und noch schlechterer Tage tat ich, was getan werden musste. Allerdings erst drei Wochen vor dem großen Ereignis.«

»Autsch.«

»Peinlich für alle Beteiligten, erniedrigend für ihn. Wir haben auch die Vorauszahlung fürs Hotel nicht wiederbekommen, und ich musste alle Gäste selbst anrufen. Das waren besonders lustige Telefonate.«

»Kann ich mir denken.«

»Ich fühlte mich schrecklich, wirklich schrecklich, und das zwei Monate lang. Dann fand ich heraus, dass es einen Grund gab, warum das kahle Sackgesicht die ganze Zeit so unterstützend gewesen war. Immer wenn ich in Leitrim gewesen bin, hat er hinter meinem Rücken in der Gegend herumgevögelt.«

»Was für ein Arsch!«

»Amen«, stimmte Brigit zu. »Und mir blieb noch nicht mal die Genugtuung, mit ihm Schluss machen zu können, weil ich ja schon mit ihm Schluss gemacht hatte.«

»Also war das ...«, fragte Paul, »die Frau, die wir heute getroffen haben? Keeley?«

»Seine Affäre? Nein. Von dem, was ich gehört habe, hat er seitdem alles besprungen, was lang genug stillgehalten hat. Aber die Hauptaffäre – das war eine Frau namens Lisa. Die habe ich sogar einige Male getroffen. Entzückende Frau, wenn man nichts gegen nörgelnde Gewitterziegen einzuwenden hat.«

»Sind genau mein Typ«, sagte Paul.

»Tja, da hast du Pech. Soweit ich weiß, lebt sie inzwischen mit Duncan zusammen. Garantiert ist Keeley jetzt die neue Lisa. Aber ich kann nicht sagen, dass ich mit der alten Lisa besonders viel Mitleid hätte. Sie hat Duncan schließlich dazu ermutigt, seinen jämmerlichen Penis alle Entscheidungen für ihn treffen zu lassen. Mag sein, dass ihr die Folgen jetzt nicht gefallen, allzu überrascht dürfte sie aber nicht davon sein.«

»Sieht aus, als hättest du gerade noch rechtzeitig die Kurve gekriegt.«

Brigit trank einen Schluck Wein. »Ich nehm's an. Trotzdem ist das höllisch deprimierend. Hast du eine Ahnung, wie es sich anfühlt, sich auf jemanden festzulegen, nur um herauszufinden, dass er sich nie auf dich festgelegt hat?«

»Oh, buhu«, sagte Paul.

Brigit schaute ihn über ihr Glas hinweg an. »Offenbar haben die Schläge auf deinen Arm nur eine begrenzte Wirkung. Ich werde mich wohl auf andere, sensiblere Bereiche verlegen müssen.«

»Nein«, sagte Paul. »Ich meine es ernst. Okay, unser Freund Kunstrasenkopf war eine Katastrophe, aber du hast das rechtzeitig festgestellt. Und immerhin *bekommst* du Heiratsanträge, das ist nicht zu verachten.«

»Willst du mir ernsthaft weismachen, dass dein Liebesleben in einem schlimmeren Zustand ist als meins?« In Brigits Stimme schwang eine leichte Herausforderung mit.

»Absolut. Gar kein Vergleich!«

»Ha«, erwiderte sie. »Unmöglich.«

»Okay«, sagte er, »machen wir es interessanter. Die Person mit dem weniger deprimierenden Liebesleben holt die nächste Flasche Wein.«

»Alles klar, *Monkee*-Boy, dann schieß mal los.«

»Na schön«, sagte Paul. »Ich hatte in meinem ganzen Leben noch keine Beziehung, die länger als einen Monat gedauert hätte.«

»Pah«, sagte Brigit, »das ist doch gar nichts! Ich musste mein Hochzeitskleid auf eBay verkaufen, mein Freund.«

»Also gut«, sagte Paul, hielt dann aber inne. Er betrachtete sein Leben und wusste nicht, wie er es beschreiben sollte. Wie konnte er auch? Er hatte sich auf den Machtkampf mit einer Toten eingelassen und war nicht bereit, als Erster nachzugeben. Sieben Jahre lang hatte er zugelassen, dass er von seiner Wut vollkommen erfüllt wurde, bis sie alles andere ausgelöscht hatte. Die Welt hatte sich gedreht, aber er war stehengeblieben, hatte nicht gelebt, nur überlebt. All das war ihm natürlich nichts Neues, hatte die ganze Zeit im Hintergrund seines Bewusstseins gelauert. Aber eins musste man zugeben: Wenn man mehrmals binnen vierundzwanzig Stunden zum Opfer von Mordanschlägen wurde, tat das wahre Wunder in Sachen innerer Klarheit.

Brigit wedelte mit der Hand vor seinem Gesicht. »Hallo, jemand zuhause bei Mr. Motzkopf? Dir ist schon bewusst, dass du komplett aufgehört hast zu sprechen, oder?«

»Sorry, es ist einfach … kompliziert.«

»Ach, Bullshit.«

»Wie bitte?«, sagte Paul bestürzt.

»Ich meine, entschuldige, ich sollte das wahrscheinlich nicht sagen, aber das ist eine der großen Lügen, die wir uns alle ständig einreden. Es ist kompliziert.« Brigit stellte ihr Glas auf den Tisch. Das Thema schien sie in Wallung zu bringen. »Ich verbringe einen Großteil meines derzeitigen Lebens mit Menschen, die, um es in Worte zu fassen, die du verstehen wirst, auf den letzten Zug nach Clarksville warten. Weißt du, was ich von denen wirklich noch nie gehört habe? *Es ist kompliziert.* Denn schaut man zurück, ist es das eigentlich nie. Atomphysik ist kompliziert. Der Mittlere Osten ist kompliziert. Unser Leben? Das ist eigentlich verdammt simpel, wir machen es uns nur selber schwer. Na gut, beinahe hätte ich eines der größten Arschlöcher der Welt geheiratet, also bin ich vermutlich nicht wirklich in der Position, große Reden zu schwingen.«

Paul war so überrascht wie jeder andere, als er sich vorbeugte und sie küsste.

Dann erwiderte sie seinen Kuss.

Dann küssten sie einander.

Es steckte keine Überlegung dahinter. Pauls Körper übernahm die Kontrolle, und dann fanden sie zueinander. Pauls verwundete Schulter wurde dabei leicht gedrückt, aber es war ihm egal. Brigit verschob ihre Position beim Küssen, bis sie schließlich rittlings auf ihm saß. Dann begann in seiner unteren Körperhälfte zu passieren, was in solchen Situationen passierte. Und da sie saß, wo sie saß, gab es keine Möglichkeit, es vor ihr zu verbergen, selbst, wenn er es gewollt hätte.

Er küsste ihren Hals. Gott, sie roch unglaublich. Dabei

beugte sie sich vor und schnüffelte an seinem Ohr. Sie flüsterte: »Simpel.«

Und dann meldete sich sein Gehirn zurück und begann, Fragen zu stellen: *»Was empfindest du für sie? Könnte sie die Richtige sein? Was bedeutet das alles?«* Selbst als sie von ihm herabglitt und sich auf das Sofa legte, hörten die Fragen nicht auf, in seinem Kopf herumzuschwirren. Er versuchte ihnen ein *»Haltet die Klappe, es ist mir egal«* entgegenzusetzen, aber genau das war das Problem. Es war ihm eben nicht egal. Selbst als sich seine Finger an den Knöpfen ihrer Bluse herabarbeiteten, wobei sie ihm half, da ihm nur eine ungeschickte Hand zur Verfügung stand, surrten die wenig hilfreichen Gedanken immer lauter und lauter in seinem Kopf. *»Versau das hier nicht, versau das hier nicht, versau das hier nicht …«*

Dann bemerkte er aus dem Augenwinkel den Verband, den sie ihm vorhin abgenommen hatte, zerknüllt unter dem Beistelltisch, wo er ihn im Sitzen nicht hatte sehen können. Er erkannte den Blutfleck, und noch ein weiterer wenig hilfreicher Teil seines Gehirns meldete sich zu Wort. Plötzlich wurde ihm schwindelig.

Er versuchte wegzuschauen, sich neu zu fokussieren. Leider spürte er, wie das, was in solchen Situationen in der unteren Körperhälfte passierte, plötzlich nicht mehr passierte. Panik brach in ihm aus, und auch das war alles andere als hilfreich.

»Ist alles in Ordnung?«

»Jep, jep, jep.« Selbst in seinen eigenen Ohren klang seine Stimme hoch und hohl. Er lehnte sich zurück und versuchte nachzudenken.

»Es ist bloß …«, stammelte er, »dass mir meine Schulter zu schaffen macht.«

»Okay«, sagte sie. »Verstehe ich.«

»Und es ist auch wirklich schon spät …«

»Ja«, stimmte sie zu. »Ich bin völlig betrunken.«

»Vielleicht sollten wir dann …«

»Ja.«

Als er später im Bett lag und voller Selbsthass zur Decke blickte, ging er alles wieder und wieder in seinem Kopf durch. Es war sehr gut gelaufen, bis zu dem Moment, als es nicht mehr gut gelaufen war. Beim Gedanken an ihre Verabschiedung wandte er den Kopf und rammte ihn mehrmals in sein Kissen. Erst hatte er ihr gute Nacht gesagt. Und ihr dann über den Kopf gestreichelt.

Es kam ihm alles sehr … kompliziert vor.

## KAPITEL SECHSUNDDREISSIG

Gerry Fallon schaute herab und fluchte leise vor sich hin. Es gab viele Dinge in seinem Leben, die er hasste: Country-Musik, thailändisches Essen, die Deutschen, Tweed, die Farbe Lila – sowohl die tatsächliche Farbe als auch den Film, den er seiner Frau zuliebe bis zum Ende hatte durchstehen müssen – Leeds United, Cricket, knielange Shorts, Salat, Politiker, Paartanz, die verfickten Engländer und das Arschloch, das sich die Prostata-Untersuchung ausgedacht hatte. All das hasste er, aber hier und in diesem Augenblick war das, was er am allermeisten hasste, der kleine weiße Ball, der vor ihm im Gras lag.

Das Golfen war die Idee von seinem Anwalt gewesen, Michael Ryan. Der selbstgefällige kleine Wichser stand mitten auf dem Fairway, ein ermutigendes Lächeln quer über dem aufgedunsenen Gesicht. Er war nützlich, keine Frage, und moralisch flexibel, selbst für einen Anwalt, aber das hielt Fallon nicht von dem Wunsch ab, das herablassende Wiesel dann und wann kräftig in den Arsch zu treten. Die ursprüngliche Idee hatte Ryan gehabt, aber es war Mrs. Fallon gewesen, die die Sache mit dem Golfen so richtig angetrieben hatte. Sie wollte ein Pfeiler der Gemeinde sein, wollte zu Wohltätigkeitsbällen eingeladen werden, wollte einen Sitz in Komitees. Er hatte es ihr seinerzeit ermöglicht, aus Ballymun zu verschwinden, und nun wollte sie unbedingt, dass Ballymun aus ihr verschwand.

Allzu sehr konnte er es ihr nicht verübeln. Er hatte ja selbst etwas Ähnliches getan, auch wenn es in seinem Fall eher um Selbstschutz als um Außenwirkung ging. Sorgsam hatte er in den letzten fünfzehn Jahren die legale Seite seines Geschäfts aufgebaut und darauf geachtet, dass sein Name nie in den Zeitungen auftauchte und die Gardaí ihm keinen Furz weit auf die Pelle rückten.

Er war nie im selben Raum wie die Ware. Er konnte sich nicht mal mehr erinnern, wann er das letzte Mal eine Waffe gezückt oder seine Hand um die Kehle eines unverbesserlichen kleinen Scheißers gelegt hatte. Er war zu clever, um sich selbst ins Gefängnis zu bringen, wie es so vielen vor ihm passiert war. Und doch gab es einen kleinen Teil in ihm, der es vermisste. Es sprach wirklich einiges dafür, ein Problem mit einer ordentlichen Abreibung zu lösen. Nur auf den Ball einzudreschen half in diesem Fall leider nicht. Je härter er auf ihn einschlug, desto weiter flog er in die falsche Richtung. In den letzten zwei Jahren hatte er vier Trainer verschlissen und drei Schläger-Sets, und trotzdem hatte sich sein Spiel nicht wesentlich verbessert. Seine Trefferzahl war so schlecht, dass Ryan klug genug war, sie nach dem sechsten Loch nicht mehr zu nennen.

Sie gehörten zu einem Vierer-Team und spielten bei einem Prominenten-Turnier. Das bedeutete, dass er einen Tausender für das Privileg hinlegen musste, morgens um halb acht seinen Tee im verdammten Nieselregen zu trinken. Die Prominenten wurden angeblich per Zufall auf die Teams verteilt. Doch Fallon hatte in den letzten beiden Jahren an vier solcher Veranstaltungen teilgenommen, und ihm war aufgefallen, dass die wirklichen Promis ganz zufällig immer von denselben Teilnehmern gezogen wurden. So ein Arschloch-Bankier hatte schon wieder den Rugby-Spieler Brian O'Driscoll bekommen und die sexy Rothaarige, die die Nachrichten auf Irisch moderierte. Fallons Team wiederum bestand aus seinem Anwalt, der ihm seine Anwesenheit ohne Zweifel in Rechnung stellen würde, einem Typen, der im verschissenen Radio angeblich die Verkehrsmeldungen vorlas, und einem reichen Bubi mit

Hängefrisur, der in irgendeiner Fernsehserie einen nordirischen Drogendealer spielte. Ryan hatte ihm nervös versichert, dass das ein totaler Zufall war und sich niemand damit eine Anspielung erlaubte. Trotzdem hatte Fallon leise vor sich hin gebrodelt, während der Radio-Depp den kleinen Homo darüber ausgefragt hatte, wie sie »den dreckigen Realismus der Serie« zustande bekamen.

Ryan wollte einen Insider-Scherz daraus machen, aber das hatte ihn nur noch mehr zum Kochen gebracht. Der aufgedunsene kleine Arsch war kein Gangster, ganz gleich wie oft er sich *Der Pate* anschaute. An einem anderen Tag hätte Fallon vielleicht mitgespielt. Aber dies war nicht die richtige Woche dafür. Er war nicht in der Stimmung, irgendwen bei Laune zu halten.

Nein, Golf entspannte Fallon kein bisschen. Nach allem, was derzeit los war, hatte er gestern Abend noch versucht, einen Rückzieher zu machen, aber seine Frau war schon bei der bloßen Erwähnung durch die Decke gegangen. Sie wollte, dass er »netzwerkte«. Was zur verschissenen Hölle das auch heißen mochte. Außerdem hob Ryan hervor, wie wichtig es wäre, dass er seinen Alltag sichtbar weiterlebte. Auf Abstand ging, während die Dinge anderswo ihren Lauf nahmen. Alles war unter Kontrolle. Das sagten sie ihm jedenfalls unentwegt.

Hier stand er also – verstieß auf dem Rough des 14. Lochs gegen jeden Instinkt seines Daseins und wartete darauf, dass ein Politiker, zwei Fonds-Manager und einer der Boyzone-Sänger – allerdings einer von den beschissenen – verdammt noch mal vom Green verschwanden, damit er mit großer Sicherheit den Ball nicht mal in die Nähe des Ziels befördern konnte.

Als das Vierer-Team vor ihnen endlich begann, das Weite zu suchen, nahm Fallon sein Siebener-Eisen aus der Golftasche und ging im Stillen die immer länger werdende Liste der Dinge durch, die man ihm eingeschärft hatte. Er nahm seine Position ein, platzierte den Kopf des Schlägers erst vor und dann hinter dem Ball. Er wackelte mit dem Schlägerkopf. Er wackelte mit den Hüften. Er streckte das Kinn vor. Er streckte die Beine durch, dann entspannte er sie. Dann schaute er auf zum Ziel, nur um ein winziges Grün zu sehen, das unerklärlicherweise sehr viel weiter weg war als zuvor. Gerade als er den Kopf wieder senken wollte, um dieses Arschloch von Golfball anzustarren, fuhr jemand mit seinem Golf-Mobil quer über den Fairway und blockierte so sein Ziel.

Fallon fluchte und schleuderte den Schläger zu Boden. Er schaute zu Ryan hinüber, der nur nervös mit den Schultern zuckte. Der rotgesichtige Fahrer des Wagens musterte die verschiedenen Golfer, bevor er sich umdrehte und schließlich direkt auf Fallon zusteuerte. Gottverdammte Scheiße! Er war schon einmal bei einer solchen Veranstaltung gewesen, bei der man irgend so einen »Comedian« in der Gegend herumgeschickt hatte, um die Spieler zu unterhalten. Es war unerträglich gewesen. Ein Niemand im Hawaiihemd, der irgendwas von Pandas gelabert hatte und darüber, dass er es nicht schaffte, einen wegzustecken. Kurz spielte Fallon mit der Idee, einen Komiker mit einem Siebener-Eisen zu Tode zu prügeln. Es wäre die nützlichste Aktion, die er mit diesem Schläger jemals vollbracht hätte.

Doch als das Golf-Mobil näher kam, verwarf Fallon die Idee wieder. Er wusste nicht, wer dieser Fahrer war, aber er hatte eine ziemlich genaue Vorstellung davon, *was* er war. Auf dem Fahrersitz saß ein schwergewichtiger Typ von etwa fünfzig Jahren, der einen langen schwarzen Schurwollmantel trug. Er futterte sich durch den Inhalt einer großen Tüte Popcorn, während er scheinbar mit den Knien steuerte. Direkt neben Fallon brachte er das Fahrzeug unvermittelt zum Stehen.

»Na, da scheiß doch einer die Wand an, wenn das nicht der

kleine Gerry Fallon höchstpersönlich ist!« Der Akzent war unverkennbar. Cork – noch etwas, das Fallon seiner Hass-Liste hinzufügen musste. Gleich nach Country-Musik.

Der Mann warf die Popcorntüte auf das winzige Armaturenbrett und schälte seine beachtliche Körperfülle aus dem Wagen. Als er sich aufgerichtet hatte, bemerkte Fallon, dass er einen Hurling-Schläger in der linken Hand hielt. Die rechte streckte ihm der Neuankömmling entgegen. Fallon schaute sich um, spielte für den Augenblick mit und schlug ein.

»Freut mich, Sie kennenzulernen, Mr. …«

»Bunny McGarry ist der Name. An den werden Sie sich noch erinnern wollen.«

»Oh, keine Sorge, so schnell werde ich ihn nicht vergessen.«

Fallon lächelte, während beide Männer versuchten, durch ihren ergrimmten Handschlag die Oberhand zu gewinnen. Hätte man ein Stückchen Kohle dazwischengeschoben, wäre vermutlich ein Diamant dabei herausgekommen.

Der Mann, der sich Bunny nannte, warf einen entspannten Blick auf Fallons Ball und dann zum Green.

»Ach du liebe Zeit, mein lieber Gerry, wie's aussieht, haben Sie sich in eine missliche Lage gebracht.«

»Nichts, was ich nicht lösen könnte – Officer.«

Bei diesem Wort leuchteten die Augen des Mannes auf. Es war ein Schuss ins Blaue gewesen, aber aus gutem Grund.

»Ah, eilt mir mein Ruhm voraus?«

»Nein, ich kenne bloß Ihren Typus.«

»Ist das so?«

»Ja. Ich konnte Bullenfleisch schon immer am Geruch erkennen.«

Der Mann, der sich Bunny nannte, lachte. »Ist ja lustig, genauso geht's mir mit Abschaum.«

Fallon lachte ebenfalls, als wären sie alte Freunde, die sich zufällig getroffen hatten. Der Druck des Handschlags erhöhte sich noch weiter.

»Und woher wussten Sie, dass Sie mich hier finden würden, Officer?«

»Ach.« Bunny schaute sich nonchalant um. »Ich kenne ein paar Leute, die ein paar Leute kennen, die ein paar Leute ordentlich in die Mangel genommen haben.«

»Ha, sehr gut.« Das Lächeln auf Fallons Lippen dehnte sich nicht auf seine Augen aus. Der Handschlag wurde inzwischen schmerzhaft und schwitzig, aber er würde nicht derjenige sein, der zuerst aufgab. »Gibt es denn etwas, bei dem ich Ihnen behilflich sein kann, Wachtmeister?«

»Paulie Mulchrone.«

»Wer ist das?«, fragte Fallon und schaute sich um. »Spielt er in einem der anderen Vierer-Teams?«

Wieder lachte Bunny. »Nein, nein. Er ist derzeit verschwunden und scheißt sich vermutlich vor Angst die Hosen voll. Es versucht nämlich jemand, ihn umzubringen, wissen Sie?«

»Ist das so? Diese jungen Leute heutzutage! Ich glaube, daran sind bloß die Computerspiele schuld. Tja, wenn ich ihn sehe, sage ich Ihnen Bescheid. Wenn es Ihnen jetzt nichts ausmacht …«

Fallon musste dem Drang widerstehen, seine Hand zurückzuziehen, als der Mann plötzlich vortrat und so dicht vor ihm stand, dass Fallon in seinem Atem nicht nur das Popcorn, sondern auch abgestandenen Whiskey riechen konnte.

»Er ist einer meiner Jungs, verstehen Sie mich? Einer meiner Jungs. Ich werde nicht zulassen, dass man ihn auf der Straße abknallt wie so einen Scheißköter. Das ist Ihre erste und letzte Warnung. Wenn ihm irgendwas passiert, weiß ich, wo ich nach Ihnen suchen muss, und seien Sie versichert, Gerry-Boy, ich werde nie Ruhe geben.«

»Drohen Sie mir, Officer?«

»Nennen wir es einen gutgemeinten Rat.«

»Mein gut bezahlter Anwalt steht da drüben, und ich bin mir sicher, dass er das Beamtenwillkür nennen würde.«

»Dann stimmt es also: Der große, böse Gerry Fallon ist weich und wehleidig geworden.«

Wut zuckte über Fallons Gesicht. Und doch drückte er fester die Hand des anderen und zog Bunny dichter an sich heran, bis er seinen Mund an dessen Ohr führen konnte.

»Wollen Sie Ihr Scheißleben beenden, Sie schwanzlutschender Cork-Arsch?«

»Den ersten Schlag haben Sie frei«, erwiderte Bunny und bot sein Kinn an.

Fallon trat einen Schritt zurück, sah den Mann anerkennend an, warf den Kopf in den Nacken und lachte. »Ich wette, das würde Ihnen gefallen.«

Bunny lächelte zurück. »Wissen Sie, das würde es wirklich.«

»Mögen Sie Jaffa Cakes?«, fragte Fallon.

»Nicht besonders.«

»Ich schon. Ich liebe die Scheißdinger. Meine Frau sagt immer, irgendwann werde ich mich noch an Keksen überfressen. So hat jeder Mensch seine ganz persönliche Schwachstelle, nehme ich an. Ich frage mich: Welche ist Ihre?«

»Kryptonit.«

»Ha. Witziger Typ. Haben Sie eine Frau? Freundin? Freund?« Letzteres unterstrich er mit dem Wackeln seiner Brauen.

»Nichts davon. Ich fürchte, ich bin nicht so liebenswert, wie ich anfangs wirke.«

»Na, ist das nicht tragisch? Wer kommt denn dann zu Ihrem Begräbnis?«

»Ziemlich viele Drecksäcke, nehme ich an. Nur um sicherzugehen, dass ich auch wirklich tot bin. Sie hätten aber zu große Angst, auf meinem Grab zu tanzen, weil sie fürchten müssten, dass ich doch noch mal die Hand rausstrecke und sie mit runterziehe.«

»Ha«, sagte Fallon. »Ich bin sicher, da spricht nur Ihre Bescheidenheit. Ich wette, Sie haben viele Freunde, die Sie vermissen würden – und vice versa.«

»Oh, Gerry, jetzt bellen Sie aber den falschen Baum an, mein Freund. Niemand mag mich, nicht mal ich selbst. Deswegen bin ich auch Ihr schlimmster Alptraum. Wissen Sie, ich laufe Gefahr, nur zwei Dinge in meinem Leben zu haben, Sie und den Suff. Und in Sachen Suff sollte ich sowieso dringend einen Gang runterschalten.«

Ryan gesellte sich zu ihnen. Sein korpulentes Gesicht schaute nervös zwischen ihnen hin und her, während er herauszufinden versuchte, was sich hier abspielte. Zwei große Männer, beide deutlich über eins achtzig und scheinbar kurz davor, aufeinander loszugehen wie zwei brünstige Hirsche.

»Ist alles okay, Gerry?«

Bunny McGarry schaute zu ihm und ließ ein schmales Lächeln aufblitzen. »Ist das Ihr Kuscheltier, Gerry? Na, ist der nicht entzückend!«

»Ja, Michael, alles in Ordnung. Officer McGarry hat mir gerade ein paar Tipps zu meinem Abschlag gegeben.«

Endlich lösten die beiden Männer ihren Händedruck.

»Genau, völlig richtig«, sagte Bunny, »gehört alles zum Service. Nicht vergessen, was ich gesagt habe, Gerry, den Blick immer schön auf dem Ball halten …«

Bevor Fallon reagieren konnte, schnappte sich Bunny den Golfball, legte ihn auf seinen Hurling-Schläger und ließ ihn einmal hochspringen. Ryan stieß ein entsetztes Quietschen aus und stürzte zu Boden, um sich in die Flugbahn zu werfen, aber es war zu spät. Der Ball schoss bereits in hohem Bogen in die Ferne.

»… und dann durchziehen!«

Bunny wandte sich um und hüpfte behände zurück in das Golf-Mobil, wobei er eine Anmut an den Tag legte, die kaum mit seinem Körperumfang vereinbar schien.

Mit einem Funkeln im Auge schaute er zu Gerry hinüber. »Ach, übrigens: Ein Jaffa-Cake ist ein Kuchen und kein Keks.«

Und damit verschwand er, winkte noch einmal hinter sich und tuckerte, nun in entgegengesetzter Richtung, den Fairway hinab.

Fallon schaute ihm mit zusammengebissenen Zähnen nach.

»Das ist doch … unerhört!«, sagte Ryan, der immer noch ausgestreckt am Boden lag. »Ich werde sofort eine offizielle Beschwerde einlegen, wenn wir …«

»Halt die Klappe«, sagte Fallon. »Und setz ihn mit drauf.«

»Aber Gerry, er ist Polizist. Ich muss ganz entschieden abraten …«

Fallon fuhr scharf herum und funkelte Ryan derart bedrohlich an, dass der kleinere Mann ängstlich zurückzuckte.

»Interessiert mich einen Scheißdreck, wovon du abrätst. Jetzt geht's um *mein* Fachgebiet. Er kommt auf die Liste.«

Ryan schüttelte wie betäubt den Kopf und begann, sich langsam aufzurappeln.

Fallon schaute in die Ferne bis zu dem Punkt, wo sein Ball lag – gute einhundert Meter vom Loch entfernt.

Das erste Green, das er heute überhaupt getroffen hatte.

# KAPITEL SIEBENUNDDREISSIG

»Wie hast du geschlafen?«

»Gut. Und du?«

»Gut. Wie geht's der Schulter?«

»Gut.«

»Schön.«

»Jep.«

»Wunderbar.«

Dorothy saß am Frühstückstisch und wandte den Kopf von links nach rechts, als sähe sie einem unfassbar langweiligen Tennis-Match zu.

»Guter Gott«, sagte sie, »wenn es hilft, die Spannung abzubauen, kann ich gern einen von euch erschießen.«

Sie tätschelte den alten Revolver, der neben ihr auf dem Küchentisch lag.

»Es gibt keine …«, begann Paul.

»Überhaupt keine …«, fuhr Brigit fort.

Dorothy stieß ein abfälliges Lachen aus. »Ja, ja. Ich bin bloß alt, nicht tot, schon vergessen? Aber wenn dieses Frühstück ein Vorgeschmack auf die faszinierende Konversation ist, die ich in Zukunft zu erwarten habe, kann man mir gern schon mal den Flug in die Schweiz buchen.«

Paul schaute zu Brigit hinüber, die rot anlief und die Überreste des Rühreis auf ihrem Teller hin und her schob. Keiner von beiden hatte ein Wort verloren über das, was sich vergangene Nacht zugetragen – oder besser, *nicht* zugetragen hatte. Das Problem war nur, dass es ihnen schwerfiel, irgendein anderes Gesprächsthema zu finden. Es war, als wären die Vorkommnisse der vergangenen Nacht ein gieriges schwarzes Loch, das es darauf abgesehen hatte, alle Gespräche in sich aufzusaugen. Paul hatte kaum geschlafen, die Schmerzen in seiner Schulter und die entsetzliche Scham hatten ihn abwechselnd wach gehalten. Er hatte unzählige Möglichkeiten in Betracht gezogen, das Thema anzusprechen, aber jede einzelne wieder verworfen. Schließlich waren ihm Zeitreisen als beste Lösung in den Sinn gekommen, und er hatte sich verbittert gefragt, warum diese stinkfaulen Wissenschaftler sie immer noch nicht erfunden hatten.

»Pang Lee?« Dorothy erhob ihre Stimme und klopfte mit dem Messer gegen ihren Teller. Dann schaute sie sich verwirrt um. »Ach, natürlich – Samstag. Sie hat ja ihren freien Tag.«

Dorothy erhob sich, stellte ihren Teller auf die Anrichte und schlurfte auf die Terrassentür zu, die zum großen Garten hinter dem Haus führte. »Dann lasse ich euch jetzt mal allein. Ich gehe raus und schreie einige meiner Pflanzen an.« Damit öffnete sie die Tür und stapfte in den kühlen Wintersonnenschein.

Brigit sah ihr nach, griff dann unter den Tisch und zog einen Notizblock samt Kugelschreiber hervor.

»Okay«, sagte sie, »während du geschlafen hast, habe ich ein wenig recherchiert.«

»Moment – wo denn? Und wie?«, fragte Paul.

»An Dorothys Computer natürlich.«

Paul blickte in den Garten hinaus, wo die alte Dame eine lebhafte, wenn auch etwas einseitige Unterhaltung mit ihren Rosensträuchern führte. »Dorothy hat einen Computer?«

»Ja«, erwiderte Brigit, »in ihrem Computer-Zimmer.«

»Oh«, sagte Paul, leicht beschämt über seine eigenen Vorurteile, »klingt logisch.«

»Und nur zu deiner Information«, sagte Brigit, »sie weiß nicht, wie man den Verlauf löscht. Sie hat bei Google nach einigen sehr spezifischen Merkmalen des Schauspielers Tom Conti gesucht.«

»Ugh.«

»Wem sagst du das! Aber solltest du noch ein Geburtstagsgeschenk für Dorothy brauchen: Ein Bild von ihm mit nacktem Oberkörper würde für große Freude sorgen.«

Brigit lächelte, wandte dann aber rasch den Blick ab. Dass Sex existierte und, mehr noch, dass Menschen in dieser Hinsicht irgendwelche Gelüste empfanden, war eindeutig ein Thema, das nicht auf den Tisch gebracht werden sollte.

Paul fuhr sich mit dem Finger zwischen Hemdkragen und Hals. Dieses Kleidungsstück war ein weiterer Grund für sein Unbehagen, wenn auch wahrlich nicht der entscheidende. Er war an Hemden nicht gewöhnt, vor allem nicht an Hemden mit gestärktem Kragen. Unbehaglich war auch die Vorstellung, hier in den Kleidungsstücken eines Toten zu sitzen. Als er heute Morgen aufgewacht war, hatten das hellblaue Hemd und der rote Pullover am Fußende des Bettes gelegen, vermutlich von Dorothy dort deponiert. Außerdem hatte sie eine Hose parat gelegt, deren Bundfalte so scharf gebügelt war, dass man sicher Glas mit ihr zerschneiden konnte. Er weigerte sich, diese Hose anzuziehen, nachdem seine Jeans glücklicherweise den Schnüffel-Test bestanden hatte. Mit dem Hemd, das ihm ein wenig zu eng am Leib saß, und seinen eigenen frisch gewechselten, kratzigen Unterhosen kam es ihm vor, als wäre seine Haut äußerst belebt. Allerdings nicht auf die gute Art, von der immer in der Duschgel-Werbung die Rede war.

»Also wie auch immer«, fuhr Brigit fort. »Ich bin alle Nachrichten-Seiten durchgegangen. Ein Foto davon, wie das Bombenräumkommando deinen Wagen in die Luft sprengt, hat es bis auf die Titelseite der *Irish Times* geschafft.«

»Oh, schön. Ich nehme an, keiner der Artikel hat erwähnt, ob sowas von der Teilkasko abgedeckt wird?«

»Lustigerweise nein. Offenbar spricht die Polizei von einem

*nicht in Zusammenhang mit Terrorismus stehendem Vorfall, der auf Bandenkriminalität hindeutet.* In der *Indo* gibt es einen großen Leitartikel über den schockierenden Anstieg von Drogenkriminalität in Dublin.«

»Na, fantastisch, jetzt verdächtigt man mich auch noch, mit Drogen zu dealen. Das wird sich super machen in meinem Lebenslauf.« Paul würde Greevy verdammt viel erklären müssen – vorausgesetzt, dass er dafür lange genug am Leben blieb.

»Auffällig ist, dass sie die Bombe weder mit McNair noch mit Rapunzel in Verbindung bringen. Der Tod von Pauline McNair wird in einem separaten Artikel behandelt, und nicht mal ihr Name wird erwähnt, ebenso wenig wie die Tatsache, dass ihr Vater noch am Leben war und dann gestorben ist.«

»Ist das gut für uns oder schlecht?«, fragte Paul.

»Keine Ahnung«, erwiderte Brigit. »Entweder weiß die Presse nichts, oder die Cops halten die Sache unter Verschluss.«

»Dürfen sie das?«

Brigit zuckte mit den Schultern. Von solchen Vorgängen hatte sie häufig in Büchern gelesen, wusste aber nicht, wie sie sich im wirklichen Leben abspielten.

»Also«, sagte Paul, »die Gardaí reden nicht mit der Presse, aber Gerry Fallon gegenüber sind sie gesprächig. Was bin ich froh, dass ich keine Steuern zahle.«

»Was mich zum nächsten Schritt bringt …« Brigit hielt ihren Block hoch. »So wie ich das sehe, gibt es vier Quellen, die uns möglicherweise erklären könnten, was sich hier abspielt.«

»Moment mal, hast du jetzt endgültig in den Miss-Marple-Modus geschaltet?«

»Hör zu!« Brigit schleuderte den Block auf den Tisch. »Entweder versuchen wir, unsere Situation zu klären, oder wir sitzen einfach mit dem Finger im Arsch in der Gegend rum und warten darauf, dass das, was passieren könnte …«

Sie machte eine bedeutungsvolle Pause. »… *passieren wird.* Also ich persönlich habe keine Lust mehr auf das Gefühl, dass mich jemand umlegen will.« Sie wartete kurz, hielt dabei aber trotzigen Blickkontakt. »Ich meine damit: Hör dir an, was ich zu sagen habe, und dann können wir überlegen, ob uns noch etwas Besseres einfällt, als sich bloß zu verstecken und zu beten.«

Paul schaute sie lange an. Er hatte fliehen wollen, wollte es immer noch, aber ihm war nach wie vor nicht klar, wie er das eigentlich anstellen sollte.

»Um ehrlich zu sein«, sagte er, »hab ich ans Beten noch gar nicht gedacht. Okay, was hast du dir überlegt?«

»Also«, sagte sie, »wie schon gesagt, gehe ich davon aus, dass wir über vier potentielle Informationsquellen verfügen. Nummer eins – die Gardaí.«

»Auf keinen Fall, denen können wir nicht trauen.«

Brigit nickte. »Sehe ich auch so. Aber ich würde sagen, wir schreiben sie nicht vollkommen ab. Wir sollten zumindest über deine Anwältin mit diesem Inspector Stewart in Kontakt bleiben.«

»Einverstanden.«

»Nummer zwei«, sagte Brigit. »Gerry Fallon.«

»Was zum …«

»Ich sage nicht, dass wir zu ihm gehen sollten, ich meine bloß, er weiß offensichtlich, was hier los ist.«

»Ja, weil er dahintersteckt!«

»Ich hatte mir überlegt, dass dein Freund Phil und seine Tante uns vielleicht helfen könnten, indem …«

Paul hob eine Hand. »Wird nicht passieren. Sie stecken sowieso schon tief genug in der Scheiße. Lynn hat das zweifelsfrei klargemacht. Für sie sind wir nun das reinste Gift.«

»Okay. Nummer drei – Daniel Kruger.«

Paul hob überrascht die Brauen. »Sarah-Janes Mann, der schreckliche Ehegatte unserer Julia?«

Brigit nickte.

»Und wie sollen wir das anstellen? Ist der nicht irgendwo in Südafrika?«

Brigit schüttelte den Kopf. »Nein. Er ist von der Bildfläche verschwunden, aber lebt nach wie vor in Irland. Nicht mal besonders weit weg, oben in den Wicklow Mountains.«

»Wie hast du das denn rausgefunden?«

»Vergiss nicht, er ist inzwischen weit über siebzig. Ich bin in einer Facebook-Gruppe mit einigen Krankenschwestern, die mit mir zusammen Ausbildung gemacht haben, und habe dort nachgehakt. Sie haben sich umgehört, und jemand hat tatsächlich mal für ihn gearbeitet …«

Brigit grinste verschämt. Paul merkte, dass sie von ihrer eigenen Ermittlungsarbeit ganz begeistert war, aber versuchte, es sich nicht anmerken zu lassen.

»Heilige Scheiße, endlich ist Facebook mal zu was nütze«, sagte Paul. Er hatte sich einmal kurz dort angemeldet, aber dann hatte die Nachbarin aus der Nummer 11 ihr Router-Passwort geändert, und damit war es aus gewesen.

»Was mich zu unserer vierten Person bringt.«

Mit Schwung hielt sie die Ausgabe von *Geisel der Liebe* hoch.

»Das Buch?« Paul bemühte sich gar nicht erst, seine Enttäuschung zu verbergen. »Du glaubst, dass uns dieses Trash-Märchen irgendetwas Nützliches verraten könnte? Wir wissen doch schon, dass es zum großen Teil Quatsch ist.« Paul schüttelte den Kopf. »Ich an deiner Stelle würde alles auf die Kruger-Karte setzen, das war nämlich gerade dein großer Tada-Moment.«

Brigit streckte ihm die Zunge raus und blätterte zum Ende des Buches vor.

»Nicht das Buch, du Klugscheißer, der Typ, der es geschrieben hat. Mark Brophy.« Sie hielt ihm die Seite entgegen, auf der das Foto des Autors zu sehen war. Ein junger, aufstrebender Reporter mit leuchtenden Augen. Zumindest war er das gewesen – in den Achtzigern. »Ich habe es noch mal durchgelesen, und dann ist es mir wie Schuppen von den Augen gefallen. Es steht sogar in der Einleitung: Aus rechtlichen Gründen und um die beteiligten Personen zu schützen, wurden einzelne Namen geändert. In diesem Buch steht nicht alles, was er erfahren hat, sondern nur alles, was er *drucken* durfte.«

Genüsslich knallte sie es auf den Tisch.

»Und wie kommen wir an ihn heran?«

»Auf seiner Website stehen bloß die Kontaktdaten seines Verlags.«

»Lieber Märchen-Verlag«, flötete Paul, »leider werden wir von Psychos verfolgt. Gibt's vielleicht die Möglichkeit, dass wir ein kleines Plauderstündchen abhalten dürfen mit – wie heißt er noch?«

»Oder …«

»Oder?«

»Oder …«

Brigit ließ alles Weitere in der Luft hängen. Paul lächelte, hob gespannt die Brauen und wartete.

»Oder wir fahren heute Abend zu Brophys Stamm-Pub, wo sich der Mann – Zitat: *einige Pints gönnen wird, nachdem er das Spiel Irland gegen die All Blacks geschaut hat.*«

»Wie hast du das denn …«

»Twitter.«

»Du willst mich doch verarschen.«

»Nein.« Brigit breitete die Arme aus und verbeugte sich. »Ta-DAAAA!«

»Also, Sherlock, Sie haben Ihre gesamte Ermittlung über die sozialen Medien geführt?«

»Jep. Und jetzt überleg mal, wie viel leichter das gewesen wäre, wenn nicht irgend so eine Arschgeige mein Handy weggeworfen hätte!«

# KAPITEL ACHTUNDDREISSIG

»Das ist eine fürchterliche Idee«, sagte Paul nicht zum ersten Mal.

»Du wiederholst dich«, erwiderte Brigit, »und doch sind wir jetzt hier und machen es.«

Paul lehnte den Rücken gegen die raue Steinwand und stellte sich in eine weite Grätsche.

Brigit schaute erst ihn an, dann die Mauer, die ganzen dreieinhalb Meter.

»Das ist absolut machbar.«

»Am Arsch.«

Brigit stemmte die Hände in die Hüften und funkelte ihn an. »Wenn du nichts Positives zu sagen hast, sag gefälligst gar nichts.«

»Vor anderthalb Tagen hast du mich gebeten, dir einen kleinen Gefallen zu tun, für den du mich anschließend nach Hause fahren wolltest. Seitdem hat man auf mich eingestochen, mein Auto in die Luft gesprengt, und ich bin auf der Flucht vor einem Unterwelts-Paten, der die Gardaí in der Hand hat. Und jetzt assistiere ich dir bei einem Einbruch. Würde ich nur noch sprechen, wenn ich etwas Positives zu sagen habe, wäre ich längst Pantomime geworden.«

»Einbruch? Wo brechen wir ein? Wir klettern über eine Mauer!«

Bevor Paul etwas erwidern konnte, trat Brigit drei Schritte zurück und begann auf ihren Hacken vor- und zurückzuschaukeln.

»Whoa, whoa, whoa, was wird das denn?«

»Ich nehme Anlauf.«

»Jetzt versteh ich! Du willst nicht *einbrechen* – du willst *mich* brechen.«

»Du wirst es überleben. Du hast doch einen vollkommen gesunden Arm, oder?«

»Momentan noch, aber es ist nicht mal Mittag. Ich bin sicher, du wirst das noch ändern.«

Brigit imitierte ein Gähnen.

Paul ging noch etwas weiter in die Hocke und drückte sich gegen die Mauer.

»Fürchterliche Idee«, raunte er.

»Also, wo habe ich das schon mal gehört?«

Paul musste zugeben, dass ihm der ganze Tag wie ein einziges Sperrfeuer aus fürchterlichen Ideen vorgekommen war. Zwar hatte er grundsätzlich nichts dagegen gehabt, Daniel Kruger aufzusuchen, dabei allerdings nicht berücksichtigt, was das mit sich bringen würde. Erst einmal brauchten sie ein Auto. Wie sich herausstellte, konnte Dorothy dieses Problem lösen. Allerdings nicht bloß mit irgendeinem x-beliebigen Wagen. Oh nein, es handelte sich um einen klassischen Bentley, der seit dem Tod ihres Mannes ungenutzt herumstand. Seine dunkelgrüne Farbe schimmerte mit königlicher Eleganz im Licht der Garage. Paul versuchte, Brigit subtil darauf hinzuweisen, dass er nicht gerade zu dem unverdächtigen »Auf-der-Flucht«-Erscheinungsbild passte, das sie im Sinn gehabt hatten, aber sie wischte seinen Einwand beiseite. Außerdem versuchte er, ihr klarzumachen, dass das Fahrzeug nicht mehr angemeldet war und keine Steuern dafür gezahlt wurden und dass die Polizei für gewöhnlich ganz verrückt nach sowas war. Sie verfügten heutzutage schließlich über Verkehrskameras und Datenbanken und all das. Aber auch dieses Argument wurde abgeschmettert.

»Stimmt«, hatte Brigit erwidert, »ich persönlich fand in den Jason-Bourne-Filmen auch immer den Moment am besten, wenn er in einem Callcenter anruft, um seine Versicherung auf den neusten Stand zu bringen, bevor er sich in die nächste halsbrecherische Verfolgungsjagd stürzt.«

Was ihn zu seinem wichtigsten Einwand brachte: Paul wollte nie wieder in einem Auto sitzen müssen, das von Brigit Conroy gesteuert wurde. Dass der betreffende Wagen mehr wert war als ein halbwegs anständiges Einfamilienhaus, machte die Vorstellung nur noch schlimmer. Brigit ans Steuer eines wertvollen Oldtimers zu setzen war, als würde man sein Baby mitten auf der Autobahn spielen lassen. Man forderte sein Schicksal nicht bloß heraus, man besiegelte es. Sein Problem war nur, dass er das nicht zum Ausdruck bringen konnte, nun ja – ohne es zum Ausdruck zu bringen. Und das wollte er ebenso wenig.

Immerhin musste man Brigit zugutehalten, dass sie sich bemühte, vorsichtiger zu fahren als beim letzten Mal. Den Löwen schrammte sie nur minimal, als sie aus der Ausfahrt bog. Der Löwe war aus Stein, insofern ließ sich ihm nur ein unerhebliches Maß an Schuld unterstellen. Sie murmelte, der Wagen habe einen viel größeren Wendekreis, als sie es gewohnt sei. Paul musste an die engen, sich windenden Bergstraßen denken, die in den Wicklow Mountains auf sie warteten, und schloss die Augen. Dann machte er sie einfach nicht wieder auf. Es war gar nicht seine Absicht gewesen, aber in diesem Augenblick fand er die Idee, so zu tun, als wäre er eingeschlafen, geradezu genial. Er wusste: Was er nicht sah, konnte ihn trotzdem verletzen, aber so würde das Letzte, das seinen Lippen vor dem Tod entwich, wenigstens kein peinlich schriller Aufschrei sein. Die kurzen Momente, in denen er einen winzigen Blick aus dem Beifahrerfenster wagte, offenbarten einen zweifellos spektakulären Ausblick, aber es war schwer, die Landschaft zu genießen, während man gleichzeitig fürchtete, frontal mit ihr zu kollidieren.

Brigit wiederum ließ ihn schlafen und fluchte nur leise, wenn die Welt sich ihrer Fahrweise in den Weg stellte. Nachdem sie eine Weile unterwegs waren, drehte sie am Radioknopf herum, bis sie einen Sender fand, mit dem sie einverstanden war. Die Musik und der hypnotische Rhythmus der Straße in Pauls Ohren sorgten dafür, dass ihn der Schlafmangel der vergangenen Nacht einholte. Mit einem Lächeln auf den Lippen döste er ein, während Brigit zu einem rotzigen Rock-Song mitsummte, der im Wesentlichen davon handelte, den ganzen Tag zu saufen.

Das nächste, was Paul mitbekam, war, wie er mit einem Stupser gegen den Kopf geweckt wurde.

»*Gah* – wo sind wir reingekracht?«

»In gar nichts, ganz herzlichen Dank.«

»Und warum stupst du mir gegen den Kopf?«

»Wäre es dir lieber, wenn ich dich an deiner verletzten Schulter wachrüttele?«

»Ah, okay, leuchtet ein. Sind wir da?«

»So in etwa. Ich bin Marthas Wegbeschreibung gefolgt, aber hier ist kein großes Haus. Sie meinte, es wäre so ein riesiger, anwesenartiger Kasten. Und ich kann nichts entdecken, was danach aussieht.«

Paul schaute sich um. Sie waren auf dem Land. Alles sah beunruhigend grün aus. Er war nicht in seinem Element.

Eine Weile fuhren sie noch in der Gegend herum, aber auch Paul konnte kein ländliches Anwesen ausmachen, das Brigit übersehen hatte. Schließlich hielten sie an und fragten eine Dame, die gerade mit vier Hunden Gassi ging. Nachdem sie sie davon überzeugt hatten, dass sie wirklich nicht vorhatten, eine Immobilie zu kaufen, klärte sie sie auf. Wie sich herausstellte, konnten sie das Kruger-Anwesen nicht finden, weil es so groß war. Die Straßen, die sie hierhergebracht hatten, waren so lang und unauffällig, weil sie lediglich als Begrenzungen des Kruger-Grundstücks dienten. Und das umfasste etwa die Hälfte des ausgesprochen hübschen Berges, auf dem sie sich befanden. Nach wiederholten Wendemanövern, erhitzten Diskussionen und der bedauerlichen Bekanntschaft mit einem Stechpalmenbusch fanden sie schließlich das Eingangstor zum Herrenhaus.

Offensichtlich war dieses Tor absichtlich schwer zu finden. Riesige, dicke Eichenholzplatten, verstärkt mit Eisenstangen, verliefen kreuz und quer darüber. Es war also jene Art von Tor, bei der selbst Panzerfahrern ernsthafte Zweifel gekommen wären. Brigit drückte auf den Knopf der Gegensprechanlage und wurde, nach kurzem Warten, von einer kalten, akzentfreien, weiblichen Stimme begrüßt.

»Kann ich Ihnen helfen?«

»Hi«, sagte Brigit in ihrem muntersten Geschäftston. »Wir würden gern mit Mr. Kruger sprechen, bitte.«

»Worum geht es?«

»Es, äh …« Brigit schaute Paul an, der nur mit den Schultern zuckte. »Es handelt sich um eine persönliche Angelegenheit.«

»Mr. Kruger spricht mit Fremden nicht über persönliche Angelegenheiten.«

»Na schön. Wir haben sehr wichtige Informationen bezüglich des Verschwindens seiner Frau.«

»Und Mr. Kruger spricht mit Fremden ganz gewiss nicht darüber. Guten Tag.«

Die Gegensprechanlage gab einen unangenehmen Brummton von sich und war tot. Brigit versuchte es noch drei Mal, aber ohne Reaktion. Beim vierten Versuch kehrte die weibliche Stimme zurück, bemühte sich aber nicht mehr um Höflichkeit.

»Sie befinden sich auf Privatbesitz. Ich fordere Sie ein letztes Mal auf, zu gehen. Wenn Sie dem nicht Folge leisten, werden die Gardaí informiert.«

»Bitte warten Sie«, sagte Brigit. »Hören Sie einfach nur zu. Wir haben wirklich Informationen, die von größter …«

Die Stimme am anderen Ende kochte vor Wut. »Haben Sie irgendeine Ahnung, wie viele Betrüger Jahr für Jahr versuchen, wegen dieser Sache mit Mr. Kruger Kontakt aufzunehmen? Leute wie Sie sollten sich schämen! Die Polizei ist bereits alarmiert. Verschwinden Sie!«

Die Gegensprechanlage verstummte und gab keinen Ton mehr von sich, als Brigit erneut auf den Knopf drückte. Paul zog sie beiseite.

»Hör zu, es war eine gute Idee, aber wir können hier nicht rumstehen und uns mit einer angepissten Empfangsdame rumärgern. Wenn sie wirklich die Polizei gerufen hat, müssen wir abhauen, und zwar pronto!«

Widerwillig gab Brigit nach, stieg wieder in den Wagen, und sie fuhren weiter.

Zumindest eine halbe Meile die Straße hinunter, bis sie plötzlich rechts ranfuhr und ausstieg. Paul glaubte, dass sie nur beleidigt davonstampfen wollte, so wie sie es öfter in Filmen gesehen hatte, und da sie den Autoschlüssel hatte, konnte er schlecht wegfahren und sie zurücklassen. Also stieg er nach einigen Minuten ebenfalls aus und folgte ihr missmutig in den angrenzenden Wald. Er fand sie zwanzig Meter entfernt, wo sie an einer dreieinhalb Meter hohen Mauer emporstarrte.

Und hier waren sie nun.

Brigit rannte auf ihn zu, und Paul formte mit den Händen eine Räuberleiter, wobei er darauf achtete, dass der Großteil des Gewichts von der linken Hand aufgenommen wurde. Die rechte war nur zur moralischen Unterstützung involviert.

Dann hievte er sie in die Höhe, bis sie mit dem rechten Fuß auf seiner linken Schulter stand.

»Ich hab die Oberseite der Mauer.«

»Super«, stöhnte er.

»Und du meintest, das wäre schwer!«

»Du bist ja auch nicht die, die unten steht.«

»Ich brauche nur noch ein klein wenig mehr Höhe.«

Paul erhaschte kurz den Geruch von Brigits Sneaker, als dieser sich auf seinen Kopf stellte.

»Scheiße, verdammt.«

»Fast da ...«

Und dann war ihr Gewicht von ihm verschwunden.

Er drehte sich um und sah, wie sie sich auf die Mauer zog. Er überlegte, ob er die Hand ausstrecken und sie noch ein bisschen schubsen sollte, aber da der einzige Körperteil in Reichweite ihr Hintern war, entschied er sich dagegen. Sie zog ein Bein auf die Mauer und blieb in dieser unsicher baumelnden Position sitzen.

»Ähm, Paul?«

»Ja?«

»Auf der anderen Seite dieser Mauer steht ein Gentleman und zielt mit einem Gewehr auf meinen Kopf.«

Paul hörte, wie hinter ihm ein Zweig knackte. Er drehte sich um.

»Ah. Ich frage mich, ob er wohl den Gentleman auf dieser Seite der Mauer kennt, der mit einem Gewehr auf *meinen* Kopf zielt?«

Brigit seufzte. »Ich kann es mir ziemlich gut vorstellen, ja.«

# KAPITEL NEUNUNDDREISSIG

Miss Choi, zu der die kalte, gefühllose Stimme aus der Gegensprechanlage gehörte, stand vor ihnen und schaute sie kalt und gefühllos an. Cathy, eine ihrer Kolleginnen von den Philippinen, hatte ihr mal in einer Mittagspause zu erklären versucht, wie man die verschiedenen Nationalitäten des asiatischen Kontinents auseinanderhalten konnte. Nur noch vage erinnerte sie sich an die Details, aber Miss Chois Hautton und ihre Gesichtszüge ließen sie auf Japan tippen. Die Erfahrung hatte sie jedoch gelehrt, dass man solche Mutmaßungen am besten gar nicht erst anstellte.

Was keinerlei Zweifel zuließ, war die Tatsache, dass sie sehr schön war, beängstigend schön sogar, und das nicht nur, weil sie die riesigen Typen mit den Gewehren kommandierte. Das elegante Business-Kostüm unterstrich subtil ihren athletischen Körperbau, und so böse sie sie auch anfunkelte, wies ihre Haut doch jenen zarten, makellosen Teint auf, den die Kosmetik-Industrie seit Jahrzehnten vergeblich anstrebte. Ihr lang fließendes schwarzes Haar umrahmte ein Gesicht, das große, seelenvolle Augen zierte. Erst als sie direkt in diese Augen sah, verschob Brigit die Einschätzung von Miss Chois Alter von Mitte dreißig auf Anfang fünfzig. Etwas in ihnen verriet jene Müdigkeit, die ab einem bestimmten Punkt des Lebens nie mehr verschwand.

Draußen an der Mauer hatte man Brigit angewiesen, wieder zu Paul hinunterzuklettern. Der Mann, den sie im Stillen als Pauls Riesen bezeichnete, hielt sein Gewehr weiter lässig auf sie beide gerichtet, bis einige Minuten später ihr eigener

Riese von der anderen Seite der Mauer in einem Land Rover auftauchte. Es waren nicht gerade Plaudertaschen; all ihre Fragen wurden mit der Aufforderung beantwortet, sie sollten die Klappe halten. Beide Häscher hatten dunkelbraunes Haar und hätten durchaus Brüder sein können, Brigit hielt Cousins aber für wahrscheinlicher. Erst als sie sie direkt nebeneinander sah, wurde ihr bewusst, wie groß sie tatsächlich waren. Riese eins war eins zweiundneunzig und hatte einen Brustkorb so breit wie eine Tür. Riese zwei war mindestens zwei Meter groß. Er hatte zwar nicht ganz so breite Schultern, ragte dafür aber wie ein Turm vor ihnen auf. Beide sahen nicht nach Fitnessstudio-Pumpern aus. Sie hatten die Art von Körperbau, die nur die Natur und unentwegte körperliche Betätigung hervorbringen konnten. Ihre Kleidung und ihre Gewehre deuteten darauf hin, dass sie auf diesem Besitz als Jagdaufseher angestellt waren, und Brigit taten alle Fasane leid, die hier aus der Reihe tanzten.

Sie fesselten erst Pauls, dann Brigits Hände mit Klebeband, bevor sie sie auf den Rücksitz des Jeeps beförderten. Riese eins stieß Paul in den Wagen, während Riese zwei Brigit deutlich höflicher auf ihren Platz verhalf. Ah, brave irische Burschen, denen ihre Mammies noch beigebracht haben, vor Frauen Respekt zu zeigen. Immerhin hatte der Größere der beiden Pauls Schlinge vom Boden aufgehoben und sie in seine Gesäßtasche gestopft.

Die Fahrt über das Anwesen verlief ungemütlich, sowohl wegen der vielen Schlaglöcher als auch wegen des bedrückenden Schweigens. Brigit spürte, dass sich Pauls Stimmung einem Tiefpunkt näherte. Die Anweisung, die Klappe zu halten, beraubte ihn schließlich der Möglichkeit, sie absichtlich mit seinem Schweigen zu strafen. Die matschbespritzte Heckscheibe bot während der Fahrt wenig Aussicht auf den Besitz, und auch

Riese eins und Riese zwei blieben die ganze Zeit stumm. Diese beiden Burschen waren kein großer Verlust für die Tourismusindustrie.

Nach rumpeligen fünf Minuten wurden sie aus dem Land Rover und in einen Raum hineingezerrt, der wie eine ziemlich große Herrenhausküche aussah. In *Downton Abbey* hätte sich hier die Dienerschaft aufgehalten. Die steinernen Böden und der alte Wärmespeicherofen verleiteten zu der Annahme, es hätte sich hier seit hundert Jahren nichts verändert, aber Brigit erspähte in einer der Schrankwände eine unauffällig eingebaute Mikrowelle. Zusammen mit Paul wurde sie auf einer Bank abgeladen, während sich Riese eins und Riese zwei mit den Flinten über den Schultern lässig gegen die Arbeitsfläche lehnten.

»Also, Jungs«, sagte Paul. »Wie lang seit ihr denn schon im Menschenfänger-Gewerbe?«

Der Riesige grinste, und der Riesigere stierte ihm finster entgegen. Als die Tür aufschwang, nahmen beide Männer augenblicklich Haltung an. Miss Choi trat in den Raum.

»Ich gratuliere Ihnen zu Ihrer Beharrlichkeit. Und zu Ihrer Unfähigkeit.« Sie ließ ihren Blick zwischen Brigit und Paul hin- und herwandern. »Unsere Überwachungskameras haben Ihren Versuch aufgezeichnet, sich unrechtmäßigen Zugang zu verschaffen, und wir werden die Aufnahmen an die Behörden weitergeben. Seien Sie versichert, dass wir Anzeige erstatten. Haben Sie irgendetwas zu Ihrer Verteidigung zu sagen, bevor ich den Anruf tätige?«

»Ich nehme an, ein *Sorry* wird nicht reichen?«, fragte Paul.

»Nein.«

»*Wirklich, wirklich* sorry?«

Riese zwei kicherte, hörte aber sofort damit auf, als Miss Choi ihm einen Blick zuwarf.

»Nur eins«, sagte Brigit. »Könnten Sie Ihrem Chef bitte einfach ausrichten, dass Grinner McNair tot ist.«

»Das sind schwerlich Neuigkeiten. Dieser Gentleman …« Miss Choi hielt inne und korrigierte sich. »Dieser Mann ist vor dreißig Jahren ums Leben gekommen, also noch bevor Ihr Komplize überhaupt geboren wurde.«

Oh, was für eine raffinierte Hexe.

»Mag sein«, sagte Brigit. »Dann nehme ich an, dass der Mann, der vor zwei Tagen im St. Kilda's Hospiz gestorben ist, ein ganz anderer Jackie Grinner McNair gewesen ist. Ich an Ihrer Stelle würde trotzdem morgen früh rechtzeitig aus den Federn steigen und mir die Tageszeitungen besorgen.«

Miss Choi bemühte sich, einen desinteressierten Eindruck zu erwecken, aber Brigit spürte, dass sich unter der glatten Fassade etwas regte und stumme Fragen auftauchten.

»Wir freuen uns schon auf die Lektüre. Und in welcher Hinsicht ist das für Sie von Bedeutung, wenn ich fragen darf?«

»Ach, wir sind bloß die beiden letzten Personen, die ihn lebend gesehen haben.«

»Er hat mit einem Messer auf mich eingestochen.« Paul deutete auf seine Schulter. »Ich habe eine Schlinge getragen, aber der Kleine hier hat sie mir abgenommen.«

Brigit bemerkte, dass das Gesicht des Riesigeren aufleuchtete. Sie war sich ziemlich sicher, dass »der Kleine« sich das eine ganze Weile würde anhören müssen. Als sie wieder Miss Choi anschaute, stellte sie fest, dass deren große braune Augen sie durchdringend anstarrten. Brigit erwiderte den Blick trotzig. Miss Choi schaute zuerst weg und flüsterte Riese eins etwas zu, der darauf nickte. Dann wandte sie sich um und marschierte wortlos aus dem Raum.

Brigit sah Paul an. »Ich habe doch gesagt, der Plan wird aufgehen.«

»Wirklich? *Das* ist deine Vorstellung von einem aufgehenden Plan?«

»Wir sind hier, oder nicht?«

»Haltet ihr zwei jetzt mal endlich die Klappe?«, blaffte Riese eins.

»Ich sag Ihnen was«, erwiderte Paul, »könnte mir einer von euch beiden einen großen Gefallen tun und sie kurz abknallen, bitte?«

»Beachtet ihn gar nicht, Jungs«, sagte Brigit. »er ist einfach der typische weinerliche Dublin-Waschlappen.«

Riese eins warf Riese zwei einen Blick zu, und diesmal mussten beide hämisch grinsen.

»Ah, so ist das also!«, sagte Paul. »Da halten die Landeier zusammen, was? Ist ja wieder mal verdammt typisch. Ich hätte noch eine Idee: Wie wär's, wenn ihr mich einfach erschießt? Dann müsst ihr euch auch später keinen Grund mehr überlegen.«

»Ich hab doch gesagt, du sollst deine Klappe halten«, knurrte Riese eins.

»Sonst *was?*«, erwiderte Paul. »Nichts für ungut, aber in den letzten zwei Tagen haben mir so viele Leute gedroht, dass das seine Wirkung komplett verloren hat. Habt ihr gestern in den Nachrichten das Auto gesehen, das in die Luft gesprengt wurde? Das war meins. Und was habt ihr? Bloß diese jämmerlichen Pusterohre.«

Riese eins wollte gerade etwas erwidern, aber Riese zwei knuffte ihn in die Seite, und schon nahmen beide Haltung an. Einen Augenblick später öffnete sich die Tür, und Miss Choi kehrte zurück.

»Ziehen Sie Ihre Schuhe aus.«

»Wie bitte?«

*Eins muss man zugeben*, dachte Brigit, *das sind wirklich schöne Teppiche.* Wäre dies ihr Haus, sie hätte ebenfalls darauf bestanden, dass alle Gäste die Schuhe auszogen. Trotzdem: Nicht nur Paul und sie selbst sahen auf Socken ausgesprochen lächerlich aus, auch ihre bewaffneten Wächter. Bedachte man, dass sie es waren, die die Waffen in Händen hielten, wirkten die beiden zudem überraschend nervös. Die Offenbarung, dass Riese eins Socken mit Fozzie-Bär-Motiv trug, half keineswegs dabei, seine bedrohliche Wirkung aufrechtzuerhalten. Aber zumindest waren seine in einem guten Zustand; an den rot-weiß gestreiften Strümpfen von Riese zwei schauten links wie rechts die großen Zehen heraus. Brigit ging fest davon aus, dass er heute Abend seine Nägel mit einer Schere bekannt machen würde. Was würde seine Mammy dazu sagen? Was sollten die Leute von ihrer Erziehung halten?

Die Tür in der äußeren rechten Ecke des Raumes öffnete sich mit einem leisen, automatischen Zischen. Gefolgt von Miss Choi kam ein alter Mann in einem elektrischen Rollstuhl hereingefahren. Die Haare waren mittlerweile grau meliert, aber ohne Zweifel war er eine sehr viel ältere, gebrechlichere Version des Daniel Kruger, dessen Bild sie erst beim Frühstück so eingehend gemustert hatte. Der Rollstuhl war eine Überraschung. Brigit nahm an, dass er auch der Grund dafür war, dass der Mann so viel kleiner wirkte als erwartet. Als er ihnen schließlich die rechte Seite seines Gesichts zuwandte, wo sich die rot vernarbte Haut um sein Auge herumwand und bis unter den Hemdkragen zog, spürte Brigit, dass sie der menschlichsten aller Reaktionen anheimfiel: Sie wollte nicht hinsehen, aber wegschauen wollte sie auch nicht. Beides kam ihr unhöflich vor. Unter einem spießigen Tweed-Anzug trug Kruger eine Krawatte. Nur die Reichen kleideten sich so, wenn sie einen gemütlichen Samstagvormittag zuhause verbrachten.

»Miss Conroy und Mr. Mulchrone, bitte nehmen Sie Platz.« Er hatte jenen reinen Afrikaans-Akzent, der für gewöhnlich alles wie einen Befehl klingen lässt. Da ihm das Atmen schwer zu fallen schien, wurde der Effekt jedoch deutlich abgedämpft. Brigit hatte keine Ahnung, woran er litt, aber sie nahm an, dass der Rollstuhl nicht bloß eine vorübergehende Maßnahme darstellte.

Zusammen mit Paul setzte sie sich auf das Sofa, das im rechten Winkel zum Kamin stand. Trotz der frühen Stunde brannte bereits ein Feuer, sodass der Raum unangenehm aufgeheizt war. Vielleicht waren es aber auch die auf sie gerichteten Waffen, die sie leicht ins Schwitzen brachte.

Kruger schaute kurz die beiden Riesen an.

»Vielen Dank, Declan, Connor. Sie können unsere Gäste jetzt losbinden und mit Ihren Aufgaben fortfahren.«

Die beiden Männer zögerten, schauten kurz von Kruger zu Miss Choi. Sie alle waren hin- und hergerissen, wollten der Aufforderung nicht Folge leisten, sich ihr aber auch nicht widersetzen. Kruger blickte derweil ins Feuer, als warte er geduldig auf das unvermeidliche Ergebnis der stummen Beratschlagung.

Schließlich nickte Miss Choi widerwillig und fügte hinzu: »Bitte warten Sie in der Küche, meine Herren.«

Riese eins und Riese zwei entfernten das Klebeband von Paul und Brigits Handgelenken und nahmen dann, wie befohlen, ihren Abschied.

Nachdem sich die Tür hinter ihnen geschlossen hatte, wandte Kruger seinen Blick wieder dem Sofa zu.

»Also, Margaret sagt mir, Sie hätten Informationen, die Sie gerne mit mir teilen würden?«

Und dann saß er stumm und reglos da, während Paul mehr oder weniger alles erzählte, was im Laufe der letzten beiden Tage geschehen war. McNairs Angriff auf Paul, sein Tod, die

Autobombe, die Ermordung von McNairs Tochter und schließlich die Bestätigung von Lynn Nellis, dass Gerry Fallon hinter alledem steckte. Obwohl er ihr nichts schuldig war, behielt Paul Lynns Namen für sich. Und bei wem sie danach untergekrochen waren, erwähnte er verständlicherweise ebenfalls mit keinem Wort.

Als er fertig war, schaute Kruger zu Miss Choi auf. Sie sagte nichts, aber Brigit bemerkte, dass sie ihre Hand sanft auf Krugers Schulter gelegt hatte.

»Das ist alles … sehr interessant«, sagte der alte Mann. »Darf ich Sie fragen, was Sie dazu veranlasst hat, mir all das mitzuteilen?«

Paul warf Brigit einen Seitenblick zu, bevor er antwortete. »Wir stecken ganz tief drin in dieser Sache, ohne eine Ahnung zu haben, was zur Hölle das alles eigentlich soll. Und wir dachten, wenn es jemand weiß, dann Sie.«

»Ich fürchte, ich werde Ihnen weniger behilflich sein können, als Sie hoffen. Nach dem … Vorfall habe ich zahlreiche private Ermittler damit beauftragt, den ganzen Erdball nach Sarah-Jane abzusuchen. Doch außer Gerüchten und Spekulationen haben sie nie etwas zutage gefördert. Auch wir hatten begründete Zweifel an der offiziellen Version der Ereignisse, aber haben nie eine Spur gefunden, die uns zu meiner Frau führen konnte.«

»Was für Zweifel?«

»Die Gardaí waren, freundlich ausgedrückt, vollkommen inkompetent.« Er schaffte es nicht, die Verbitterung in seiner Stimme zu unterdrücken. »Kommt es Ihnen nicht komisch vor, dass eine angeblich so großangelegte Suchaktion nach einer vermissten Person nicht das geringste Ergebnis hervorbringt? Dass sie auch im Nachhinein nie herausfinden konnten, wo man meine Frau festgehalten hat?«

Brigit und Paul ließen seine Frage unbeantwortet im Raum stehen.

»Ich kann Ihnen sagen, dass ich nicht glaube, dass sie in der Gegend von Kerry festgehalten wurde, wie man immer behauptet hat. Das war eine von vielen falschen Fährten. Ich bin überzeugt davon, dass man sie in den Westen Irlands gebracht hat.«

»Aber«, sagte Brigit, »die Augenzeugen haben doch gesehen, wie sie zusammen mit Fallon in der Nähe von Dingle ein Boot bestiegen hat.«

»Ach ja, die Augenzeugen. Der eine war nicht, wer er behauptet hat zu sein, und von dem anderen wissen wir, dass er kurz darauf einen unerklärlich hohen Geldbetrag erhalten hat. Ich hätte vorgeschlagen, dass Sie mit denen sprechen, aber praktischerweise sind beide inzwischen tot.«

»Oh«, sagte Paul.

»Praktisch für Mr. Fallon, meine ich, der es, wie Sie ja mittlerweile festgestellt haben, gar nicht gern hat, wenn es irgendwelche Mitwisser gibt.«

»Aber wenn Sie wussten, dass bei den Ermittlungen diese Fehler gemacht wurden, warum haben Sie dann nichts gesagt?«

Kruger rutschte in seinem Stuhl hin und her.

»Oh, das habe ich, Mr. Mulchrone. Ich habe auch die Verleger dieses verabscheuungswürdigen Buches verklagt. Ohne Erfolg. Wenn es nach mir gegangen wäre, hätte ich jeden Penny in meinem Besitz dafür ausgegeben, meine Frau wiederzufinden.«

»Warum haben Sie es dann nicht getan?«, fragte Brigit.

Wieder rutschte Kruger in seinem Rollstuhl hin und her und schaute zu Miss Choi auf, die seinen Blick bekümmert erwiderte.

»Meine Familie, Miss Conroy, war …«

Es schien eine lange Zeit vollkommen still zu sein im Raum, nur das Knacken der Holzscheite im Kamin war zu hören. Als er schließlich weitersprach, vermied Kruger, mit ihnen Augenkontakt aufzunehmen, und hielt seinen Blick auf den Boden gerichtet.

»Eine Familie erträgt es vielleicht gerade noch, dass ihr Sohn deformiert ist. Aber wenn er sich zudem noch als gehörnter Ehemann herausstellt? Das war offenbar doch zu viel. Man wollte die ganze peinliche Affäre nur noch vergessen.«

Brigit konnte sich nicht helfen: Als der Mann wieder aufschaute, mit einer Mischung aus Verbitterung und schrecklicher Traurigkeit in den Augen, tat er ihr leid.

»Sie wollten diese Peinlichkeit vor dreißig Jahren nicht ertragen, und ausgehend von dem spärlichen Kontakt, den wir seitdem haben, bezweifle ich, dass sich ihre Haltung geändert hat.«

Miss Choi räusperte sich. »Ich denke, alles, was gesagt werden musste, wurde gesagt.«

Kruger hob eine Hand, um sie zu stoppen. »Ich wünschte, ich könnte Ihnen eine größere Hilfe sein. Aber sollten Sie herausfinden, welches Geheimnis Mr. Fallon verbirgt, seien Sie versichert, dass Sie eine stattliche Belohnung dafür erhalten werden, dass Sie diese Angelegenheit endlich zur Ruhe bringen.«

Miss Choi deutete zur Tür und machte einige Schritte darauf zu. Brigit fühlte, wie Paul sich erheben wollte. Sie aber blieb sitzen und schaute Kruger direkt in die Augen. Sie wusste, dass sie nicht sagen sollte, was sie sagen wollte. Wie ihre Mam mal angemerkt hatte: Es war nicht so, dass Brigit redete, ohne vorher nachzudenken. Sie dachte durchaus vorher nach, das Problem war nur: Sie hielt dann leider trotzdem nicht den Mund.

»Etwas sollte Ihnen klar sein … Falls wir herausfinden, wo

die beiden stecken, werden wir diese Information nicht herausgeben.«

Brigit spürte, wie sie rot anlief, als die drei anderen Personen im Raum sie anstarrten. Sie schaute kurz nach rechts, wo Paul sie mit offenem Mund anschaute.

»Es tut mir leid«, fuhr Brigit fort, »aber es wäre nicht richtig, Geld anzunehmen und damit das Leben von zwei Menschen zu zerstören, wenn sie nichts Unrechtes getan haben.«

Miss Choi kam auf sie zu. Kurz erwartete Brigit, eine Ohrfeige zu bekommen.

»Margaret«, sagte Kruger leise, aber streng. Miss Choi verharrte, schaute sich verunsichert um, als erwache sie aus einem Traum, und kehrte dann zu ihrem Platz hinter ihrem Arbeitgeber zurück.

»Möchten Sie wissen, wie ich meine Frau kennengelernt habe, Miss Conroy?«

Die Frage traf Brigit völlig unvorbereitet. Sie nickte nervös.

»Es war bei einer Party«, sagte er und fügte mit einem schwachen Auflachen hinzu: »Nein, genau genommen war es beim *Vermeiden* einer Party. Irgendetwas wurde groß gefeiert … es gibt ja immer einen Grund. Ich hatte mich in die Bibliothek zurückgezogen und ganz in Ruhe ein Buch gelesen. Sarah-Jane kam herein und schaute sich eingehend die Gemälde an, aber eigentlich versuchte sie nur, den anderen Gästen aus dem Weg zu gehen – genau wie ich. Sie war …«, wieder schaute Kruger ins Feuer, verloren in seinen Erinnerungen, »… umwerfend.«

Brigit rutschte nervös auf ihrem Platz hin und her. »Sie war sehr schön«, sagte sie.

Kruger schaute auf, als schrecke er aus seinen Gedanken. »Oh nein.« Dann lächelte er. »Ich meine, ja, natürlich war sie das, sie war atemberaubend schön, aber das wollte ich nicht sagen. Unter ihrer Schüchternheit war sie so intelligent, so redegewandt, so charmant. Ihr Lachen konnte einen …« Kruger brach ab, und Verlegenheit machte sich auf seinen Gesichtszügen breit. Er räusperte sich und fuhr dann fort. »Ich kann, wie Sie es vermutlich ausdrücken würden, nicht besonders gut mit Menschen. Ich habe seit meiner Kindheit diese Entstellung.« Er gestikulierte mit der Hand vor seinem Gesicht herum. »Die hat es mir schwer gemacht, Bekanntschaften zu schließen. Ich habe nur wenige enge Freunde. Mit Sarah-Jane aber … als sie mich ansah, war es nicht wie bei den anderen.«

Brigit ertappte sich dabei, dass sie die nicht entstellte Seite seines Gesichts eingehend musterte. Ohne Zweifel wäre er ein attraktiver Mann gewesen, nein, er *war* ein attraktiver Mann – sobald man über das Offensichtliche hinwegsah.

»Vielleicht bin ich die lächerliche Gestalt, für die die ganze Welt mich hält. Der Mann, dessen Frau mit ihrem Entführer durchgebrannt ist. Vielleicht bin ich genau das. Doch ich weiß, was ich empfinde. Ich liebe meine Frau, und das werde ich auch bis zum Tode. Und ich glaube, dass sie mich ebenfalls geliebt hat.« Plötzlich wurde seine Stimme lauter, klang wütend. »Irgendjemand hat sich für die Öffentlichkeit dieses Märchen ausgedacht. Meine Frau wäre die gefangene Prinzessin gewesen und ich … tja, ich gebe ein gutes Ungeheuer ab, nicht wahr?«

Er breitete die Arme aus, und Brigit senkte rasch den Blick. Sie schämte sich.

»Diese Geschichte haben Sie in einem Buch gelesen, in dem es heißt, dass ein Mann seit dreißig Jahren tot ist, der nun komischerweise zum Leben erwacht ist und auf ihren Begleiter mit dem Messer eingestochen hat. Ein anderer Mann versucht, Sie umzubringen, nur weil Sie womöglich irgendwas wissen, und doch glauben Sie immer noch an alles, was auf den Seiten dieses Buches steht. Sie glauben immer noch, dass ich das Ungeheuer bin.«

Kruger streckte die Hand aus und legte sie auf Miss Chois Hand, die wieder auf seiner Schulter ruhte. Er senkte seine Stimme. »Ich bin mit meiner Frau immer noch verheiratet. Ich hätte unsere Ehe schon vor langer Zeit annullieren lassen können, habe es aber nicht getan. Bis ich mit Sicherheit weiß, dass die Liebe, die wir geteilt haben, eine Lüge war, kann und werde ich nicht weiterziehen.«

Brigit konnte sich nicht helfen. Sie schaute zu Miss Choi auf, die rasch ihren Blick abwandte.

»Ich will keine Rache, ich muss es nur wissen. Connor und Declan werden Sie zu Ihrem Wagen zurückbringen. Guten Tag.«

Und damit drehte er sich um und verließ den Raum, während Brigit und Paul stumm dasaßen.

# KAPITEL VIERZIG

Nora Stokes roch, dass Ärger in der Luft lag. Dabei hatte sie eigentlich nur den ekelhaft süßen Kokosnussgestank in der Nase. Er kam von der Creme, mit der sie großzügig ihren ganzen Körper einreiben sollte, um ihre Haut vor den Belastungen der Schwangerschaft zu schützen. Das Zeug roch penetrant, aber es war draußen zu kalt, um das Fenster aufzumachen. Trotz wiederholter Zusagen, hatte Greevy die Gastherme nicht reparieren lassen, bevor er sich nach Italien verzogen hatte, um seine absurde Ehe zu retten. Deshalb verfügte die Heizung nur über zwei Stufen: flammendes Inferno oder Aus. Keine große Auswahl, also hatte sie sich fürs Inferno entschieden. So konnte sie bei der Hitze und dem Kokosnussgeruch wenigstens hin und wieder die Augen schließen und so tun, als würde sie an einem tropischen Strand liegen. Dann aber trat das Baby wieder zu und erinnerte sie daran, dass in ihrem derzeitigen Zustand zwangsläufig irgendwann Greenpeace auftauchen und sie zurück ins Meer rollen würde. Dann bekam sie sofort ein schlechtes Gewissen und entschuldigte sich beim Baby. So ging es momentan die ganze Zeit: Ihr Leben bestand nur noch aus wilden Gefühlsschwankungen, bizarren Gelüsten und einer aufregenden Vielfalt von körperlichem Unwohlsein und verschiedensten Würdelosigkeiten. Ach ja – und daraus, dass sie wie ein frittierter Bounty-Riegel roch.

Mit alledem kam sie mehr oder weniger klar. Sorgen machte ihr nur der Typ, der jetzt vor der Tür saß. Der Empfangsbereich, wie ihn Greevy großspurig nannte, bestand nur aus drei Stühlen am Treppenabsatz, und durch die Glastür des eigentlichen Büros konnte man sehen, wer dort wartete. Leider bedeutete dies, dass der Wartende sie ebenfalls sehen konnte. Und der Mann, der in diesem Augenblick zu ihr hereinstarrte, sah aus, als wäre er von einer Casting-Agentur geschickt worden, um in einem Gangsterfilm den zweiten Ganoven von rechts zu spielen. Er hatte alles, was man brauchte: den kahl geschorenen Schädel, die tätowierten Handknöchel und sogar die Narbe, die sich über die eine Hälfte seines Gesichts zog.

Die letzten zwanzig Minuten hatte sie schon Zeit geschunden, so getan, als müsse sie Papierkram erledigen, imaginäre Telefonanrufe annehmen und wichtige E-Mails verschicken. Aber der Typ verstand den Wink mit dem Zaunpfahl nicht. Eigentlich hatte sie heute überhaupt nicht vorgehabt, die Kanzlei zu öffnen, aber Paul Mulchrone hatte nur ihre Büronummer, und er hatte gesagt, dass er sich noch einmal melden würde.

Der zweite Ganove von rechts stand auf und schaute demonstrativ zur Tür herein. Nora hob einen Finger, um ihm zu verstehen zu geben, dass er sich eine Minute lang gedulden solle, und sortierte ein letztes Mal die Gegenstände auf ihrem Schreibtisch. Sie hatte geglaubt, dass ihr irgendetwas zu Hilfe kommen würde, wenn sie es nur lange genug hinauszögerte. Wie es aussah, hatte sie sich getäuscht.

Also schaute Nora auf und lächelte. »Kommen Sie rein. Tut mir leid, dass Sie so lange warten mussten.«

»Scheißheiß hier drin.«

»Ja, das tut mir leid. Unsere Heizung ist ein wenig launisch. Ziehen Sie gern Ihre Jacke aus, wenn sie mögen.« *Oder gehen Sie einfach wieder. Bitte gehen Sie.*

Der Mann legte die Hände auf die Lederjacke, die er trug, überlegte es sich aber doch wieder anders. »S' schon gut.«

Nora streckte die Hand aus. »Mein Name ist Nora Stokes, und Sie sind …«

So wie er Noras Hand anschaute, betrachteten die meisten Menschen unangeforderte Genitalfotos. »Sie brauchen meinen Namen nicht.«

Nora zog ihre Hand zurück. »Ich fürchte, doch – für unsere Unterlagen. Ich kann ja keine rechtliche Beratung vornehmen, ohne den Namen des Mandanten zu kennen, oder?«

»Mick. Mick … Keane.«

Der Abstand zwischen Vor- und Nachname war zu lang. Nora wusste, dass er nur versuchte, besonders clever zu sein. Pflichtschuldig notierte sie den falschen Namen auf ihrem Block und widerstand dem Drang, den Mann zu bitten, ihr seinen Ausweis zu zeigen.

»Und wie können wir Ihnen behilflich sein, Mick?« *Wir* – weil man nicht übersehen durfte, dass hier natürlich jede Menge Leute arbeiteten.

»Ich suche jemanden. Er ist Mandant bei Ihnen – Paul Mulchrone.«

Nora rutschte auf ihrem Platz herum und versuchte, sich nicht anmerken zu lassen, dass sie genau das befürchtet hatte.

»Okay, da können wir Ihnen leider, leider nicht helfen.« Warum hatte sie nicht einfach die Polizei gerufen? Weil sie auf gar keinen Fall die überreagierende, alberne Schwangere abgeben wollte, deshalb. Nun aber, da das Worst-Case-Szenario einzutreten drohte, war es verdammt noch mal zu spät. Sehnsüchtig warf sie einen Blick auf das Telefon, bevor sie wieder den Mann ansah, der ganz sicher nicht Mick Keane hieß.

»Aber Sie sind doch seine Anwältin, oder?«

»Wegen des Vertraulichkeitsverhältnisses zwischen uns und unseren Mandanten fürchte ich, kann ich Ihnen nicht einmal das bestätigen. Sie verstehen.«

Vor einer Stunde erst hatte sie mit Mulchrone gesprochen, als er hier im Büro angerufen hatte. Sie hatte ihm die Nachricht übermittelt, die DI Jimmy Stewart für ihn hinterlassen hatte. Es war schon komisch, von einem Polizisten zu hören, dass sie jemand anderem ausrichten solle, er könne der Polizei nicht trauen. Und ihm dann auch noch mitteilen zu müssen, dass ein Auftragskiller bei dem Versuch getötet worden war, zwei Menschen umzubringen, die er fälschlicherweise für ihn und seine Begleiterin gehalten hatte.

Mulchrone war sehr still geworden. Dann hatte er gesagt, er würde sich später noch mal melden. Den Anruf hatte er derart unvermittelt abgebrochen, dass sie nicht mehr dazu gekommen war, ihm ihre Handynummer zu geben. Wenn Greevy, dieser geizige Bastard, ein paar Euros mehr im Monat lockermachen würde, hätten sie sich eine Rufumleitung auf Handys leisten können. Und dann hätte sie in diesem Moment auf ihrem Sofa gesessen und übertrieben emotional auf Weichspülerwerbung reagiert. Eigentlich wollte sie trotzdem nach Hause fahren, aber dann fragte sie sich: Was für eine Art Mutter wäre sie, wenn sie zwei Menschen Hilfe verweigerte, die sich in echter Gefahr befanden? In letzter Zeit kamen ihr in ihren dämlichen inneren Monologen ständig solche Gedanken. Sie versuchte, die Zukunft auszublenden und die Vergangenheit zu vergessen, bemühte sich so sehr, einfach nur durch jeden einzelnen Tag zu kommen. Und dann hatte diese beschissene kleine Stimme in ihrem Kopf keine Ruhe gegeben und sie in diese Lage gebracht.

Der Mann, der nicht Mick Keane war, legte seine Hände auf den Tisch. Aus dieser Nähe wurde Nora bewusst, dass ihm das Wort HASS auf die linken und die rechten Handknöchel tätowiert worden war. Wo blieb die Liebe?

»Hör zu, Schätzchen, es ist eine ganz simple Frage. Bist du seine Anwältin, oder nicht?«

»Keine Anwältin wird Ihnen diese Art von Frage beantworten, Mr. Keane. Wenn es also sonst nichts gibt, was ich für Sie tun kann …« *Bitte gehen Sie, oh Gott, bitte gehen Sie weg.*

Er knallte seine Faust auf den Schreibtisch, und sie zuckte zusammen. Instinktiv wich sie zurück und legte schützend die Hände auf ihren Bauch.

»Hör auf, mich zu verarschen!«

Sie schaute sich im Zimmer um. »Mein Chef kommt jeden Augenblick zurück.«

»Aus Italien?« Er grinste breit genug, um eine ziemlich jämmerlich aussehende Zahnsammlung zu offenbaren. »Es ist ganz simpel. Sag mir einfach, wo Mulchrone steckt, dann bist du mich los.«

»Sind Sie wirklich ein Mann, der eine schwangere Frau bedrohen würde?«

»Ach, ich dachte, du wärst bloß fett.« Sein dreckiges Grinsen machte deutlich, dass die neue Information gar nichts änderte.

Nora hatte das Gefühl, gleich in Tränen auszubrechen, aber wild entschlossen, dem Arschloch diese Genugtuung nicht zu gönnen, sog sie bloß einen tiefen Atemzug ein.

»Erzählst du es mir jetzt, oder muss ich dich zwingen?«

»Ich nehme an, Sie würden mir nicht glauben, dass ich es wirklich nicht weiß?«

Er lachte. »Nein.«

Dann stand er auf, beugte sich über den Schreibtisch, stützte sich auf seine Fäuste und ließ erneut ein gemeines Grinsen um seine Lippen spielen.

»Ihre Mutter muss so stolz auf Sie sein«, sagte Nora.

»Sie war eine dumme, hirnlose Kuh.«

Nora lächelte. »Ach, daher haben Sie das also.«

Ihm blieb nur der allerkürzeste Moment, um verwirrt auszusehen, bevor ihn das Pfefferspray traf – direkt in sein großes, dummes Gesicht.

Ruckartig wich er zurück. Er rieb sich mit den Händen die brennenden Augen, kam ins Stolpern und fiel über den Stuhl hinter sich. Einige Momente lang wälzte er sich spuckend und laut fluchend auf dem Boden herum, bevor er schwankend wieder auf die Füße kam. Er schob die rechte Hand in die Tasche seiner Jacke und holte einen Revolver hervor.

»Okay, du verdammte F…«

Unterbrochen wurde er von dem recht unangenehmen Krampf, der seinen gesamten Körper erschütterte. Unwillkürlich schleuderte seine rechte Hand den Revolver in die Ecke, während ihn 240 Volt durchzuckten. Ein Schrei entfuhr seinen Lippen. Derweil entwich aus seinem anderen Ende ebenso hastig das große herzhafte Frühstück, das er gegessen, genossen und beinahe verdaut hatte.

Im Stillen dankte Nora ihrem Onkel Graham. Dabei war er ihr und ihren Geschwistern in ihrer Kindheit immer etwas merkwürdig vorgekommen. Als Agrarwissenschaftler hatte Graham den Großteil seines Lebens damit verbracht, um die Welt zu reisen und im Auftrag der irischen Regierung Entwicklungshilfe zu leisten. Ihre Mum sagte immer, dass er den Afrikanern bei der Landwirtschaft unter die Arme griff. Im Rückblick musste man zugeben, dass er mit Kindern nicht gut umgehen konnte, und was man einem jungen Mädchen zum Geburtstag schenken sollte, hatte ihn schlicht überfordert. Ihr Bruder hatte von ihm einmal einen Schild eines afrikanischen Stammes bekommen; in der Schule hatte man wochenlang darüber geredet. Ihr wiederum hatte er einen Teppich überreicht. Klar: Welches dreizehnjährige Mädchen wünscht sich keinen Teppich?

Letztes Jahr, als er für eine Konferenz nach Dublin gekommen war, hatte Noras Mutter ihr so lange ein schlechtes Gewissen gemacht, bis sie schweren Herzens bereit gewesen war, mit Onkel Graham essen zu gehen. Der Mann hatte drei Jahre in

Kenia gelebt, aber anscheinend schaffte er es nicht, auch nur einen Abend allein in der irischen Hauptstadt zu überstehen. Überraschenderweise war er recht charmant gewesen. Als Erwachsene konnte Nora erkennen, dass er ein netter Mann war, wenn auch in Gesellschaft ein wenig unbeholfen und deutlich zu interessiert am Prinzip der Zweifelderwirtschaft.

Ihre Mutter hatte ihm erzählt, dass sie sich auf Dublins finsteren Straßen große Sorge um die Sicherheit ihrer Tochter machte, vor allem, da sie ständig Umgang mit allen möglichen Kriminellen pflegte. Am Ende des Abends bestand er also darauf, seiner Nichte ein Geschenk zu machen. Er nannte es einen Taser, tatsächlich handelte es sich aber um einen zum Viehtreiben gedachten Elektroschocker. Sie erklärte ihm, dass solche Gerätschaften in Irland illegal seien. Er wiederum erklärte ihr, wenn sie ihn jemals brauchen sollte, könne sie sich darüber anschließend Gedanken machen. Lächelnd fügte er hinzu, sie kenne ja bestimmt einen guten Anwalt.

Als Nora Stokes nun über der stöhnenden Gestalt des Mannes stand, der nicht Mick Keane hieß, während in der Luft die schwere Geruchsmischung von Kokosnuss, verbranntem Fleisch und Exkrementen lag, beschloss sie, ihr ungeborenes Kind Graham zu nennen, falls es ein Junge wurde. Ach, zur Hölle – wenn es ein Mädchen wurde, auch. Man konnte einfach noch ein paar schicke Akzente auf die Buchstaben setzen und so tun, als wäre der Name Französisch.

Sie griff nach dem Telefon und wollte die Polizei rufen, besann sich aber eines Besseren und wählte eine andere Nummer.

»Bitch.«

Dieses Mal schrie er noch lauter. »Und nur dass Sie Bescheid wissen«, sagte Nora. »Dieses Ding lässt sich bis auf Stufe zehn hochstellen. Das war gerade ein vier. Lust auf 'ne fünf, *Bitch?«*

# KAPITEL EINUNDVIERZIG

Sie sahen aus wie ein Paar, das nicht miteinander sprach, und genau das waren sie auch. Brigit und Paul hatten einen Tisch am Fenster gewählt und warfen ihre Blicke auf alles, nur nicht aufeinander. Sie hatten sich auf jener Art von Plastikschalen niedergelassen, die extra so gestaltet waren, dass sie ungemütlich wurden, wenn man länger als fünfzehn Minuten auf ihnen saß. Sie waren nun schon seit über einer Stunde hier, und Paul spürte, dass sein Hintern eingeschlafen war. Er beneidete ihn.

Nachdem Riese eins und Riese zwei sie beim Bentley abgesetzt hatten, war der erste Teil ihrer Rückfahrt nach Dublin ziemlich bedrückend verlaufen. Krugers Schmerz so vor sich ausgebreitet zu sehen hatte sie beide betroffen gemacht. Und ihre eigene Situation war damit auch nicht unkomplizierter geworden.

»Glaubst du ihm?«, hatte Paul gefragt.

»Dass er sie geliebt hat? Wahrscheinlich schon. Das bedeutet aber noch lange nicht, dass sie dasselbe empfunden hat. Er wäre nicht der erste Mensch auf dieser Erde, der so etwas falsch einschätzt.«

Dann verfielen sie in stummes Nachdenken, bis Paul die Telefonzelle entdeckte.

Auch der Anruf bei Nora Stokes tat nichts, um ihre Stimmung zu heben. Paul drehte sich der Magen um, als er die Details des verhinderten Mordanschlags auf Brigits Ex erfuhr und ihm bewusst wurde, dass er einen weiteren schweren Fehler begangen hatte. Beim Verschwindenlassen von Brigits Handy in der Einkaufstüte hatte er keine Sekunde lang gedacht, dass …

Nun, war das nicht der springende Punkt? Er hatte *nicht gedacht.* Er war so besessen gewesen von der Idee, ein Telefon loszuwerden, von dem er glaubte, es könne ihnen Ärger machen. Warum hatte er es nicht einfach in den Kanal geworfen – wie sein eigenes? Und natürlich hatte Brigit recht: Er hätte auch einfach die SIM-Karte herausnehmen können. Einhundert verschiedene Möglichkeiten lagen auf der Hand, hätte er bloß einen Augenblick nachgedacht. Stattdessen hatte er sich für besonders clever gehalten, indem er die Polizei auf eine falsche Fährte locken wollte. Er war nie besonders gut darin gewesen, vorauszudenken, und nun waren deshalb zwei unschuldige Menschen beinahe ums Leben gekommen.

Als er Brigit davon erzählte, ging sie regelrecht durch die Decke. Viele Leute wünschten ihrem Ex den Tod, aber zwischen der leeren Drohung und der Beinahe-Umsetzung bestand dann doch ein gewisser Unterschied. Sie schrie ihn an, und er schrie zurück. Sie hatte nicht unrecht, aber andererseits sollte ausgerechnet sie ihm keine Vorträge halten. Wer hatte schließlich wen in diese Lage gebracht? Alles, was in den letzten zwei Tagen passiert war, wurde noch mal durchgekaut. Nur nicht das, was vergangene Nacht *nicht* passiert war.

Anschließend fuhren sie schweigend ins Zentrum von Dublin. Wirklich still war es trotzdem nicht im Wagen, denn es wurde ziemlich viel gehupt, zusammengezuckt und mit den Händen gestikuliert. Aber nun waren sie hier und aßen betont langsam ihr Fast Food, während sie das Brogan's Pub auf der gegenüberliegenden Straßenseite beobachteten.

»Und du bist sicher, dass er nicht da drin war?«, fragte Brigit, ohne von ihrer nachdenklichen Betrachtung der verbliebenen drei Pommes frites aufzuschauen.

»Ja«, entgegnete Paul zum dritten Mal. Kaum waren sie angekommen, war er ins Brogan's rübergeschickt worden, um sich umzusehen. Er hatte jede einzelne Nische umrundet und sichergestellt, dass sich in keiner von ihnen eine Spur von Mark Brophy fand. Er hatte sogar eine lächerlich lange Zeit an den Urinalen im Herrenklo verbracht, nur um auszuschließen, dass er in einer der Kabinen war.

Das aktuellste Foto, das sie von Brophy bei ihrer Internetrecherche an Dorothys Computer hatte finden können, stammte vom Umschlag des Buches, das er im vergangenen Jahr veröffentlicht hatte. Er war ein ziemlich korpulenter Mann, dessen lange blonde Haare über seinem gezwungen wirkenden Grinsen langsam ausdünnten. Stellte man die Porträts seiner neun Bücher nebeneinander, erhielt man das faszinierende Bilderbuch eines Mannes, dessen eitle Zufriedenheit gegenüber dem eigenen Leben immer weiter nachzulassen schien. Seit der Publikation von *Geisel der Liebe* vor beinahe dreißig Jahren hatte er so ziemlich jedes Genre außer True Crime ausprobiert – mit immer geringerem Erfolg. Die Kritiken zu *Blutige Liebe,* einem Vampirroman, der im ländlichen Irland spielte, waren besonders brutal ausgefallen. Paul hatte der Verriss am besten gefallen, der mit den Worten »Blutige Liebe? Blutiger Schwachsinn!« begann.

»Also, wenn er eindeutig nicht da drin war«, sagte Brigit, »wer ist dann soeben aus dem Pub rausgekommen und raucht jetzt vor der Tür?«

Paul schaute zum Eingangsbereich hinüber. Das Brogan's war kein großer Pub und der klassischen Absturzkneipe näher als dem modernen High-End-Super-Pub. Man sah den Tischplatten im Inneren an, dass auf ihrem lackierten Holz Tausende Male Bier verschüttet worden war, und die Löcher in den Vorhängen stammten gewiss noch aus der Zeit vor dem Rauchverbot, wenn nicht noch vom Osteraufstand.

Auf der Straße neben der Eingangstür hatten sich drei Männer aus dem Fluss der frühsamstagabendlich Feiernden gelöst, rauchten und unterhielten sich. Einer von ihnen war groß, hatte buschiges Haar, trug eine Brille und sah aus wie eine billige Kopie von *Wo ist Walter*. Der Zweite hatte in etwa die richtige Größe, Figur und das passende Alter – aber falls Brophy nicht kürzlich schwarz geworden war, kam er ebenfalls nicht infrage. Paul wollte Brigit gerade fragen, wovon zum Teufel sie überhaupt redete, als sich der dritte Mann umdrehte. Paul hatte ihn wegen seines Körperbaus von Anfang an ausgeschlossen. Der Brophy auf ihrem Foto war ein korpulenter Typ, dieser Mann aber war gut fünfzig Kilo schwerer, und kein einziges davon ließ sich auf Muskulatur zurückführen.

»Aber«, stammelte Paul, »der Kerl sieht überhaupt nicht aus wie Mark Brophy. Er sieht aus, als hätte er Mark Brophy *gegessen*.«

»Ist das dein Ernst? Du nimmst das als Gelegenheit, um Dicken-Witze zu reißen?«, erwiderte Brigit. »Na schön, hat er also ein paar Pfund zugelegt.«

»Ein *paar*?«, entgegnete Paul und deutete auf Brophy.

»Könntest du mir einen Gefallen tun und nicht auf den Typen zeigen, den wir heimlich beschatten?«

»Stimmt. Tut mir leid.« Paul zog seinen Finger zurück.

Er schaute Brigit an, als diese sich erhob. Er war so sehr davon abgelenkt gewesen, sich schuldig, wütend und beschämt zu fühlen wegen ihres Streits im Wagen, dass ihm erst jetzt etwas bewusst wurde: Sie hatten sich über gar keine Strategie verständigt, für den Fall, dass sie Brophy tatsächlich aufspürten. Einfach auf ihn zuzugehen und damit herauszuplatzen, dass sein einzig erfolgreiches Buch völliger Quatsch war, schien ein etwas heikler Gesprächseinstieg.

»Was machen wir denn jetzt?«, fragte Paul.

»Du bleibst hier und versuchst, nicht in Schwierigkeiten zu geraten«, sagte Brigit. »Und ich nehme die Sache in die Hand.«

»Klingt vernünftig.« Paul bemühte sich, nicht eingeschnappt zu wirken.

Brigit strich sich die Kleidung glatt, schlüpfte in ihre Jacke und öffnete, nach kurzem Nachdenken, den obersten Knopf ihrer Bluse.

Paul hob eine Braue, worauf sie ihm ein sarkastisches Lächeln schenkte. »Was soll ich sagen? Männer sind Idioten.«

Und damit brach sie auf. Paul beobachtete, wie sie sich ihren Weg über die viel befahrene Straße bahnte.

»Ja«, murmelte er vor sich hin, »sind wir. Sind wir wirklich.«

# KAPITEL ZWEIUNDVIERZIG

DI Jimmy Stewart (derzeit suspendiert) war angewidert.

Wenn es einen Aspekt seines Berufs gab, den er nicht vermissen würde, war es der Geruch. Wenn er zu einem Tatort mit Leiche gerufen wurde, nahm er normalerweise das Döschen Wick aus seiner Schreibtischschublade mit. Eine kleine Menge davon über der Oberlippe half meistens schon über das Ärgste hinweg. Am schlimmsten waren dabei die, die schon so lange tot waren, dass der Verwesungsprozess bereits entschieden fortgeschritten war. Bei diesen Leichen gestaltete es sich auch am schwierigsten, Resultate zu bekommen. Manchmal roch man schon, wie schlimm die Woche werden würde, bevor man auch nur einen Blick auf den Toten geworfen hatte. Stewart hatte gehört, dass andere den Geruch als leicht süßlich bezeichneten, aber das hatte er nie verstanden. Für ihn war es nur verrotteter, fauliger Tod. Der Gestank hielt sich auch in der Kleidung, wie ein Geist, der nörgelnd darauf bestand, gerächt zu werden. Nachdem er die Kippen an den Nagel gehängt hatte, kommentierte die leidgeprüfte Mrs. Stewart den neuen, unangenehmen Geruch, den sie dann und wann an seinen Sachen entdeckte, doch er brachte es nicht übers Herz, sie über die Ursache aufzuklären. Stattdessen dachte er sich Geschichten aus, behauptete zum Beispiel, er habe auf der Suche nach Beweisen im Müll wühlen müssen.

Er war also schon zu Tatorten gerufen worden, wo es schlimmer gestunken hatte, *erheblich* schlimmer, aber in der Unterkategorie der stinkenden Tatorte ohne Leiche heimste dieser mit großem Abstand den ersten Platz ein. Er hatte immer zwei

Treppenstufen gleichzeitig genommen und die Bürotür von *Greevy & Co. Solicitors* hektisch aufgerissen, nur um angesichts des olfaktorischen Anschlags sofort wieder zurückzuweichen. Detective Donacha Wilson (nicht im Dienst wegen einer aus medizinischen Gründen verordneten Ruhepause) rannte direkt in ihn hinein.

»Was zur Hölle?«, rief Wilson. »Hier riecht's, als hätte jemand Scheiße gebacken!«

Allzu zartfühlend war die Diagnose nicht, dafür traf sie ziemlich ins Schwarze. Und obwohl der Geruch schon faszinierend genug war, so war es der Anblick, der sich ihnen bot, noch umso mehr.

Eine schwangere Frau stand vornübergebeugt mitten im Raum. In einer Hand umklammerte sie etwas, das wie ein besonders brutales Instrument zur Kontrolle von Rindern aussah. Damit hielt sie die Gestalt in Schach, die bäuchlings und mit ausgestreckten Gliedern vor ihr auf dem Boden lag. Die Dose Pfefferspray in ihrer anderen Hand richtete sie nun auf DI Stewarts Gesicht. Die Frau war schweißgebadet und ihre Augen vom Weinen aufgequollen. »Stewart?«

»Ja«, sagte Stewart, »das bin ich. Nora Stokes, nehme ich an?«

»Ausweis«, sagte sie.

»Ich habe keinen. Ich wurde vom Dienst suspendiert. Wilson?«

Er schaute sich nach dem jüngeren Mann um, dessen Schädel mit einem großen weißen Verband umwickelt war.

»Scheiße, der ist im Wagen.«

Stewart trat einen Schritt zurück. »Okay, Miss Stokes, machen Sie sich keine Sorgen. Ich bin DI Jimmy Stewart. Wir haben gestern Abend miteinander telefoniert. Sie erkennen doch sicher meine Stimme?«

Sie schaute ihn mit konzentriert zusammengekniffenen Augen an.

»Sagen Sie noch mal was.«

»Sie sehen aus, als könnten Sie eine Tasse Tee gebrauchen.«

Sie ließ beide Waffen fallen und stolperte unsicher zurück zum Schreibtisch, wo sie die Hände gegen ihren unteren Rücken presste.

»Richtige Antwort. Herrgott, mein Rücken bringt mich um!«

»Sind Sie unverletzt?«

Sie nickte unter schweren Atemzügen.

»Hat er Sie angefasst?«

Sie schüttelte den Kopf. »Er hat's versucht.«

Da die Bedrohung von oben gebannt war, wagte die auf dem Bauch liegende Gestalt, die Stimme zu erheben. »Ich wurde angegriffen! Ich will Anzeige erstatten!«

Stewart beugte sich herab, um sich das Gesicht des Mannes genauer anzuschauen.

»Mick Sherry, da wird doch der Hund in der Pfanne verrückt. Lange nicht gesehen. Wie's aussieht, hast du dir in die Hose geschissen, Michael.«

Er hob seinen Kopf. »Ist alles die Schuld von der da.«

»Ach ja? Ich freue mich schon, zu hören, wie du das vor Gericht erklären wirst.«

»Boss.«

Stewart schaute auf und sah, dass Wilson in eine Ecke deutete.

»Ah. Du hast nicht zufällig einen Revolver verloren, oder, Michael?«

»Den hab ich in meinem ganzen Leben noch nicht gesehen.«

»Natürlich nicht, und ich bin sicher, unsere Fingerabdruckanalyse wird das zu einhundert Prozent bestätigen.«

»Ich verlange einen Anwalt!«

»Du hast Glück, wir haben einen hier – eine Anwältin, besser gesagt. Aber irgendwie scheint sie nicht dein größter Fan zu sein.«

Der Mann, den Stewart richtigerweise als Mick Sherry identifiziert hatte, versuchte aufzustehen. Stewart schob seinen Fuß vor und stellte ihn auf Sherrys Fingern ab.

»Du bleibst, wo du bist, Michael.«

»Das ist Polizeigewalt.«

»Ich habe deinen Onkel Terry zweimal eingebuchtet, und deinen Bruder einmal«, sagte Stewart. »Beide sind unbelehrbare Kriminelle, aber, davon abgesehen, keine schlechten Kerle.«

»Was zur Hö…«

Stewart legte gerade genug Gewicht auf seinen Fuß, damit Sherry begriff, dass Schweigen seine beste Option darstellte. »Was ich damit sagen will: Du hast gerade eine schwangere Frau mit einer Waffe bedroht. Ich bin mir ziemlich sicher, dass nicht mal deine eigene Familie etwas dagegen hätte, wenn ich jetzt siebenmal die Scheiße aus dir rausprügeln würde.«

»Sechsmal«, sagte Nora Stokes.

Jimmy Stewart schaute sie fragend an.

»Sechsmal«, wiederholte sie. »Einmal hat er sich ja sowieso schon erleichtert.«

»Guter Punkt«, sagte Stewart und wandte sich erneut an Wilson. »Handschellen?«

Wilson schüttelte den Kopf.

»Na schön, Mick, ich bringe Miss Stokes jetzt raus, damit sie sich ein bisschen frisch machen kann. Aber Detective Wilson bleibt solange bei dir. Und auch wenn es schwer vorstellbar ist: Er hat sogar eine noch schlechtere Meinung von menschlichem Abschaum, der Frauen überfällt, als ich.«

»Ich habe doch gar nichts … agh!«

Stewart drückte den Fuß ein wenig härter auf seine Finger. »Die Tatsache, dass dein Versuch nicht von Erfolg gekrönt war, Michael, hilft dir in diesem Fall kein bisschen.«

Stewart entfernte seinen Fuß und wandte sich an Wilson.

»Wir sind draußen vor der Tür. Wenn er sich bewegt, schießen Sie auf eine Stelle, an die er sich noch lange erinnern wird.«

Wilson nickte. Sie wussten beide, dass Wilson keine Waffe dabeihatte, sie waren aber ziemlich sicher, dass Sherry es nicht austesten würde. Heute schien der kleine Drecksack schließlich nicht gerade seinen Glückstag zu haben.

Stewart hob das Pfefferspray und den Elektroschocker vom Boden auf und führte Nora Stokes an ihrem Angreifer vorbei. Während sie sich im Bad frisch machte, stellte er den Wasserkocher an, und als sie wieder auftauchte, hatte er zwei Tassen Tee zubereitet. Außerdem hatte er Zeit gehabt, über das nachzudenken, worüber er nicht nachdenken wollte. Über das, was ihm zu schaffen machte, seit er von Nora Stokes angerufen worden war. Dem er sich nun stellen musste, weil ihm keine Wahl mehr blieb.

Es war reines Glück, aber als er den Anruf erhalten hatte, fuhr er gerade Wilson vom Krankenhaus nach Hause. Dieser hatte protestiert, aber Stewart bestand darauf. So etwas machte man einfach für seinen verwundeten Partner. Außerdem war er ja inzwischen suspendiert und hatte sonst nicht viel zu tun. Sie parkten vor Wilsons Haus wie ein verliebtes Pärchen nach dem zweiten Date, nur dass Stewart dies lediglich für einen weiteren, verlegenen Versuch nutzte, sich bei Wilson dafür zu bedanken, dass er ihm das Leben gerettet hatte.

In der vergangenen Nacht hatte Stewart kaum Schlaf gefunden. Immer wieder ging er im Kopf die Dinge durch, die im Park geschehen waren. Er konnte die Vorstellung nicht abschütteln, wie die leidgeprüfte Mrs. Stewart in der Eingangshalle des

Garda-Hauptquartiers stand, stolz und voller Tränen, und den Namen ihres Mannes auf der Marmortafel enthüllte. *In Erfüllung seiner dienstlichen Pflichten erschossen.* Nur dass genau das eben nicht auf der Tafel stand, sondern: *Zu stolz, zu langsam, zu alt.* Aber trotz der Zeit, die er zwischendurch zum Nachdenken gehabt hatte, fiel sein zweiter Versuch, sich bei Wilson zu entschuldigen und ihm zu danken, noch schlimmer aus als der erste. Insofern kam Nora Stokes' Anruf genau zur rechten Zeit. Stewart hatte nämlich soeben versehentlich einen Celine-Dion-Song zitiert und verlor sich in den verzweifelten Versuchen, diesen Fauxpas mit reichlich Geplapper vergessen zu machen.

Als Nora jetzt von der Toilette zurückkehrte, reichte ihr Stewart die Tasse mit starkem schwarzen Tee.

»Besser?«

»Besser.«

»Sind Sie ganz sicher, dass Sie keinen Arzt brauchen?«

»Mir geht's gut.« Sie schenkte ihm ein müdes Lächeln. »Bin nur geschlaucht und schwanger.«

»Wann ist es so weit?«

»In zwei Wochen. Ich arbeite so lange wie möglich, um die Zeit für den Mutterschaftsurlaub zu sparen.«

»Verständlich. Soll ich den Vater anrufen?«

Nora Stokes wurde rot. »Den lassen wir lieber in Ruhe, okay?«

»Ah, schön, völlig in Ordnung.« Nun war es Stewart, der verlegen aussah.

Sie setzten sich in den Wartebereich. Durch die geschlossene Glastür konnten sie sehen, wie Wilson über seinem Gefangenen Wache hielt.

»Falls es ein Trost ist«, sagte Stewart, »diese Geschichte wird Sie zur persönlichen Heldin von jedem Polizisten und jeder Polizistin in ganz Dublin machen.«

Nora Stokes stieß ein müdes Lachen aus. »Und wie viele Strafverteidigerinnen können das schon von sich behaupten?«

Stewart schlürfte seinen Tee und schaute sie wieder an. »Was wollen Sie jetzt machen?«

»Nun, als meine eigene Anwältin ist es meine Aufgabe, mich darauf hinzuweisen, dass der Besitz einer taserartigen Vorrichtung mit einer Zehn-Riesen-Strafe geahndet wird, mit bis zu fünf Jahren Haft und, ziemlich sicher, dem Ausschluss aus der Anwaltskammer.«

»Er hatte eine Waffe.«

»Deshalb bezweifle ich auch, dass ich das Gefängnis von innen sehen werde. Aber meinen Job bin ich trotzdem los. Sie wären erstaunt, wie wichtig der Anwaltskammer moralische Prinzipien sind, wenn die Öffentlichkeit involviert ist.«

»Taser? Was denn für ein Taser? Ich habe keinen Taser gesehen.«

Nora Stokes schaute ihn an und lächelte. »Danke, aber dass die Polizei für mich etwas vertuscht, könnte meine Integrität als Strafverteidigerin ernsthaft in Verruf bringen, fürchte ich.«

»Auch auf die Gefahr hin, dass ich wie ein frauenfeindlicher alter Sack klinge, aber das hier ist kein Polizist, der Ihnen aus der Patsche hilft, sondern der Vater von drei Töchtern. Mir tut's nur leid, dass wir gegen diese dumme Arschgeige keine Strafverfolgung einleiten können. Bitte verzeihen Sie meine Ausdrucksweise.«

»Ich hätte ihn einen gottverdammten Wichser genannt, insofern sind Sie entschuldigt.«

»Ich kann Ihnen garantieren, dass er Sie nicht anzeigen wird.«

Nora Stokes warf ihm einen beunruhigten Blick zu.

»Oh ja, das glaube ich. Leider gibt's noch andere Möglichkeiten, es mir heimzuzahlen.«

Während er ihn die Treppe hinabführte, umklammerte Jimmy Stewart fest das Kabel des Wasserkochers, mit dem Sherrys Hände gefesselt waren. In seinen einundvierzig Dienstjahren hatte er noch nie einen Tatverdächtigen eine Treppe hinuntergestoßen. Aber er war auch noch nie so sehr in Versuchung gewesen wie jetzt. Der Geruch des Typen war dabei noch nicht einmal in den Top Drei der Dinge, die ihn am meisten abstießen. Die Tatsache, dass er keine andere Wahl hatte, als ihn wieder freizulassen, brachte sein Blut zum Kochen.

Kaum waren sie unten angekommen, stieß Stewart ihn durch die Haustür auf den kleinen asphaltierten Parkplatz. Er war derzeit leer, abgesehen von Stewarts Rover und Nora Stokes' Astra. Wilson schloss zu ihm auf. Miss Stokes war derweil oben geblieben, wo sie Fenster öffnete und alles Mögliche ausprobierte, um das Geruchsproblem zu lösen.

»Na schön, Michael, vergiss nicht, was wir besprochen haben. Du hast verdammt viel Schwein heute.«

Sherry murmelte etwas Unverständliches, was wohl auch besser war. Stewart juckte es nämlich in den Fingern, etwas zu tun, was er garantiert bereuen würde. Während er Sherrys Hände von dem Kabel befreite, raunte er ihm direkt ins Ohr.

»Wenn sie je wieder von dir hört oder dich zu Gesicht bekommt, Michael, mach ich es zu meiner Lebensaufgabe, dich zu vernichten. Ich gehe nächste Woche in den Ruhestand und habe absolut gar keine Hobbys. Du willst nicht, dass du mein einziges Interessensgebiet wirst, glaub mir.«

Stewart riss das Kabel mit einem scharfen Ruck herunter, um seinen Worten Nachdruck zu verleihen. »Und falls du auch nur daran denken solltest, Anzeige zu erstatten, werde ich dir die Hölle heiß machen. Du wirst so schnell im Knast sitzen, dass du nicht mehr weißt, wo dir der Kopf steht ...«

Sherry versuchte, sich loszureißen, aber Stewart packte ihn

an der Schulter und zog ihn zurück zu sich. »Und wenn du erstmal sitzt, erzähle ich persönlich jedem irren Psycho, den ich je eingebuchtet habe, dass du eine schwangere Frau belästigt hast.«

»So war es nicht.«

»Und ich bin sicher, bei deiner Obduktion werden wir genau das auch beweisen.«

Stewart riss das Kabel endgültig ab und versetzte Sherry einen weiteren Stoß. Dann stand er mit Wilson einige Minuten lang da und schaute zu, wie der Mann auf seinem Demütigungsgang davonhumpelte. Als Sherry sich noch einmal zu ihnen umdrehte, lächelten die beiden Männer und winkten ihm zu.

»Was für ein Drecksack«, sagte Wilson.

»Niedrigster Abschaum. Das einzig Gute ist, dass man wahrscheinlich noch aus dem Weltraum sieht, dass er sich eingeschissen hat.«

Sie sahen zu, wie zwei junge Mädchen stehen blieben und Sherry entsetzt anstarrten, als er an ihnen vorbeiging. Ihr anschließendes Gelächter schallte deutlich über den Parkplatz. Wilson machte Anstalten, ins Haus zurückzukehren, aber Stewart streckte die Hand aus und hielt ihn auf.

»Wir haben folgendes Problem«, sagte Stewart. »Woher haben die es gewusst?«

»Was?«

Stewart schaute seinen Kollegen forschend an. Er sah ein kurzes Aufflackern von Schuld, das ihm das letzte bisschen Unsicherheit nahm, an die er sich noch voller Hoffnung geklammert hatte. »Dass mich Miss Stokes gestern Abend angerufen hat, habe ich niemandem aus unserer Spezialeinheit erzählt. Klar, ich hätte es tun sollen, aber es war viel los gestern, die Bombe, der Mordanschlag, die Tatsache, dass mein heldenhafter Partner mir das Leben gerettet hat und so weiter. Außerdem bin ich alt und vergesslich.«

»Herrgott, Jimmy.«

Als Wilson versuchte, beiseitezutreten, packte Stewart ihn am Arm und zog ihn nah an sich heran.

»Schauen Sie mich an, wenn ich mit Ihnen spreche, Donnacha.« Er hatte seinen Vornamen noch nie zuvor in den Mund genommen. Wilson wusste vermutlich noch nicht einmal, dass er ihn kannte. »Ich habe nichts gesagt, weil wir eine Ratte unter uns haben, und das Letzte, was ich wollte, war, dass jemand versucht, an Mulchrone über seine Anwältin heranzukommen. Also habe ich es nur Ihnen erzählt, während Sie in Ihrem Krankenhausbett lagen.«

Wilson riss sich los, schien aber nicht wütend. Er sah bloß aus, als müsse er sich gleich übergeben. Stewart nahm an, er hatte es erst in diesem Augenblick wirklich begriffen. So weit waren sie immerhin.

»Ich …«

»Muss ich einen Blick auf Ihr Handy werfen, Wilson? Lassen Sie mich raten. Ist Gerry Fallon ein alter Freund der Familie?«

Wilson stand kerzengerade, hatte einen Blick echter Empörung auf dem Gesicht, und sogar Tränen schossen ihm in die Augen.

»Also, jetzt warten Sie mal, Jimmy, Sie haben sich völlig verrannt. Hier.«

Überrascht stellte Stewart fest, dass Wilson ihm sein Handy in die Hand drückte.

»Sie hat mich angerufen, als Sie oben im Treppenhaus mit diesem IT-Typen gesprochen haben. Sie sagte, sie wollte weiterhin auf dem Laufenden gehalten werden, wegen der sensiblen Umstände …«

Stewart scrollte die ausgehenden Anrufe durch. Da war es, 23:27 Uhr, in der vergangenen Nacht – Veronica Doyle. Wilson musste sie angerufen haben, sobald Stewart ihn allein gelassen hatte. »Die verdammte PR-Frau?«

»Ehrlich, Jimmy, ich dachte, ich würde – Sie wissen schon – denen bloß dabei helfen, schlechte Presse in Zusammenhang mit dem Rapunzel-Fall zu vermeiden. Sie meinte, sie wolle nur auf dem Laufenden gehalten werden, die Medien im Griff behalten, sowas halt.«

Stewart seufzte und warf ihm sein Handy zu. »Sie sind also keine Ratte, bloß ein Politiker. Ich nehme an, es liegt Ihnen im Blut. Ändert aber gar nichts.« Stewart deutete zu der Kanzlei hinauf. »Was da oben passiert ist, haben Sie zu verantworten.«

Wilson starrte zu Boden. »Ich weiß.«

»So kriegen die einen«, sagte Stewart. »Ein kleiner Gefallen hier, ein kleiner Gefallen da, und ehe Sie sich's versehen, hat Sie irgendwer in der Hand.«

»Was soll ich denn jetzt machen?«

Stewart schaute zur Kreuzung hinüber, wo die Ampel von Grün auf Rot schaltete. Zwei Burschen nutzten ihre Chance, eilten trotzdem über die Straße und hatten Glück. Jung. Unverwundbar. »Was Sie machen sollen? Ihre Lektion lernen. Gestern Abend waren Sie der große Held, heute sind Sie es … nicht mehr. Vergessen Sie nie, wie sich beides anfühlt.«

Wilson nickte.

»Ich bleibe hier, falls Mulchrone und Conroy noch mal anrufen.«

»Das kann ich doch tun.«

»Oh nein.« Die Andeutung eines Lächelns huschte über Stewarts Lippen. »Für Sie habe ich was Schöneres im Sinn. Sie werden einer schwangeren Frau von nun an rund um die Uhr Personenschutz leisten, bis diese Sache vorüber ist.«

Stewart wandte sich um in Richtung Haus.

»Und an Ihrer Stelle würde ich ihr lieber nicht dumm kommen. Sie haben ja gesehen, wie es dem letzten Typen ergangen ist, der das versucht hat.«

# KAPITEL DREIUNDVIERZIG

»Was meinst du damit – er wollte nicht helfen?« Paul starrte Brigit groß an.

»Genau das.« Ihr Blick löste sich von seinem und fixierte stattdessen die junge Frau, die den Boden der McDonald's-Filiale wischte. »Es tut mir leid, ich … es war eine dumme Idee. Ich dachte, ich könnte ihm erklären, in welchen Schwierigkeiten wir stecken, und an seinen Anstand appellieren.« Sie schüttelte den Kopf. »Aber den hat er wohl aufgefressen, der fette Arsch.«

Offenbar war das Dicken-Witze-Verbot soeben gelockert worden.

Paul schaute sie an und fühlte sich noch mieser als zuvor. Er hatte beobachtet, wie sie die Straße überquert und von Brophy eine Zigarette geschnorrt hatte. Dann begann sie eine Unterhaltung mit ihm und seinen Freunden. Paul hätte schwören können, den genauen Moment erkannt zu haben, an dem sie so tat, als erkenne sie Brophy, und ihm aufgeregt erklärte, dass sie ein großer Fan sei. Das Gesicht des schwergewichtigen Mannes hellte sich auf wie bei einem kleinen Kind an Weihnachten. Man sah es bis auf die andere Straßenseite. Bestimmt behauptete sie, *Blutige Liebe* sei ihr *absoluter Favorit.* Das hatte Brophy vermutlich noch nicht mal von Mitgliedern seiner eigenen Familie gehört. Seine Kumpel ließen die beiden daraufhin allein, zwinkerten sich gegenseitig zu, stupsten einander in die Seite und stolperten zurück in die Bar. Paul wusste nicht, was ihn mehr verstörte, dass sie glaubten, Brophy sei eine Eroberung geglückt, oder dass der Mann es womöglich selbst glaubte.

Brigit bei der Arbeit zuzusehen beeindruckte Paul, ob

er wollte oder nicht. Sie hatte die Zielperson in Rekordzeit an die Angel bekommen und isoliert. Sie wandte einige sehr kompetente Spionage-Techniken an. Deutlich weniger gefiel ihm, dass sie sich mit Brophy weiter in die Gasse zurückzog, als einige andere Raucher nach draußen traten. Na schön, es war nicht gerade eine dunkle Gasse in der falschen Ecke der Stadt. Zufällig wusste Paul, dass sie zum Bühneneingang des Olympia-Theaters führte. Es war wahrscheinlicher, dass man sie dort als Schauspielerin entdeckte, als dass ihr echte Gefahr drohte – aber dennoch. Er überlegte, das gute alte Maccy D's zu verlassen, um sich ihr entweder anzuschließen oder die beiden zumindest in Sichtweite zu behalten, aber er entschied sich dagegen. Er durfte nicht riskieren, wieder alles vor die Wand zu fahren.

Während er so dasaß und am schmelzenden Eis seiner Cola light schlürfte, kam er immerhin dazu, nachzudenken. Brigit hatte recht. Er hatte viel Zeit damit verbracht, zu jammern und sich selbst zu bemitleiden. Gut, sie hatte ihm das hier eingebrockt, aber sie war auch die Einzige, die versuchte, ihm wieder aus der Sache herauszuhelfen. Den Gardaí war das egal. Die Mitglieder der Familie Nellis waren seine ältesten Freunde, und auch sie hatten ihm den Rücken zugekehrt. Nur Schwester Brigit Conroy, die er kaum kannte, brachte sich da draußen selbst in Gefahr und versuchte, etwas wieder in Ordnung zu bringen. Etwas, das von Anfang an nur aus dem Ruder gelaufen war, weil sie einem sterbenden Mann etwas Gutes tun wollte. Sie hatte sich den Anweisungen der Polizei widersetzt und ihm erzählt, wer McNair tatsächlich gewesen war, ihr war die Idee gekommen, Kruger aufzusuchen, und nun war sie da drüben und bemühte sich, aus Brophy Informationen herauszuholen. In all der Zeit hatte Paul nur gejammert, gestöhnt und beinahe dafür gesorgt, dass ihr ehemaliger Verlobter umgebracht wurde.

Okay, ihr Ex war eine totale Flachpfeife, aber das rechtfertigte noch nicht die Todesstrafe. Sie hatte eine Entschuldigung verdient. Mehr als das! Es war an der Zeit, damit aufzuhören, den Besserwisser am Spielfeldrand abzugeben. Es war an der Zeit, dass er in das gottverdammte Match einstieg.

Paul streckte seinen Arm über den Tisch und griff nach ihrer Hand.

»Es ist in Ordnung, du hast dein Bestes gegeben. Wie hat er reagiert, als du Fallon ins Spiel gebracht hast?«

Brigit schaute ihn misstrauisch an, als warte sie auf eine Pointe. »Er hat sich fast in die Hose gemacht, als ich den Namen erwähnte. Er hat schreckliche Angst vor ihm, aber das scheint ja auf alle und jeden zuzutreffen.«

»Hervorragend.« Paul stand auf, nahm seine Schlinge ab und schleuderte sie auf den Tisch.

»Was zur Hölle machst du da?«

»Hast du schon vergessen, was zwischen MacNair und mir in diesem Krankenhauszimmer passiert ist?«

Brigit verdrehte die Augen. »Oh, um Gottes willen. Zum hundertsten Mal: Es tut mir leid, dass ich …«

»Nein, nein, nein«, unterbrach sie Paul. »Ich meine vor der ganzen Messerstecherei.«

Brigit sah ihn ausdruckslos an.

»Er glaubte, ich sei meinem Dad wie aus dem Gesicht geschnitten, einem gewissen Garry Fallon. Dann schauen wir doch mal, ob anderen diese Familienähnlichkeit ebenfalls auffällt.«

Paul betrat Brogan's Pub und schaute sich um. Er entdeckte Brophy fast augenblicklich, wie er an einem der Tische saß und Hof hielt. Angesichts der erhitzten Mienen seiner Begleiter hätte Paul gutes Geld darauf verwettet, dass er ihnen irgendeine abenteuerliche Lügengeschichte darüber auftischte, was er in den vergangenen fünfzehn Minuten getrieben hatte. Paul stellte sich in die Schlange an der Bar hinter eine Frau mit beeindruckendem rosafarbenen Irokesenhaarschnitt. Er warf einen Blick auf die Gruppe in der Ecke und sah, dass *Wo ist Walter* die international verständliche Pantomimen-Version eines Blow-Jobs zum Besten gab. Paul trat einen Schritt auf die Männer zu und fürchtete schon, dass das Adrenalin doch noch mit ihm durchgehen würde. Zum Glück setzte sich die Irokesin genau in diesem Augenblick in Bewegung, sodass es aussah, als mache er ihr nur Platz, damit sie ihr wackliges Dreieck aus drei Drinks sicher zu ihrem Tisch befördern konnte. Sie nickte ihm dankend zu, und Paul schlüpfte in die Lücke, die sie an der Bar hinterlassen hatte.

Er wartete geduldig, bis die Barfrau drei andere Leute bedient hatte, und bestellte ein Pint Guinness. Während sich der Schaum unter dem Hahn setzte, sah er aus dem Augenwinkel, wie Brophy sich aus seinem Stuhl hievte. Paul versuchte, nicht zu genau hinzusehen, während sein Zielobjekt seinen schweren Körper zur Bar hinübermanövrierte und sich murmelnd bei den Leuten entschuldigte, an denen er sich vorbeiquetschen musste. Er steuerte die Treppe an, die zu den Toiletten im Keller führte. Paul winkte hektisch, um sich die Aufmerksamkeit der Barfrau zu verschaffen, und nickte seinem Pint zu, dessen Schaum sich annähernd gesetzt hatte.

»Reicht so«, sagte er und versuchte, entspannt zu klingen.

Sie schaute ihn abschätzig an, füllte aber wie gewünscht nach.

»Vier fünfundneunzig, bitte.«

*Herrgott,* dachte Paul. Für das Geld konnte er ein ganzes Sixpack der Plörre kaufen, die er normalerweise trank. Es war schon eine Weile her, dass er ein richtiges Pint in einer richtigen Bar gekauft hatte. Paul reichte ihr einen Fünf-Euro-Schein und schnappte sich das Glas.

»Der Rest ist für Sie«, sagte er.

»Das nenne ich mal großzügig! Dann kann ich mir ja jetzt doch noch meine Yacht kaufen.«

Paul reagierte nicht darauf. Er ging bereits auf die Treppe zu, die Brophy vor einer Minute hinabgestiegen war. Er bewegte sich, so schnell er konnte, durch die volle Bar, ohne verdächtig zu wirken. Er schaffte es die Stufen hinunter und bog nach rechts. Vor der Tür zum Herrenklo musste er kurz stehen bleiben, damit ein großer, kahlrasierter Typ heraustreten konnte. Er schaute Paul komisch an. Erst jetzt fiel ihm auf, dass er in der ganzen Eile vergessen hatte, sein Bier irgendwo abzustellen.

»Ich will nicht, dass mir da jemand was reintut«, sagte er.

Der andere hob die Brauen und nickte, als halte er die Befürchtung für durchaus berechtigt.

Paul schob sich durch die Tür und schaute sich um. Sein Glück ließ ihn nicht im Stich.

Die Urinale waren frei, ebenso wie zwei der drei Kabinen. Paul ging zu den Waschbecken hinüber und schaute in den langen horizontalen Spiegel. Er sah, dass tatsächlich Brophy in der mittleren Kabine stand und, dem Klang nach zu urteilen, gerade ausgiebig und genüsslich Wasser ließ. Diesen Teil des Plans hatte Paul nicht wirklich durchdacht. Ihm fiel auf, dass Brophy den Toilettensitz nicht hochgeklappt hatte, das dreckige Schwein. Ein Umstand, durch den sich das, was er jetzt vorhatte, gleich besser anfühlte. Wenn es nach Paul gegangen wäre, hätte man das Pinkeln auf eine Klobrille gern zum Kapitalverbrechen erklären dürfen.

Er nahm einen Schluck von seinem Pint, stellte es auf den

Vorsprung hinter den Waschbecken und begab sich in die mittlere Kabine, wo er sich direkt hinter Brophy stellte.

Dann gab er dem schweren Mann einen Schubs.

»Was zum Teufel …«, rief Brophy. Bevor er sich umdrehen konnte, packte Paul ihn am Kragen seines Sakkos. Im Idealfall hätte er die Tür hinter sich geschlossen, aber es war kaum genug Platz für Brophy in der Kabine, geschweige denn für sie beide.

»Na, wenn das nicht der gefeierte Autor Mark Brophy ist.«

»Wer zur Hölle sind Sie?« Brophy klang ängstlich, und genau so wollte Paul ihn haben.

»Na, spricht man so mit dem Sohn eines alten Freundes?«

Brophy drehte seinen Kopf so weit herum, wie der begrenzte Platz es möglich machte. Paul beugte sich dicht vor, damit er nicht allzu genau hinschauen konnte, und flüsterte ihm ins Ohr: »Mein Dad, auch bekannt als Gerry Fallon senior, hat mich gebeten, die herzlichsten Grüße auszurichten.«

Brophy rückte noch ein Stück zur Seite, um seinen Angreifer besser erkennen zu können. *Darf ihn nicht zum Nachdenken kommen lassen. Muss dafür sorgen, dass er verunsichert bleibt.*

»Wir hören, dass du deine Klappe nicht gehalten hast.«

»Worüber?«

Paul boxte ihm mit der rechten Faust in die Niere. Zum Dank schoss sofort ein Schmerz in seine verwundete Schulter. Vermutlich tat es ihm mehr weh als Brophy, aber es ging ja ohnehin nur um den Effekt.

»Verarsch mich nicht«, sagte Paul.

»Sie … sie ist zu mir gekommen, und ich hab ihr gesagt, dass sie verschwinden soll. Ehrlich!«

»Hast ganz schön lange dafür gebraucht. So zwanzig Minuten, würde ich schätzen.«

»Ich habe nicht …«

Wieder versetzte Paul ihm einen Stoß.

»Du hast ein scheißgroßes Maul. Hast du ihr gesagt, dass das Boot nicht nach Kerry gefahren ist?«

Paul versuchte es mit einem Schuss ins Blaue, in der Hoffnung, dass Krugers ominöse Ermittler wenigstens in diesem Punkt recht gehabt hatten.

»Ich hab ihr gar nichts gesagt, ich schwöre.«

»Lüg mich nicht an! Wir wissen, dass die das wissen.«

»Sie haben es nicht von mir, verdammte Scheiße.«

Brophy klang, als würde er gleich losheulen. Eine bessere Chance würde Paul nicht mehr bekommen.

»Kennen die den Ort?«

»Was?« Brophy versuchte, sich zu bewegen, aber Paul drückte seinen Körper gegen seinen, sodass er weiter mit dem Gesicht zur Toilette feststeckte.

»Die Wahrheit, du fettes Schwein!«

»Ich habe es ihnen nicht gesagt. Ich schwöre!«

*Na los, komm schon, gib mir irgendwas.*

»Du weißt, welches Wort du nicht sagen darfst. Sag mir das Wort, das du nicht sagen darfst!«

»Was zur Hölle?«

Pauls Gedanken rasten – es musste doch einen Weg geben, die Informationen aus ihm herauszubekommen. Aber etwas Besseres fiel ihm einfach nicht ein. Er brauchte irgendwas. Es war nur eine Frage der Zeit, bis …

Ein scharfer Schmerz fuhr durch Pauls Schädel: Seine Sicht verschwamm, und dann schlossen sich seine Augen. Er spürte, wie er an Brophys dickem Hintern abprallte und schwer auf die feuchten Fliesen knallte. Dann packten ihn Hände, zogen ihn auf die Füße, und durch den Nebel um sich herum hörte er aufgeregte Stimmen.

»Wer ist denn der Typ?«

»Ist doch egal. Hauptsache, du hast ihn.«

»Hast du gesehen, Doug? Ich hab ihm eins mit der Flasche übergebraten. Direkt auf den Hinterkopf. Bumm! Ein Schlag. Und schon sind die Lichter aus.«

»Halt die Klappe und hilf ihm, Clive. Halt den Wichser fest.«

Die letzte Stimme hatte Brophy gehört, der sich nun gar nicht mehr ängstlich anhörte. Wütend klang er jetzt. Paul merkte, dass ihm etwas über den Hinterkopf rann.

Das Nächste, was er spürte, war, wie ihm sein fast volles Pintglas Bier ins Gesicht geschüttet wurde. Er schmeckte es auf den Lippen.

Paul öffnete die Augen. Brophy stand vor ihm. Er versetzte ihm mehrere Ohrfeigen. Paul versuchte, zum Schutz die Hände zu heben, aber jemand hielt ihm die Arme hinter den Rücken. *Wo ist Walter* und der schwarze Typ, dachte Paul.

Brophy beugte sich zu ihm vor. »Was soll die Scheiße, verdammt – hierherkommen und mich einschüchtern? Ich habe das sowas von satt!«

»Aber echt«, sagte eine Stimme hinter ihm.

»Halt die Klappe, Clive«, sagte der andere.

Brophy packte Pauls Kinn und hob es hoch. »Sag deinem Dad, dass ich unsere Abmachung zu keinem Zeitpunkt gebrochen habe und das auch nie tun werde. Ich habe genauso viel zu verlieren wie er. Und wagt es ja nicht, diese Scheiße noch mal mit mir abzuziehen.«

Brophy warf einen besorgten Blick über Pauls Kopf zu den beiden Männern, die ihn festhielten, dann beugte er sich bis zu Pauls Ohr vor und flüsterte: »Und, ja, ich weiß das Wort, das ich nicht sagen darf.« Es kam beinahe wie ein Zischen aus seinem Mund. »Bandon!«

Brophy richtete sich wieder auf, um Paul direkt in die Augen zu sehen.

»Sag ihm – dieses Wort so wie vieles andere ist bei verschiedenen Personen rund um die Welt verwahrt. Wenn mir irgendwas passiert – irgendetwas! – wird alles sofort veröffentlicht. Also, mach dich jetzt …«

Brophy verstummte, als die Tür aufflog.

»Was zur Hölle ist denn hier los?«

Brophy trat zurück, während sich die Hände von Paul lösten, nur um ihn gleich erneut zu packen, damit er nicht zu Boden fiel. Paul sah einen etwa dreißigjährigen Mann mit einem weißen Hemd und schwarzen Hosen im Türrahmen stehen. Offenbar ein Angestellter des Pubs.

»Er ist gestürzt und hat sich den Kopf angeschlagen.« Brophy versuchte, unschuldig zu klingen. Es gelang ihm nicht. »Er ist blau wie tausend Mann, Dessie. Scheißvoll.«

»Ich hab ihn vor ein paar Minuten hier runtergehen sehen«, sagte der Mann. »Da sah er für mich nicht betrunken aus.«

»Drogen vielleicht«, sagte eine Stimme hinter Paul. Vermutlich der Schwarze.

»Nee ist klar, auf den Arm nehmen kann ich mich allein.«

Paul sah das Misstrauen in Dessies Blick, als er vortrat und ihn anschaute. Er bewegte Pauls Gesicht hin und her und beugte sich vor, um seinen Hinterkopf in Augenschein zu nehmen. Paul konnte Dessies Aftershave riechen. Was auch immer er benutzte, es war wundervoll.

»Ach du Scheiße«, sagte Pauls neuer Lieblingsbarkeeper. »Okay, ich übernehme das.« Er legte Pauls linken Arm um seine Schulter und hievte ihn hoch. »Können Sie gehen?«

Paul nickte, aber die Bewegung seines Kopfes schickte sofort eine Welle der Übelkeit durch seinen ganzen Körper.

»Dann mal los.«

Dessie führte ihn aus dem Herrenklo und blieb draußen auf dem Flur stehen. Er lehnte Paul gegen die Wand und fragte mit leiser Stimme: »Möchten Sie, dass ich die Polizei rufe?«

»Nein, nein, ich bin topfit«, sagte Paul.

»Sind Sie sicher? Ausgerutscht – am Arsch. Für mich sah das eindeutig aus wie drei gegen einen.«

»Mir geht's gut.«

»Dann rufen wir Ihnen einen Krankenwagen.«

»Nein, nein, nein. Nicht nötig ...«

Als sie es die Treppe hinaufgeschafft hatten, wehrte Paul Dessies weitere Versuche ab, ihm zu helfen. Der ganze Pub schaute dabei zu, wie er sich auf die Eingangstür zu schleppte, wobei er alles tat, um seinen grandiosen Gesundheitszustand zur Schau zu stellen.

Ungeschickt manövrierte sich Paul durch die Doppeltür und stieß beinahe eine Frau um, die gerade eintreten wollte. Die Abendluft traf ihn wie ein Segen. Er lehnte sich an die Hauswand und schnappte nach Luft. Ihm wurde übel, also schloss er die Augen, in der Hoffnung, dass die Welt dann aufhören würde, sich zu drehen. Er hörte das abfällige Gerede der Leute, die auf dem Bürgersteig einen Bogen um ihn machten. »Was für 'n Saufkopp«, sagte einer.

Dann spürte er Arme um sich.

»Herrgott. Ist alles in Ordnung?«

Brigit. Oh Mann, sie roch sogar noch besser als Dessie.

Paul öffnete die Augen, und nach einigen schwindligen Momenten schaffte er es, seinen Blick auf sie zu fokussieren. Er grinste sie breit an. »Bandon.«

Dann wurde er ohnmächtig.

# KAPITEL VIERUNDVIERZIG

Assistant Commissioner Fintan O'Rourke knallte die Tür seines Wagens zu und schaute hinauf zu den Fenstern im obersten Stock. Schon von weitem hatte er das Licht gesehen, denn ihr Haus stand etwas abseits von der Küstenhauptstraße auf einem Hügel. Nach dem langen und langweiligen Abendessen bei der Handelskammer hatte er sich eigentlich aufs Alleinsein gefreut. Eine harte Woche lag hinter ihm, und Ihro Gnaden bei derartigen Veranstaltungen zu vertreten war der Teil seines Jobs, der ihm am wenigsten gefiel. Trotzdem hatte er sich blicken lassen, die immer gleichen alten Gesichter angelächelt und über die immer gleichen alten Witze gelacht. Man musste eben mit den Wölfen heulen.

Dass Licht aus den Fenstern des ausgebauten Dachbodens drang, konnte nur eines bedeuten: Sein Sohn Jason musste es sich anders überlegt haben und war doch fürs Wochenende nach Hause gekommen. Er ging in Waterford zur Universität, nachdem er den Abschluss in Fremdsprachen an der DCU vor die Wand gefahren hatte. O'Rourke gab es nicht gern zu, aber er hatte schon immer den Verdacht gehegt, dass sein Sohn sich nur wegen des hohen Frauenanteils dort eingeschrieben hatte. Japanisch war ihm jedenfalls so schwergefallen, dass er in alarmierend kurzer Zeit alle Hoffnung aufgegeben und nicht einmal die Erstsemesterprüfungen bestanden hatte. O'Rourke hatte daraufhin mit dem Gedanken gespielt, dem Jungen eine harte Lebenslektion zu erteilen und ihn zu zwingen, sich einen Job zu suchen. Angesichts der Aussicht, dass Jason dann jegliche akademische Qualifikation fehlen würde, hatte seine

Frau jedoch das große Heulen begonnen. Daraufhin hatte er die Gardaí vorgeschlagen, doch die verächtliche Reaktion seiner Gattin auf diese Möglichkeit hatte ihr häusliches Dasein zwei Wochen lang in einen erbitterten Kalten Krieg verwandelt. BWL in Waterford schien also ein weitaus bescheideneres und erreichbares Ziel zu sein – nicht mal Jason würde es schaffen, sich diesen Abschluss zu versaufen, hoffte er.

An diesem Wochenende war seine Frau in Durham und besuchte Jasons jüngere Schwester. Für Jennys Ausbildung zu zahlen machte O'Rourke nichts aus, schließlich deuteten ihre Noten darauf hin, dass sie ihre Bücher regelmäßig aufschlug. Und außerdem darauf verzichtete, die Seiten als Rohmaterial für Joints zu benutzen.

O'Rourke trat in den Eingangsbereich, warf seine Schlüssel in die Schale auf dem Sideboard und rief nach oben: »Jason?«

Keine Antwort. Der ausgebaute Dachboden war eigentlich sein persönlicher Zufluchtsort, ein kleines Geschenk an sich selbst. Offiziell ein Büro, waren die eigentlichen Annehmlichkeiten des Raums der Billardtisch und der große Fernseher. Außerdem konnte er sich auf den hinters Haus weisenden Balkon stellen und sich eine Zigarre gönnen, ohne den Zorn der Gattin zu erregen.

Jason wusste nur zu gut, dass er da oben nichts zu suchen hatte. Er hatte Zutrittsverbot, seit Senior O'Rourke seinen Sohn eines Abends auf seinem geliebten Billardtisch vorgefunden hatte, bis zu den Hüften vergraben in einem Rock samt dazugehöriger Rockträgerin. Er hatte sich zurückgehalten und den Burschen nicht versohlt, aber nur, weil er nicht wusste, wer das Mädchen war. Die Zeitungen waren ohnehin besessen davon, die Garda Síochána kaputtzuschreiben, und warteten nur auf einen weiteren Skandal. Falls Jason jetzt aber wieder so eine Nummer abzog, waren O'Rourke die Schlagzeilen ebenso egal wie der Ärger, den er mit seiner Frau bekommen würde. Endlich würde er seinem Sohn die Abreibung verpassen, um die er in den zwanzig Jahren seines bisherigen, überprivilegierten Lebens unentwegt zu betteln schien. Es hatte O'Rourke beinahe vierhundert Euro gekostet, den Tisch neu bespannen zu lassen. Eigentlich war es nicht nötig gewesen, da er keinen sichtbaren Schaden davongetragen hatte, aber sein Heiligtum war ihm schrecklich entweiht vorgekommen.

»Jason?« O'Rourke spürte, wie der Ärger bereits in ihm aufstieg, als er den Treppenabsatz zum ersten Stock erreichte. Bei der Arbeit war jedes seiner Worte Gesetz, und jeder Befehl wurde buchstabengetreu ausgeführt. Zu Hause dagegen setzte sich sein minderbemittelter Herr Sohn bedenkenlos über jede Regel hinweg und grinste dabei noch wie ein Idiot.

O'Rourke machte sich auf das Allerschlimmste gefasst und stieß die Tür auf. Er ließ den Blick von links nach rechts wandern. Der Tisch war zum Glück unbesetzt. Tatsächlich war auch Jason nirgends zu sehen.

»Heilige Scheiße!«, sagte O'Rourke und zuckte vor Schreck zurück.

Bunny McGarry, der in dem ledernen Entspannungssessel vor dem Fernseher saß, hob grüßend ein Glas mit O'Rourkes obszön teurem, zwölf Jahre altem Whiskey. »Commissioner. Durch die Mitte zur Titte!«

Offenbar fühlte er sich ganz wie zuhause. Der weite Schurwollmantel lag über einer Armlehne des Sessels, sein Hurling-Schläger auf seinen Knien.

»Herrgott, Bunny, was zum Teufel hast du in meinem Haus zu suchen?«

»Ich wollte ein bisschen plaudern.«

»Dann ruf mich in meinem Büro an und mach einen Termin wie jeder andere auch.«

O'Rourke schaute sich nervös im Raum um und schloss hinter sich die Tür.

»Ich bin nicht so der Termin-Typ.«

O'Rourke marschierte durchs Zimmer und hob die Whiskeyflasche auf, die neben Bunny auf dem Teppich stand. »Und du bist auch nicht der Typ für kleine Gläser, wie ich sehe. Hast du überhaupt eine Ahnung, wie viel dieses Zeug kostet?«

»Ach, schreib's einfach mit auf meinen Deckel.«

O'Rourke ging zu seiner Hausbar hinüber und nahm sich ein Glas. Er füllte es zur Hälfte und ließ die Flasche dann demonstrativ dort zurück. »Wie bist du überhaupt hier reingekommen? Dieses Haus verfügt über eine sehr ausgereifte Alarmanlage.«

»Und ich über einen sehr ausgereiften Stock.« Bunny streichelte zärtlich seinen Hurling-Schläger.

Der Sicherheitsfirma stand am Montagmorgen der Anschiss des Jahrtausends bevor. Zwölf Riesen für eine Vorrichtung, die ein Halbwilder mit einem Sportgerät problemlos funktionsunfähig hämmern konnte.

»Ein reizendes Häuschen hast du. Überrascht mich, dass du mich nicht früher schon mal eingeladen hast.«

»Das hätte ich, Bunny, leider hast du nicht die leiseste Ahnung, wie man sich in guter Gesellschaft benimmt.«

»Was für ein Bullshit ist das denn?« Die Worte schossen aus Bunny hervor wie ein wilder Sturm. »Ich bin für jede verschissene Dinnerparty der reinste Gewinn.«

Obwohl er den Mann seit einem Vierteljahrhundert kannte, konnte O'Rourke nie sagen, ob Bunny wirklich wütend war oder bloß so tat. Ein unangenehmes Déja-vu stellte sich ein: Jenes altbekannte Gefühl, dass jede Unterhaltung mit Bunny McGarry ein russisches Roulette war.

»Erinnerst du dich nicht mehr an meine Frau, Bunny? Sie

wiederum erinnert sich sehr gut an dich und daran, wie du dich bei unserer Hochzeit aufgeführt hast.«

»Ach, zum …« Speichel flog von Bunnys Lippen, während er wild mit den Händen gestikulierte. »Dieser Schwan hätte einem armen Kind jederzeit etwas antun können, verdammte Scheiße.«

»Nachdem du ihm den Hals gebrochen hast, konnte er das jedenfalls nicht mehr. Hast du irgendeine Ahnung, wie viel Ärger ich deswegen hatte?«

Bunny grinste hämisch, hob sein Glas und trank es bis auf den letzten Tropfen aus.

O'Rourke nutzte die kurze Gesprächspause, um seinen alten Freund zu mustern. Bunnys Gesicht war mittlerweile ein Flickenteppich aus unguten roten Flecken, ein klares Zeichen, dass er sein Trinken nicht heruntergefahren hatte. Er war lange über den Punkt hinaus, an dem der Körper sich problemlos davon erholte, dass man ihn schlecht behandelte. Bunny hatte auch einiges an Gewicht zugelegt, allerdings hatte er nie eine Figur gehabt, die man im traditionellen Sinne als sportlich bezeichnen konnte.

»Also«, sagte O'Rourke, »genug mit dem Süßholzraspeln. Warum bist du hier?«

»Paulie Mulchrone.«

»Das ist Jimmy Stewarts Fall. Sprich mit ihm.«

»Oh, das habe ich. Allerdings ist er gerade suspendiert worden.«

Das traf O'Rourke unvorbereitet. »Weswegen das denn?«

»Weil er ein guter Polizist ist. Von denen gibt's dieser Tage nicht mehr viele.«

»Ich werde morgen früh ein paar Anrufe machen. Aber warum interessiert dich das?« O'Rourke schaute McGarry an und drückte sein Glas an die Lippen. »Seit wann seid ihr denn so dicke Freunde? Ich hätte gedacht, er wäre für deinen Geschmack etwas zu regelkonform?«

»Vielleicht werde ich auf meine alten Tage etwas braver.«

»Sagt der Mann, der gerade in mein Haus eingebrochen ist. Dieser Fall hat mit dir nichts zu tun, Bunny. Lass dir einen Rat geben: Halt dich da raus.«

Bunny beugte sich vor. Ein weiterer, quecksilbriger Stimmungsumschwung fand statt, und seine Stimme verwandelte sich in ein tiefes Knurren. »Mulchrone ist einer meiner Jungs.«

O'Rourke wandte den Blick zum Himmel. »Ach, du heilige Scheiße, du und dein kostbares Hurling-Team. Hast du vergessen, dass du nach dieser Nellis-Sache seinetwegen wie ein inkompetenter Idiot dagestanden hast?«

»Ich würde es nicht ganz so ausdrücken.«

»Tja, ich würde es genau so ausdrücken, und ich war der Depp, der damals alle Hebel in Bewegung gesetzt hat, um dich in das Team zu holen.«

»Das warst du mir schuldig«, sagte Bunny. »Und ich könnte immer noch dabei sein, wenn du mir damals beigestanden hättest.«

»Blödsinn, Bunny. Komm von deinem Kreuz runter, wir brauchen das Holz.«

Die beiden Männer verschränkten ihre Blicke.

»Und deinen lächerlichen Anstarr-Blödsinn kannst du auch lassen. Wir kennen uns viel zu lange, als dass dieser Quatsch bei mir wirken würde.«

Bunny erhob sich leicht schwankend und betrachtete den Trophäen-Schrank in der Ecke. Er hatte ihn geöffnet, bevor O'Rourke einen Grund finden konnte, ihn aufzuhalten.

»Das stimmt«, sagte Bunny mit einem leichten Lallen in der Stimme, »wir kennen uns sehr lange. Ich weiß noch, wie du ein kleiner Zwerg mit Rotznase warst, frisch aus dem Bus aus Templemore. Wie ein Kind, das sich in der Großstadt verlaufen hat. Hab dir alles beigebracht, was du heute weißt. Ist es nicht so?«

»Ahhh – allerdings. Ich habe Jahre gebraucht, um einige deiner Tricks wieder zu verlernen.«

Bunny hob den Pokal hoch, den O'Rourke vor zwei Jahren bei einem Forellen-Angel-Wettbewerb gewonnen hatte, und begutachtete ihn, als wäre er ein wertvolles Kunstwerk. »Aber gekümmert habe ich mich um dich.«

»Und ich habe mich immer um dich gekümmert. Vergiss nicht: Nur meinetwegen kannst du deine ruhige Kugel schieben. Du bist der einzige Polizeibeamte im ganzen Land, der wochenlang sein Ding machen kann, ohne sich irgendwem gegenüber rechtfertigen zu müssen.«

»Ich liefere Resultate.«

»Ja, aber vergessen wir nicht, welche Scherereien einige dieser Resultate nach sich ziehen.«

Bunny stellte den Pokal wieder ab. »Apropos Resultate: Pauline McNair war eine unbescholtene Bürgerin, und nun ist sie tot.«

»Worauf willst du hinaus, Bunny?«

»Irgendeine Arschgeige ist heute auf die Idee gekommen, Mulchrones Anwältin, eine schwangere Frau, in die Mangel zu nehmen.«

»Ich wiederhole: Worauf willst du hinaus?«

»Nicht zu vergessen die Bombe, *eine verfickte Bombe*, auf einer Straße, wo Kinder spielen.«

»Noch mal: Worauf willst du hinaus, Bunny?«

»Ihr habt einen Verräter unter euch.«

»Einen *möglichen* Verräter. Ich habe bereits Leute darauf angesetzt.«

»Das glaub ich sofort. Jimmy Stewart meint, es ist eure PR-Frau. Veronica Doyle.«

»Das ist eine sehr schwerwiegende Anschuldigung. Haben du oder DI Stewart irgendwelche Beweise dafür?«

»Das musst du Jimmy fragen. Sie ist nicht das Pferd, auf das ich setze.«

»Nein?«

»Nein«, sagte Bunny. Er schnippte gegen den Rand einer Waterford-Kristallvase. Der klare Ton schallte durch den ganzen Raum. »Ich setze auf dich.«

O'Rourke lachte. »Herzlichen Dank, Bunny. Die kleine Aufheiterung hab ich dringend gebraucht.«

Bunny schaute nicht von seiner Betrachtung des Trophäenschranks auf. »Sie gibt ihre Informationen direkt an dich weiter, da bin ich sicher.«

»Sieh zu, dass du nach Hause kommst, Bunny, und werd mal wieder nüchtern, verdammte Scheiße. Wenn du Glück hast, tue ich so, als hätte dieses Gespräch niemals stattgefunden.«

»Ich habe heute meine Lektüre nachgeholt. Bin deine ganzen alten Fälle durchgegangen, Fintan. Die Greatest Hits von O'Rourkes kometenhaftem Aufstieg an die Macht.« Bunny hauchte den vergoldeten Kopf eines Golfschlägers an und polierte ihn mit dem Ärmel seiner Jacke. »Spielst du gern Golf, Fintan? Ich habe ja erst kürzlich damit angefangen.«

»Mach weiter so, Bunny, dann hast du bald sehr viel Zeit zum Üben.«

Bunny stellte die Trophäe vorsichtig an ihren Platz zurück. »Deine Karriere hat einen ziemlichen Auftrieb bekommen, indem du einige von Gerry Fallons Konkurrenten einkassiert hast, oder?«

»Auch ihm haben wir immer wieder Schläge versetzt.«

»Na klar, das bezweifle ich nicht – gerade genug, damit es nicht auffällt. Ein paar Treffer musst du landen, wenn du den Boxkampf absichtlich verlierst.«

»Ich fasse es nicht, dass ich hier stehe und mir diesen paranoiden Verschwörungs-Quatsch anhöre – und das ausgerechnet von dir.«

»Das heißt also, ich täusche mich?«

»Vollkommen.« O'Rourke kam auf Bunny zu, packte ihn an den Schultern, drehte ihn zu sich herum und griff ihm in die Wangen. »Was immer du mal warst, du bist es nicht mehr. Du drehst durch, Bunny. Ich bin zu nachsichtig gewesen mit dir, der alten Zeiten wegen. Dieser Bericht von vor zwei Jahren, der zu dem Schluss kam, dass du nicht mehr dienstfähig bist? Ich muss vollkommen bescheuert gewesen sein, ihn verschwinden zu lassen. Ich bin nur froh, dass ich das noch rechtzeitig begreife, bevor du etwas anstellst, das ich nicht mehr in Ordnung bringen kann. Du hast zwei Möglichkeiten. Komm vom Alkohol runter, oder du bist in zwei Wochen raus aus dem Polizeidienst. Ist das klar?«

»Das würdest du nicht tun.«

»Leg's ruhig drauf an.«

Bunny sagte nichts, aber O'Rourke sah, dass seine Hand zitterte, als er sich mit ihr übers Gesicht fuhr. Es blitzte ein Hauch von Feuchtigkeit in seinen Augen auf.

»Hast du überhaupt noch irgendwas in deinem traurigen kleinen Leben, abgesehen vom Job, Bunny?«

Ein Schweigen breitete sich zwischen den beiden aus. O'Rourke trat zurück und starrte das besoffene Wrack an, das vor ihm stand. Bunny McGarry war wirklich etwas Besonderes gewesen, aber das war lange her. Sein alter Freund war tot. Und nur das hier war übrig geblieben.

Bunny schaute finster zu Boden, als würde das polierte Parkett ihn persönlich beleidigen.

»Nun?«, sagte O'Rourke.

Nach einem langen Augenblick nickte Bunny. Er wirkte

jetzt kleiner. Unter der betrunkenen Großspurigkeit und der Reputation, die er so sorgsam kultiviert hatte, wurde ein gebrochener Mann sichtbar. Sauer eingelegt in Verbitterung und Schnaps.

O'Rourke atmete hörbar aus und ging zu seinem Schreibtisch hinüber. Er hob den kunstvoll geschnitzten Deckel der Zigarrenkiste und holte eine der Kubanischen hervor, die er letztes Jahr von seiner Amerika-Reise mitgebracht hatte. Er schnitt die Spitze ab, nahm das Feuerzeug zur Hand und schaute erst dann wieder zu Bunny hinüber.

»Ich gehe jetzt raus auf den Balkon und rauche eine. Wenn ich zurückkomme, wirst du nicht mehr hier sein. Ich werde dich auch nie wiedersehen. Und wenn dein Name auch nur einmal auf meinem Schreibtisch auftauchen sollte – aus welchem Grund auch immer –, wird der verschwundene Bericht wieder zum Vorschein kommen. Verstanden?«

Bunny nickte und wandte sich zur Tür. Ohne sich noch einmal umzudrehen, verließ er den Raum.

O'Rourke öffnete die Doppeltür zu seinem Balkon und trat nach draußen. Ein leichtes Zittern ergriff seine Finger, als er die Zigarre anzündete, und er spürte, wie sich hinter seiner rechten Schläfe ein Spannungskopfschmerz bemerkbar machte. Wenn man dieses Spiel spielte, musste man immer Abstriche machen. Dies war eine höllische Woche gewesen. Fallon hatte ihn auf alle nur erdenklichen Weisen an den Eiern. Wie hatte er es genannt? *Versicherung der gegenseitigen Zerstörung.* Diese Sache war von Anfang an eine Katastrophe gewesen, aber es gab immer noch einen Ausweg. Er hatte seine Spuren gut verwischt. Glaubte er. Ganz gewiss musste er sich nicht von Bunny derartig bedrohen lassen. Zum Glück hatte der besoffene Idiot bei der Polizei nicht mehr viele Freunde. Damals war Bunny die reinste Naturgewalt gewesen. Seine Methoden waren zwar nie ganz sauber gewesen, aber er war dennoch einem Kodex gefolgt. Er war derjenige gewesen, der O'Rourke beigebracht hatte, dass der Zweck die Mittel heiligte. Und traf das nicht auch in diesem Fall zu? Nur in einem größeren Maßstab. Bunnys Problem war, dass er das große Ganze nicht sah. Dazu war er noch nie in der Lage gewesen.

O'Rourke nahm einen tiefen Zug von seiner Zigarre und schaute über die Hügel bis zur darunterliegenden Dublin Bay. Draußen auf dem Meer konnte er Lichter erkennen, ohne Zweifel eine nächtliche Fähre, die den Hafen ansteuerte. Ihm kam ein Gedanke. Bunny hatte seinen Hurling-Schläger zurückgelassen …

Dann stellte sich die Welt auf den Kopf.

Für einen derartig schweren Mann konnte sich Bunny noch immer erstaunlich leise bewegen. Das Erste, was O'Rourke spürte, war eine Hand an seinem Rücken, während die andere seinen Gürtel packte und ihn über das Geländer hievte. Einen entsetzlichen Augenblick lang hing er da, blickte auf die Blumenrabatten hinab, die, drei Stockwerke unter ihm, nur vage Umrisse in der Dunkelheit bildeten. Er sah zu, wie seine Zigarre in die Tiefe taumelte und einzelne Funken versprühte, während sie von der Hauswand abprallte, bevor sie schließlich in der Finsternis verschwand. Seine Hände tasteten nach dem Sims, suchten verzweifelt nach irgendetwas, an dem er sich hätte festhalten können. Und er schrie. Gott, wie er schrie! Keine Worte, nur reine Entsetzenslaute. Nicht, um gehört zu werden – sein Haus war viel zu weit weg von dem der Nachbarn –, er schrie aus reiner körperlicher Notwendigkeit.

Er schaffte es, seine Arme um eine der Balustradensäulen aus Marmor zu schlingen, und nun klammerte er sich daran wie ans nackte Überleben. Zwei starke Arme hielten immer noch seine Beine umfasst und ließen ihn weiter vom Balkon baumeln.

Von oben ertönte eine Stimme, die sehr viel klarer klang als zuvor. »Was ist denn los, Fintan? Fehlen dir plötzlich die Worte?«

»Verdammte Scheiße, Bunny, zieh mich rauf, sofort!« O'Rourke hatte die Augen zugekniffen und konzentrierte all seine Energie darauf, sich festzuhalten.

»Nicht, bis du mir sagst, was ich wissen will.«

»DU BIST DOCH VÖLLIG GEISTESKRANK!«

O'Rourkes Magen drehte sich um, als die Hände an seinen Beinen den Griff veränderten.

»Klar, ist das nicht allgemein bekannt? Du hast doch auch deinen kleinen Bericht, in dem genau das steht. Wie hieß es noch? Geistig labil, nicht wahr?«

»Zieh mich hoch, und der Bericht verschwindet. Ich schwöre es.«

»Weißt du, ich wollte es ja gar nicht glauben. Ich meine, ich wusste schon früh, dass du es warst, aber ich wollte die Hoffnung einfach nicht aufgegeben. Erst als du mir gedroht hast, war ich mir vollkommen sicher. Was hat Fallon gegen dich in der Hand?«

»Zieh … mich einfach hoch, dann können wir reden.«

»Ah, na sicher.« In Bunnys Stimme war inzwischen die körperliche Anstrengung hörbar. »Aber wir reden doch jetzt auch schon, oder? Und so kopfüber bist du gar nicht mehr so ein herablassendes Arschloch. Also, was hat Fallon zu verbergen?«

»Herrgott, Bunny, krieg dich ein. Du hast keine Ahnung, womit du es hier zu tun hast.«

»Ich weiß, womit *du* es zu tun hast, Fintan – mit der Schwerkraft. Und die ist eine gemeine alte Nutte. Also – Paulie Mulchrone.«

»Warum interessiert dich das, verdammte Scheiße?«

O'Rourke stieß einen unwillkürlichen Schreckenslaut aus, als Bunny seinen Griff absichtlich für eine Sekunde lockerte.

Er spürte, wie sein Drei-Gang-Menü von vorhin Anstalten machte, ihn wieder zu verlassen.

»Weil er … EINER MEINER JUNGS IST!«

»Okay, Bunny, alles klar. Ich hab diesen Film schon gesehen. Wir wissen beide, dass du mich nicht fallen lassen wirst, also zieh mich rauf, solange du noch kannst, dann reden wir darüber.«

»Ist das so?«

»Ein guter Bluff, aber der Witz ist langsam durch.«

»Da hast du recht«, sagte Bunny.

Und dann ließ er ihn fallen.

Die Welt von Assistant Commissioner Fintan O'Rourke bestand nur noch aus Schmerz. Bei der kleinsten Bewegung schoss die Agonie durch seinen gesamten Körper. Vage war er sich der feuchten Erde bewusst, die ihn umgab. Die Finger seiner rechten Hand waren tief in ihr vergraben. Der unverkennbare Geruch der Pferdeäpfel, mit denen seine Frau im Winter die Rosen düngte, lag in der Luft. Sie wollte auf Teufel komm raus irgend so einen Blumen-Preis gewinnen. Dabei überraschte es ihn, dass er noch riechen konnte. Seine Nase war anscheinend gebrochen, und das Blut, das über sein Gesicht strömte, machte ihm das Atmen schwer. Seine linke Hand konnte er gar nicht bewegen; und er spürte, dass aus seinem linken Unterarm ein Knochen ragte. Auch sein linkes Knie fühlte sich an, als wäre es nicht mehr da, wo es hingehörte, und seine rechte Schulter sandte eine Übelkeit erregende Schmerzenswelle nach der anderen durch ihn hindurch. Er nahm an, dass es auch einige Rippen erwischt hatte. Er spürte, dass er kurz davor war, in eine Ohnmacht abzudriften, da sich sein Gehirn unbedingt von der Tortur seines Körpers verabschieden wollte.

Eine Hand schlug ihm quer übers Gesicht.

»Fintan!«

Seine Augen flogen auf, und die Welt drehte sich um ihn. Bunny McGarrys Gestalt ragte in ihrem Zentrum über ihm auf.

»Du gottverdammter Irrer«, keuchte O'Rourke. »Du bist ein toter Mann.«

»Ich würde sagen, von uns beiden schwebst du in dieser Hinsicht in größerer Gefahr.«

»Du hast mich fallen lassen.«

»Hab ich. Ich finde, das Geheimnis beim Bluffen ist, es nicht zu tun. Warum jammerst du so? Dir geht's immer noch deutlich besser als Pauline McNair.«

»Gottverdammter ...«

O'Rourke verlor sich, spürte, dass die Welt neuerlich unscharf wurde. In seinem Mund schmeckte er Blut und Erde. Wieder wurde ihm ins Gesicht geschlagen.

»Hey, bleib bei mir. Du musst mir sagen, was Fallon zu verbergen hat.«

O'Rourke versuchte zu lachen, aber das Blut in seinem Mund ließ lediglich ein Gurgeln zu. »Du hast mich doch schon fallen lassen. Warum zur Hölle sollte ich dir jetzt noch was sagen?«

»Ah«, entgegnete Bunny, »eine hervorragende Frage.«

Bunny beugte sich herab und hob etwas vom Boden auf. Es war O'Rourkes Zigarre, die immer noch brannte. Er nahm ein paar tiefe Züge, um sie wieder voll zum Glühen zu bringen, dann löste er sie von den Lippen und lächelte.

»Ich habe dich einmal fallen lassen, um zu beweisen, dass ich es tun würde. Und jetzt wirst du mir alles sagen, was ich wissen will. Ansonsten ... werde ich es wieder tun. Und ich kann mir vorstellen, beim zweiten Mal tut es dann richtig weh.«

# KAPITEL FÜNFUNDVIERZIG

»Autsch!«

»Zappel nicht so rum«, sagte Brigit.

»Ich zappele, weil du Ätzmittel in meine Wunde reibst.« Paul zuckte zusammen und schnellte so rasch vor, dass er Dorothys Küchentisch beinahe eine Kopfnuss verpasste. »Ganz im Ernst, ist das wirklich nötig?«

»Was? Dass wir deine Wunde desinfizieren? Kommt drauf an. Wie sauber ist denn der Boden so einer Herrentoilette normalerweise?«

Paul grummelte unhörbar vor sich hin, richtete sich aber wieder auf, damit Brigit fortfahren konnte, ihn zartfühlend zu Tode zu foltern. Er betrachtete sein eigenes Spiegelbild in der Glastür zum Garten und dann den intensiv konzentrierten Blick, mit dem Brigit seinen Hinterkopf anstarrte. Sie pustete sich eine Locke ihres braunen Haares aus dem Gesicht. Dann schaute sie auf und bemerkte, dass sie von seinem Spiegelbild beobachtet wurde.

»Was?«

»Nichts.« Pauls Wangen röteten sich, als er den Blick abwandte. In der Küche herrschte kein Chaos, aber sauber war sie auch nicht gerade. Die Frühstücksteller weichten im Waschbecken ein, und die zwei benutzten Bratpfannen standen immer noch auf dem Herd. Dorothy führte keinen allzu aufgeräumten Haushalt. Zu diesem Zweck beschäftigte sie Angestellte, und die arbeiteten samstags nicht.

»Hier sollte man wirklich mit ein paar Stichen nähen, mal ganz zu schweigen von der Gehirnerschütterung, die du mit ziemlicher Sicherheit hast. Eigentlich müsstest du jetzt im Krankenhaus liegen.«

»Klar, weil mein letzter Besuch da so wunderbar verlaufen ist. Außerdem haben wir uns nicht mit so viel Mühe eine Spur beschafft, und zwar eine richtige Spur, nur um uns dann selbst auszuliefern.«

Paul war immer noch völlig high von seiner Genialität/seinem Glück, mit dem er Brophy die Informationen entlockt hatte. Okay, eins über den Schädel zu bekommen und ausgeknockt zu werden hatte nicht zum Plan gehört, aber immerhin war er insgesamt aufgegangen. Er hatte etwas unternommen, und es hatte sich ausgezahlt. So langsam fand er Gefallen an dieser Detektivarbeit. »Wo liegt Bandon denn nun?«

Er spürte, dass Brigit immer noch nicht glücklich war über das, was sie sah, und weiter in seinen Haaren herumfuhrwerkte, sodass er sich vorkam wie ein gelauster Affe.

»Es ist eine Stadt in der Nähe von Cork, meine ich. Aber bist du dir wirklich sicher, dass er Bandon gesagt hat?«

»Was meinst du?«

»Du hast einen Schlag auf den Kopf bekommen. Hat er vielleicht Brendan gesagt?«

»Brendan? Wer zur Hölle ist denn Brendan?«

»Ja genau. Oder vielleicht hat er Brandon gesagt?«

»Und wer wäre das?«

»Es könnte ja Fiachra Fallons neuer Name in Amerika sein. Ist ein typischer Yankee-Name.«

»Vielleicht hat er auch Branston gesagt?«, sagte Paul. »Vielleicht wollte er, dass wir uns in Essig legen wie die Branston-Pickels?«

»Ich meine ja bloß …«

Bevor Brigit mit ihrem *bloß meinen* weiterkam, schwang die Küchentür auf, und Dorothy kam in einem weiteren ihrer ausgefallenen Hausmäntel hereinmarschiert. Der heutige zeigte eine Fuchsjagd, einschließlich der Pferde, der Hundemeute und dem ganzen Drum und Dran. Sie hatten gehofft, ihr nicht zu begegnen, bevor sie sich um Pauls neuerliche Verwundung halbwegs gekümmert hatten. Vor Neugier wurden ihre wässrigen Augen hinter der einmachgläserdicken Brille noch größer als sonst.

»Haben Sie ihm endlich eins übergebraten, meine Liebe?«

»Gregory ist ein wenig gestürzt«, entgegnete Brigit.

»Selbstverständlich, und ich bin King Kongs Großmutter.« Dorothy stellte ihren Teller mit Kekskrümeln auf die Arbeitsfläche. »Körperliche Gewalt ist keine Lösung.«

»Völlig richtig«, sagte Brigit.

»Ja«, erwiderte Dorothy und zog ihre antike Hauswaffe aus der Tasche des Hausmantels. »Man muss den Arschlöchern nur so ein Schätzchen ins Gesicht halten und sagen: Rück raus den Scheiß, du Motherfucker.«

»Dorothy!«

»Ach, entspannen Sie sich, meine Liebe. Ich habe *Sons of Anarchy* gesehen. Fantastische Serie! Also, wer hat Lust auf eine Partie *Monopoly*?« Ihre Augen blitzten vor Freude. »Und dann bestellen wir uns was zu essen! Zum Beispiel bei diesem reizenden chinesischen Laden, der …«

Paul kam ein Gedanke, Millisekunden bevor sein Schädel einen weiteren stechenden Schmerz verspürte. »HERRGOTT!«

Paul schlug beide Hände flach auf den Tisch und versuchte, sich aufrecht zu halten.

»'tschuldigung!«, sagte Brigit. »Ganz im Ernst, das war's jetzt – alles sauber, die Wunde kann verbunden werden.«

Paul schaute auf und stellte fest, dass Dorothy ihn mit großen, feuchten Augen der Sorge musterte. »Ganz ehrlich, mir geht's gut.«

»Das stimmt«, versicherte ihr Brigit. »Lassen Sie mich das nur rasch fertigmachen. Und dann gibt's Gesellschaftsspiele, was zwischen die Kiemen und was Hochprozentiges zu trinken.«

»Alles klar, Alter.« Dorothy schlurfte durch die Tür ins Wohnzimmer.

»Allerdings«, flüsterte Brigit, »keinen Alkohol für dich. Ärztliche Anweisung.«

Paul lauschte auf das tröstliche Schlurfen von Dorothys Hausschuhen auf dem dicken Teppich im Nebenzimmer.

»Sie macht sich wirklich Sorgen um dich.«

»Ich mache mir auch Sorgen um mich«, sagte Paul. »Jeden zweiten Tag ziehe ich mir eine neue Verletzung zu. Aber ich wollte gerade etwas Wichtiges sagen ...«

»Ging es um Bandon?«

»Ich weiß es nicht mehr.« Paul starrte auf den Tisch. Es machte ihm zu schaffen. Etwas hatte ihm auf der Zunge gelegen, und dann war es ihm entschlüpft.

Brigit begann, Dorothys Erste-Hilfe-Kasten nach Verbandsmöglichkeiten zu durchforsten. »Du meinst also, dass er definitiv Bandon gesagt hat?«

»Eigentlich schon, aber jetzt kommst du mir ständig mit irgendwelchen Alternativen, und schon zweifele ich an mir selbst.«

»Tut mir leid.«

Paul trommelte mit den Händen auf dem Tisch. »Bandon – ja – Bandon. Ich würde sagen, wir gehen einfach davon aus. Sonst wäre ich am Ende doch nur irgendein Depp, der sich ohne jeden Grund hat zusammenschlagen lassen. Fahren wir doch morgen mal dorthin.«

»Um was zu tun?«

»Ermitteln natürlich«, sagte Paul, »immer vorausgesetzt,

dass du den Fall nicht einfach löst, indem du dich durch ein paar Twitter-Accounts scrollst.«

»Du bist ja plötzlich so abenteuerlustig.«

»Okay, mach dich auf was gefasst: Ich muss zugeben, du hattest recht. Es tut gut, nicht bloß davonzurennen, sondern die Lage endlich selbst unter Kontrolle zu haben.«

In diesem Moment wurde die Tür zum Garten aufgeschoben, und ein Mann mit einer Sturmhaube über dem Gesicht trat in den Raum. Er zielte mit einem Revolver auf sie.

Paul seufzte. »Na ja, es war ein kurzes Vergnügen.«

Der Mann hielt einen Finger an seine Lippen, bevor er mit einer überraschend sanften und deprimierend ruhigen Stimme zu ihnen sprach. »Sind Sie allein?«

Sie nickten beide. Paul glaubte, den Hauch eines osteuropäischen Akzentes zu erkennen. Der Mann legte den Kopf schief und lauschte, bevor auch er zufrieden nickte. Dann schob er hinter sich die Tür zu, wobei er weiterhin auf sie zielte.

»Würden Sie bitte die Hände hochnehmen?«

Die höfliche Weise, mit der er sein Anliegen vorbrachte, stand in starkem Kontrast zu der ganz unhöflich auf sie gerichteten Waffe. Da ihnen keine andere Möglichkeit blieb, folgten sie eingeschüchtert der Aufforderung.

»Man hat mir aufgetragen, dass ich Sie fragen soll: Wem haben Sie von der Sache erzählt?«

Brigit und Paul schauten einander an, bevor Brigit antwortete: »Was denn erzählt?«

Es entstand ein langes, verlegenes Schweigen. Paul machte das nicht allzu viel aus. Die Peinlichkeit einer Situation musste schon ein gewaltiges Maß übersteigen, bevor er den Tod bevorzugen würde.

»Ich weiß nicht«, sagte der Mann. »Das hat man mir nicht mitgeteilt – aus verständlichen Gründen.«

»Ich schwöre«, sagte Paul, »wir können niemandem irgendetwas erzählen, weil wir selber gar nichts wissen. Die denken bloß, dass wir was wissen. Das ist alles ein großes Missverständnis.«

Der Mann mit der Sturmhaube legte neuerlich den Kopf schief, als denke er ernsthaft darüber nach. Schließlich nickte er vor sich hin. »Okay.« Dann trat er auf Paul zu und richtete den Lauf der Waffe auf seinen Kopf.

»Whoa, whoa. Ich hab doch gerade gesagt, dass wir nichts wissen.«

»Ja, ich danke Ihnen. Dann kann ich Sie jetzt liquidieren, und diese ganze unangenehme Geschichte ist vorüber.«

»Warten Sie«, sagte Brigit. »Genau genommen haben wir es vielen Leuten erzählt.«

»Sie hat es auf Twitter gestellt.«

Er schüttelte den Kopf. »Nein, haben Sie nicht. Wenn Ihnen das hilft: Ich bedaure, das hier zu tun. Eigentlich haben wir einen Ehrenkodex. Zivilisten und Frauen lassen wir außen vor.«

»Und warum jetzt doch nicht?«

»Die haben meine Nichte. Ihr Vater ist bereits tot.«

»Tut mir leid zu hören«, erwiderte Brigit. Paul schaute sie vorwurfsvoll an, worauf sie mit den Schultern zuckte. »Na ja, ist so.«

»Warum behaupten Sie nicht einfach, Sie hätten uns umgebracht?«, fragte Paul.

»Das geht nicht. Die würden das mitkriegen. Ich habe keine Wahl.«

»Also, ganz im Ernst, ich …«

»Hände hoch, aber dalli!«

Alle Köpfe fuhren zur Küchentür herum, wo Dorothy ihren Revolver mit zitternden Händen vor sich ausstreckte. Der Mann mit der Sturmhaube richtete seine Waffe auf sie.

»Halt!«, schrie Paul, sprang auf die Füße und warf sich vor Dorothy. »Der ist nicht echt, er ist nicht echt!«

Sein gesamter Körper erwartete einen Schuss, der aber nicht kam.

»Es ist eine Antiquität und längst entschärft«, fuhr Paul fort. »Bitte, Dorothy, geh ins Wohnzimmer zurück.«

»Da ist ein maskiertes Arschloch in mein Haus eingebrochen.«

»Sie ist dement«, sagte Paul. »Der Revolver ist bloß ein harmloses Museumsstück, ganz ehrlich. Bitte, sie hat nichts mit der Sache zu tun.«

»Was ist denn hier los, Gregory?«

Paul streckte seine Hand aus. »Sehen Sie! Sie kennt noch nicht mal meinen Namen. Ich bin der, den Sie wollen: Keine der beiden Frauen weiß irgendwas. Bitte, Dorothy, leg die Waffe weg.« Er machte einen Schritt auf den Mann mit der Sturmmaske zu. Dann schnippte er plötzlich mit den Fingern.

»Jetzt weiß ich's wieder. Es war Mickey, nicht wahr?«

»Was?«, fragte Brigit.

Paul antwortete ihr, ohne den Blick von dem bewaffneten Mann abzuwenden. »Das ist der Lieferfahrer von dem chinesischen Restaurant, bei dem ich immer bestelle. Vorhin ist es mir eingefallen. Er hat auch ein paarmal hierher geliefert.«

»Ach ja«, sagte Dorothy. »Bei denen schmeckt es wirklich hervorragend. Und sie haben ein gutes Preis-Leistungs-Verhältnis.«

Der Mann mit der Sturmmaske schaute Brigit an. »Ihr Freund hat ihn als nächsten Verwandten bei seiner Krankenhauseinweisung angegeben.«

»Was? Wer macht denn sowas?«, fragte Brigit.

»Ich hatte niemand anderen, okay?« Paul klang eingeschnappt. »Meine letzten Augenblicke auf dieser Erde, und du willst, dass ich mich noch mal schlecht fühle wegen meines beschissenen Privatlebens?«

»Ich wollte bloß …«

»Nein, nur weiter so«, unterbrach sie Paul. »Das ist echt toll. Du weißt halt einfach, wie man mit Patienten umgeht. Ist kaum zu glauben, dass ausgerechnet du dafür gesorgt hast, dass auf mich eingestochen wurde.«

»Oh, zum … jetzt kommst du mir ernsthaft wieder damit?«

»Ruhe!« Der Mann streckte seine Waffe Paul entgegen, der sich unmerklich näher auf ihn zubewegt hatte. »Bleiben Sie bitte sofort stehen. Der Trick, mit einem Streitgespräch für Ablenkung zu sorgen, funktioniert nur im Film.«

»Oh, na schön, meinetwegen«, sagte Paul.

»Moment, hatten wir einen Plan?«

Die braunen Augen des Mannes fixierten Paul. »Falls es irgendein Trost ist, ich habe Ihrem Lieferfahrer sehr viel Geld geboten, und er wollte es nicht nehmen.«

»Und wie haben Sie dann …«

»Ich habe ein anderes Angebot gemacht. Schmerz statt Geld.«

»Ah.«

»Ist er …?«

»Ihm geht's gut. Es war nicht nötig, dass er stirbt. Aber er hat wirklich erstaunlich viel Mühe darauf verwandt, Sie zu schützen. Darauf können Sie stolz sein.«

»Ich bin ein sehr guter Kunde.« Paul kam ein Gedanke. »Ich nehme an, er hat nicht zufällig erwähnt, wie er mit Nachnamen heißt?«

»Kam nicht zur Sprache.«

»Auch egal. Ich frage ihn einfach jetzt. Hi, Mickey!«

Paul winkte, und der Mann mit der Waffe drehte sich leicht,

bevor ihm mit deprimierender Schnelligkeit klar wurde, dass es sich um einen Bluff handelte. Zu diesem Zeitpunkt hatte Paul kaum begonnen, sich auf ihn zu werfen.

Der Mann trat zurück und landete einen zielgerichteten linken Haken auf Pauls Kiefer. Mit voller Wucht ging er zu Boden. Der Schmerz dröhnte durch seinen Schädel. Dabei knallte seine linke Schulter gegen das polierte Metall der offenen Ofentür und leistete so ihren Beitrag zu seiner Kakophonie aus Schmerz. Paul rollte auf den Rücken und spürte, wie der Mann ihm seinen Fuß mitten auf die Brust stellte. Von weitem bekam er mit, dass Brigit und Dorothy nach Luft schnappten. Und dann sah er zu, wie der Mann seine Waffe abwechselnd auf die beiden richtete, um alle weiteren Heldentaten zu unterbinden.

»Das war mutig, erwartbar und dumm.«

»Ja.« Paul kämpfte darum, wieder Luft in seine Lungen zu bekommen. »Aber Sie werden mich doch sowieso erschießen, oder nicht?«

»Das stimmt.«

Fasziniert beobachtete Paul, wie sich der Lauf der Waffe abwärts bewegte, bis sie nur noch einen halben Meter von seinem Kopf entfernt war. Er hätte Angst empfinden müssen, aber dazu fehlte ihm die Energie.

Er kniff die Augen fest zu, und im nächsten Moment ertönte ein Schuss, gefolgt vom splitternden Glas der Terrassentür. Paul schlug die Augen auf, als ihm bewusst wurde, dass er, gegen jede Wahrscheinlichkeit, immer noch dazu in der Lage war. Nicht er war es gewesen, der vor Schmerz aufgeschrien hatte und nun die rechte Seite seines Brustkorbs umklammerte. Offenbar hatte die Kugel seinen Angreifer dort gestreift. Paul packte den Fuß auf seiner Brust und drehte ihn herum, um den Mann noch weiter aus dem Gleichgewicht zu bringen. Kurz warf er Dorothy einen Blick zu. Sie presste ihr rechtes Handgelenk an die Brust und sah selbst vollkommen schockiert aus. Die Waffe, die der Rückstoß aus ihren gebrechlichen Händen geschleudert hatte, lag vor ihr auf dem Boden.

Der Eindringling fuhr neuerlich herum. Mit der linken Hand hielt er sich seine verwundete Seite, während er mit der rechten den Revolver nun auf Dorothy richtete. Dann warf sich Brigit Conroy mit einem gezielten Rugby-Tackling auf ihn und krachte mit ihm durch die Balkontür. Glas splitterte überall um sie herum, während sie hinaus in den Garten stürzten.

Paul umklammerte den Griff der Ofentür und rappelte sich auf. Der ganze Raum drehte sich, als er sich, im Versuch, aufrecht zu bleiben, an der Arbeitsplatte festhielt. Er schüttelte seinen Kopf frei und blickte in den Garten hinaus. Brigit lag ausgestreckt auf dem gepflasterten Weg. Neben ihr hockte der Mann mit der Sturmhaube und begann, auf allen vieren durch die Scherben zu kriechen, immer näher auf seinen anderthalb Meter entfernten Revolver zu.

Paul schnappte sich den nächstbesten Gegenstand und sprintete durch die zerstörte Tür. Der Rahmen brachte ihn ins Stolpern, und die Scherben knirschten unter seinen Füßen, während er vorantaumelte. Der Mann hatte seine Waffe aufgehoben und wandte sich ihm zu. Bevor die Schwerkraft und sein schwacher Körper etwas einwenden konnten, setzte Paul zu einem verzweifelten Sprung an und knallte die Bratpfanne in seinen Händen mit voller Wucht gegen die Schläfe des Mannes. Bewusstlos brach dieser zusammen, bevor Paul endgültig über die eigenen Füße fiel und hinter ihm auf dem Rasen zu Boden ging.

Weit ausgestreckt lag er in der Dunkelheit und starrte zum Nachthimmel hinauf. Die Wolken hatten sich verzogen und einen ziemlich hübschen Ausblick auf mehrere Sterne freigegeben. Das Letzte, was er sah, bevor er ohnmächtig wurde, war der Große Bär. Er erkannte ihn sofort, denn er hatte erst kürzlich in der »Drei-für-zwei-Euro«-Kiste ein Buch über Astronomie ergattert.

# KAPITEL SECHSUNDVIERZIG

»Hallo?«

Paul war irritiert. Eine männliche Stimme hatte er am anderen Ende der Leitung nicht erwartet. Er verschob die Tüte gefrorener Erbsen, die er sich gegen die linke Seite seines Kiefers presste, um die unabwendbare Schwellung zu reduzieren. Er hatte sich dazu entschlossen, die Schlinge an seinem rechten Arm aufzugeben. Zum Teufel mit den Stichen. Wenn die Leute sowieso dauernd auf ihn einschlugen, ihm mit Flaschen eins über den Schädel zogen und versuchten, ihn zu erschießen, wollte er wenigstens beide Hände frei haben, um den ein oder anderen Schlag abzuwehren.

»Hi, kann ich bitte mit Nora Stokes sprechen?«

»Ist da Mr. Mulchrone?«

»Das kommt drauf an. Wer fragt?«

»Hier ist DI Jimmy Stewart.«

»Ich will nicht mit der Polizei sprechen.« Paul schaute auf Dorothys ungewohntes schnurloses Festnetztelefon und suchte nach dem Knopf, um aufzulegen.

»Warten Sie!«, sagte Stewart. »Ich kann Ihnen das nicht verübeln, aber Sie müssen mir zuhören. Es hat einen Vorfall gegeben. Einer von Gerry Fallons Gangstern hat Nora einen Besuch abgestattet.«

*Herrgott*, dachte Paul. Immer mehr unschuldige Menschen zog er in diese Sache hinein. »Geht es ihr gut?«

»Absolut. Ganz unter uns gesagt, hat sie die Sache fantastisch gemeistert. Mit dieser Frau ist nicht zu spaßen. Sie hat Ihnen ihre Handynummer hinterlassen, falls Sie sie erreichen wollen. Mein Partner ist jetzt bei ihr, um sicherzustellen, dass ihr nichts passiert. Hören Sie, ich verstehe Ihr Misstrauen, aber ich will Ihnen helfen. Genau genommen bin ich suspendiert worden, weil ich versucht habe, Ihnen zu helfen. Ob Sie's mir glauben oder nicht, ich fürchte, Sie sind in keiner Situation, in der Ihnen viele Freunde geblieben sind.«

Paul dachte darüber nach. Er war Stewart nie begegnet, aber Brigit hatte immer wieder ihre Überzeugung zum Ausdruck gebracht, dass man ihm trauen könne. Er schaute durch die zersplitterte Tür zum Garten hinaus, wo besagte Krankenschwester den körperlichen Zustand des bewusstlosen Mannes untersuchte, den man hergeschickt hatte, um sie zu töten. Nicht jedoch, ohne ihn vorher gefesselt zu haben. Wie sich herausstellte, war sie eine Knoten-Expertin, da sie – und das war die am wenigsten überraschende Offenbarung aller Zeiten – früher Pfadfinderin gewesen war. Paul machte sich deutlich weniger Sorgen um den Gesundheitszustand ihres Angreifers als sie. Die Streifwunde war nicht schwerwiegend, und auch die Bratpfanne war nicht allzu schwer gewesen. Außerdem hatten sie sich ja nicht gerade unter den angenehmsten Umständen kennengelernt. Wegen Dorothy wiederum fühlte er sich schrecklich. Er schaute kurz zum Küchentisch hinüber, wo sie ihr böse gestauchtes Handgelenk an ihre Brust drückte. Plötzlich sah sie so viel gebrechlicher aus. Er hatte ein schrecklich schlechtes Gewissen, weil er ihr all das ins Haus geholt hatte.

»Okay, schreiben Sie sich folgende Adresse auf: Waverly Gardens 17, Blackrock. Sie müssen aber noch dreißig Minuten warten, erst dann dürfen Sie die Polizei und zwei Krankenwagen schicken. Sie werden eine reizende alte Dame namens Dorothy Graham vorfinden. Sie ist zweiundachtzig Jahre alt und hat ein schlimm gestauchtes Handgelenk.«

»Großer Gott!«, unterbrach ihn Dorothy. »Woher kommt

das eigentlich? Sobald eine Frau einen gewissen Punkt in ihrem Leben erreicht hat, haben die Leute überhaupt kein Problem mehr damit, ihr vermaledeites Alter in der Gegend herumzuposaunen.«

»Warten Sie mal 'ne Sekunde«, sagte Paul ins Telefon und hielt es sich dann an die Brust. »Jetzt mal ganz ruhig, du Revolverheldin. Wie konnte das überhaupt passieren? Pang Lee hat mir gesagt, dass alle Waffen im Haus entschärft wurden.«

»Ja, hat mich Ewigkeiten gekostet, das wieder rückgängig zu machen. Ganz im Ernst: Was für einen Sinn hätte denn ein Revolver, mit dem man nicht schießen kann?«

Paul ließ sich das durch den Kopf gehen. »Klingt logisch«, sagte er, konnte aber nur daran denken, wie oft sie bei ihren *Risiko*-Partien völlig sorglos mit dieser Waffe in der Gegend herumgefuchtelt hatte. Er nahm den Hörer wieder ans Ohr.

»Zusammen mit Miss Graham, deren Alter mir nicht bekannt ist, werden Sie einen bewusstlosen Mann mit einer nicht lebensbedrohlichen Schusswunde vorfinden, der gefesselt im Garten liegt.«

»Heilige Scheiße«, sagte Stewart. »Wer hat auf ihn geschossen?«

»Das wäre unsere reizende alte Dame. Wir haben übrigens bereits ihre Anwälte informiert. Sie werden ebenfalls hier sein, wenn die Polizei eintrifft. Schwester Conroy und ich sind bis dahin längst weg, aber wir versichern Ihnen, dass Miss Graham ausschließlich zur Selbstverteidigung gehandelt hat.«

»Daher die Anwälte«, sagte Stewart.

»Es ist kompliziert. Ihr Anwalt ist übrigens Louie Dockery.«

Stewart seufzte tief. Sogar Paul war der Name ein Begriff. Wie sich herausstellte, konnte Dorothy nicht nur in ihrem Haus mit schweren Geschützen aufwarten, sondern auch in juristischer Hinsicht.

»Und wo«, fragte Stewart, »werden Sie und Schwester Conroy sein?«

»Also das können wir natürlich nicht verraten.« Auf dem Weg nach Bandon würden sie sein und versuchen, herauszufinden, in was zur Hölle sie da eigentlich verwickelt waren. Nun, da ihnen nichts anderes übrigblieb, als ihr ehemals sicheres Versteck aufzugeben, waren ihre Handlungsmöglichkeiten stark begrenzt.

»Ich verstehe«, sagte Stewart. »Ich habe allerdings noch eine Nachricht für Sie – von Bunny McGarry.«

Bei der Erwähnung des Namens erhöhte sich schlagartig Pauls Puls. »Ich habe keinerlei Interesse an dem, was er mir zu sagen hat.«

»Hören Sie, ich weiß, dass Sie und er eine sehr komplizierte gemeinsame Geschichte haben.«

Paul lachte abschätzig. Wenn das nicht die Untertreibung des Jahrtausends war.

»Aber ich weiß auch, dass er versucht, Ihnen zu helfen, und er schwört, dass er extrem wichtige Informationen für Sie hat.«

»Warum gibt er sie dann nicht einfach Ihnen?«

»Wie sich zeigt, vertraut er den Gardaí noch weniger als Sie. Er sagte, er hätte sich im Laufe seiner Ermittlungen mit jemandem überworfen.«

»Kann ich mir vorstellen. Der Arsch überwirft sich auf kurz oder lang mit jedem.«

»Trotzdem. An Ihrer Stelle würde ich mir anhören, was er zu sagen hat. Wie bereits erwähnt: Wie viele Freunde haben Sie noch?«

»Bunny ist nicht mein Freund.«

Stewart seufzte erneut. Er klang beinahe ebenso müde, wie Paul sich fühlte. »Das stimmt vielleicht, aber treffen sollten Sie ihn trotzdem.«

»Na, das klingt ja gar kein bisschen nach einer Falle. Und wo soll dieses Treffen stattfinden?«

»Er meinte, Sie wüssten, wo.«

»Was soll das denn hei…« Und dann unterbrach sich Paul, weil ihm klar wurde, dass er den Ort tatsächlich wusste. Was für ein typischer, gottverdammter Bunny-McGarry-Move.

# KAPITEL SIEBENUNDVIERZIG

In der Dunkelheit um sie herum ging ein leichter Nieselregen nieder. Brigit brachte den Bentley an der Bordsteinkante zum Stehen, schaltete den Motor ab und schaute zu Paul hinüber. Zusammengesackt saß er auf dem Beifahrersitz und presste noch immer die Packung Tiefkühlerbsen gegen seinen geschwollenen Kiefer. Seit sie von Dorothys Haus aufgebrochen waren, hatten sie kaum ein Wort gewechselt.

»Bist du sicher, dass das hier eine gute Idee ist?«, fragte sie leise.

Er starrte zum Fenster hinaus. »Nein, ich bin mir bei gar nichts mehr sicher. Ich bin mir nicht sicher, ob ich diesem geisteskranken alten Bastard trauen soll. Ich bin mir nicht mal sicher, ob ich ihn sehen will. Und ich habe keine Ahnung, warum er jetzt versucht, mir zu helfen. Wenn es denn wirklich so ist.«

»Okay«, sagte Brigit. »Eigentlich meinte ich, ob wir hier parken sollen, aber ...« Brigit rutschte verlegen auf dem Fahrersitz herum, um Paul besser ins Gesicht schauen zu können. »Möchtest du darüber reden?«

»Oh Gott, nein. Diese Nacht ist wirklich schon schlimm genug. Bitte zwing mich nicht auch noch, über meine Gefühle zu reden.« Paul öffnete die Tür und hievte sich umständlich aus dem eleganten Ledersitz des Bentley. Er verstand, warum Brigit sich Sorgen um den Wagen machte. Sie hatten auf der Phillpot Street gehalten. Seinen klapprigen Ford Cortina hätte er hier auch nicht abstellen wollen – also, bevor er vom Bombenräumdienst in die Luft gesprengt wurde. Aber er wusste, dass der

Bentley in der perversen Logik dieser Straßen so sicher war wie in Abrahams Schoß. Wenn jemand diese Art Auto hier parkte, war er entweder astronomisch dämlich oder einer der hiesigen Unterwelt-Bosse. Waren die Autoknacker aus dieser Gegend halbwegs bei Trost, gingen sie lieber nicht das Risiko ein, danebenzutippen. Es war wahrscheinlicher, dass der Wagen bei ihrer Rückkehr gewaschen worden war, als dass ihm Schaden zugefügt wurde.

Es war von hier aus nur ein kurzer Weg zum Stadtzentrum, aber ging man zu Fuß, empfahl es sich, einen gehörigen Schritt zuzulegen und am besten noch einen schweren Knüppel mitzunehmen. Das Überraschendste an der Gegend war, wie wenig sie sich verändert hatte, seit Paul vor fünfzehn Jahren zum letzten Mal hier gewesen war. Dieselben tristen Wohnblöcke standen um sie herum und wurden von den wenigen funktionierenden Straßenlaternen nur zum Teil beleuchtet.

Die Gentrifizierungswelle, von der Dublin in den Neunziger- und den frühen Nullerjahren überschwemmt worden war, hatte sich geteilt wie einst das Rote Meer und um die Phillpot Street einen großen Bogen gemacht. Die Wohnungen – denn hier gab es nur Wohnungen, keine Appartements – waren seit ihrer Errichtung vor hundert Jahren größtenteils unverändert geblieben. Das Einzige, was Paul komisch vorkam, war der eigenartige Geruch von brennendem Teer und Gummi in der Luft.

Er wandte sich um und marschierte auf die verrosteten Eingangstore von St. Jude's Gaelic Athletic Association-Club zu. »Club« war ein ziemlich hochtrabendes Wort, da es sich letztlich nur um ein Spielfeld und drei Container handelte, die als Umkleideräume dienten. Es gab auch kein richtiges Clubhaus, und der Verein war in Dublins GAA-Kreisen dafür bekannt, der einzige zu sein, in dem wirklich nur Hurling gespielt wurde und kein Fußball erlaubt war. Die hohen, abschreckenden Außenmauern waren von ausgefransten Netzen gekrönt und bemerkenswert graffitifrei. Die Netze sahen sogar noch verschlissener und hinfälliger aus, als Paul sie in Erinnerung hatte. Eigentlich waren sie dort angebracht worden, damit kein Ball vom Feld fliegen konnte, in Wahrheit war aber wohl in jeder der umliegenden Wohnungen schon einmal einer durchs Fenster gekommen. Doch das machte niemandem etwas aus. Und wenn doch, wurde nicht viel dazu gesagt. Es herrschte ein allgemeines Einverständnis in diesem Viertel: Wenn irgendjemand Probleme mit den kriminellen Elementen hatte, würde sich Bunny um den Fall kümmern. Außerdem machte er jeden Sommer mit einigen seiner Jungs die Runde und strich ein paar Wände über. Er und die Spieler kümmerten sich besser um die Häuser, als die Stadt Dublin es je getan hatte. Dass im Gegenzug hin und wieder ein Lederball mit Höchstgeschwindigkeit durchs Küchenfenster gerauscht kam, war ein geringer Preis.

Paul blieb vor dem Tor stehen. Es sah jetzt so klein aus. In seiner Jugend hatte es gigantisch gewirkt: das Portal zu einer anderen Welt. Teil dieses Teams zu sein – das war das einzige Mal in seinem ganzen Leben gewesen, dass er sich zugehörig gefühlt hatte. Die große Kette mit dem Vorhängeschloss lag nun neben dem Tor auf dem Boden. Er stieß es auf, ging hindurch, und Brigit folgte ihm. Die alten Scharniere kündigten quietschend ihre Ankunft an.

Paul wandte sich nach links und erkannte endlich, wo der ungewöhnliche Geruch herkam. Die drei Container waren nur noch ausgebrannte Ruinen, und einzelne Rauchfahnen stiegen hier und da aus ihnen auf. Zwischen all der Verwüstung saß Bunny McGarry auf einem Liegestuhl, eine halb geleerte Flasche Whiskey in der Hand. Er hob sie zum Salut.

»Ah, Paulie und Schwester Conroy, willkommen zum Barbecue.«

Paul ging auf die verkohlten Container-Skelette zu und schaute sich entsetzt um. »Was ist denn hier passiert, um Gottes willen?«

»Gerry, der Bastard, Fallon – das ist passiert. Der fettarschige Sohn einer verknöcherten Dreckshure, der er ist.«

»Ich versteh das nicht«, sagte Brigit.

»Er und ich hatten vorhin einen kleinen Plausch – und wir sind zu dem Schluss gekommen, dass jeder Mensch eine Schwachstelle hat. Der Bastard hat meine in Rekordzeit rausgefunden.«

Bunny nahm einen Schluck direkt aus der Flasche. Paul bemerkte, dass ganz in der Nähe bereits eine leere lag. Er trat vor und warf einen Blick auf das, was sich neben Bunny auf dem Boden abzeichnete. Es waren die Überbleibsel eines großen Sackes, der jede Menge halb verbrannte gelb-blaue Trikots enthielt. Bunny schaute trübsinnig darauf herab.

»Die haben wir gerade erst angeschafft. Zum Start der aktuellen Saison. Hat mich Wochen gekostet, einen gottverdammten Sponsor dafür zu finden.«

»Sind Sie versichert?«, fragte Brigit.

»Hah! Oh Gott, ja. Das haben wir gleich erledigt, nachdem wir unsere goldenen Kronleuchter eingebaut hatten.«

Paul blickte auf Bunny herab, der sich in den Liegestuhl quetschte, der viel zu klein für ihn war, seinen unvermeidlichen Schurwollmantel eng um sich geschlossen und zugeknöpft, um sich gegen die Elemente zu schützen.

»Du bist betrunken.«

»Nicht mal annähernd so sehr, wie ich bald sein werde.«

»Hast du uns deshalb herkommen lassen, Bunny? Damit wir dir dabei zuschauen, wie du im Selbstmitleid badest?«

Bunny funkelte zu Paul hinauf. Seine Lippen bewegten sich, als würden sie mehrere Reaktionen beginnen und wieder verwerfen, bevor er den Blick Brigit zuwandte.

»Sie hätten Ihren Liebsten mal früher sehen sollen, in der guten alten Zeit. Er war der beste, unverfälschteste Spieler, den dieses Feld jemals gesehen hat. Hätte für die County-Mannschaft spielen können, wenn er nicht hingeschmissen hätte.«

Paul spürte, wie die alte Wut in ihm aufstieg. »Ja, genau, so war das. Hingeschmissen hab ich. Du redest nur Scheiße, Bunny.«

»Bestraf mich, so viel du willst, aber warum musstest du dich selber auch bestrafen? Und die andern Jungs gleich mit? Wir standen kurz vorm Championship-Finale!« Es lag etwas Flehentliches in seiner Stimme, als könne diese Entscheidung immer noch rückgängig gemacht werden. »Weißt du eigentlich, wie oft wir seit damals über die zweite Runde hinausgekommen sind, in den ganzen siebzehn Jahren? Einmal! Und dass auch nur, weil ein Gegner nicht erschienen ist.«

»Tja, vielleicht hatte ich es einfach satt, dein dämliches Spiel.«

»Völliger Bullshit!« Er spuckte die Worte aus, und Speichel sammelte sich auf seinen Lippen. »Mich kannst du ein Arschloch nennen, so viel du willst, aber sei respektvoll gegenüber unserem Spiel! Du hast es geliebt, verdammt noch mal! Ich weiß, dass es so war.«

»Ein Zuhause hätte ich weitaus mehr geliebt!« Paul schrie ihm den Satz entgegen, und dann wandte er sich ab. Er hasste das. Er hasste es, dass Bunny ihm immer noch so zusetzen konnte. Dass all diese Gefühle immer noch an die Oberfläche zurückdrängten. Er hasste, wie seine Hände zitterten und dass er die heißen Tränen spürte, die sich in seinen Augen sammelten. Dafür war jetzt keine Zeit.

»Es tut mir leid.« Die Worte wurden so leise gesprochen,

dass Paul eine Weile brauchte, um zu begreifen, dass er sie nicht nur in seinem Kopf gehört hatte.

Er wandte sich um und schaute Bunny an.

»Was?«

»Es tut mir leid«, wiederholte Bunny und starrte zu Boden. »Das alles tut mir leid.«

»Herrgott, der große Bunny McGarry entschuldigt sich. Du musst wirklich betrunken sein.«

Bunnys Liegestuhl knarrte unter seinem Gewicht, als er sich vorbeugte. »Ach, Scheiß drauf, nimm die Entschuldigung einfach an und sei kein Wichser.«

»Du kannst dir deine Entschuldigung in den Arsch stecken, du erbärmlicher alter Bastard!«

Paul spürte, dass Brigit ihn anschaute, aber er wollte keinen Blickkontakt mit ihr. Er wollte nicht, dass sie ihm seine Wut zu nehmen versuchte. Er hatte jedes Recht darauf. Was hatte er schon gehabt in seinem Leben, außer dieser Wut?

»Ich hab's versaut, okay?«, sagte Bunny. »Ich habe in meinem nutzlosen Leben sehr viel Scheiße gebaut, aber am meisten bedauere ich, dass ich dein Leben versaut habe. Weißt du, mich sprechen die Leute ständig auf diesen Madigan-Bruch an. Wie du und Paddy Nellis dafür gesorgt hat, dass ich wie der letzte Vollidiot dastand. Und alle erwarten von mir, dass ich wütend bin. Willst du die Wahrheit hören? Ich bin's nicht. Ich hatte das verdient, und du hast es mir richtig gegeben. Herrgott, die Wahrheit ist: Stolz war ich auf dich.«

»Genau, so stolz, dass du mich seitdem ohne Pause terrorisierst.«

Paul war verblüfft, als er den entsetzten Blick in Bunnys Augen sah.

»Dich terrorisiert? Was? Aufgepasst habe ich auf dich! Das war meine Sorge: Dass du dein Leben verschwendest, indem du auch so ein zweitklassiger Kleinkrimineller wirst, der für Ganoven wie Nellis irgendwelche Jobs erledigt – oder schlimmer noch: für Drecksäcke wie Fallon. Ich wollte nicht, dass dein einer großer Erfolg in der Welt des Verbrechens der Beginn einer gottverdammten Laufbahn wird.«

»Und jetzt? Erwartest du von mir, dass ich dir einfach verzeihe und alles vergessen ist?«

Bunny schüttelte den Kopf und stieß ein trauriges kleines Lachen aus. »Scheiße, nein. Ich kann mir selber nicht verzeihen. Und mir fällt kein einziger Grund ein, warum du es tun solltest. Genau genommen …«

Bunny machte Anstalten, sich aus dem Liegestuhl zu wuchten. Seine rechte Hand rutschte an der Armlehne ab, sodass er ungeschickt zu Boden stürzte, direkt auf die verkohlten Überreste der Trikots.

»Oh, Herrgott noch mal«, sagte Paul.

Brigit schaute Paul an, aber er blieb wie festgewachsen stehen. Also ging sie hinüber und versuchte, Bunny beim Aufstehen zu helfen.

»Es geht schon, es geht schon«, lallte er und rappelte sich ohne viel Federlesen hoch. »Auf acht steht er wieder! Mir geht's gut.« Er torkelte ein bisschen hin und her, um es zu beweisen. »Ich wollte ja lediglich sagen …« Er streckte Paul sein Kinn entgegen. »Schlag zu.«

»Was?«

»Schlag zu. Komm schon, danach wird's dir bessergehen.«

»Klar, ich habe dich schon mal boxen sehen, Bunny. Ich bin nicht blöd genug, um darauf einzugehen.«

Bunny bekreuzigte sich und hielt dann drei Finger hoch. »Schlag mich, so hart du kannst und so oft du willst. Ich hab's verdient. Ich verspreche, ich werde nicht zurückschlagen – Pfadfinder-Ehrenwort.«

Pauls Hand schloss sich zur Faust. »Führ mich nicht in Versuchung.«

»In Versuchung führen? Ich bitte dich darum, verdammt noch mal.«

»Das ist so typisch. Sowas bietest du nur an, wenn du weißt, dass meine Schulter im Arsch ist. Ich würde mir mehr wehtun als dir.«

Bunnys Gesicht wurde zum Inbegriff betrunkener Konzentration, während er gedankenverloren die Lippen schürzte. Dann hob er einen Finger und grinste breit. »Eine Sekunde.«

Er beugte sich herunter, wobei er beinahe ins Stolpern geriet, und hob seinen Hurling-Schläger auf. Mit dem Griff voran reichte er ihn Paul. »Hier, bitte schön – ist perfekt. Damit kannst du die Scheiße aus mir rausprügeln, und ich sehe dich wieder mal 'nen Hurling-Schläger schwingen. So haben wir beide was davon.«

Paul riss ihm den Schläger wütend aus der Hand.

»Paul!« Die Empörung in Brigits Stimme war unüberhörbar.

»Was? Ich gebe dem Mann nur, was er will.«

»Absolut«, grinste Bunny. »Das ist höhere Gerechtigkeit vom Allerfeinsten.«

Paul umfasste den Schläger fester und holte aus.

»Paul, leg augenblicklich das Ding weg!«

»Verpissen Sie sich zurück nach Leitrim, Liebes, das hier geht Sie nichts an.«

»Rede gefälligst nicht so mit ihr«, sagte Paul.

»Na komm, du pissiger kleiner Hosenscheißer, zeig mir, warum nicht.«

Brigit trat vor und baute sich vor Bunny auf. »Das reicht!«

»Aus dem Weg, Brigit!«

»Nein, ich werde nicht dabeistehen und zuschauen, wie zwei Idioten sich so aufführen – was auch immer das soll. Muss ich dich daran erinnern, dass WIR in Schwierigkeiten stecken und WIR hier sind, weil dieser Idiot angeblich Informationen hat, die uns helfen können?«

Ihre Blicke verhakten sich ineinander, und Paul schaute ihr eine sehr lange Zeit in die Augen, bevor er langsam den Schläger senkte. Brigit drehte sich auf dem Absatz um und funkelte Bunny an.

»Und was Sie betrifft: Angeblich wollen Sie uns doch helfen. Also entweder fangen Sie jetzt damit an, oder wir verschwinden von hier.«

»Na, nur zu, *Sie* können sich gern verpissen.«

Paul war sich nicht sicher, wen die Ohrfeige mehr zu überraschen schien, Brigit oder Bunny. Sie hatte gar nicht so viel Kraft hineingelegt, aber in seinem betrunkenen Zustand genügte es immer noch, um ihn ein, zwei Meter zur Seite taumeln zu lassen.

»Hören Sie jetzt auf damit! Es geht hier nicht um Sie!«, rief Brigit. »Entweder helfen Sie uns, oder Sie machen uns verdammt noch mal den Weg frei.« Es entstand eine Pause, in der niemand sprach, bis Brigit schließlich mit sehr viel ruhigerer Stimme hinzufügte: »Es tut mir sehr leid, dass ich Sie geschlagen habe. Normalerweise bin ich kein gewalttätiger Mensch.«

»Du hast heute schon einen Mann durch eine Glastür getackelt«, sagte Paul.

»Heute ist kein gewöhnlicher Tag.«

»Und mich hast du auch schon mehrfach geschlagen.«

Brigit blickte Paul strafend an, und dieser begriff, dass es ein guter Zeitpunkt war, um den Mund zu halten.

»Bandon.« Bunny spie das Wort förmlich aus.

Paul lachte höhnisch auf.

»Wir wissen von Bandon«, sagte Brigit. »Wir sind gerade auf dem Weg da runter.«

»Dann wisst ihr einen Scheißdreck«, sagte Bunny.

»Soll heißen?«

»*Runter?* Ihr habt das falsche Bandon! Es gibt noch eins, drüben in Mayo, ein winziges Dorf. Da wollt ihr hin.«

»Wieso sind Sie sich da so sicher?«, fragte Brigit.

»Ich habe einen alten Freund dazu gebracht, es mir zu erzählen. Musste ihn nur kurz vom Balkon hängen lassen.«

»Und woher wollen Sie wissen, dass er nicht gelogen hat?«

»Weil er wirklich nicht wollte, dass ich das noch mal mit ihm mache.«

»Und was soll da sein?«, fragte Paul.

»Ich habe nicht die leiseste Scheißahnung. Ich weiß bloß, dass Gerry Fallon ganz versessen darauf ist, dass sich da bloß niemand umschaut. Das genügt mir.«

Paul und Brigit tauschten einen Blick.

»Nun«, sagte Brigit, »Kruger meinte auch, dass sie irgendwo im Westen festgehalten wurde. Mayo würde also passen.«

Paul wandte sich wieder an Bunny. »Sonst noch was?«

»Ja, ich weiß, wer Fallons Mann bei der Polizei ist.«

»Und?«

»Die schlimmstmögliche Person. Man kann wirklich niemandem trauen.«

»Erzähl mir was Neues«, sagte Paul und fügte hinzu. »Ist das alles?«

Bunny nickte.

»Okay, dann viel Spaß beim Aufräumen hier.«

Paul wandte sich ab und begann, aufs Tor zuzumarschieren. Brigit holte ihn nach einigen Schritten ein. Sie legte ihre Hand auf seinen linken Arm.

»Warte mal einen Moment.«

Paul blieb stehen und blickte sie groß an.

»Ich denke, wir sollten ihn mitnehmen.«

»Was? Auf keinen Fall!«

»Komm schon. Schau ihn dir doch mal an, Herrgott.«

»Ja, eben.«

»Er könnte sehr nützlich sein«, sagte sie.

»Hast du was genommen?«

Brigit begann, an ihren Fingern abzuzählen. »Erstens ist er Polizist. Es wäre nicht schlecht, einen von denen auf unserer Seite zu haben.«

»Bunny ist immer nur auf Bunnys Seite.«

»Zweitens«, fuhr sie fort, »scheint er ein Händchen dafür zu haben, aus Menschen Informationen herauszubekommen.«

»Mit Gewalt!«

»Na ja, bedenkt man, wie es bei uns in den letzten beiden Tagen gelaufen ist, stehen die Chancen nicht schlecht, dass wir noch mehr davon zu erwarten haben.«

»Und?«

»Und drittens hasst er Garry Fallon jetzt wahrscheinlich noch mehr als wir. Nach allem, was du mir erzählt hast, könnte ein stinksaurer Bunny McGarry unsere effektivste Waffe sein.«

Paul schaute mehrere Male zwischen Brigit und Bunny hin und her.

»Verdammte Scheiße. Na gut.«

Brigit tätschelte Pauls Arm.

»Hervorragende Entscheidung.« Es war nett, dass sie das sagte, aber keiner von ihnen glaubte, dass er derjenige war, der sie getroffen hatte. Sie ging wieder auf Bunny zu.

Paul wandte sich auf dem Absatz um und hob seine Stimme. »Aber ich sitze auf dem Beifahrersitz!«

Brigit schaute zu ihm herüber, lächelte und nickte ihm beruhigend zu.

»Und … ich bestimme, was wir im Radio hören!«

Wieder nickte Brigit. Paul bemerkte, dass Bunny ihn verwirrt anschaute. Er spürte, wie seine Wangen rot wurden. Er wandte sich ab und marschierte so schnell er konnte zum Wagen zurück. Er musste rasch herausfinden, wie das Radio funktionierte. Offenbar lag ihm ja sehr viel daran.

# KAPITEL ACHTUNDVIERZIG

Brigit schreckte aus dem Schlaf und schaute sich um. Die Peinlichkeit, an einem Ort aufzuwachen, der nicht das eigene Bett war, brachte ihre Wangen zum Erröten. Unwillkürlich stieß sie einen kleinen Schrei aus, als sie das strenge, rundliche Gesicht einer Frau von Mitte fünfzig durchs Fenster hereinblicken sah. Die Augen hatte die Fremde zusammengekniffen, und auch ihre aufeinandergepressten Lippen drückten deutliches Missfallen aus. Brigit lächelte entschuldigend und kurbelte das Bentley-Fenster herunter. Reflexartig wich die Frau zurück und wedelte angewidert mit der Hand vor ihrer Nase, was Brigits Scham noch einmal deutlich verstärkte.

Nachdem sie auf dem Parkplatz des Pubs zum Stehen gekommen waren, hatten sie eine schwere Entscheidung treffen müssen: Entweder die Fenster offen lassen und in der bitterkalten Novembernacht erfrieren oder sich auf engstem Raume mit der Menschenrechtsverletzung einsperren, die von Bunny McGarrys Hintern ausging.

Anfangs hatte Bunny noch einen kurzen, aber wenig leidenschaftlichen Monolog darüber gehalten, wie ungerecht es war, dass Brigit ihm seine Whiskeyflasche weggenommen hatte. Aber kaum waren sie losgefahren, war er auch schon auf dem Rücksitz eingeschlafen. Es war wahrscheinlich besser so. Sein erster Furz war noch etwas Neues gewesen und hatte geholfen, die Spannung zwischen ihr und Paul zu brechen. Der Unterhaltungswert seiner Flatulenz hatte dann aber weitaus weniger lang gehalten als der Geruch. Es stank, als wäre etwas in den Hintern des Mannes gekrabbelt und wäre dort einen langsamen, schmerzhaften Kohl-Vergiftungstod gestorben. In den wenigen Stunden auf dem Parkplatz musste Brigit sich allerdings irgendwie daran gewöhnt haben, denn dem Gesichtsausdruck der Frau nach zu urteilen, hatte sich der Geruch keineswegs verbessert.

»Wir haben noch nicht geöffnet«, sagte die Frau mit einem überraschend kultivierten Akzent.

»Wie bitte?«

Sie deutete auf den Pub. »Wir machen erst in einigen Stunden auf. Und das ist hier keine Raststätte, sondern ein privater Parkplatz.«

»Ja, entschuldigen Sie, wir haben uns nur ein wenig ausgeruht.«

Die Frau betrachtete Brigits schlafende Begleiter, bevor sie mit einem weiteren missbilligenden Gesichtsausdruck glänzte. Offensichtlich ging hier etwas Unanständiges vor sich, und das würde sie nicht zulassen. Nicht auf ihrem Parkplatz. Nicht an einem Sonntagmorgen.

»Einen guten Tag.« An ihrem Ton war deutlich zu erkennen, dass es ihr ziemlich egal war, was Brigit für einen Tag haben würde, die Hauptsache, der Rest davon fand woanders statt.

Paul erwachte vom Geräusch des aufheulenden Motors und schaute sich um.

»Herrgott, diese Landluft stinkt wirklich zum Himmel.«

Brigit legte den Gang ein und lenkte den Wagen zurück auf die N60. »Das ist nicht die Landluft.«

Sie war kurz vor Castlebar auf den Parkplatz gebogen, nachdem ihr klargeworden war, dass es ihnen nichts bringen würde, um vier Uhr morgens in Bandon anzukommen. Es würde sehr begrenzte Ermittlungsmöglichkeiten geben, solange alle noch in ihren Betten lagen. Und wenn sich alle anderen Insassen dieses Wagens aufs Ohr legten, würde sie verdammt noch mal nicht die Einzige sein, die auf Schlaf verzichtete. Außerdem war es eine gute Möglichkeit, das Unvermeidliche etwas aufzuschieben – jenen Moment, an dem sie sich der Tatsache stellen mussten, dass sie nicht die geringste Idee hatten, wonach sie suchen sollten, wenn sie in Bandon angekommen waren. War es wirklich denkbar, dass Fiachra Fallon und Sarah-Jane Cranston die ganze Zeit in einem kleinen Dorf in Mayo gelebt hatten? Aber wenn das unmöglich schien, worauf hofften sie dann?

Sie kamen um 8:27 Uhr in Bandon an und hatten etwa sieben Sekunden später das andere Ende des Ortes erreicht. Selbst für ein ländliches Kaff war Bandon winzig. Tatsächlich gab es hier nicht mehr als eine Straßenkreuzung, einen Pub, eine Kirche, einen Laden und etwa zwanzig Häuser. Am Ortseingang kamen sie an einer Grundschule mit zwei Sportplätzen vorbei.

»Wo zu Hölle ist denn der ganze Rest?«, fragte Paul.

»Tja«, entgegnete Brigit, »es wird im Umland noch ein paar Farmen geben, aber es ist eben nur ein Dorf. Was machen wir denn jetzt?«

Und da war sie: die Frage, auf die sie keine Antwort wusste und zu der Paul, seinem Gesichtsausdruck nach zu urteilen, genauso wenig einfiel.

»Wir könnten so tun, als wollten wir hier in die Gegend ziehen?«, schlug er vor. »An ein paar Haustüren klopfen?«

»Wir könnten auch in den Pub gehen«, fügte Brigit hinzu. »Ein paar Fragen stellen.«

»Schwachsinn.«

Brigit war überrascht; sie hatte geglaubt, Bunny würde noch schlafen.

»Hierherziehen? Wohin denn genau? Glaubt ihr, dass hier irgendwo ein Haus zum Verkauf steht, von dem nicht jeder Ortsansässige etwas wüsste? Und der Pub? Klar, die drei Fremden, die in ihrem verschissenen Bentley vorgefahren kommen und komische Fragen stellen – die werden natürlich keinerlei Verdacht erregen.«

»Also schön, was machen wir stattdessen?«

»Bei der nächsten Möglichkeit wenden und zurückfahren. Wir parken den Wagen an der Schule. Damit sind wir erstmal so weit wie möglich aus dem Ortskern raus. Und dann …« Er ließ den Satz in der Luft hängen – wohl, weil er gefragt werden wollte. Paul schaute Brigit an. Offenbar würde er nicht darauf eingehen. Sie verdrehte die Augen.

»Und dann?«

»Gehen wir zur Messe.«

»Das ist dein großer Plan?«, fragte Paul sarkastisch. »Die Macht des Gebets?«

Bunny seufzte theatralisch und richtete sich auf. »Kleine Orte wie dieser bestehen aus zwei Dingen, aus Menschen und Gebäuden. Unsere beste Option besteht darin, nach dem Ausschau zu halten, was nicht hier sein sollte. Und die meisten Leute in ein und demselben Gebäude sehen wir am ehesten …«

»Bei der Messe«, beendete Brigit den Satz.

»Bei der Messe«, wiederholte Bunny.

»Sie haben also nicht nur ein hübsches Gesicht, Bunny.«

Bunny antwortete mit einem lauten Furz.

Sie parkten den Wagen, gingen zu Fuß zur Kirche zurück und richteten es so ein, dass sie eine Viertelstunde vor Beginn der Zehn-Uhr-Messe ankamen. Beim Eintreten versuchten sie, möglichst wenig Aufsehen zu erregen, allerdings war das leichter gesagt als getan. Paul zierte mittlerweile eine beeindruckende Sammlung verschiedenster Verletzungen, und Bunny sah aus, als hätte er den Zweikampf mit einer Mülltonne verloren. Auch Brigit hatte zweifelsohne schon attraktivere Tage gehabt, aber es war wohl das Beste, darüber nicht weiter nachzudenken.

Die drei wählten eine Bank ganz hinten in der Kirche und bemühten sich nach Kräften, unauffällig zu sein. Als der Priester auftauchte, hatte sich die Kirche halbwegs gefüllt. Brigit schätzte die Gemeinde auf etwa einhundert Menschen, was nicht zu verachten war. Ihrem Ziel kamen sie damit aber nicht näher. Jeden einzelnen Besucher und jede Besucherin begutachtete sie genau. Aber selbst wenn man ein hartes Leben oder ausgiebige plastische Chirurgie in Betracht zog, kam niemand dem Bild auch nur ansatzweise nahe, das sie sich davon gemacht hatte, wie Sarah-Jane Cranston und Fiachra Fallon heute aussehen mussten. Vielleicht würden sie bei der Mittagsmesse mehr Glück haben.

Bunny saß rechts von Brigit und hatte seinen Kopf beim Knien tief in den Händen vergraben. Sie nahm an, dass sich der Kater des Jahrtausends schließlich doch noch bemerkbar machte.

»Alles okay?«

Er sprach, ohne den Kopf zu heben. »Drei Reihen weiter auf der gegenüberliegenden Seite, braune Wachsjacke.«

Brigit schaute zu besagtem Mann hinüber. Sie hatte gesehen, wie er allein eingetreten war. Er war höchstens Mitte dreißig, trug einen Rattenschwanzzopf und hatte etwas von einem nervösen Eichhörnchen. Er war eindeutig viel zu jung, um irgendetwas mit dem Rapunzel-Fall zu tun zu haben. Damals wäre er selbst zum Zeitungsaustragen noch zu klein gewesen.

»Wer ist das?«

»Das«, flüsterte Bunny, »ist das, was eigentlich nicht hier sein sollte. Sobald die Kommunion beginnt, gehen Sie mit mir zum Wagen zurück«, er deutete unauffällig auf Brigit, »und zwar pronto. Und du«, er zeigte auf Paul, »folgst ihm. Merk dir das Modell seines Wagens und das Kennzeichen.«

»Wer hat ihn eigentlich zum Befehlshaber erkoren?«, fragte Paul ein wenig zu laut.

Der Mann in der Reihe vor ihnen drehte sich um und schaute sie groß an. Paul gestikulierte entschuldigend mit der Hand. Dann wandte er den Kopf zur Seite und stellte fest, dass auch Brigit ihn strafend fixierte. Er nickte missmutig und hielt den Mund.

Kaum hatte die Kommunion begonnen, stahl sich Brigit mit Bunny davon, wobei sie sich im Stillen bei ihrer Mutter entschuldigte. Sie erinnerte sich nur allzu gut daran, wie man sie als Teenager dabei erwischt hatte, sich vorzeitig aus der Messe zu schleichen. Ihre Mutter war in dieser Hinsicht sehr clever gewesen. Statt ihrer Tochter Hausarrest aufzubrummen, hatte sie sich selbst unter Hausarrest gestellt. Zwei Wochen lang ging sie nicht mehr ins Dorf, aus Angst, dass die Leute sie sahen, nachdem sie einen derart missratenen Teufelsbraten von Tochter aufgezogen hatte. Das war lange bevor Brigit den Begriff passiv-aggressiv zum ersten Mal gehört hatte. Die Methode verfehlte ihre Wirkung nicht. Danach blieb sie immer derartig lang in der Kirche, dass die Priester sie nach dem Ende der Messe regelmäßig fragten, ob sie ihr irgendwie helfen könnten.

»Wer war das denn nun?«, fragte Brigit, als sie so schnell wie es möglich war, ohne für Aufsehen zu sorgen, zum Wagen zurückmarschierten.

»Ein kleiner Psycho namens Jonny Carroll.«

»Sind Sie sicher?«

»Ich vergesse nie ein Gesicht. Vor allem keins, das ich vor zwölf Jahren persönlich eingebuchtet habe.«

»Oh, weswegen denn?«

»Sagen wir einfach, Sie müssten schon richtig in der Klemme stecken, bevor sie ihn als Babysitter engagieren würden.«

Sie schafften es in weniger als zehn Minuten bis zum Parkplatz der Schule. Zwei kleine Jungs, die ihre BMX-Räder achtlos auf dem Boden abgelegt hatten, starrten den Bentley an, als wäre er soeben von einem anderen Planeten gelandet. Der Größere musterte Brigit und Bunny mit unverhohlener Enttäuschung, und versetzte seinem rotznasigen Freund einen Klaps auf den Hinterkopf. »Wusste ich doch, dass das nicht der von Kanye ist, du verlogener Wichser.«

Paul kam weitere zehn Minuten später ebenfalls herbeigewankt, schwitzend nach der Anstrengung des Speed-Walkings. Er lehnte sich gegen den Wagen und versuchte, wieder zu Atem zu kommen.

»Ford Mondeo, rot, 04-G-17435 … nein: 14735.«

»In welche Richtung ist er gefahren?«, fragte Bunny.

»Keine Ahnung«, sagte Paul, bevor er nervös hinzufügte: »Ich habe nicht gesehen, wie er eingestiegen ist.«

»Was? Woher zur Hölle willst du dann wissen, dass es sein Wagen war?«

»Er war … na ja, er stand irgendwie in der Nähe und – man konnte es an seiner Körpersprache erkennen und …« Paul sah beunruhigt aus. »Und dann hat so ein alter Kauz plötzlich angefangen, aus unerfindlichem Grund mit mir zu sprechen.«

»Aus *unerfindlichem Grund*?«, rief Bunny. »Du bist hier auf dem Land, du Großstadt-Ignorant, wo die Menschen freundlich zueinander sind. Mammy Maria und alle Heiligen, ich gebe dir genau *eine* Aufgabe! Anscheinend muss ich wirklich alles allein machen!«

»Tja, warum hast du es dann nicht gemacht?«, fragte Paul.

»Weil Johnny Carroll vielleicht nicht die hellste Kerze auf der Torte ist, aber selbst ihm wird's auffallen, wenn ihn der Mann, der ihn seinerzeit hinter Gitter gebracht hat, plötzlich verfolgt. Ich kann von Glück sagen, dass ich es unbemerkt aus der beschissenen Kirche rausgeschafft habe.«

»Du kannst mich echt mal am Arsch lecken, Bunny.«

Eine eingeschnappte Stille legte sich über den Parkplatz,

während sich die beiden Männer an den Wagen lehnten und in verschiedene Richtungen schauten. Brigit seufzte tief; das würde ein sehr langer Ausflug werden. Vielleicht sollten sie wieder auf die Straße zurück? Noch einmal durch die Stadt fahren, bevor die Mittagsmesse begann oder …

Brigit öffnete die Fahrertür und ließ sich auf den Sitz fallen.

»Nur falls es jemanden interessiert, gerade ist hier ein roter Mondeo vorbeigefahren.«

Als sie auf die Straße bogen, war der Mondeo bereits hinter einer Kurve verschwunden. Brigit trat aufs Gas, und nach zwei beunruhigenden Meilen tauchte der Wagen gerade noch rechtzeitig wieder in ihrer Sichtweite auf, bevor er an einer Kreuzung links abbog.

»Fahren Sie nicht zu dicht auf.«

»Aber lass auch nicht zu viel Platz.«

»Halten Sie sich im Hintergrund!«

»Aber fahr auch nicht so, dass man merkt, dass du dich im Hintergrund hältst.«

»Alle halten jetzt die Klappe!«, blaffte sie. »Das ist nicht meine erste Verfolgungsfahrt.«

Im Grunde war sie es doch. Eigentlich wollte sie sagen, dass sie jede Menge davon im Fernsehen gesehen hatte. Aber wie würde sich das anhören? Und ehrlich gesagt, hatte sie eher selten gesehen, dass sich jemand mit dem Problem herumschlagen musste, jemanden zu verfolgen, wenn sonst niemand auf der Straße unterwegs war, so wie sie jetzt. Die vielen Ratschläge hatten ihr den Moment aber sowieso schon verdorben; James Bond musste sich nie mit so einer Scheiße rumärgern.

Brigit beschleunigte den Bentley auf neunzig, als der Mondeo neuerlich hinter einer nicht einsehbaren Kurve verschwand. Kaum hatten sie sie selbst umrundet, musste sie jedoch voll auf die Bremse treten, damit sie nicht direkt in ihn hineinfuhr. Der Mondeo kam nicht an einem Traktor vorbei, der gerade von einem Hof auf die Straße gebogen und anderen Verkehrsteilnehmern gegenüber vollkommen blind war.

»Herrgott!«

Brigits Herz klopfte wie wild, als ihr Wagen auf feuchtem Laub ins Schlittern geriet, bevor er gerade mal einen halben Meter vor dem Mondeo zum Stehen kam.

Vage war ihr bewusst, dass Bunny auf dem Rücksitz in Deckung ging. Als sie aufschaute, erkannte sie, dass der Mann aus der Kirche den Kopf umgewandt hatte und sie über seine Schulter hinweg ansah.

Bunnys Hand schob sich zwischen den beiden Sitzen nach vorn und schlug auf die Hupe ein, die ihren lauten Ton von sich gab.

»Was soll das denn?«, rief Brigit.

»Schauen Sie nicht zu mir«, zischte Bunny. »Schnell, Paul, zeig ihm den Stinkefinger!«

»Was?«

»Mach es einfach.«

Gehorsam riss Paul seinen Mittelfinger in die Höhe, was von dem Mann vor ihnen mit einer enthusiastisch hochgereckten Faust erwidert wurde. Sie sahen, wie er den Kopf schüttelte, als er hinter dem Traktor weiterfuhr.

»Und gute Fahrt noch«, sagte Bunny.

»Was sollte das denn?«

»Kein Depp, der jemanden verfolgt, wird demjenigen fast hintendrauf fahren und ihm dann auch noch einen Stinkefinger zeigen. Jetzt glaubt er, ihr wärt einfach zwei ahnungslose Arschgeigen aus Dublin, die nicht Auto fahren können. Was er nicht denkt, ist: Diese Leute verfolgen mich. Wenn ihr zwei euch jetzt noch streiten könntet, wäre das ganz fabelhaft.«

»Du fährst wirklich schauderhaft schlecht«, sagte Paul mit weitaus mehr Überzeugungskraft als nötig.

»Was bildest du dir ein! Ich habe nur versucht, an dem Typen dranzubleiben, den du aus den Augen verloren hast.«

»Perfekt«, sagte Bunny, »genau so.«

Eine halbe Meile die Straße hinunter zog der Mondeo an dem Traktor vorbei, beschleunigte und brauste davon. Brigit versuchte, es ihm gleichzutun, aber ihr unbarmherziges Schicksal sorgte selbstverständlich dafür, dass ihnen nun zwei Wagen entgegenkamen. Kurz darauf schlug die Straße mehrere Kurven, die das Überholen ebenfalls unmöglich machten.

»Wir verlieren ihn!«

Brigit betätigte in sinnloser Frustration die Hupe. Das Einzige, was ihr das einbrachte, war ein entspanntes Winken des Traktorfahrers. Als sie endlich auf einem geraden Stück Straße waren, riss Brigit den Bentley auf die andere Spur und raste an dem Traktor vorbei, wobei sie einem LKW auf der Gegenspur ungemütlich nahe kamen. Bei der nächsten Kreuzung schauten sie in beide Richtungen. Von dem Mondeo fehlte jede Spur.

»Scheiße!«

In Ermangelung irgendwelcher Hinweise bogen sie nach links und fuhren einige Kilometer, aber von ihrem Zielobjekt war nichts zu sehen. Als sie eine weitere Kreuzung erreichten, wendete Brigit und raste zu der Kreuzung zurück, an der sie den Mondeo aus den Augen verloren hatten. Inzwischen waren zehn Minuten vergangen, seit sie ihn zum letzten Mal gesehen hatten. Bei dem Vorsprung konnte er schon so gut wie außer Landes sein.

Als sie an mehreren kleineren Seitenstraßen vorbeikamen, schlug Paul plötzlich auf das Armaturenbrett ein. »SOFORT ANHALTEN!«

Brigit trat voll auf die Bremsen, sodass Bunny beinahe auf den Vordersitz knallte. »Heilige Scheiße, Weib!«

Als Paul sich umdrehte, war sein Gesicht vor Aufregung gerötet.

»Im Krankenhaus, bevor ich von McNair angegriffen wurde, hat er irgendwas über den Tod vor sich hin gebrabbelt. Ich dachte, es wäre bloß beliebiger Quatsch. Aber irgendwann hat er mich gefragt, ob ich an den Himmel glaube, und dann meinte er, er wüsste, dass er da nicht hinkommen würde.«

»Wenn sie so weiterfährt, leisten wir ihm da sehr bald Gesellschaft!«

Brigit brachte Bunny mit einem aggressiven Zischen zum Schweigen. Sie konnte das Feuer in Pauls Augen sehen.

»Der Punkt ist: Er sagte, er würde nicht in den Himmel kommen, sondern an den anderen Ort, zwei Meter tief. Nur, dass er nicht unter der Erde gesagt hat, wie man das so sagt, er sagte unter dem Felsen … und …«

»Und?«, sagte Brigit.

Paul deutete hinter sich, und sie alle drehten sich um. Dort, an der Straße, stand ein verwitterter hölzerner Briefkasten, und auf seinem rissigen, ausgeblichenen Lack prangten die Worte: »Der Felsen«.

## KAPITEL NEUNUNDVIERZIG

Wie sich herausstellte, war »Der Felsen« ein ziemlich gewöhnlich aussehendes Bauernhaus, das auf einer steinigen, von Feldern umgebenen Anhöhe errichtet worden war. Eine halbe Meile von der Hauptstraße entfernt und ohne irgendwelche anderen Gebäude in Sichtweite, abgesehen von einigen ungenutzten Schuppen am Fuße des Hügels, stellte dieser Ort den Inbegriff von Abgelegenheit dar. Wenn »Der Felsen« selbst auch etwas enttäuschend wirkte, so freute sich Paul umso mehr, dass der rote Mondeo direkt davor parkte. Er hatte recht gehabt.

Seit Donnerstagabend war er in einem völlig verworrenen Netz gefangen, das er nicht durchschaute. Was auch immer all das bedeuten sollte, die besten Chancen auf Antworten lagen nun im Inneren dieses Bauernhauses.

Sie hatten gleich bemerkt, dass die schmale Landstraße, auf die sie eingebogen waren, nur zum Felsen führte. Sie war lediglich breit genug für einen Wagen, und als sie sie langsam hinabfuhren, griffen jede Menge überwachsene Dornensträucher nach den Reifen des Bentley.

Brigit hielt am Fuß des Kieswegs an, über den man zum Haus hinaufgelangte. »Wir müssen aussteigen, bevor er uns sieht.«

»Und was machen wir dann?«, fragte Paul.

»Ich denke, wir stellen diesen Ort unter Beobachtung und versuchen rauszufinden, was hier vor sich geht«, sagte Brigit.

»Okay.«

»Ja, klar«, stimmte Bunny ein. »Ich werd' mir erstmal in Ruhe ein Kuhkostüm besorgen, und ihr beiden könnt euch ja als Vogelscheuchen aufs Feld stellen und versuchen, durch die Fenster zu schauen.«

Bevor jemand etwas erwidern konnte, öffnete Bunny die Wagentür und stieg aus.

»Was macht er denn jetzt?«, fragte Brigit. »Warum öffnet er den Kofferraum? Und warum holt er seinen Hurling-Schläger raus? Wo will er denn damit hin?«

Paul schaute sie an. »Was fragst du mich? Als hätte ich irgendwelche Informationen, die du nicht hast.«

Bunny schlenderte an ihnen vorbei und schwang den Schläger lässig an seiner Seite, während er den Kiesweg hinaufspazierte.

»Tja, ich würde sagen, das beantwortet alle deine Fragen.«

»Wir sollten das erstmal besprechen!«

»Schau mich nicht an! Du warst diejenige, die ihn mitnehmen wollte.«

Paul stieg aus dem Wagen und marschierte rasch den Weg hinauf, um zu Bunny aufzuschließen. Brigit war eine Sekunde später an ihrer Seite.

»Wie lautet unser Plan?«, keuchte sie.

»Plan?«, wiederholte Bunny. »Es gibt keinen Plan. Ich sage bloß mal einem alten Freund Hallo.«

»Aber es gibt keinen Grund, Gewalt auszuüben.«

Bunny drehte sich um und schaute sie überrascht an. »*Moi?* Wie können Sie es wagen. Ich bin der gottverschissene Mahatma Gandhi, nur ohne dieses Lätzchen – Sie wissen schon.«

»Arschloch«, spie Paul hervor.

Bunny und Brigit wandten sich verblüfft zu ihm um.

»Man kann ja von Gandhi halten, was man will, aber das ist schon eine recht harsche Einschätzung«, sagte Bunny.

»Ich meinte nicht Gandhi, sondern …« Verlegen nickte Paul dem angrenzenden Feld zu. Dort stand ein Esel, der sie mit aufmüpfiger Langeweile im Blick betrachtete. »Ich bin kein großer Fan von diesen Tieren«, ergänzte er.

Bunny wollte gerade an der Tür klingeln, als sie hinter dem Haus Gesang hörten. Eine nasale männliche Stimme massakrierte ein Lied, das offenbar von der Freude handelte, das Gesetz zu brechen. Die drei umrundeten das Gebäude und sahen, wie der Mann in der braunen Wachsjacke seine Wäsche aufhängte. Er stand mit dem Rücken zu ihnen und summte zu der Musik, die er über Kopfhörer hörte, nickte im Takt und fügte noch einige Tanzschritte hinzu. Dann vollführte er eine 360-Grad-Drehung auf den Hacken, die nach der Hälfte ziemlich aus dem Ruder lief. Und zwar in dem Moment, in dem er sah, dass Bunny McGarry ihn anstrahlte.

»Wie geht's, wie steht's, Jonny?«

In seinem hastigen Versuch, aus der Drehung einen Sprint in die entgegengesetzte Richtung zu machen, stürzte Jonny Carroll im hohen Bogen über seinen halb geleerten Wäschekorb und landete mit dem Gesicht voran auf dem Boden.

Bunny drehte sich zu Brigit um. »Ich hab ihn nicht angefasst.«

Als Carroll versuchte davonzukriechen, packte Bunny ihn am Kragen und hievte ihn auf die Füße. Carrolls iPod landete dumpf im feuchten Gras.

»Mein Gott, Jonny, begrüßt man so einen alten Freund? Wenn ich's nicht besser wüsste, würde ich meinen, du freust dich gar nicht, mich zu sehen.«

Paul hatte schon oft gehört, dass Menschen aussahen wie ein Tier in der Falle, aber was das wirklich bedeutete, begriff er erst jetzt. Carrolls Augen traten hervor, und seine Blicke schossen panisch in der Gegend herum, fixierten alles, was nicht Bunny war – auf der Suche nach irgendetwas, das ihm zur Flucht verhelfen konnte.

Bunny drückte ihn gegen die Hauswand. »Das letzte Mal hab ich vor acht Jahren etwas von dir gehört, Jonny. Da warst du auf Bewährung draußen, und die Familie des Mädchens war ganz versessen darauf, dich zu treffen. Gerüchte besagten, dass sie das auch getan haben, daher dein unbeweintes Verschwinden. Ich freue mich so sehr, dass du gesund und munter bist.«

»Ich … wie haben … ich hab nicht … wer sind … warum … das ist … nicht … wo haben Sie …?«

»Alles hervorragende Fragen. Beruhige dich, Jonny, sonst tust du dir noch weh.«

»Ich dachte, sie wäre schon sechzehn!«

Bunny hob lässig seinen Schläger und ließ ihn auf der Schulter des Mannes ruhen.

»Na, na, Jonny, wir wollen keine alten Geschichten aufwärmen. Du weißt doch, wie sehr das unsere Mabel aus der Fassung bringt. Du erinnerst dich an sie?«

Bunny schob den Schläger unter Carrolls Kinn, der so energisch nickte, wie es ihm unter diesen Umständen noch möglich war. Bunny gab seinen Schlägern Namen. Natürlich. Paul hatte diese kleine Tradition schon vergessen. Als er damals im St.-Jude-Team gespielt hatte, war es Samantha gewesen. Bunny hatte seine Jungs immer gewarnt – wer jemals beim Klauen erwischt wurde, konnte sich auf ein Date mit der reizenden Samantha freuen. Es war ein Witz, aber ein Witz, dessen Wahrheitsgehalt niemand austesten wollte.

»Ich muss sagen, es beeindruckt mich, dass du inzwischen zur Messe gehst, Jonny, und für deine zahlreichen Sünden um Vergebung bittest.«

»Ich versuche, anständig zu sein, ehrlich, Bunny. Ich bin jetzt einer von den Guten.«

»Na, ist das nicht fantastisch? Wenn du doch nur bei deinen

Bewährungsauflagen dasselbe Engagement an den Tag gelegt hättest.«

»Das war nicht meine Schuld«, flehte Carroll.

»Natürlich nicht«, sagte Bunny in seinem ironischen Cork-Singsang, »Gerry Fallon hat dir ein Angebot gemacht, das du nicht ablehnen konntest.«

Carrolls Augen traten derartig weit hervor, dass Paul fürchtete, jeden Augenblick würde ihm der Kopf explodieren.

»Sie wissen davon?!«

Bunny lächelte ihn ungerührt an. »Du siehst doch, dass ich hier bin, Jonny, ich weiß alles. Dachtest du, das wäre nur ein Höflichkeitsbesuch?«

»Aber Fallon hat gesagt …«

Bunny hob den Schläger, bis er damit Druck auf Carrolls Kehle ausübte.

»Du musst dir jetzt folgende Frage stellen, Jonny: Vor wem hast du mehr Angst – vor Gerry Fallon irgendwann in der Zukunft oder vor mir hier und jetzt?« Bunny beugte sich vor, sodass sein patentiertes schielendes McGarry-Starren Carrolls gesamtes Blickfeld ausfüllte. »Nun?«

»Gut, gut, gut, Bunny, wie Sie wollen. Er hat mich hierhergeschickt, nachdem der letzte Typ gestorben war und … ich bin hier eigentlich auch der reinste Gefangene.«

»Natürlich bist du das, ich bin mir sicher, deine Bewährungshelfer werden das in ihre Überlegungen mit einbeziehen.«

»Oh Gott, bitte nicht. Ich kann nicht zurück. Die bringen mich um.« Er fuhr sich nervös mit der Zunge über die Lippen, bevor er fortfuhr. »Wollen Sie … wollen Sie ihn sehen?«

Bunny schaute Brigit und Paul an, dann wandte er sich wieder Carroll zu.

»Klar, sind wir nicht deshalb hier?«

# KAPITEL FÜNFZIG

Carroll führte sie eine grob zusammengezimmerte Holztreppe zum Fuß des Hügels hinab, wo die beiden Schuppen standen. Dabei hörte er keine Sekunde lang auf, vor sich hin zu schwatzen. Bunny schien ganz zufrieden damit zu sein, und weder Paul noch Brigit wollten ihn unterbrechen. Wohl oder übel hatte Bunny jetzt das Sagen.

Von dem, was Paul aufschnappen konnte, lebte Carroll schon seit fünf Jahren hier, und es war ihm nicht gestattet, länger als ein paar Stunden abwesend zu sein. Von Zeit zu Zeit kam Gerry Fallon zu Besuch. Dann sagte er noch etwas über gewisse Sonderbesuche, was Paul nicht verstand. Caroll behauptete dauernd, dass Fallon damit gedroht hätte, seiner armen alten Ma etwas anzutun, und dass das der einzige Grund dafür sei, dass er sich zu alledem bereiterklärt hatte. Paul wusste nicht, was dieses »alledem« zu bedeuten hatte, aber ihm fiel auf, dass dieser Mann, der sich angeblich so um seine arme alte Ma sorgte, zu keinem Zeitpunkt auf die Idee kam, Bunny zu bitten, sie vor Fallon zu beschützen.

Er führte sie in den Schuppen, der direkt an die Felswand gebaut worden war, und schaltete die einzelne Glühbirne an, die von der Decke hing. Paul war nicht klar, was er erwartet hatte, aber ein staubiger alter Schuppen voller kaputter Möbelstücke und uralt aussehender Landwirtschaftsgeräte stellte doch eine gewisse Enttäuschung dar.

Bunnys Stimme war nur noch ein tiefes, warnendes Knurren. »Ich hoffe sehr für dich, dass du uns hier nicht auf eine falsche Fährte lockst, Jonny.«

Ihr Gastgeber schaute sich nervös um. »Nein, ich schwöre. Wartet eine Sekunde.«

Er ging zur Rückwand des Schuppens, wo ein großer hölzerner Kleiderschrank stand. Er öffnete ihn und zog den Vorhang zurück, der sich darin offenbarte. Dahinter kam eine große und offenbar sehr dicke Metalltür zum Vorschein, die direkt in die Felswand eingelassen war. Neben dem Metallrahmen war ein elektronisches Tastenfeld angebracht, und unter dem kleinen bullaugenartigen Fenster stand in verblichener gelber Farbe das Wort BUNKER.

Paul schaute abwechselnd Brigit und Bunny an, denen die Verblüffung ins Gesicht geschrieben stand.

»Heilige Scheiße«, sagte Brigit.

Carroll trat unruhig von einem Fuß auf den anderen. »Tja, also – der alte Typ, dem dieses Haus damals in den Sechzigern gehört hat, hatte offenbar nicht alle Tassen im Schrank. War überzeugt davon, dass die Amis und die Russen den ganzen Planeten in die Luft sprengen würden oder irgend so eine Scheiße. Also hat er sich in den Höhlen unter dem Hof der Familie einen Bunker gebaut. Ich weiß nicht, wie Fallon davon erfahren hat, aber er hat das Grundstück schon vor Ewigkeiten gekauft.« Carroll schaute von einem zum andern und sah plötzlich sehr besorgt aus. »Aber das wusstet ihr schon, oder?«

»Klar, natürlich wussten wir das«, sagte Bunny, »wir sind nur beeindruckt von dieser Tür.«

Carroll nickte. »Ah, okay, ja.« Rasch tippte er einen Zahlencode ein. Es ertönte ein lautes Zischen, gefolgt von einem Klicken. Im nächsten Augenblick schwang die Tür automatisch auf und offenbarte einen langen dunklen Gang, der in die Tiefe des Hügels hinabführte. Nun, da sie sich ganz geöffnet hatte, erkannte Paul, dass die Tür mindestens fünfzehn Zentimeter dick war. Dieser Farmer damals in den Sechzigern war vielleicht nicht ganz dicht gewesen, aber in Sachen Bunkerausstattung hatte er sich wahrlich nicht lumpen lassen.

Carroll trat zur Seite und streckte den Arm aus. »Nach Ihnen.«

Bunny deutete mit Mabel in den Tunnel. »Oh nein, mein Kleiner, nach dir. Und Jonny«, Bunny tätschelte den Schläger in seiner Hand, »keine krummen Touren jetzt, okay?«

»Ja, ja, ja.« Carroll schlurfte in den Tunnel wie ein launischer Teenager, der auf sein Zimmer geschickt wird. Er betätigte einen Schalter an der Wand, und eine Reihe schmaler Halogenleuchten warfen orangefarbenes Licht in die Dunkelheit. Nun ließ sich erkennen, dass die Höhlenwände mit einer feuchten, schleimigen Schicht überzogen waren.

Bunny beugte sich vor und schnappte sich das Ende von Carrolls Pferdeschwanz.

»Was soll das denn?«, fragte Carroll empört.

»Ich will dich nur nicht noch mal aus den Augen verlieren, Jonny. Wo ich dich doch gerade erst wiedergefunden habe.«

Carroll murrte leise vor sich hin und ging langsam den Tunnel hinab, Bunny immer im Schlepptau.

Paul schaute Brigit an. »Na, hoffentlich warten da unten nicht ein Löwe und eine Hexe auf uns.«

»Würde mich jetzt auch nicht mehr schocken.«

Carrolls Stimme hallte als Echo vor ihnen durch den Tunnel. »Beeilen Sie sich, sonst …«

Mit einem leisen Quietschen begann sich die dicke Stahltür wieder zu schließen.

Brigit und Paul huschten rasch hindurch und sahen zu, wie sie hinter ihnen ins Schloss fiel.

»Das ist extra so eingerichtet«, sagte Carroll. »Dient der Sicherheit. Sie wissen schon, falls Zombies kommen oder so.«

Paul nickte. Klang absolut logisch.

Auf dem Weg den zehn Meter langen Gang hinab rückten die Wände immer enger zusammen, bis sie nur noch hintereinandergehen konnten. Grünes Moos wuchs in der Nähe der Leuchtkörper, und einzelne Quarzbrocken im Felsen reflektierten funkelnd das Licht. Dann neigte sich der Gang in einem Dreißig-Grad-Winkel in die Tiefe. Paul nahm an, dass sie sich mittlerweile etwa zwanzig Meter unter dem Bauernhaus befanden. Während sie tiefer hinabstiegen, drangen ihnen merkwürdige Laute entgegen. Sie schallten als Echo wider und vereinten sich mit ihren Schritten, sodass es anfangs schwer zu erkennen war, worum es sich handelte. Als sie schließlich näherkamen, war sich Paul sicher, dass ihm seine Ohren einen Streich spielten. Es war unmöglich, aber das klang nach einem Fußballspiel, das im Fernsehen übertragen wurde. Sie bogen um eine Ecke und traten durch eine weitere Stahltür, die allerdings einen Spaltbreit offen stand und in einen Höhlenraum führte, der etwa sechs mal sechs Meter maß. Die einzige Lichtquelle war der große Flachbildschirm, der an der gegenüberliegenden Wand angebracht war. Und tatsächlich zeigte er ein altes Fußballspiel.

Paul war kein großer Fußballfan, aber für ihn sah es nach einem klassischen Manchester-Match aus. Er schaute sich in dem Raum um, der vom Fernseher flackernd beleuchtet wurde. In der Ecke stand ein Bett, daneben eine Waschschüssel und ein großer Eimer. Regale mit Hunderten Videokassetten säumten die Wände. Ein abgegriffenes und verblasstes Poster einer blonden Frau mit ausladenden, kaum verdeckten Brüsten hing an einer Wand. Paul kannte sie aus einer dieser Achtziger-Retro-Shows und war sich ziemlich sicher, dass es sich um Samantha Fox handelte. Vor Miss Fox und dem Blickfang ihrer körperlichen Vorzüge stand ein Cross-Trainer. In der hinteren rechten Ecke des Raumes konnte Paul eine weitere Stahltür in der

Felswand erahnen, die allerdings geschlossen war. Der Geruch eines starken Lufterfrischers stieg ihm in die Nase, der aber die Untertöne von Feuchtigkeit und einem weitaus penetranteren Gestank nicht übertünchen konnte. Paul vermutete, dass dieser von dem Eimer in der Ecke kam. In der Mitte des Raumes stand, mit dem Rücken zu ihnen und dem Fernseher zugewandt, ein abgewetztes Sofa. Gut, es gab hier keine schöne Aussicht und die Annehmlichkeiten des dörflichen Lebens waren auch nicht gerade in Reichweite, aber Paul hatte durchaus schon schlimmere Wohnungen gesehen.

Carroll streckte die Hand aus und betätigte einen Schalter an der Wand. Eine weitere Reihe von Halogenstrahlern, denen im Eingangstunnel ähnlich, erwachten blinkend zum Leben. Ein Mann mit langen, zerzausten braunen Haaren setzte sich auf und winkte fröhlich, ohne sich auf dem Sofa umzudrehen. »Hey, hey, großer, böser Jon.«

»Hey, mein Freund«, sagte Carroll, »du hast Besuch.«

Der Mann stieß ein fröhliches Jauchzen aus und wirbelte herum, sprang auf dem Sofa in die Höhe und starrte sie mit offenem Mund an. Er war verblüfft, sie zu sehen, aber seine Reaktion war nichts im Vergleich zu ihrer. Wer auch immer dieses arme Geschöpf war, es stellte ein überzeugendes Argument für die Wichtigkeit von Sonnenlicht und Zahnpflege dar. Dachte man sich den langen, verfilzten Bart und dreißig zehrende Lebensjahre weg, hatten sie hier wohl Fiachra Fallon vor sich. Paul war sich dessen ziemlich sicher, auch wenn die Tatsache, dass der Mann aufgeregt auf dem Sofa auf und ab sprang, und das im wahrsten Sinne des Wortes splitterfasernackt, es schwierig machte, sich zu konzentrieren.

»Fiachra!«, sagte Carroll. »Worüber haben wir gesprochen? Zieh deine Hose an!«

Der Mann huschte zu seinem Bett hinüber und begann

rasch, in eine Jogginghose zu schlüpfen. Dann klatschte er in die Hände. »Ja, ja, jawohl, Jonny, Jonny-Boy, nicht böse sein, Jonny!«

Erst jetzt fiel Paul die Kette an seinem Handgelenk auf, deren anderes Ende fest an der Wand montiert war. Er war also in der Lage, sich innerhalb des Raumes frei zu bewegen, aber viel weiter kam er nicht.

Fiachra hörte lange genug damit auf, in die Hände zu klatschen, um Carroll voller Freude anzuschauen. »Sind das … Sonder-Besucher?«

»Ja«, sagte Carroll verwirrenderweise. »Wenn du brav bist.«

Der Mann begann im Kreis zu tanzen. Ungeachtet der Kette, die sich dabei um ihn legte, war er der glücklichste Mensch, dem Paul in seinem ganzen Leben begegnet war. Immer wieder schaute er zu ihnen herüber und kicherte in irrwitziger Freude, während er glückselig in die Hände klatschte. »Oh, danke, Gerry, mein großes Bruderherz, Gerry, mein allerbester Freund!« Dann hielt er inne, und zum ersten Mal verschwand das Grinsen aus seinem Gesicht. »Wo ist Gerry denn?«

»Schon okay«, sagte Brigit mit sanfter Stimme. »Er ist nicht hier.«

Sie sprangen einen Schritt zurück, als er zu schreien begann. Es war das unglückselige Aufheulen eines verwundeten Tieres. Dann kroch er in die Ecke hinter dem Crosstrainer und kauerte sich zusammen.

»Nein, N-n-n-nein. Darf keinen Besuch haben, wenn Gerry nicht da ist. Böse, sehr böse, sehr, sehr, böse, böse, böse!«

Carroll funkelte Brigit an, die vollkommen verstört aussah. Langsam ging er auf Fiachra zu, streckte die Hände aus und sprach ihn mit leiser, beruhigender Stimme an. »Alles gut, Fiachra, er kommt ja. Gerry ist schon auf dem Weg. Du musst dir keine Sorgen machen. Er wird nicht sauer auf dich sein.«

»Kein Gerry, keine Besucher!«

»Ich weiß, ich weiß.«

Carroll trat näher an ihn heran und gab beruhigende Laute von sich, während das arme Geschöpf seine Arme verzweifelt um das Fitnessgerät schlang.

Bunny, Brigit und Paul steckten die Köpfe zusammen.

»Was für eine abgefuckte Drecksscheiße ist das hier?«, fragte Bunny. »Warum sollte Fallon seinen eigenen Bruder als Gefangenen halten?«

Alle schauten einander an.

»Ich habe keine Ahnung«, erwiderte Brigit. »Das arme Ding. Offensichtlich hat er vollkommen den Verstand verloren.«

Paul stellte fest, dass er krampfhaft versuchte, nicht Fiachra anzuschauen. »Vielleicht haben sie sich wegen irgendwas überworfen?«

»Und das hält dreißig gottverschissene Jahre lang?«, sagte Bunny. »Herrgott, Paulie, und ich dachte, *du* wärst der absolute Meister im Nachtragendsein.«

»Ach du Scheiße!«, rief Brigit. »Carroll!«

Paul schaute gerade noch rechtzeitig auf, um zu sehen, wie sich die Stahltür in der hinteren Ecke des Raumes schloss. Sie rannten hinüber. Paul umklammerte den Knauf und stellte fest, dass sie verschlossen war. Bunny stieß ihn beiseite und rammte seine Schulter dagegen. Es war sinnlos. Dann presste er sein Gesicht gegen das kleine, runde Fenster.

»Komm schon, Jonny, spiel jetzt keine dummen Spielchen mit uns.«

Hinter der Tür ging das Licht an und beleuchtete Bunnys Gesicht.

»Das ist eine Art Lagerraum«, sagte Bunny, dann hob er seine Stimme. »Du kannst da nicht raus, Jonny. Stell dich nicht blöd.« Wiederholt schlug er mit der Faust gegen den Stahl, was nicht einmal ein befriedigend lautes Geräusch verursachte, da das Material viel zu dick war. »Du kommst jetzt sofort wieder hier rein, sonst helfe mir Gott, ziehe ich dir die Eier durch deine gottverschissene Kehle!«

»Herrgott, Bunny«, sagte Brigit. »Sind Drohungen Ihre Antwort auf alles? Wahrscheinlich kann er Sie durch die Tür noch nicht mal hören.«

»Guter Punkt.« Bunny begann eine ganze Reihe verschiedener Drohungen auf rein pantomimische Weise darzustellen. Doch die einzige Wirkung davon war, dass Fiachra neuerlich losheulte.

»Gerry wird sauer sein, Gerry wird sauer sein, Gerry wird so sauer sein!«

Paul ging zu ihm hinüber und streckte beruhigend die Hände aus. »Es ist okay. Alles ist gut. Wir spielen bloß ein Spiel.«

»Schön wär's!«, rief Bunny. »Carroll hat dieses verschissene Spiel gerade gewonnen.«

Paul drehte sich um. Niedergeschlagen deutete Brigit auf das Fenster zur Lagerraumtür. »Er hat eine Klappe in der Decke geöffnet und ist eine Leiter raufgeklettert.«

»Scheiße.«

»Scheiße.«

»Doppelte Scheiße. Mit Amarenakirsche obendrauf.«

Langsam kam Fiachra hinter dem Crosstrainer hervorgekrochen. Dann huschte er zum Sofa, schnappte sich die Fernbedienung und eilte zurück. Sie schauten ihn an. Er grinste breit zu ihnen herauf, wobei er ein Maximum an zehn Zähnen offenbarte.

»Ich darf sagen, was wir gucken.«

# KAPITEL EINUNDFÜNFZIG

»Herrgott, es stinkt zum Himmel hier drin«, sagte Bunny, während er in der Höhle auf und ab tigerte und mit seinem nutzlosen Handy in der Luft herumfuchtelte.

»Das nenn ich mal Ironie!«

Bunny blieb stehen und funkelte zu Paul hinunter. Er und Brigit hatten sich dazu entschlossen, sich mit dem Rücken zur Wand auf den Boden zu setzen. Schließlich hatte Fiachra seinen Platz auf dem Sofa bereits zurückerobert, und das Bett sah nicht gerade aus, als sei es der hygienischste Ort im Raum.

»Was soll das heißen?«

»Ach, finde es selbst raus, Columbo. Und, Herrgott, hör auf mit dem Handy rumzuwedeln. Unter diesem Gestein sind deine Chancen auf Empfang gleich null.«

Brigit schaute zur Decke auf und stieß einen tiefen Seufzer aus. »Ob ihr zwei vielleicht mal Ruhe geben könntet, bitte? Es kann sein, dass wir eine ganze Weile hier unten bleiben müssen.«

»Klingt nach 'ner steilen Untertreibung«, erwiderte Paul. »Ich glaube, der bisherige Rekord liegt bei dreißig Jahren.«

Brigit blickte zu Fiachra hinüber, der voller Freude Fußball schaute und sich offenkundig entschlossen hatte, ihre Anwesenheit zu ignorieren.

»Schhh«, sagte Brigit, »sonst dreht er gleich wieder durch.«

Sie schaute sich in der Höhle um, in der sie nun seit beinahe einer Stunde gefangen waren. Es hatte nicht lange gedauert, ihren Verdacht zu bestätigen, dass es keinen anderen Ausweg gab und sowohl die Haupttür als auch die Tür zum Lagerraum fest verschlossen waren. Auch im Inneren gab es neben der Haupttür ein Tastenfeld, aber Brigits Versuche hatten gezeigt, dass sich die Vorrichtung sperrte, wenn der sechsstellige Code dreimal falsch eingegeben wurde. Sie hatte sich schon gefragt, wie lange drei Menschen brauchen würden, wenn sie in abwechselnden Schichten, jede nur mögliche Kombination eintippten, als ihr klar wurde, dass man den Code vermutlich von außen wieder ändern konnte.

Sie senkte ihre Stimme. »Glaubt ihr, dass Sarah-Jane Cranston auch hier festgehalten wurde?«

»Ich nehme es an«, sagte Paul. »Ein besseres Versteck kann man sich kaum wünschen. Selbst wenn die Polizei zum Haus kommen würde, wie wahrscheinlich wäre es, dass sie das hier findet? Ich verstehe aber einfach nicht, was hier abgeht, ihr?«

Brigit schüttelte den Kopf. »Brophys Buch ist jedenfalls völliger Schwachsinn.«

»Allerdings. Wenn das so weitergeht, finden wir womöglich noch raus, dass in Offaly gar keine sexy Vampire leben.«

Brigit schenkte ihm ein schwaches Lächeln. Keiner von ihnen hatte gewagt, die unangenehme Wahrheit ihrer Situation auszusprechen. Draußen wusste niemand, wo sie steckten, und Fiachra war Beweis genug, dass »der Felsen« ein hervorragender Ort war, um jemanden für immer verschwinden zu lassen. Aus freien Stücken waren sie in Gerry Fallons perfekten Kerker gelaufen.

Brigit erhob sich und klopfte sich den Staub von den Händen.

»Was hast du vor?«

»Ich werde mal versuchen, ein vernünftiges Gespräch zu führen. Mit …« Sie nickte Richtung Sofa.

Paul verzog das Gesicht. »Na, dann viel Glück.«

Brigit wandte sich um und ging langsam zum Sofa hinüber,

wobei sie sich bemühte, Fiachra nicht zu erschrecken. Er warf ihr einen misstrauischen Blick zu und richtete seine Aufmerksamkeit gleich wieder auf den Fernseher. Als sie näher kam, konnte sie ihn sich genauer anschauen, da er inzwischen mehr oder weniger still dasaß. Seine Haut wies eine kränklich blasse Farbe auf, und um die Augen zogen sich dunkle Ringe. Seine Fingernägel sahen blutig und abgekaut aus, und die Hände krallten sich in seinem Schoß gedankenverloren ineinander. Sie wusste, er musste inzwischen – was? vierundfünfzig oder fünfundfünfzig Jahre alt sein, aber er wirkte älter. Es schien, als sei der normale Alterungsprozess vollständig an ihm vorbeigegangen, denn seiner Haut fehlten die Falten, die man erwartet hätte, dafür sah sie schuppig und fleckig aus. Er war dünn, wirkte aber nicht unterernährt.

»Hey, Fiachra«, sagte sie leise.

»Ich darf nicht mit Fremden reden«, erwiderte er, ohne den Blick vom Bildschirm abzuwenden.

»Okay. Nun, mein Name ist Brigit Conroy, und ich bin Krankenschwester. Also, jetzt sind wir doch keine Fremden mehr, oder?«

»Darf nie Besuch haben ohne Gerry Gerry, niemals nie.«

»Schon gut. Gerry ist ein guter Freund von mir.«

Fiachra schaute argwöhnisch zu ihr auf, sagte aber nichts.

Sie entschied sich für eine neue Strategie. »Bist du ein großer Fußball-Fan?«

Er nickte mehrmals und begann, sich ausgelassen vor und zurück zu wiegen, während er auf den Bildschirm zeigte. »Ja, ja, ja, United ist mein Team. Beste Mannschaft auf der Welt.« Dann begann er zu singen. »Champione, Champione, olé, olé, olé!« Anschließend fing er an, wie wild zu kichern.

Brigit kam ein klein wenig näher. Ihr Arm ruhte nun auf der Sofalehne. »Wer ist dein Lieblingsspieler?«

»Rooney, Rooney, Rooney! Ich kenne all seine Statistiken, frag mich, was du willst!« Nun strahlte er sie glücklich an.

»Ähm … wie viele Tore hat er geschossen?«

»Diese Saison oder insgesamt?«

»Insgesamt.«

»Alle zusammen oder nur in der Premiership, FA Cup, League Cup, Champions Leauge oder den Länderspielen?«

»Dem … League Cup.«

»Sieben in zweiundzwanzig Spielen, fünf für United und zwei für Everton.«

»Wow, du kennst dich echt gut aus. Stört es dich, wenn ich mich dazusetze?«

Er schaute erst sie an, dann den leeren Platz neben sich auf dem Sofa. »Ist ein freies Land.« Dann kicherte er wieder. Brigit fragte sich, ob er die Ironie seiner Worte begriff.

Sie setzte sich vorsichtig hin und schaute sich im Raum um. »Hübsch hast du's hier.«

»Ja, alles meins, alles meins. Aber nicht genug Platz für uns alle. Du musst mit mir in meinem Bett schlafen!« Er kicherte wieder.

Brigit versuchte, ihn anzulächeln. »Wie lange bist du denn schon hier?«

»Schon laaaaaange. Nur bin ich gar nicht wirklich hier.«

»Nein?«

»Nein. Ich bin in Amerika mit Sarah-Jane Cranston.« Er sprach ihren Namen mit übertriebener Geziertheit aus. »Wir sind wie Romeo und Julia. Die drehen auch einen Film über uns!« Verschwörerisch beugte er sich ihr entgegen, und sein nach saurer Milch riechender Atem schlug ihr entgegen. »Es heißt, Colin Farrell wäre ernsthaft interessiert.« Er tippte mit dem Finger gegen seine Nase und schaute dann wieder zum Fernseher hinüber.

»Fühlst du dich manchmal einsam hier unten?«

»Jetzt nicht mehr. Hab jetzt *Sky Sports*. Ich mag Jonny, er lässt mich Sport gucken. Er war früher Elektriker, das war er, haha, das war er.«

»Oh, das ist gut.«

»Ja. Er ist viel netter als der fiese alte Bob. Der ist nämlich gestorben.«

Fiachra wandte den Blick ab und schaute zu Boden. Brigit hatte keine Ahnung, was ihm durch den Kopf ging oder ob ihn die Jahre der Isolation derartig verwirrt hatten, dass sich dort gar keine zusammenhängenden Gedanken mehr auftaten. Plötzlich schaute er mit großen seelenvollen Augen zu ihr auf. Irgendwo dort drin, vergraben unter dreißig Jahren unvorstellbarer Grausamkeit, konnte sie noch immer eine Ahnung seines Filmstar-Aussehens erkennen.

Er sprach leise, mit einer Stimme, die ganz anders klang als sein übliches hohes, quietschendes Gebrabbel. »Willst du … mein Sonder-Besuch sein?«

Brigit tätschelte sanft sein Knie. »Klar.«

Und dann war er auf ihr. Die Kette rasselte, als sich seine knochigen Hände um ihre Kehle legten. Seine langen dünnen Finger pressten ihren Hals zusammen, und sein Gesicht war nur noch eine Fratze irrsinniger Raserei. Von einer Sekunde zur nächsten wurde sie aufs Sofa gedrückt, und ihre Hände schlugen hilflos gegen seine Unterarme, die zwar dünn, aber voller starker Muskeln waren. Da war nur noch der Druck auf ihrer Luftröhre, der Gestank seines Atems, der Anblick seiner wahnsinnigen Augen – erfüllt von Blutdurst, während sie auf sie herabglotzten. In ihrem Gesichtsfeld tauchten kleine Lichtamöben auf …

Dann knallte der Hurling-Schläger in Fiachras Gesicht. So rasch, wie er sich auf sie gestürzt hatte, war er auch wieder von ihr herunter. Sie hörte, wie er davonkroch, heulend wie ein verwundetes Tier. Brigit stürzte auf den ausgetretenen Teppich vor dem Fernseher und rang nach Atem. Das Blut rauschte in ihren Ohren.

Paul ging neben ihr in die Knie und legte seine Hände um ihr Gesicht. »Ist alles in Ordnung?«

Sie nickte und rieb sich mit den Händen die Kehle. Sie spürte, dass ihre Finger zitterten.

»Okay, du mieses kleines Stück …«

Brigit wandte sich um und sah, wie Bunny sich mit Mabel in der Hand über Fiachra aufbaute, der sich wieder einmal hinter seinem Crosstrainer zusammenkauerte.

»Nicht!«, schrie sie heiser.

Bunny schaute zu ihr herüber und dann wieder zu Fiachra hinunter. Die Unschlüssigkeit stand ihm ins Gesicht geschrieben. Offenkundig wollte jede Faser seines Körpers gegen Brigits Einwand verstoßen.

»Nicht«, wiederholte sie, diesmal strenger.

Bunny hob den Schläger über seinen Kopf.

Ein metallisches Klicken ertönte hinter ihnen. »Ganz recht.«

Alle drehten sich um und sahen, dass Gerry Fallon mit einer Waffe in der Hand im Türrahmen stand.

»Schluss damit.«

# KAPITEL ZWEIUNDFÜNFZIG

Zum zweiten Mal innerhalb von vierundzwanzig Stunden schaute Paul in den Lauf einer Waffe. Seine wachsende Vertrautheit mit diesem Gefühl machte es trotzdem nicht leichter. Nicht die Waffe war das Beängstigende. Es war das Gesicht dahinter. Diese Augen. Ein Blick in Gerry Fallons Augen offenbarte keine Angst, keine Aufregung, keinen Zweifel – bloß kalte, brutale Entschlossenheit. Er würde tun, was immer er für nötig hielt, und nicht lange darüber nachdenken.

Hinter Fallon sah Paul ein Gesicht, das er nur allzu gut kannte. Nein, kein Gesicht, einen Gesichts*ausdruck*. Jonny Carrolls hämisches Schakal-Grinsen war ihm mehr als vertraut. Er hatte es bei Dutzenden Kindern gesehen, bei den kleinen Ratten, die immer an der Seite der größeren Jungs standen. Die Erinnerung brachte einen Blutgeschmack in seinem Mund mit sich. Die meisten Leute sagen, dass sie diejenigen hassen, die andere terrorisieren und mobben. Paul wurde in diesem Augenblick bewusst, dass er vor allem die Mitläufer neben ihnen hasste, die sich an der Freude ergötzten, nicht diejenigen zu sein, die fertiggemacht wurden.

Die Tatsache, dass Carroll ebenfalls eine Waffe in der Hand hielt, schien dabei gar nicht so wichtig zu sein. Fallon genügte vollkommen, um sie alle umzubringen.

Sein Blick war fest auf Bunny gerichtet, der immer noch den Hurling-Schläger über Fiachras Kopf hielt, jederzeit bereit, zuzuschlagen.

»Schläger fallen lassen.«

»Warum?«, fragte Bunny.

»Haben Sie die Waffe nicht bemerkt?«

»Hab ich. Und ich soll glauben, dass es irgendeine Version der kommenden Ereignisse gibt, in der Sie mich nicht umbringen?«

Fallon zuckte mit den Schultern. »Nein.«

»Dann ist es doch egal. Dann prügele ich in meinen letzten Momenten lieber noch ein bisschen Anstand in diesen räudigen Köter.«

Fiachra winselte und schlang sich die Hände um den Kopf.

»Lassen Sie es mich anders ausdrücken«, sagte Fallon und richtete seine Waffe auf Brigit. »Sie legen einen Finger an ihn, und ich schieße ihr in den Magen, damit Sie ihr in Ruhe beim Sterben zuschauen können. Ganz langsam.«

Bunny schaute von Fallon zu Fiachra und wieder zu Brigit, dann ließ er den Schläger zu Boden fallen. »Tja, wenn Sie uns unbedingt den ganzen Spaß verderben wollen.«

Fallon deutete auf die Tür zum Lagerraum. »Wenn Sie bitte alle dort hinübertreten würden.«

Während sie hinüberschlurften, schoss Fiachra aus seinem Unterschlupf und kauerte sich hinter seinen Bruder. Seine Ketten rasselten, als er quer durch den Raum huschte. Blut rann aus seiner Nase, die nach ihrer Begegnung mit Mabel verbogen und unförmig aussah. Er fuhr mit seinem Unterarm darüber, was aber nur dazu führte, dass er sich das Blut über seinen Bart schmierte. Bei diesem Anblick drehte sich Paul der Magen um, und ihm wurde sofort schwindelig. *Nicht hinschauen. Konzentrier dich auf was anderes. Bleib im Spiel.*

Fiachra kauerte sich noch tiefer und zupfte am Hosenbein seines Bruders. »Gerry Gerry, ich hab gesagt: Keine Besucher ohne Gerry. Hab ich gesagt, oder? Hab ich gesagt!«

Paul konzentrierte sich darauf, Gerry Fallon anzusehen, daher bemerkte er, wie sich dessen Miene angewidert verzerrte, als er sein Bein wegzog. »Ich weiß, Fiachra, ich weiß.«

»Hab's gesagt, hab's gesagt.«

»Ist okay.«

»Sind die …« Paul sah, dass sich Fiachras Miene aufhellte. Durch den Raum hinweg strahlte er sie an. »Sonder-Besuch, Gerry?«

Fallon schaute lange auf seinen Bruder herab. Auf seinem Gesicht lag ein Ausdruck, der sich nicht entziffern ließ. »Klar.«

Fiachra klatschte in die Hände und jauchzte vor Glück.

»Schh«, blaffte Fallon.

Gehorsam legte Fiachra einen Finger an die Lippen und verstummte, aber seine Augen waren immer noch geweitet vor kindlicher Freude.

Fallon wandte sich an Carroll. »Stell das ab«, sagte er und nickte in Richtung Bildschirm. »Und dann hol seine Sachen.«

Carroll nickte, schaltete den Fernseher aus und kehrte in den Tunnel zurück. Fallon schaute wieder zu seinem Bruder hinab. »Und du mach dich sauber.«

Fiachra huschte zu seinem Bett hinüber und griff nach einem Handtuch, das neben der Waschschüssel lag. Zu Pauls großer Erleichterung wischte er sich damit das Gesicht ab.

»Also, Sie beide müssen Mulchrone und Conroy sein. Ich habe schon so viel von Ihnen gehört.«

»Ja«, sagte Paul, »Grinner McNair lässt herzlich grüßen.«

»Und, hat er geredet?«

Paul lachte bitter. »Sie paranoides Arschloch. Er hat kein einziges Wort gesagt, zumindest keins, das irgendeinen Sinn ergeben hätte.«

»Wie sind Sie dann hierhergekommen?«

»Aus reiner Notwendigkeit«, sagte Paul. »Da Sie uns sowieso umbringen wollten, um ihr kleines Geheimnis zu bewahren, gab es nur einen Weg: es rauszufinden, bevor Sie uns aufspüren.«

»Tja.« Fallon zuckte mit den Schultern. »Über verschüttete Milch soll man sich nicht ärgern. Ich musste den Aufenthaltsort meines Bruders sichern, durfte kein Risiko eingehen.«

Paul zuckte vor Schreck zusammen, als Bunny in lautes Gelächter ausbrach.

Fallons Augen wurden schmal vor Wut. »Ist irgendwas lustig?«

Bunny wischte sich die Tränen aus den Augen. »Ja, das ist zum Totlachen, verdammte Scheiße. Gerade habe ich es kapiert. Es ist wirklich das reinste Märchen.«

»Wollen Sie uns vielleicht aufklären?«

»Unser kleiner Gollum hier hat das Land nie verlassen, weil Sarah-Jane Cranston *diesen Raum* nie verlassen hat.« Bunny schaute Brigit und Paul an. »Habt ihr die Brüder Grimm mal wirklich gelesen? Märchenprinzen gibt's da nur wenige. Aber Ungeheuer kommen jede Menge vor.«

Einen Augenblick lang breitete sich tiefe Stille in der Höhle aus.

Fallon betrachtete seinen Bruder, der wieder friedlich auf dem Bett saß und zu dem ausgeschalteten Fernseher hinüberschaute, als würde er von seinem Umfeld nichts mehr mitbekommen. »Es war nicht seine Schuld«, sagte Fallon. »Meine Mam und ich, wir wussten von Anfang an, wie er war. Wir hatten nicht gerade die einfachste Kindheit, aber … Anfangs waren es nur Tiere. Er hat einige unschöne Dinge mit ihnen angestellt. Ma hat versucht, mit ihm zu reden. Ich habe versucht, Verstand in ihn hineinzuprügeln. Nichts hat funktioniert. Die Schlechtigkeit steckte einfach in ihm. Aber Sie wissen ja, wie Mütter sind; sie konnte nie akzeptieren, was er war. Wir dachten, es würde sich auswachsen, vor allem, als er älter wurde und alle Frauen ganz verrückt nach ihm wurden. Aber es war immer noch da, nur anders. Es gab einen … Vorfall, und dann habe ich ihn nach Glasgow geschickt. Hab sogar versucht, Hilfe für ihn zu bekommen, aber …«

»Da hat er Scheiße gebaut, also haben die Ihnen Ihren Psycho-Bruder sofort zurückgeschickt«, beendete Bunny den Satz.

»Ja.« Fallon nickte. »Osteuropäische Nutte. Zum Glück hat das niemanden groß gestört.«

»Klar«, stimmte Bunny mit Bitterkeit in der Stimme zu, »was für ein Glücksfall.«

Fallon redete weiter, ohne auf Bunnys Einwurf zu achten. »Grinner und ich waren unterwegs, um Details der Übergabe zu klären. Wir dachten, man könnte ihn allein lassen. Ein paar Jahre lang war er brav geblieben, hatte nichts angestellt …« Fallon schaute voller Abscheu zu seinem Bruder hinüber. »Grinner ist zuerst wieder hier gewesen und hat sie gefunden. Was von ihr übrig geblieben war, meine ich. Dann ist er sofort abgehauen.«

»Kluges Bürschchen«, sagte Bunny. »Sie hätten ihn umgelegt, ohne mit der Wimper zu zucken, um Ihr kleines Monster weiter zu schützen.«

»Tja, wie heißt es so schön?«, sagte Fallon. »Blut ist dicker als Wasser. Dass er ist, wie er ist, ändert nichts daran, dass er zur Familie gehört. In unserer Kindheit gab's nur uns und unsere Ma. Ich habe ihr versprochen, dass ich auf ihn aufpassen würde. Ich hab das nicht immer geschafft … aber nun war er zu weit gegangen, er war gefährlich. Ich konnte ihn nicht mehr in die Welt rauslassen. Er würde es wieder tun, und dann würde alles auffliegen. Ich würde mit ihm untergehen, und das hätte meine Ma umgebracht.«

*Herrgott*, dachte Paul, *was ist das nur mit diesen Psychos, dass sie ihre alten Mamis so liebhaben?*

»Also«, sagte Bunny, »haben Sie den kleinen Freak hier unten eingeschlossen und eine Geschichte erfunden, mit der sich das Ganze bequem vertuschen ließ?«

»Und *Geisel der Liebe*«, warf Brigit ein, »war die verlogene Scheiße, die dabei rauskam?«

Nun war es an Fallon aufzulachen. »Genau. Ich habe Brophy die Grundidee erklärt, und er hat den Rest erledigt. Er hatte sowieso schon ein bisschen was rausgefunden, wissen Sie, also habe ich ihm die Exklusiv-Rechte an der Geschichte eingeräumt – im Gegenzug für seine Kooperation. Außerdem habe ich der miesen Ratte die Angst vor seinem Schöpfer eingeimpft. Unser kleines Märchen hat die Fantasie der Öffentlichkeit ganz schön beflügelt, was?«

Ohne von seinen Fingern aufzuschauen, warf Fiachra ein: »Es heißt, Colin Farrell wäre ernsthaft interessiert.«

Paul warf Brigit einen Blick zu, den sie erwiderte. Sie dachten beide dasselbe. Irgendwo in einem großen Haus in den Wicklow Mountains würde ein alter Mann ratlos sterben.

»Und das ist gut für Sie gelaufen«, sagte Bunny. »Sie haben sich von dem frühen Rückschlag erholt und eine glänzende Karriere im Bereich des kriminellen Arschlochtums gemacht. Es gibt keine Heroin-Überdosis in diesem Land, bei der Sie nicht Ihre Finger im Spiel hatten.«

»Oh, ersparen Sie mir Ihr kleingeistiges Moralisieren. Waren Sie es nicht, der seinen Boss gestern aus einem Fenster im dritten Stock geworfen hat?«

Paul warf Bunny einen Blick zu. »Moment, das war kein Witz? Du hast wirklich jemanden aus dem Fenster geworfen?«

Bunny schaute ihn böse an. »Nein. Ich habe ihn von einem Balkon gestoßen. Er war schon draußen.«

»Oh, na dann ist ja alles gut.«

»Zu meiner Verteidigung: Er war der Wichser, der diesem Drecksack hier alles weitergeleitet hat, was die Polizei über dich weiß. Derselbe Wichser, der ihn schon dreißig Jahre lang beschützt.«

Fallon grinste hämisch. »Na ja, eher fünfundzwanzig. Der große Fintan O'Rourke. Das war ein echter Glücksgriff. Wir sind uns zufällig begegnet, und seitdem läuft unsere Teamarbeit wie geschmiert.«

»Ja, er hat sogar ein Auge darauf gehabt, dass niemand hier auftaucht und Ihr kleines, gut gehütetes Geheimnis lüftet.«

»Ich habe ihm gesagt, es wäre ein Distributionszentrum. Er war klug genug, keine Details wissen zu wollen. Ich habe ihm vertraut, oder besser, ich habe darauf vertraut, dass er seinen Arsch retten würde. Und er wusste ja, dass ich mehr als genug über ihn in der Hand habe, um ihn hochgehen zu lassen.« Fallon schüttelte grinsend den Kopf, als ließe er eine liebgewonnene Erinnerung auferstehen. »In der ersten Zeit hat er bei seiner schmutzigen Arbeit eine Menge Fehler gemacht. Niemand ist so dumm wie die Typen, die sich für besonders clever halten.«

»Und diese ganze Zeit über«, fügte Paul hinzu, »haben Sie Ihr schmutziges Familiengeheimnis unter einem Felshügel versteckt. Und sich gefragt, wann es Sie doch noch einholen würde.«

»Um ehrlich zu sein, habe ich mir keine großen Sorgen mehr gemacht – seit den ersten paar Jahren nicht mehr. Nur mit einem hatte ich nicht gerechnet: dass Grinner nicht klug genug sein würde, tot zu bleiben.«

»Tja, Sie wissen doch, wie das so ist, kurz vorm Ende«, sagte Bunny, »da werden die Leute furchtbar sentimental.«

Carroll tauchte wieder im Türeingang auf. In der einen Hand hielt er eine Sporttasche und in der anderen seine Waffe. Fiachra grinste aufgeregt, als er den Revolver sah.

»Sie müssen es ja wissen, schließlich sind Sie in genau derselben Lage.«

»Mir ist gerade noch etwas klargeworden«, sagte Bunny und schaute Carroll an. »Ein großer Teil der Gerry-Fallon-Legende.

Leute, die ihm nicht gepasst haben, sind immer spurlos verschwunden.«

Fallon sah geradezu kleinlaut aus. »Tja, wenn ich Fiachras kleines Problem schon nicht lösen konnte, warum sollte ich es mir dann nicht wenigstens zunutze machen? Er hat hier im Laufe der Jahre schon so einige Sonder-Besucher empfangen – als kleine Betthupferl. Unter diesen Feldern hier sind schrecklich viele Leichen vergraben.«

Und da war es nun. Es war keine Überraschung. Paul hatte gewusst, dass es kommen würde, hatte aber vermieden, darüber nachzudenken. Sie würden hier alle sterben, und vermutlich würde es auch nicht allzu schnell gehen. Sie würden zum Spielball des Monsters werden, das unter diesem Felsen vor sich hin vegetierte. Klang nicht nach einer besonders lustigen Art zu sterben.

Er wusste nicht, ob das Leben tatsächlich noch einmal vor dem inneren Auge vorbeizog, bevor man starb, aber in jedem Fall empfand er eine große Klarheit.

»Bevor passiert, was … passieren wird, können wir noch mal kurz miteinander reden?«, fragte er und deutete auf Brigit.

»Ich habe einen ziemlich vollen Terminkalender heute«, entgegnete Fallon. »Was Sie sagen wollen, sagen Sie jetzt. Und kein Flüstern.«

Paul schaute sie an. Sie lächelte nervös. Das Entsetzen, das in ihm aufstieg, konnte er auch in ihr erkennen. Und er sah, dass sie dagegen ankämpfte: ihre Entschlossenheit, die Situation zu kontrollieren und sich nicht von ihr kontrollieren zu lassen.

»Die …« Er schaute sich nach den vier anderen Männern um, die sie aufmerksam beobachteten, »die Partie *Risiko*, die wir vorgestern Abend gespielt haben?«

Brigit sah verwirrt aus.

»Die, die wir nicht beendet haben.«

Sie sah sogar noch verwirrter aus, und als sie schließlich begriff, was er meinte, wurde sie rot.

»Ich wollte nur noch mal sagen, dass ich sie wirklich spielen wollte.«

»Schon okay. Du warst müde.«

»Nein, das … das war es nicht. Ich bin durchgedreht, weil ich so gern gewonnen hätte, verstehst du …«

Sie nickte.

Im Raum war es lange still.

»Reden die übers Bumsen?«, fragte Bunny.

Paul wurde rot und blickte zu Boden. »Herrgott, Bunny!«

»Was für ein Freak nennt denn bumsen *Risiko spielen*?«, fragte Carroll.

»Halt deine verdammte Klappe«, knurrte Bunny ihn an. »Aus deiner Akte geht zweifelsfrei hervor, dass Romantik nicht deine starke Seite ist.«

Fiachra kicherte. Bunny zeigte auf ihn.

»Und was dich betrifft …« Fiachra zuckte zurück. Bunny schaute sich im Raum um. Offenbar wusste er nicht, was er sagen sollte, bis sein Blick auf das Poster von Samantha Fox fiel. »Sie ist jetzt übrigens lesbisch.« Fiachra starrte das Poster mit tellergroßen, schockierten Augen an. »Sie hätte also kein Interesse an deinem kleinen Psycho-Dödel.«

»Genau genommen«, sagte Brigit, »wäre das nicht mal unter den Top-Fünf-Gründen, warum Frauen an ihm kein Interesse hätten.«

Bunny nickte. »Stimmt auch wieder.«

»Das reicht«, sagt Fallon barsch.

»Ja«, sagte Paul, »Sie haben Termine. Apropos: Sie waren schrecklich schnell hier, oder?«

»Klappe halten.«

Paul redete weiter, schaute aber nicht Fallon an, sondern Carroll, der hinter ihm stand. »Sie haben Ihren Bruder dreißig Jahre lang eingesperrt, um sich selbst zu schützen. Sie haben McNairs Tochter umbringen lassen, um sich selbst zu schützen. Sie haben versucht, uns umbringen zu lassen, mehrmals sogar, um sich selbst zu schützen. Und selbst wenn unser guter Jonny hier Sie sofort angerufen hätte, nachdem er uns eingesperrt hatte, hatten Sie den Großteil des Weges von Dublin hierher offenbar bereits zurückgelegt. *Um sich zu schützen.*«

Fallon richtete seine Waffe auf Paul. »Ihr drei hört euch wirklich zu gerne selber beim Reden zu. Wenn ihr so clever seid, warum geht es dann jetzt so übel mit euch zu Ende?«

»Weil«, sagte Brigit und schaute Paul an, »wir Mitwisser sind, und mehr als alles andere hassen Sie Mitwisser.«

»Das stimmt«, fügte Bunny hinzu. »Diese zwei sind überall in der Gegend herumgelaufen und haben nirgendwo ihren Mund gehalten. Sie haben keine Ahnung, wer inzwischen wie viel weiß. Die Katze ist aus dem verschissenen Sack.«

Nun schauten Paul, Brigit und Bunny zu Carroll hinüber, dessen Rattenaugen wild in der Gegend herumhuschten, während der Revolver nervös in seiner Hand zitterte. Paul ging davon aus, dass Carroll nicht der Hellste war, aber das musste er auch nicht sein.

Jetzt drehte sich auch Fallon zu ihm um. »Hör nicht auf diese Idioten, das ist alles bloß verzweifelter Quatsch. Du bekommst dein Geld und sitzt heute Nacht noch im Flugzeug nach Australien.«

Carroll nickte nervös. Fallon schaute ihn an. Dann seufzte er, als er seine Entscheidung traf – und schoss ihm zweimal in den Bauch. Fiachra heulte auf, als Carroll mit echtem Entsetzen im Blick nach hinten in den Tunnel stürzte und ihm die Waffe aus der Hand fiel.

Paul und Brigit traten ängstlich einen Schritt zurück. Bunny wiederum machte einen Schritt vor, wurde aber rasch aufgehalten, als sich Fallons Waffe direkt auf ihn richtete.

»Na toll«, sagte Fallon, »jetzt muss ich die Gruben selber graben.«

Fallon trat in den Tunnel und hob Carrolls Waffe auf, bevor er seinen mit dem Tod ringenden Angestellten eingehend musterte. Carroll schaute mit dem jämmerlichen Blick eines Hundes zu ihm auf, der unverdient Prügel bekam. Blut rann zwischen den Händen hindurch, die er gegen seinen Bauch presste.

Paul spürte, wie sich der Raum vor seinen Augen zu drehen begann. Er legte die Hände hinter sich an die Wand und schloss die Augen.

»Was ist denn mit ihm los, verdammte Scheiße?«, hörte er Bunny sagen.

»Halten Sie die Klappe.«

Fiachra schluchzte auf. »Jonny, Jonny, Jonny. Mein Freund Jonny …«

»Ruhe!«, sagte Fallon und stopfte sich die zusätzliche Waffe in den Hosenbund. »Ich habe jetzt keine Zeit für deine Scheiße.«

»Ja«, sagte Paul, atmete tief durch und schlug die Augen auf. »Er muss noch mehr Mitwisser aus der Welt schaffen. Genau wie er dich all die Jahre aus der Welt geschafft hat.«

»Aber dir würde er niemals etwas tun, Fiachra«, fuhr Brigit fort, »das hat er deiner Ma versprochen.«

»Deiner Ma, die letztes Jahr gestorben ist«, sagte Bunny.

Fiachra schaute zu seinem Bruder auf. Sein Gesicht war eine groteske Fratze der Ungläubigkeit.

»Oh«, sagte Paul, »hat er dir das nicht erzählt?«

Fallon trat vor und richtete seine Waffe mit einem hasserfüllten Grinsen auf Bunnys Kopf. Dieser senkte seine Stimme zu einem Flüstern, das trotzdem durch den ganzen Raum schallte.

»Jeder Mensch hat eine Schwachstelle.«

Fallon zuckte zurück, als sich die Kette, die am Handgelenk seines Bruders angebracht war, um seinen Hals schlang. Seine linke Hand fuhr abwehrend in die Höhe, griff nach seiner Kehle, während die rechte mit der Waffe ziellos in der Luft herumfuchtelte.

Bunny raste auf sie zu und schrie auf, als eine Kugel in sein rechtes Bein eindrang und ihn sofort zu Fall brachte. Dann gingen auch die beiden Brüder zu Boden.

Gerrys ersticktes Gurgeln mischte sich mit Fiachras wildem Knurren, während sie sich übereinanderwälzten. Paul und Brigit rührten sich nicht, unsicher, was sie tun sollten. Fallon hieb mit dem Griff seiner Waffe mehrmals auf den Kopf seines Bruders ein, was mit animalischem Wutgeheul beantwortet wurde, aber nicht mit einem Lockern der Kette. Fiachras Beine waren fest um Gerrys Taille geschlungen, als klammere er sich an sein nacktes Überleben. Zwei weitere Schüsse lösten sich, und die Kugeln prallten vom Metall und dem festen Gestein ab. Paul duckte sich, als einer der Querschläger unmittelbar an seinem Ohr vorbeipfiff.

Brigit passte eine Lücke ab und schoss zur Tür hinaus, wo Carroll ausgestreckt am Boden lag. Paul schaute ihr nach, wandte aber rasch den Blick ab, als er sah, wie sie sich neben ihn kniete und ihre Hände auf seine blutige Körpermitte legte. Er verstand nicht, warum sie in diesem Moment ausgerechnet dem Feind zu Hilfe eilte. Auch Bunny war schließlich angeschossen worden, und der war – nun, nicht ganz so sehr ihr Feind. Paul schaute zu ihm hinüber. Blut aus dem verwundeten Bein des verrückten alten Bastards verschmierte den ausgefransten Teppich vor dem Sofa, während er auf seinen herabgefallenen Hurling-Schläger zurobbte.

Paul zog wieder den Kopf ein, als drei weitere Schüsse abgegeben wurden, aber schon im nächsten Augenblick fuhr ihm ein stechender Schmerz in den Hintern. Er taumelte voran, während seine Hände reflexartig nach hinten, zur Quelle des Schmerzes griffen. Er spürte etwas Feuchtes, und dann sah er, dass seine Hand mit seinem eigenen Blut bedeckt war. Die Welt verschwamm. Er taumelte rückwärts, während sich Gerry Fallon mit blauem Gesicht und herausgequollenen Augen vor ihm aufbäumte und seinen kleinen Bruder huckepack nahm. Der Jüngere nutzte seine verbliebenen Zähne, um sie in Gerrys Ohr zu versenken. Die Gebrüder Fallon knallten mit voller Wucht gegen die Wand, einmal, zweimal, dreimal. Ein widerwärtiges Knacken hallte bei jedem Aufprall durch den Raum. Dann stürzte Fiachra plötzlich zu Boden. Ein langer verschmierter Fleck dunkelroten Blutes rann hinter ihm an der Wand herab. Sein Kopf sah nicht besonders gut aus, es war auch nicht mehr allzu viel davon übrig.

Gerry riss sich die Kette vom Hals und beugte sich nach Luft schnappend vor.

Paul hörte ein Aufprallgeräusch.

Dann entstand ein Augenblick vollkommener Stille, ein Bruchstück reinsten Friedens in all der Wut und all dem Chaos.

Paul schaute wie benommen zu Boden und sah, dass Gerrys Waffe direkt neben seinem linken Fuß lag. Dann schaute er auf, und sein Blick traf den von Gerry Fallon.

Fallon streckte die Hand nach dem Revolver aus, den er Carroll abgenommen hatte und der noch immer in seinem Hosenbund steckte. Paul wusste blitzartig, dass er es niemals schaffen würde, wenn er versuchte, die Waffe vom Boden aufzuheben. Er war nicht mehr sicher genug auf den Beinen, zu benommen und so gottverdammt müde.

»PAULIE!«

Er wandte sich zu Bunnys Stimme um und sah, dass Mabel quer durch die Luft auf ihn zuflog. Ganz instinktiv streckte er die Hände aus und fing sie am oberen Ende des Griffes. Und dann – holte er aus und wirbelte herum.

Es fühlte sich gut an.

Der beste Mann am Hurling-Schläger, den dieses Spielfeld jemals gesehen hatte.

Das Letzte, was er sah, war, wie Mabel Gerry Fallons Gesicht in perfekter Weise küsste, sodass dieser nach hinten wegstürzte.

Und dann nur noch Dunkelheit.

# KAPITEL DREIUNDFÜNFZIG

*St.-Katherine's-Krankenhaus, vierter Stock, Neugeborenen-Station.*

DI Jimmy Stewart war beeindruckt.

»Ja, sah eine ganze Weile ganz schön haarig bei uns aus, Boss.«

»Kann ich mir vorstellen.«

»Sie hatte nämlich eine Hausgeburt geplant, wissen Sie.«

Stewart nickte. Er hatte eine ziemlich eindeutige Meinung zu solchen Dingen, aber leidvolle Erfahrung hatte ihn gelehrt, derlei Meinungen für sich zu behalten. Er bezweifelte außerdem, dass Wilson sie in diesem Moment überhaupt zur Kenntnis genommen hätte, selbst wenn sie ihm mit einem Megafon ins Ohr gebrüllt worden wäre. Seine Augen waren fest auf den kleinen Kämpfer gerichtet, der auf der anderen Seite der Scheibe lag.

»Aber Glückwunsch, das haben Sie gut gemacht.«

»Die Mutter hat mich da durchgeleitet, um ehrlich zu sein. Ihre Hebamme ging nämlich nicht ans Telefon, und sie wollte auf keinen Fall, dass ich sie ins Krankenhaus fahre. Die Sanitäter, die mit dem Krankenwagen kamen, meinten, dass es wohl wegen des ganzen Stresses zu früh dran war.«

»Der Arzt sagte mir, beiden geht es sehr gut.«

»Ja, sie macht gerade ein Schläfchen – Nora – ich meine, Miss Stokes.«

»Sie haben der Dame ein Kind entbunden, Wilson, ich denke, da sollten Vornamen erlaubt sein.«

Wilson tippte leise gegen die Scheibe und winkte. Stewart wusste, dass das Baby ihn nicht sehen konnte, brachte es aber nicht übers Herz, dies anzumerken.

»Und wenn ich daran denke …« Stewart bemerkte alarmiert, dass Wilsons Augen sich mit Tränen füllten. »Wenn ich daran denke, was meinetwegen beinahe passiert wäre. Dass ich dieser verfluchten Doyle alles gesagt habe und dann dieser Gangster zu Noras Kanzlei gegangen ist und …«

Stewart schnitt ihm das Wort ab. »Aber es ist ja nichts passiert. Sie haben es wiedergutgemacht und Ihre Lektion gelernt.«

Wilson nickte nachdrücklich.

»Alles noch mal gutgegangen, Gott sei Dank. Genau genommen haben Sie das sehr gut gehandhabt. Sie haben geholfen, den kleinen Schreihals auf diese Welt zu bringen, oder nicht?«

Wilson nickte und wandte sich strahlend zu Stewart um, der ihn leicht beunruhigt ansah.

»Verwechseln Sie das bitte nicht mit einer Aufforderung zu einer Umarmung, Wilson.«

»Nein, Chef.«

*St.-Katherine's-Krankenhaus, dritter Stock, Sicherheitsbereich*

Assistant Commissioner Fintan O'Rourke schaute finster zum Bild der Jungfrau Maria an der Wand hinüber. Seine Frau saß auf einem Stuhl auf der anderen Seite seines Bettes, aber sie redeten nicht miteinander. Sie hatte immer wieder Fragen gestellt, die er nicht beantworten wollte. Als Mann mit zwei gebrochenen Beinen, einer Schlüsselbeinfraktur, einem gebrochenen Arm, drei gebrochenen Rippen und einer punktierten

Lunge war er ohnehin gezwungen gewesen, eine Menge Fragen zu beantworten. Und es kamen vermutlich noch viele weitere auf ihn zu. Und während seine Frau in einem der Magazine las, die sie sich unten im Krankenhauskiosk gekauft hatte, traf ihn ein weiterer schlimmer Gedanke. Seine Arschgeige von Sohn war allein zuhause und trieb womöglich Gott weiß was auf seinem Billardtisch.

Die Tür schwang auf, und Commissioner Jane Horsham marschierte herein, gefolgt von ihrem Assistenten, der immer hinter ihr herdackelte. Die Zeitungen hatten einmal ein Foto davon veröffentlicht, wie er ihre Handtasche getragen hatte, und das war der dämliche Bürohengst nie wieder losgeworden.

Commissioner Horsham nickte seiner Frau zu. »Clare.«

»Oh, hallo, Jane«, sagte sie und erhob sich, als wäre ein Mitglied der Königsfamilie eingetreten.

»Ich fasse mich kurz. Fintan, du bist vom Dienst suspendiert. Gegen dich wird eine Ermittlung eingeleitet, da zahlreiche Vorwürfe von schwerwiegendem Fehlverhalten gegen dich vorliegen.«

»Du wirst von meinem Anwalt hören.«

»Anwalt – *Singular?* Herrgott, wenn auch nur die Hälfte davon stimmt, Fintan, wirst du sehr viel mehr als einen Anwalt brauchen.«

*St.-Katherine's-Krankenhaus, zweiter Stock.*

»Ich glaube, er kommt zu sich … ja, er versucht, etwas zu sagen.«

Dr. Sinha beugte sich näher und versuchte zu verstehen, was Paul vor sich hin murmelte. Dann richtete er sich auf und schaute Brigit verwirrt an.

»Was sagt er?«, fragte sie.

»Ähm …«

»Na?«

»Er sagt: Es war völlig klar, dass ich deinetwegen auch noch angeschossen werde.«

»Ach, Herrgott noch mal!« Brigit riss entnervt die Hände in die Höhe. »Als wäre das jetzt auch meine Schuld! Ich hab schließlich nicht auf ihn geschossen, auch wenn es ein verführerischer Gedanke wäre.« Brigit stellte sich auf die andere Seite des Bettes. »Mach die Augen auf, du weinerliche Arschgeige.«

»Schwester Conroy!«, sagte Dr. Sinha und trat nervös von einem Bein aufs andere. »Das ist nicht die empfohlene Weise, mit Patienten zu sprechen.«

»Vertrauen Sie mir, so kommen wir in dieser Situation am besten voran.«

Paul sprach mit heiserer Stimme. »Passen Sie auf, Doktor, die Frau ist schon mehrmals mit Gewalttaten auffällig geworden.«

Als er die Augen öffnete, strengte Brigit sich an, unwirsch auszusehen, aber sie war nicht wirklich mit dem Herzen dabei.

»Mr. Mulchrone, willkommen zurück. Sie haben gerade eine kleinere Operation hinter sich, bei der wir eine Kugel entfernt haben, und zwar aus Ihrem …«

»Hintern«, half Brigit aus.

»Ja.«

»Nun«, sagte Paul benommen, »eine vertrauensvolle Quelle hat mich mal darüber informiert, dass der Gluteus maximus die einzige Stelle ist, in der man getroffen werden sollte.« Er lächelte Dr. Sinha schwach an.

»Übrigens«, sagte dieser, »ich habe die Stiche in Ihrer Schulter erneuert, die Sie sich, wie ich annehme, beim Hurling-Spielen aufgerissen haben?«

»Nahe dran.«

»Und ich habe Ihre leichte Kopfverletzung neu verbunden. Wir haben auch Ihren Kiefer geröntgt. Er ist lediglich geschwollen, keine bleibenden Schäden.«

»Toll.«

»Sie werden eine ganze Weile auf einem Gummiring sitzen müssen, und das Badezimmer wird in nächster Zeit vielleicht ein etwas kniffliger Ort für Sie, da …«

»Doc«, unterbrach ihn Paul, »könnten wir vielleicht die Würdelosigkeiten, auf die ich mich freuen kann, etwas später aufzählen?« Er schaute vielsagend zu Brigit hinüber.

Doktor Sinha wurde rot. »Selbstverständlich. Ich lasse Sie … also, ich verlasse Sie dann jetzt …«

»Fantastisch.«

»Ja.«

Er drehte sich um und schlug in seiner Hast die Tür etwas zu laut hinter sich zu.

Brigit schaute zu Paul hinunter und lächelte.

»Du hast einen exklusiven Flug im Hubschrauber bekommen.«

»Ich weiß, wie cool ist das denn bitte? Deshalb ist das auch meine absolute Lieblingsverletzung – und die Konkurrenz ist bekanntlich groß. Wie steht denn der ganze Fall?«

»Das weiß Gott allein«, sagte Brigit. Sie trat nervös von einem Bein aufs andere. »Die Polizei hat wohl inzwischen angefangen, rund um den Felsen die Felder aufzugraben. Einer der Jungs da draußen meinte, es würde wohl der größte Tatort in der irischen Geschichte werden. Weiß der Himmel, wie viel Leichen sie da noch finden.«

»Na ja, zumindest sind wir an einem Rekord beteiligt.«

»Das ist wahr.«

Brigit und Paul schauten einander an, dann wandten sie verlegen den Blick ab. Dann schauten sie einander wieder an.

Paul sprach als Erster.

»Ich möchte nicht, dass ... du dir irgendwie komisch vorkommst wegen ...«

»Weswegen?«

»Du weiß schon«, sagte Paul.

»Nein.« Brigit schüttelte den Kopf. »Ich habe keine Ahnung, wovon du redest.«

»Diese ganze Sache ... also ... wie ich Fallon erledigt und dir das Leben gerettet habe. Ich möchte nicht, dass du das als Schuld ansiehst, die du dein Leben lang nicht zurückzahlen könntest. Also, dass du mir bis ans Ende meiner Tage dienen müsstest oder so. Echt nicht nötig.«

Brigit nickte feierlich. »Das ist sehr nett von dir.«

»Schon okay. War echt keine große Sache. Ich habe bloß ...«

Er wurde unterbrochen, weil Brigit in ein unkontrolliertes Lachen ausbrach.

»Was zum ...?«

»Du Vollidiot! Sie hast nicht *mir* das Leben gerettet, sondern ich *dir.*«

»Also jetzt bist du aber nur noch albern.«

»Wo waren wir eingesperrt?«

»Du weißt doch genau, wo wir eingesperrt waren.«

»Ja, aber ich glaube, du nicht. Wir saßen in der Falle, in einem verschlossenen Bunker, und niemand wusste, dass wir dort waren. Und während ihr alle so gottverdammt damit beschäftigt wart, aufeinander zu schießen, wie ein ganzes Bataillon von Arschgeigen, habe ich ...«

Paul verdrehte die Augen, als ihm die Erinnerung kam. »Ach, Scheiße. Du bist zu Carroll gerannt ...«

»Und habe mir den Code für die Eingangstür sagen lassen, bevor die einzige Person, die ihn kannte, das Bewusstsein verlor.«

»Heilige Scheiße.«

Brigit strahlte ihn glücklich an. »Damit habe ich unser aller Leben gerettet. Sehr gern geschehen.«

Plötzlich machte Paul Anstalten, sich aufzusetzen.

»Whoa, immer schön langsam, mein Freund. Du bleibst hier brav liegen.«

»Bunny, wo ist er? Ist er …?«

»Na ja … er ist … genau genommen war eine seiner Pflegerinnen gerade hier. Wie es aussieht, hat das Krankenhaus ihn … verloren.«

»VERLOREN?«

Brigit streckte in einer beschwichtigenden Geste die Hände aus, als sie das Entsetzen in Pauls Augen sah.

»Nicht so. Ihm geht's gut. Also, abgesehen von einer Schussverletzung im Bein. Ich will damit sagen: Er ist ihnen tatsächlich verloren gegangen.«

### *The Old Triangle, ein Pub*

Eddie Jacobs blätterte die Seite der *Sunday World* um und ließ den Blick durch den Pub wandern. Dieser Ort war noch weniger lebendig als Jimmy Savile und in etwa ebenso beliebt. Ein Gutes hatte die Sache: Es war nicht mehr *sein* Pub – dank einer Handvoll ziemlich mieser Karten und ein paar Pferden, die sich als Hundefutter auf vier Beinen entpuppt hatten. Skinner war alles in allem recht vernünftig gewesen. Er hatte den Pub übernommen, dafür durfte Eddie all seine Gliedmaßen behalten und sogar Bar-Manager bleiben. Man zahlte ihm nicht viel, gestattete ihm aber, sich umsonst in ein frühes Grab zu trinken.

Mit dem Laden ging es steil bergab, seit Skinner begonnen hatte, ihn als Basis für seine »anderen Unternehmungen« zu nutzen. Laut seiner Abrechnungen war er sieben Abende die Woche brechend voll. Frisch gewaschenes Geld floss aus dem Pub wie Wasser. Und zu allem Überfluss musste Eddie es nun auch noch mit JJ aufnehmen, Skinners Sohn – der tagein, tagaus drüben in der Ecknische hockte und darauf wartete, dass Leute ihn sprechen wollten. Eddie hatte versucht, nicht so genau hinzusehen, aber man musste schon blind sein, um nicht mitzubekommen, dass der muskelbepackte kleine Racker hier mehr Pharmazeutika verschob als eine mittelgroße Apotheke.

Die Tür öffnete sich, und ein Mann humpelte herein, der lediglich ein Krankenhaushemd und Badeschlappen am Leib trug. Es kam schon mal vor, dass der ein oder andere Trinker aus dem Krankenhaus von gegenüber im Pub auftauchte, aber dabei handelte es sich meistens um Angestellte oder Besucher, und die kamen auch so gut wie nie ein zweites Mal. Patienten waren was ganz Neues.

»Sollten Sie wirklich hier sein?«, fragte Eddie.

»Sehe ich so aus, als wäre ich nicht alt genug?«, fragte der Mann mit einem auffälligen Cork-Akzent, während er zu einem Hocker an der Bar humpelte.

»Ist Ihnen bewusst, dass Ihr Hintern aus dem Ding rausschaut?«

»Was Sie nicht sagen. Auf dem Weg hierher war's ganz schön windig. Ein paar alten Damen, die gerade vom Bingo kamen, habe ich damit eine völlig neue Perspektive verschafft. Jetzt wissen sie endlich, wie wenig Glück sie mit ihren Ehemännern haben. Ein Pint von *Arthur's Finest,* bitte.« Ungeschickt kletterte er auf den Barhocker.

»Ganz im Ernst, bekomme ich Ärger, wenn ich Ihnen was ausschenke?«

»Bedeutend mehr, wenn Sie's nicht machen. DS Bunny McGarry, zu Ihren Diensten. Ich suche nur nach einer ruhigen

Ecke, wo ich ein bisschen entspannen kann.« Der Mann zeigte Eddie ein Lächeln, das er wohl für gewinnend hielt, das aber wegen seines schielenden Auges recht anzüglich wirkte.

»Du hast ihn doch gehört. Na los, mach die Fliege, Alter.«

Eddie rutschte das Herz in die Kniekehle. Er wandte den Kopf in JJs Richtung, der diese Aufforderung von sich gegeben hatte. Der Typ im Krankenhaushemd schaute nicht mal auf. Das Letzte, was Eddie wollte, war, dass JJ einen Aufstand machte. Das wäre in wirklich jeder Hinsicht eine Katastrophe.

»Dein Geld ist hier nichts wert, Bulle«, fuhr JJ fort.

»Wie praktisch. Ich hab auch keins dabei.«

Eddie versuchte, JJ mit einer Handbewegung abzuwimmeln, aber dieser grinste nur hämisch und begann, quer durch den Laden zu dem Mann hinüberzugehen. Eddie bemerkte, dass JJs Akne immer schlimmer wurde. Eine rote Reihe wütender Pickel zog sich von seinem Hals über die eine Gesichtshälfte. Der verdammte, mit Anabolika aufgepumpte Idiot. Eddie würde sich das nicht in die Schuhe schieben lassen. Es war nicht seine Schuld, dass dieser Depp ständig auf Krawall gebürstet war. Und wenn es sich bei diesem halbnackten Irren tatsächlich um einen Polizisten handelte, konnte das sowieso nicht gutgehen.

JJ baute sich drohend hinter dem Mann auf.

»Ach du Scheiße, man kann seinen faltigen, alten Arsch sehen.«

»Eins kann ich Ihnen sagen«, entgegnete der Mann, der nach wie vor nur Eddie ansprach, »dieses Gefühl, mal frische Luft an die Eier zu bekommen, ist wahnsinnig befreiend. Ich versteh total, warum die Schotten so auf ihre Kilts abfahren.«

JJ knurrte, unglücklich darüber, ignoriert zu werden. Er beugte sich vor, um dem Mann direkt in sein linkes Ohr zu sprechen. »Haust du jetzt freiwillig ab, oder muss ich dich zwingen?« JJ legte seine große, fleischige Hand auf die Schulter des Mannes, um seinen Worten zusätzlichen Nachdruck zu verleihen.

»Komm schon, JJ …«, sagte Eddie, verstummte aber sofort, als JJ ihm über die Bar hinweg einen wütenden Blick zuwarf.

»Sie würden doch keinen Mann schlagen, der eine Brille trägt, oder?«

JJ sah kurz verwirrt aus. »Sie tragen keine Brille.«

Dann passierten drei Dinge derartig schnell, dass Eddie anschließend nur mit Mühe die Reihenfolge rekonstruieren konnte. Zuerst schoss der Ellenbogen des Mannes in die Höhe und dann nach hinten, wo er knirschenden Kontakt mit JJs Nase herstellte. Blut spritzte hervor, als JJ mit schierem Entsetzen in den Augen zurückwich. Dann fuhr der mit einer Badeschlappe bekleidete Fuß des Mannes vor und kollidierte mit JJs rechter Kniescheibe, worauf er sich vor Schmerz aufheulend vorbeugte. Schließlich kam die linke Hand des Mannes ins Spiel, packte JJ im Nacken und rammte seinen Kopf mit voller Wucht auf den Tresen, sodass der Aufprall eine deutliche Delle im Holz hinterließ. JJ stürzte zu Boden.

Der Mann, der immer noch auf seinem Hocker saß, schaute auf seinen Gegner herab, der als zusammengekrümmter, wimmernder Haufen am Boden lag. »'tschuldigung, hab nicht gesehen, dass Sie hinter mir standen.«

Dann drehte er sich wieder um und strahlte Eddie an.

»Also, wie sieht's aus mit meinem Pint?«

# EPILOG 1

Das Eingangstor war schwer zu finden gewesen, aber das entsprach auch der Beschreibung. Er hatte der leidgeprüften Mrs. Stewart versprochen, dass sie eine Auszeit nehmen würden, sobald die Pensionierung durch war. Weiß Gott, sie war geduldig genug gewesen. Sie hatte sogar eine Rundreise durch Irland mit dem Wagen akzeptiert, und das bedeutete, dass er zwei Versprechen gleichzeitig einlösen konnte.

Er schaute zum Wagen zurück. Seiner Frau fiel es nicht auf. Sie war zu sehr damit beschäftigt, entnervt mit ihrem Handy in der Gegend herumzufuchteln. Sie versuchte, bei Google ein gutes Restaurant zu finden, in dem sie zu Mittag essen konnten. Aber in den Wicklow Mountains war es nicht leicht, Empfang zu bekommen.

Jimmy Stewart drückte auf den Knopf der Gegensprechanlage, und nach einer kurzen Verzögerung antwortete ihm eine kalte, monotone, weibliche Stimme.

»Kann ich Ihnen helfen?«

»Ja, mein Name ist …« Er unterbrach sich. Früher oder später würde er sich daran gewöhnen müssen. »Ich bin Detective Inspector a. D. Jimmy Stewart, ehemals vom National Criminal Bureau of Investigation. Brigit Conroy hat mich gebeten, vorbeizukommen und mit Mr. Kruger zu sprechen …«

# EPILOG 2

Tyrion 4.12.AX4 – Secure Server Software
Initialisiere verschlüsselte Eins-zu-eins-Kommunikation.
Bitte warten … Initialisiert.

**CERBURUSAX:** Hallo.
**RoyTheBoy07:** Dieser Account ist nicht länger aktiv.
**CERBURUSAX:** Hallo, Mr. Ryan, wir haben auf Sie gewartet. Wir dachten, Sie würden hierherkommen, um sich Ihr Geld abzuholen.
**RoyTheBoy07:** Sie sprechen mit der falschen Person.
**CERBURUSAX:** Michael Ryan, Senior Counsel, Anwalt von Mr. Gerry Fallon. Sie haben die Dienste dieses Accounts für Ihren früheren Arbeitgeber in Anspruch genommen.
**RoyTheBoy07:** Der Auftrag wurde nicht abgeschlossen. Die Vereinbarung ist aufgehoben.
**CERBURUSAX:** Sie missverstehen mich, wir wollen kein Geld. Wir wollen Rache. Sie haben gegen die Abmachung verstoßen. Sie haben die Tochter unseres Freundes verschleppt.
**RoyTheBoy07:** Sie wird freigelassen.
**CERBURUSAX:** Das ist nicht mehr erforderlich. Vor zwei Stunden ist sie in ein Flugzeug gestiegen und befindet sich auf dem Weg zu einer weit entfernten Destination. Ihre Männer, die sie festhalten sollten, sind wiederum tot.
**RoyTheBoy07:** Das ist unmöglich.
**CERBURUSAX:** Ha! Überprüfen Sie das, aber beeilen Sie sich. Ihr Flug nach Bahrain geht doch in drei Stunden, oder nicht?
**RoyTheBoy07:** Ich habe Geld.

**CERBURUSAX:** Gut, behalten Sie's. Sie werden es brauchen. Wir wollen es nicht. Wir geben Ihnen einen Vorsprung von 24 Stunden.

**RoyTheBoy07:** Was wollen Sie?

**CERBURUSAX:** Sie. Aber bitte, flüchten Sie ruhig. Wir wollen schließlich unseren Spaß haben. Wir sind zu sechst, wissen Sie? Und wir haben gewettet. Derjenige, der unsere gefallenen Brüder rächt, bekommt einen Elchkopf zur Belohnung.

**RoyTheBoy07:** Ich verstehe nicht.

**CERBURUSAX:** Ist ein sehr schöner Elch. Sie verschwenden Zeit, die Sie nicht haben.

**RoyTheBoy07:** Bitte, es tut mir leid.

**CERBURUSAX:** Nein, aber es wird Ihnen noch leidtun. Und nun lauf, kleines Schweinchen, lauf.

# EPILOG 3

Janine schaute auf das leere Gesicht des Mannes herab, dann auf all die Maschinen, die um ihn herum piepten und schnauften. »Ist das nicht im Grunde eine furchtbare Geldverschwendung?«

Carol stützte sich auf ihren Mopp und schaute auf. »Was?«

Janine gestikulierte mit der Hand. »Na, das alles hier! Bloß um dieses nutzlose Stück Scheiße am Leben zu erhalten?«

Carol sah sie entsetzt an. »Janine! Wie kannst du sowas sagen? Jedes Leben ist heilig!«

Janine streckte ihren schmerzenden Rücken. »Am Arsch! Stundenlang machen wir hier von oben bis unten alles sauber und bekommen gerade mal den Mindestlohn. Und die verpulvern ein Vermögen, um diesen gottverdammten Drecksack am Leben zu halten. Hast du die Zeitung nicht gelesen, Carol? Das ist Gerry Fallon, verdammte Scheiße – für den ist noch der Tod zu gut!«

Carol lehnte ihren Mopp gegen die Wand. »Nur weil er im Koma liegt, heißt das nicht, dass er dich nicht hören kann.«

»Gut!« Janine beugte sich dicht über das Gesicht des Mannes. »Du verdammter drogendealender, mordender Drecksack! Dein Sohn sitzt übrigens im Knast. Und es heißt, falls du jemals wach wirst, kannst du ihm für den Rest deines beschissenen Lebens Gesellschaft leisten.«

Carol kam herüber, legte eine Hand auf Janines Arm und flüsterte ihr eindringlich zu. »Janine, denk dran, was Oberschwester Burke gesagt hat. Du sollst von den Patienten wegbleiben.«

»Pah, den hat sie bestimmt nicht gemeint. Wir sollten ihm alle abwechselnd mit 'nem Knüppel eins überbraten.« Und damit drehte Janine sich auf dem Absatz um, verließ den Raum und schloss laut die Tür hinter sich.

Carol blickte ihr nach und ging dann näher ans Bett heran. Der Geruch von Bleichmittel verband sich mit dem ihres Teebaumöl-Shampoos und ihrem Lily-of-the-Valley-Parfüm, als sie sich über ihn beugte. »Mir ist egal, was die andern sagen. Ich bin mir sicher, Sie sind ein ganz reizender Mann.«

Sie streifte ihren Gummihandschuh ab und fuhr mit schwieligen Fingern durch sein Haar. Noch einmal warf sie einen kurzen Blick zur Tür, dann drückte sie ihm einen klebrig-feuchten, nikotingesättigten Kuss auf die Lippen.

»Oh, bisschen Lippenstift.« Kichernd wischte sie ihm mit dem Putzlumpen die Lippen ab. »Die verstehen alle nicht, was wir miteinander haben. Ich weiß, dass Sie sehr einsam sind da drin.«

Dann holte sie ihr Transistorradio hervor, stellte es auf den Nachttisch und schaltete es ein.

»So haben Sie ein bisschen Gesellschaft. Ich komme später noch mal und schaue, wie es Ihnen geht.«

Als sie ihren Eimer hinausgeschoben und die Tür hinter sich geschlossen hatte, endete der Song im Radio.

»Sie hören 94FM, bei uns genießen Sie die allerbeste Country-Musik, vierundzwanzig Stunden, rund um die Uhr …«

# EPILOG 4

Aus der *Irish Times* vom 14. Mai.

Trotz der mäßigen Verkaufszahlen seines neuen Buches *Geisel der Angst*, seiner autobiografischen Schilderung, wie er gezwungen wurde, eine falsche Version der berüchtigten Rapunzel-Affäre in Umlauf zu bringen, behauptet Autor Mark Brophy, er habe eine ganze Reihe von Anrufen aus Hollywood erhalten.

Angeblich sei Colin Farrell ernsthaft interessiert.